KB156892

그녀는
증인의
얼굴을
하고
있었다

그녀는
증인의
얼굴을
하고
있었다

피터 스완슨
노진선 옮김

푸른숲

갤러라니스가(家) 삼대에게

(하지만 특히 메건에게)

이 책을 바친다.

『차례』

1부 | 증인

1

9월 셋째 주 토요일, 동네 주민들을 위한 파티에서 두 부부가 만났다.

헨은 파티에 가고 싶지 않았지만 로이드가 설득했다. "엎어지면 코 닿을 곳이야. 가서 마음에 안 들면 그냥 뒤돌아서 곧장 집으로 오면 돼."

"그렇게 못 하니까 문제지. 적어도 한 시간은 자리를 지켜야 해. 아니면 사람들이 눈치챌 거야."

"절대 그럴 리 없어."

"절대 그렇다니까. 새 이웃들을 쓱 훑어만 보고 뒤돌아서 나갈 수는 없다고."

"당신이 안 가면 나도 안 갈 거야."

"마음대로 해." 헨은 로이드의 엄포에 맞섰다. 그녀가 닦달

하면 혼자라도 갈 사람이라는 걸 알기 때문이었다.

거실 책꽂이 앞에 서서 책을 재배치하고 있던 로이드는 잠시 침묵을 지켰다. 그들은 매사추세츠 주 역사상 최악의 폭염을 기록한 7월 초에 웨스트 다트퍼드의 단독 주택 매매 계약을 마무리 지었다. 두 달 뒤, 날씨가 시원해지자 헨은 비로소 그곳이 자기들 집이라는 실감이 났다. 가구는 모두 올바른 장소에 배치되었고, 벽에는 그림이 걸렸고, 메인쿤 품종인 고양이 비니기도 늘 숨어 있던 지하실에서 가끔씩 올라오기 시작했다.

"내 부탁이라고 생각하고 같이 가줄 순 없어?"

'부탁'은 공인되지 않은 둘만의 암호로 주로 헨이 사람들과 어울리려고 하지 않을 때 로이드가 쓰는 술수였다. 예전에는 가끔씩 아침에 그 말로 잠든 헨을 깨우곤 했다.

"당신을 위해서가 아니라 날 위해서 일어나줘. 내 부탁이라고."

헨은 그 단어가 싫었고 로이드가 그 단어를 쓰는 방식이 가끔씩 짜증났다. 하지만 그가 중요한 일일 때만, 둘 모두에게 중요한 일일 때만 그런다는 걸 알고 있었다.

"좋아. 갈게." 헨이 말했고, 로이드는 책꽂이 앞에서 미소 띤 얼굴로 그녀를 돌아보며 말했다.

"파티가 재미없다면 미리 사과할게."

토요일은 바람이 거세었지만 화창했다. 산발적인 돌풍에 비닐 식탁보가 펄럭거렸고, 그 위에는 파스타 샐러드, 각종 칩, 엄청난 양의 후무스와 피타가 담긴 그릇들이 차려져 있었다. 다트 퍼드는 보스턴에서 자동차로 45분 걸리는 교외로 부유한 직장 인들이 모여 살았다. 하지만 시추에이트 강으로 인해 다른 지역 과 분리된 웨스트 다트퍼드에는 더 작은 집들이 다닥다닥 붙어 있었다. 오래전에 가동이 중단된 제분소의 일꾼들을 위해 지어 진 집들이었다. 제분소는 최근에 예술가들이 사용할 수 있는 여 러 개의 작업실로 개조되었고, 헨과 로이드가 이 동네를 선택한 이유에는 그 개조된 제분소도 포함되어 있었다. 헨은 집에서 걸 어갈 수 있는 거리에 작업실을 마련할 수 있었고, 로이드 역시 집에서 걸어갈 수 있는 거리에 있는 기차역에서 기차를 타고 보 스턴으로 출근할 수 있었다. 그들에게는 여전히 차 한 대면 충 분했고, 대출금은 케임브리지에서 살 때보다 적었으며, 번잡한 도시에서 벗어나 교외 생활을 할 수 있었다.

하지만 젊고 유행에 민감하며, 거의 대부분 자녀를 거느린 부부들이 압도적으로 많은 동네 파티에 참석해보니 이곳도 전 에 살던 동네와 별로 다르지 않다는 느낌이 들었다. 그들에게 파티 초대장을 직접 전달해준 클레어 머리라는 여자가 사람들 에게 헨과 로이드를 소개하고 다녔다. 늘 그렇듯이 남자는 남자 끼리, 여자는 여자끼리 대화를 나누게 되었고 헨은 자신의 이름 이 헨리에타를 줄인 것이라는 말을 적어도 세 번은 했다. 그림 을 그린다는 말도 세 번이나 했고 두 여자에게는 "아뇨, 아이는 아직 없어요."라고 말했다. 유치원 로고가 박힌 티셔츠를 입고,

짙은 주근깨가 난 여자만 헨에게 아이를 낳을 계획이냐고 물었다. "두고 봐야죠." 헨은 거짓말했다.

꽤 맛있는 파스타 샐러드와 뻑뻑한 치즈버거 절반을 먹은 뒤에 헨은 로이드와 다시 붙어 다녔고, 다행히도 이 파티에서 그들을 제외하고 유일하게 자녀가 없는 듯한 부부와 이야기를 나누게 되었다. 매슈와 미라 돌라모어 부부였는데 알고 보니 더치 콜로니얼 양식의 바로 옆집에 살고 있었디.

"그 집도 우리 집이랑 동시에 지은 것 같더군요. 안 그래요?" 로이드가 물었다.

"이 길에 있는 집들이 다 그렇죠." 매슈는 그렇게 말하며 아랫입술과 턱 사이를 문질렀다. 매슈가 손가락을 떼자 그 자리에 해리슨 포드처럼 흉터가 있었다. 잘생긴 얼굴이라고 헨은 생각했다. 해리슨 포드 같은 미남은 아니었지만 숱 많은 갈색 머리나 연푸른색 눈동자, 사각 턱처럼 잘생긴 남자의 요소를 다 갖추었다는 점에서 미남이었다. 하지만 잘난 이목구비가 합쳐진 얼굴은 각각의 이목구비보다 못했다. 매슈는 뻣뻣하게 서 있었고, 촌스러운 하이 웨이스트 청바지 속에 와이셔츠를 집어넣은 차림이었다. 떡 벌어진 어깨와 큼직하고 관절이 불거진 손을 보면 마네킹 같았다. 나중에 함께 저녁을 먹으며 헨은 매슈가 만나면 반갑지만 돌아선 뒤에는 머릿속에 전혀 남지 않는 무해하고 쾌활한 남자라는 결론을 내렸다. 훨씬 후에야 그 첫인상이 얼마나 잘못됐는지 깨달았다. 하지만 화창했던 그 토요일 오후에는 그저 로이드가 다시 그녀의 곁에 있고, 대화를 나누며 방어적으로 대응할 필요가 없다는 사실이 행복할 뿐이었다.

키 큰 남편에 비해 키가 그의 절반쯤밖에 안 되는 미라가 헨 곁으로 다가오며 말했다. "그러니까 당신들도 아이가 없군요." 질문이라기보다 선언이었고, 헨은 이들 부부도 7월에 이사했을 때 새 이웃들로부터 미심쩍은 감시의 눈길을 받았음을 깨달았다. 그들이 진작 찾아와 자기들을 소개하지 않은 게 이상했다.

"네, 없어요."

"이쪽 길에서 아이가 없는 부부는 우리뿐일 거예요." 미라는 어색하게 웃었다. 미라는 남편과 정반대로 이목구비는 별로였지만―살짝 큰 코, 좁은 이마, 넓은 골반―이 모두가 합쳐져서 남편보다 훨씬 매력적인 외모로 보였다.

"무슨 일 하세요?" 헨은 그렇게 물었고 그런 상투적인 질문을 한 자신에게 짜증이 났다.

네 사람은 20분 동안 이야기를 나눴다. 매슈는 세 마을 너머에 있는 사립 고등학교에서 역사를 가르쳤고, 미라는 교육용 소프트웨어 회사의 영업 사원이었다. 이는 그녀가 몇 차례 말했듯이 집에 있을 때보다 출장 다닐 때가 더 많다는 뜻이었다. "매슈 좀 잘 감시해주세요. 제가 없을 때 뭘 하는지 통 모르겠다니까요." 미라는 그렇게 말하며 다시 어색하게 웃었다. 거부감이 들어야 마땅했는데도 왠지 모르게 헨은 미라가 좋았다. 교외로 이사하면서 정말로 마음이 너그러워졌을 수도 있지만 그보다는 최근에 복용하는 약의 효과일 것이다. 길을 따라 또 한 차례 더 차가운 바람이 불자 아직 잎이 푸른 나무들이 바스락거렸고, 헨은 카디건을 여미며 몸을 떨었다.

"추우세요?" 매슈가 물었다.

"늘 춥죠." 헨은 그렇게 말하고 덧붙였다. "아무래도 그만 돌아가야……."

로이드가 미소 지으며 말했다. "나랑 함께 가." 그러고는 매슈와 미라에게 몸을 돌렸다. "안 믿으시겠지만 우린 아직도 짐 정리가 안 끝났어요. 두 분 모두 만나서 반가웠습니다."

"만나서 반가웠어요, 로이드." 매슈가 말했다. "그리고 당신도요, 헨. 헨이 무슨 이름의―."

"헨리에타요, 네, 하지만 출생 신고서에만 그렇게 적혀 있지 아무도 그렇게 부르지 않아요. 늘 헨이라고 불렀죠."

"언제 한번 만나요. 날씨가 너무 춥지만 않다면 정원에서 식사해도 좋고요." 미라의 말이었고, 그들은 모두 동의했지만 미적지근한 반응을 보며 헨은 정말로 그렇게 될 가능성은 없을 거라고 생각했다.

따라서 일주일 뒤 작업실을 나서 집으로 걸어가던 헨은 미라가 옆집 현관문을 열고 뛰어나오자 깜짝 놀랐다.

"헨, 안녕하세요." 미라가 말했다.

늘 그렇듯이 작업한 뒤끝이라서 헨은 머릿속이 기분 좋게 멍했다. "안녕하세요, 미라." 헨은 자신이 그녀의 이름을 틀리게 말했음을 알아차렸다. 하지만 미라는 정정하지 않았다.

"오늘 오후에 찾아갈 생각이었는데 마침 지나가는 당신을 봤어요. 이번 주말에 저녁 먹으러 올래요?"

"아." 헨은 그렇게 말하며 시간을 끌었다.

"금요일이나 토요일, 다 좋아요. 사실은 일요일도 괜찮고요." 미라가 말했다.

선택지가 세 개나 되니 거절하기란 불가능했다. 이번 주말에 헨과 로이드는 딱히 계획도 없었다. 헨은 토요일 저녁에 가겠다고 했고, 뭘 가져가야 할지 물었다.

"그냥 몸만 오세요. 혹시 못 먹는 음식 있어요?"

"아뇨, 우린 다 먹어요." 로이드가 뼈다귀째로 나오는 고기에 공포증이 있다는 사실은 말하지 않았다.

그들은 토요일 오후 7시에 보기로 했고, 헨은 그날 저녁에 귀가한 로이드에게 그 사실을 전했다.

"잘됐네. 새로운 친구가 생겼어. 마음의 준비는 됐어?" 로이드가 말했다.

헨은 웃었다. "아니, 하지만 다른 사람이 우릴 위해 차려준 음식을 먹는 건 즐거운 일이야. 우린 따분한 소리만 할 테고, 두 번 다시 초대받지 못할 거야."

헨과 로이드는 레드 와인과 화이트 와인을 한 병씩 들고 7시 정각에 찾아갔다. 헨은 스타킹을 신고 초록색 체크 원피스를 입었다. 고작 샤워만 한 로이드는 조깅할 때 가끔씩 입는 본 이베어* 티셔츠에 청바지를 입었다. 두 사람이 거실로 안내받은 후에는—구조가 그들 집과 똑같았다—나직한 테이블을 가운데에 두고 다 함께 둘러앉았다. 테이블에는 대여섯 명은 먹을 수 있을 정도의 애피타이저가 차려져 있었다. 헨과 로이드는 베이지색 가죽 소파에, 매슈와 미라는 소파와 한 짝인 의자에 앉았다. 집 안은 새하얗고 티끌 한 점 없이 깨끗했다. 벽에는 관심이 가는 그림들이 걸려 있었는데 크레이트 앤드 배럴**에서 파는 듯한 것들이었다.

그들은 15분 동안 잡담을 나눴다. 헨은 그들이 술을 권하지 않았다는 사실을 알고 있었지만—둘 다 금주가?—딱히 개의치 않았다. 다만 로이드가 걱정이었다. 미라가 헨에게 곧 다가오는 작업실 공개 행사에 참가할 거냐고 물었을 때 매슈가 일어나며 말했다. "마실 것 좀 드릴까요?"

"종류는 뭐가 있죠?" 로이드가 약간 다급하게 물었다.

"와인하고 맥주요."

"전 맥주로 하죠." 로이드가 말했고, 헨과 미라는 화이트 와인을 달라고 했다.

매슈가 거실에서 나가자, 미라는 다시 작업실 공개 행사에 대해 물었다.

---

* 미국의 인디 포크 밴드
** 가구와 인테리어 제품을 파는 상점

"모르겠어요." 헨이 말했다. "얼마 전에야 겨우 작업실 정리가 끝났거든요. 갑자기 모르는 사람들이 제 작업실을 돌아다닌다고 생각하면 너무 이상해요."

"그래도 참가해야 해." 로이드가 말했다.

"맞아요, 참가하세요." 미라가 말했다.

"작업실 공개 행사에 가본 적 있어요?" 헨이 미라에게 물었다.

"네, 매년 갔죠. 저 혼자서라도 꼭 갔어요. 가끔은 남편도 함께 갔고요. 아주 재밌어요. 당신도 꼭 참가하세요. 그림이 팔릴 수도 있잖아요. 저 그림들도 그 행사에서 샀어요."

미라가 벽에 있는 액자를 가리키자, 헨은 그걸 가구점에서 샀다고 생각했던 것이 미안해졌다. 매슈가 술을 가지고 돌아왔다. 본인이 마실 생각인지 진저에일도 한 캔 있었다.

"주로 어떤 그림을 그리세요?" 미라가 물었다.

헨은 자신이 하는 일에 대해 말하는 걸 좋아하지 않았지만 최선을 다해 설명했고, 늘 그녀를 지지하는 로이드가 끼어들어서 설명을 이어갔다. 대학을 졸업한 후로 헨은 판화 작업을 해왔다. 처음에는 목판을, 나중에는 구리나 아연 같은 동판을 사용해 몇 년간 그로테스크하고 초현실적이며 주로 짧은 해설을 붙인 그림을 그렸는데 순전히 상상의 산물이었다. 무서운 동화 속 삽화처럼 보였지만 사실은 그녀의 머릿속에만 존재하는 동화였다. 덕분에 이십 대에 꽤 큰 성공을 거둬 몇몇 공동 전시회에

출품했고, 심지어 뉴잉글랜드 예술 잡지에도 소개되었다. 하지만 늘 수입이 부족해서 화방에서 일하거나 가끔은 사우스 엔드의 유명한 화가를 위해 액자 짜는 일도 했다. 그러다가 한 동화 작가에게 저학년을 대상으로 쓴 판타지 시리즈에 들어갈 삽화를 의뢰받으면서 모든 게 달라졌다. 헨은 그 일을 수락했고, 책은 잘 팔렸으며, 그녀에게는 에이전트가 생겼다. 지금은 전업 동화 일러스트레이터로 일하며 가끔씩만 창작품을 내놓았지만 헨은 개의치 않았다. 사실 요즘에는 어떻게 그려달라고 주문받는 게 행복했다. 안정제와 항우울제, 그리고 항우울제 효과를 높이는 무언가를 비롯해 여러 가지 약을 먹는 덕분에 지난 2년간 조울증이 그 흉측한 얼굴을 들이밀지 못했으나 동시에 창의적 충동도 모조리 사라져버렸다. 가끔씩 창작을 하기는 했고, 여전히 그 일을 정말로 사랑했지만 요즘에는 독창적인 아이디어가 거의 떠오르지 않았다. 물론 이런 이야기는 미라와 매슈에게 하지 않았다. 미라는 헨의 이야기를 듣더니 판타지 동화책에 관심을 보이며 시리즈의 첫 권을 사서 보겠다고 약속했다. 매슈는 몸을 내민 채 헨이 작업하는 과정에 대해 몇 차례 물은 후, 그녀의 대답을 열심히 들었다.

마침내 그들은 식당으로 갔다. 보온기 위의 따뜻한 접시에 담긴 음식이 사이드보드*에 차려져 있었다. 샛노란 소스를 끼얹

---

* 주방에서 테이블에 차릴 음식을 놓아두는 탁자

은 닭다리와 으깬 감자, 샐러드였다.

"우리 할머니도 음식을 이렇게 준비하셨어요. 늘 사이드보드에 차려놓으셨죠." 헨이 말했다.

"할머님 고향이 어디신데요?" 미라가 물었다.

헨은 아버지가 영국인이고 어머니가 미국인이며, 그래서 어릴 때 영국 바스와 뉴욕 올버니를 오갔다고 설명했다.

"어쩐지 영국 억양이 있다 했어요." 미라가 말했다.

"정말요? 난 없는 줄 알았는데."

"아주 조금요."

"당신은 고향이⋯⋯?"

"난 캘리포니아예요. 하지만 부모님이 두 분 다 영국 북부 출신 파키스탄인이라서 굉장히 영국인처럼 행동하세요. 식사는 아침을 포함해서 모두 식당 사이드보드에 차려놓으셨죠."

"좋네요." 헨이 말했다.

식탁에서 나누는 대화는 나쁘지 않았으나 딱히 활기를 띠지도 않았다. 각자 하는 일, 이웃 사람들, 가격이 터무니없이 오른 부동산 시장에 관한 이야기가 대부분이었다. 매슈는 질문을 할 때만 입을 열었고, 주로 헨에게 물어보았다. 지난번 파티에서 잘 살아남았느냐는 매슈의 질문을 받고서 헨은 그가 꽤 예리한 사람임을 깨달았다. 로이드는 화제를 스포츠로 돌리려고 매슈에게 학교에서 코치를 맡은 운동이 있냐고 물었지만 매슈는 없다고("내가 잘하는 운동이라고 해봐야 배드민턴뿐입니다.") 말했다. 대학 졸업 직후 석 달간 유치원에서 아이들에게 미술을 가르치며 끔찍한 시간을 보냈던 헨은 매슈에게 가르치는 일이 감정적으로 지치지 않느냐고 물었다. 매슈는 처음 2년은 힘들었다고 답했다. "하지만 이젠 제 일을 사랑합니다. 학생들도 좋고, 그 애들의 삶을 알아가는 것도 좋습니다. 1학년이었던 아이들이 3학년이 되면서 많이 변해가는 모습을 지켜보는 것도 좋고요." 헨은 와인을 꾸준히 마신 로이드가 하품을 꾹 참고 있는 걸 알아차렸다.

건포도와 카다몬이 들어간 따뜻한 쌀 푸딩을 디저트로 먹은 뒤에 헨은 그만 가봐야겠다고, 내일 아침에 시댁을 방문하기로 했다고 말했다. 맞는 말이긴 했지만 어차피 느지막이 출발하려던 차였다.

두 부부는 현관 앞 복도에 서서 인사를 나눴다. 헨은 인테리어가 너무 마음에 든다고 다시 한번 말했다.

"어머, 집을 구경시켜드려야겠네요. 진작에 그랬어야 했는데." 미라가 말했다.

놀랍게도 로이드는 그 제안에 순순히 동의해서, 미라는 그들을 데리고 새로 개조한 부엌을 가로질러 집 뒤쪽에 설치한 데크를 보여주었다. 그런 다음 아래층에 있는 매슈의 서재로 데려갔다. 그곳은 화사한 색깔에 미니멀리즘을 지향한 이 집의 나머지 공간과 완전히 달라서 아예 다른 집에 온 듯했고, 심지어 과거로 돌아간 듯했다. 벽에는 희미한 빗살무늬가 들어간 암녹색 종이 벽지를 발랐고, 바닥에는 낡은 카펫을 깔았으며, 앞면이 유리로 된 대형 캐비닛이 제일 많은 공간을 차지했는데 안에는 책과 사진틀에 든 사진이 가득했다. 작은 책상과 가죽 의자가 있었고, 그 외에 앉을 수 있는 곳은 코듀로이 소파뿐이었다. 현대적인 물건이라고는 하나도 없었다. 빈 공간을 채운 작은 장식품과 사진틀은 모두 흰색과 검은색으로 되어 있었다. 아기자기한 장식품과 골동품을 좋아하는 헨은 서재 안으로 두 걸음 내딛고는 자기도 모르게 탄성을 질렀다. "와."

"다 매슈가 꾸민 거예요." 미라가 말했다.

헨은 뒤돌아 미소를 지었다. 그들이 집을 둘러보던 내내 설거지를 하던 매슈가 이제는 초조한 표정으로 문간에 서 있었다. 헨은 서재가 아니라 훨씬 더 사적인 공간에 들어온 듯해서 어색해졌다. "너무 멋지네요. 재미있는 물건들이 잔뜩 있어요."

"전 수집가라서요." 매슈가 말했다. "미라는…… 수집가의 반대말이 뭐죠? 물건을 버리는 사람?"

로이드가 벽난로를 가리키며 사용할 수 있냐고 묻는 동안 헨은 벽난로 위에 놓인 물건들을 훑어보았다. 이상한 조합이었다. 작은 놋쇠 뱀, 나무로 만든 촛대, 자그마한 개 초상화, 불이 켜진 지구본 그리고 한가운데에 트로피가 있었다. 트로피의 은색 받침대 위에는 한쪽 다리를 구부리고 다른 쪽 다리는 쭉 편 채 앞으로 칼을 겨눈 펜싱 선수상이 있었다. 순간적으로 헨은 기절하는 줄 알았다. 눈앞이 흐릿해졌고, 물살 속에 서 있는 듯이 다리에서 힘이 빠졌다. 그러다 정신을 차렸다. **아마 우연일 거야.** 헨은 그렇게 생각하고 트로피 아래쪽에 새겨진 글자를 읽으려고 한 발짝 다가갔다. '에페 3위', 그 아래 더 작은 글씨는 '유소년 체전'이라고 적힌 듯했다. 헨은 너무 가까이 다가가고 싶지 않아서 뒤돌아보며 아무렇지 않은 척 매슈에게 물었다. "펜싱 하세요?"

"그럴 리가요. 전 그냥 드로피를 좋아합니다. 벼룩시장에서 샀죠."

"당신 괜찮아? 얼굴이 창백한데." 로이드가 깜짝 놀란 얼굴로 헨을 보며 물었다.

"응, 괜찮아. 그냥 피곤해서 그래."

두 부부는 다시 현관 앞 복도에서 작별 인사를 나눴다. 그제야 헨은 얼굴에 피가 도는 걸 느꼈다. **그냥 펜싱 트로피야. 저런 건 흔해 빠졌다고.** 헨은 그렇게 생각하며 다시 한번 음식을 칭찬하고, 집을 구경시켜줘서 고맙다고 했다. 그동안 로이드는 한 손으로 문손잡이를 잡은 채 어서 나가려고 했다. 미라가 다가와 헨의 볼에 키스했고, 매슈는 미라 뒤에 서서 미소를 띤 채 잘 가라고 말했다. 헨의 착각인지 몰라도 그녀를 뚫어지게 바라보는 듯했다.

그들이 다시 차갑고 습한 바깥으로 나가고 돌라모어네 현관문이 찰칵 닫히자 로이드는 헨을 돌아보며 말했다. "괜찮아? 무슨 일이야?"

"아무것도 아냐. 그냥 좀 어지러웠어. 집 안이 더웠잖아, 안 그래?"

"잘 모르겠던데." 로이드가 말했다.

그들은 금방 집에 도착했다. 헨은 밤공기 속에서 좀 더 걷고 싶었으나 얼른 들어가서 레드삭스 경기가 아직 진행 중인지 알아보고 싶을 로이드를 생각해서 그만두었다.

나중에 잠든 로이드 옆에 누워 있던 헨은 말도 안 되는 생각이라고, 이 세상에는 그런 펜싱 트로피가 널렸다고, 아마 펜싱 트로피는 다 똑같이 생겼을 거라고 자신을 타일렀다. 하지만 꼭 터무니없다고 할 수는 없어. 매슈는 서식스 홀 교사고, 더스틴 밀러도 그 학교에 다녔잖아.

2

미라가 잠든 뒤 매슈는 침대에서 일어나 서재로 내려갔다. 아까 옆집 여자가 서 있었던 곳, 벽난로에서 1미터쯤 떨어진 곳에 그대로 서서 트로피를 바라보며 거기에 새겨진 글자를 읽어보려고 했다. 매슈는 시력이 아주 좋았는데도 트로피에 새겨진 날짜와 장소가 잘 보이지 않았다. 뭐라고 적혀 있는지는 이미 알고 있었다. 그래도 그 여자는 읽었을 수 있다. 누구나 볼 수 있도록 벽난로 위 한가운데에 그 트로피를 놓아두다니 바보 같은 짓이었다. 바보 같고 교만한 짓. 그렇기는 해도 누군가가 정말로 연관성을 찾아낼 가능성이 얼마나 될까?

그래도 그 여자는 눈치챘어. 안 그래?

여자가 기절하기 직전이라는 건 한눈에 알 수 있었다. 매슈는 그녀가 기절이라도 하면 별로 똑똑하지 않은 남편이 그녀가 쓰러지기 전에 부축할 수 있을지 궁금했다.

매슈는 불안할 때면 늘 그렇듯 가슴이 조이는 듯했다. 가슴 속에 아기 주먹만 한 매듭이 들어 있어서 조였다가 풀어지기를 반복하는 듯했다. 그 느낌을 떨쳐내려고 발을 양옆으로 벌리고 동시에 손을 머리 위로 들어 올리며 가볍게 뛰었다. 그런 다음 트로피를 아예 없애버리자고, 그냥 숨겨두자고 마음먹었다. 그 생각을 하니 감정이 복받쳤다. 아마 슬픔이 이런 감정일 것이다.

"어제 식사는 성공이었던 거 같아. 난 헨이 정말로 마음에 들어." 이튿날 아침 미라가 다시 말했다.

"그 여자 그림을 보고 싶더군." 매슈가 말했다.

"그렇지? 작업실 공개 행사에 가자. 그게 언제지?"

매슈가 휴대전화를 들고 일정을 확인하는 동안, 미라는 냉장고에 있는 음식을 꺼내 아침을 만들기 시작했다. 그들은 일요일 아침마다 직접 요리해서 푸짐하게 차려 먹었다.

어제 남은 으깬 감자로 만든 해시 브라운과 스크램블에그를 먹은 뒤 매슈는 미라에게 수업 계획서를 작성해야 한다고 하고는 서재로 들어가 문을 닫았다. 어두운 서재에 잠시 서서 숨을 들이마시며 이곳을 바라보던 헨을 떠올렸다. 그녀는 키가 작고 예뻤다. 갈색 머리칼과 큰 갈색 눈동자, 그리고 살짝 요정처럼 생긴 얼굴. 그가 더스틴 밀러에게 무슨 짓을 했는지 헨이 안다고 생각하니―설사 그냥 의심만 한다고 해도―공포와 흥분 비숫한 감정이 동시에 밀려왔다. 그래서 처음부터 트로피를 보관한 걸까? 누군가 내가 한 짓을 알아주길 바라서? 매슈는 트로피를 집어 들었다. 지금 당장 이걸 없애야 한다. 그건 확실하다. 하지만 꼭 지금 없애야 할까? 오늘 경찰이 그의 집에 쳐들어오기라도 할까? 그럴 수도 있다. 거기다 책상 서랍에 보관해둔, 표면에 글이 새겨진 라이터는 어쩌고? 그걸 밥 셜리와 연결하는 사람이 있을까? 슬픔의 전율이 매슈를 휩쓸었다. 새로 이사 온 그여자 때문에 그가 가장 자랑스러워하는 물건들을 없애버려야했다. 매슈는 코로 천천히 숨을 들이쉬고는 기념품을 집에서 치워버리되 계속 소장할 수 있는 방법을 생각했다.

그러고는 지하실로 내려가 적당한 크기의 마분지 상자를 찾아냈다. 상자를 들고 다시 서재로 돌아가던 길에 미라를 지나쳤는데 그녀는 요가 바지와 낡은 티셔츠로 갈아입은 뒤였다.

"산책 가려고?" 매슈가 물었다.

"아니, 그냥 텔레비전으로 요가 프로그램 보면서 따라 하려고. 그 상자는 왜?"

매슈는 지난 몇 년간 점점 늘어난 역사 교과서 몇 권을 다시학교에 가져다 두고 싶다고 말했다.

"오늘 가려고?" 미라가 물었다.

"그럴까 해. 핑곗김에 외출도 하고."

"오늘 일요일이야. 내일 가져가도 되잖아, 안 그래?"

"실은 학교에서 수업 계획서도 작성하려고. 화이트보드에

날짜도 써놓고."

미라는 어깨를 으쓱였다.

"당신도 가고 싶으면 함께 가자. 일 끝난 뒤에 같이 호수 주위를 산책하면 좋잖아."

"알았어. 봐서." 미라는 그렇게 말하고 거실로 걸어갔다. 매슈는 그녀를 지켜보았다. 그녀의 걸음걸이, 발을 내디딜 때마다 몸을 살짝 들어 올리는 걸음걸이는 언제 봐도 아름다웠다. 예전에 미라에게 들은 적이 있는데 다섯 살 때부터 열세 살 때까지 그녀의 유일한 관심사는 발레였다. 하지만 키가 150센티미터까지 자란 후로 더 크지를 않아서 발레리나의 꿈을 포기했다. 대신 고등학교 때 체조 선수였고, 지금도 뒤로 공중제비를 돌 수 있다.

서재로 돌아간 매슈는 신문지로 유소년 체전 트로피를 싸서 빈 상자에 넣었다. 밥 셜리의 라이터, 제이 사라반의 BMW에서 가져온 비아르네 선글라스, 그리고 마지막으로 앨런 맨소가 가지고 있었던, 너덜너덜해진 아동판 《보물섬》도.

그러고는 책상 주위에 놓여 있던 역사 교과서―더는 수업 시간에 사용하지 않는―를 몇 권 찾아내 네 개의 기념품 위에 올려놓았다. 그런 다음에 테이프로 상자를 봉하고, 미라에게 학교에 간다고 말하러 갔다.

미라는 막 요가를 마친 뒤였다. 따뜻한 거실에 그녀의 땀 냄새가 풍겼지만 나쁘지 않았다.

"준비 다 했어. 기다려줄까?" 매슈가 말했다.

"아니, 괜찮아. 난 여기서도 할 일 많아. 언제 올 거야?"

"금방 와." 매슈는 그렇게 말하고 자동차 열쇠와 선글라스를 집어 들었다. 잠시 현관에 서서 빠짐없이 다 챙겼는지 생각했다. 서 있다 보니 헨과 그녀의 남편 로이드가 집 밖에 나와 있거나 창밖으로 내다보고 있을지도 모른다는 생각이 들었다. 오늘 외출할 거라는 말은 들었지만 만약 그들이 이미 집에 돌아왔고, 상자를 들고 나가는 그의 모습을 본다면? 당연히 그가 드로피를 없애려고 한다고 생각할까? 다행히 그의 집 진입로는 옆집 반대편에 있었다. 그가 현관문으로 나가서 모퉁이를 돌아 주차해둔 차로 갈 때까지 10초 정도 그들에게 노출된다. 그 정도라면 위험을 감수해볼 만하다.

바깥은 9월 말이라기보다 한여름처럼 따뜻했다. 길 건너편에서 짐 밀스가 또 잔디를 깎고 있었다. 마지막으로 깎은 지 며칠 지나지도 않았건만. 잘린 잔디와 휘발유 냄새가 진동하자 매슈는 속이 살짝 울렁거렸다. 어릴 때는 뒷마당 잔디를 깎는 일이 그의 담당이었다. 코에서는 콧물이 흘렀고, 수동식 잔디깎이의 진동 때문에 손이 근질거렸으며, 비가 내린 뒤에는 잘린 잔디들이 잔디깎이 밑에 뭉쳐서 그의 정강이에 달라붙었다. 매슈는 피아트에 올라타 에어컨을 틀고, 조수석에 상자를 내려놓았다. 잔디 냄새에 정신이 팔려 헨이나 로이드가 자신을 볼지도 모른다는 생각은 미처 못 했다. 죄인 같은 표정으로 그쪽 집을 힐끗거리지 않았으니 아마 잘된 일일 것이다.

서식스 홀까지는 차로 20분이 걸렸다. 서식스 홀은 700명 정원의 사립 고등학교로 학생의 절반은 기숙사 생활을 했고, 나머지 절반은 인근 부촌에서 통학했다. 언덕 위에 세워진 학교 건물은 비교적 최근에 지은 체육관만 제외하고 전부 20세기로 들어설 무렵에 지어진 벽돌 건물이었다. 매슈는 교사라는 직업이 늘 좋지는 않았지만 고딕 양식으로 지은 기숙사와 특정 종교와 관계없는 석조 예배당이 있는 학교 캠퍼스는 마음에 쏙 들었다. 일요일이어서 아무 데나 주차할 수 있는데도 교사 전용 구역에 주차하고는 열쇠로 워버그 홀 뒷문을 열고 들어가 곧장 지하실로 이어지는 좁은 계단을 내려갔다. 역사 교과서를 관리하는 것도 그의 업무여서 그는 주로 지하실에서 가장 눈에 안 띄는 벽장 속에 교과서를 넣어두었다. 하지만 그에게는 지하실의 더 오래된 창고 열쇠도 있었다. 거기에는 졸업식 때 사용하는 여분의 접이식 의자가 가득했다. 그 뒤에는 버린 비품들이 있었는데 대부분 칠판과 낡은 학생용 의자였다. 가장 외진 구석에는 예전에 학교 식당에서 사용했던 나이프, 포크, 스푼이 담긴 상자들이 쌓여 있었다. 매슈는 그 상자들 사이로 자신의 기념품이 담긴 상자를 밀어 넣었다. 여기에 두면 걸리적거릴 일도 없고, 설사 누가 그것들을 찾는다고 해도 찾을 수 없을 것이다. 혹시라도 찾아낼 경우를 대비해 물건에 찍힌 지문을 다 지웠을 뿐 아니라 낡은 교과서에 자신의 이름이 적혀 있지 않은지도 확인했다.

매슈는 다시 계단을 올라가 교무실에 딸린 화장실에서 손을 씻은 다음, 이번 주 수업 계획서를 작성하려고 교실로 갔다. 수업은 대부분 수십 번 가르친 내용이었지만 이번 학기에는 냉전을 주제로 3학년들과 세미나를 하기 때문에 그 부분을 다시 공부해야 했다. 이번 주에는 2차 세계 대전 후의 재편성에 초점을 맞출 것이다. 매슈가 책상 앞에 한 시간쯤 앉아 있었을 때 뒷문이 요란하게 끼익 열리는 소리가 나더니 겁먹은 목소리가 들렸다. "누구 있어요?"

매슈는 자리에서 일어나 어둠침침한 복도로 나가 외쳤다. "여기 있습니다."

미셸 브라인이 계단을 올라오더니 말했다. "다행이다. 주말에 여기 혼자 있기 싫거든요. 무서워요."

매슈는 미셸이 학교에 온 것을 보고도 놀라지 않았다. 그녀는 2년 차 교사였는데 매슈가 생각하기에는 첫해를 버틴 것만 해도 기적이었다. 소심하고 내성적이며 학생들이 역사를 좋아한다고 굳게 믿는 미셸은 첫해 내내 아슬아슬했고 자주 울었다. 매슈는 미셸에게 자신의 수업 계획서를 보여주기도 하고, 학생들을 휘어잡는 전략을 가르치면서 잘 챙겨주었다. 그러다가 봄학기가 끝나갈 즈음에는 그녀의 사생활로도 영역을 넓혀 머저리 같은 남자 친구와의 관계까지 조언해주었다.

"월요일 수업 준비를 덜 해서 일요일에도 학교에 온 사람이 저 혼자가 아니라서 다행이에요. 할 일이 산더미거든요." 미셸은 매슈를 따라 그의 교실로 갔다. 평소에는 절대 입지 않는 청바지를 입었지만, 목까지 채운 검은 블라우스는 근무할 때 가끔씩 치마와 함께 입던 옷이었다.

"주말에 학교에 오니까 좋지 않아?"

"혼자 있을 땐 싫어요. 얼마나 계실 거예요?"

"사실 막 나가려던 참이었어."

"아, 안 돼요." 미셸은 그렇게 말하며 배낭 지퍼를 열었다. "잠깐 이것 좀 봐주실래요? 2학년 학생들과 하려는 수업이에요."

학생들에게 자기만의 가짜 헌법을 제정하게 한다는 미셸의 수업 계획서를 매슈가 살펴보고 나자―"학생들에게 진짜 헌법을 먼저 가르치는 게 좋겠어."라고 그는 제안했다―그녀는 얼른 남자 친구 스콧과의 새로운 사연을 늘어놓았다. 이틀 전 밤에 그의 밴드가 공연을 했는데 스콧은 이튿날 새벽 3시에야 들어왔고, 그가 자는 동안 휴대전화를 뒤져보려고 했더니 암호가 바뀌어 있었다고 했다.

"그거 문제 있는데." 매슈가 말했다.

"제 말이요. 바람피우는 거 맞죠?"

"그 문제로 자네가 따졌을 때 스콧이 뭐라고 했는지 정확히 말해봐."

이미 미라에게 좀 늦겠다고 문자를 보낸 매슈는 책상에 등을 기댔고, 자신이 아주 잘하는 일을 했다. 여자의 말을 들어주는 일.

33

3

일요일에 헨은 경찰에 제보 전화를 하거나 더스틴 밀러 살인 사건의─벌써 2년 반이나 지났다─담당 형사에게 연락할까 생각했다. 하지만 경찰에게 알리려면 먼저 로이드에게 말해야 했는데 아직 그러고 싶지는 않았다.

그래서 커피를 마시고 아침 식사를 한 뒤, 로이드가 조깅 하러 나가자 노트북을 들고 앉아 검색창에 '더스틴 밀러 살인'이라고 입력했다. 모니터에 관련 기사들이 줄줄이 뜨자마자 헨은 흥분되면서 속이 울렁거렸다. 3년 전, 로이드가 이직하고 건강 보험 회사가 바뀌면서 헨은 새로운 정신 약리학자의 추천으로 다른 약을 먹었던 적이 있다. 그 약 때문에 조증이 왔고, 그 기간 동안 헨은 엄청나게 많은 일을 해내면서 동시에 더스틴 밀러 살인 사건에 집착하게 되었다. 더스틴 밀러는 예전에 헨과 로이드가 살던 동네의 주민이었다. 헨은 케임브리지의 휴런 빌리지로 산책을 나갔다가 그녀의 집과 같은 길에 있는 빅토리아 양식 저택 앞에 사람들이 몰려 있는 것을 보았다. 응급 대원들이 바퀴 달린 들것에 시체 운반용 자루를 싣고 나오고 있었다. 걸음을 멈추고 지켜보니 순찰차와 위장 경찰차들이 더 많이 몰려들었고, 나중에는 회색 양복을 입은 장신의 두 남자가 도착했다.

그 일은 그날 저녁 뉴스에 소개되었다. 최근 보스턴 대학교를 졸업한 남자가 집에서 숨진 채 발견됐는데 살인 사건으로 추정된다고 했다. 처음에 로이드는 자기 주변에서 이런 사건이 발생했다는 사실에 헨만큼이나 충격을 받았고, 역시 그녀만큼이나 관심을 보였다. 하지만 시간이 흐르며 세세한 사실들이 더 많이 밝혀지고, '유력한 단서'가 있는데도 불구하고 경찰이 용의자를 한 명도 특정하지 못하자 헨은 그 사건에 점점 더 집착했다. 경찰이 발표한 세세한 소식들을 자세히 읽었고, 하루에도 몇 번씩 그 장밋빛 빅토리아 저택 앞을 지나다녔다. 강제 침입의 흔적이 없었기 때문에 헨은 더스틴을 죽인 사람이 누구든 아마 아는 사이일 거라고 추정했다. 더스틴은 의자에 몸이 묶여 있었고, 머리에 강력 접착테이프로 고정된 비닐봉지를 쓴 채 질식사했다. 더스틴의 집에서 몇 가지 물건이 사라졌는데 지갑과 노트북, 그리고 유소년 체전 펜싱 대회에서 받은 트로피였다. 더스틴은 보스턴 대학교에서 펜싱이 아니라 테니스를 했지만, 서식스 홀에 재학할 당시에는 펜싱 선수였다. 서식스 홀은 그가 6학년에서 12학년까지 다녔던 보스턴 외곽의 사립학교였다.

헨은 몇 시간씩 더스틴의 페이스북 계정을 살펴보며 최근에 올라왔던 글과 사진뿐 아니라 그가 죽은 후에 친구들이 남긴 댓글까지 모두 읽었다. 대부분의 댓글은 더스틴이 마지막으로 올린 포스팅인 집 앞 거리를 찍은 사진에 달려 있었다. 헨의 집도 있는 그 거리에는 배꽃이 만발했고, 저택 지붕들 위로 보이는 분홍색 하늘에는 구름들이 길게 누워 있었으며, 사진 한쪽 구석에는 짧은 스커트를 입은 여자가 지나가고 있었다. 사진 밑에는 "와, 새로 이사한 이 거리가 너무 좋다"라고 적혀 있었다. 헨은 그 말을 계속 곱씹으며 그렇게 적은 이유가 단지 꽃이 만발한 배나무 때문인지, 예쁜 집 때문인지, 봄의 기운 때문인지, 아니면 사진 구석에 찍힌 다리가 긴 여자 때문인지 알아내려고 했다.

"당신도 남자잖아, 로이드. 더스틴이 무슨 의미로 이 말을 했다고 생각해? 여자 때문일까?"

로이드는 페이스북 사진을 5초간 보더니 입을 열었다. "그게 뭐가 중요해?"

"더스틴은 죽기 몇 시간 전에 이 사진을 올렸을 거라고."

"그 사진이 더스틴의 죽음과 연관이 있다는 거야?"

"아니, 그런 뜻은 아냐. 단지…… 소름 끼치지 않아?"

"소름 끼쳐. 아주 소름 끼쳐. 그 사진을 생각하고 거기에 대해 말하고 싶지 않을 정도로. 당신도 그래야 한다고 생각하는데."

도서관에서 스스로 책을 고를 수 있는 나이가 된 후로 헨은 늘 음산한 분위기의 책들을 골랐고, 죽음에 사로잡혀 있었다. 하지만 그게 잘못되었다고는 생각하지 않았다. 덕분에 고등학교 때 어둡고 징그러운 그림으로 몇몇 대회에서 상까지 탔으니까. 하지만 캠던 대학교 1학년 때 첫 조증이 오면서 과도한 자신감과 심각한 불안감 사이를 미친 듯이 오가게 되었다. 밤에 잠을 잘 수가 없어서 밤새 강박적으로 〈트윈 픽스〉 1시즌 DVD를 다시 봤다. 새벽에야 잠이 들어 아침 수업을 놓쳤고, 끊임없이 부정적인 생각을 했으며, 머릿속으로는 쉴 새 없이 죽음과 관련된 이미지를 떠올렸다. 헨은 자살하는 방법을 다양하게 상상했으며, 피가 날 때까지 손톱을 씹었다. 그 무렵 같은 기숙사에서 생활하던 또 다른 신입생 세라 하비가 감기에 걸렸는데 너무 아파서 휴학하고 집으로 돌아갈 수밖에 없었다. 기숙사에는 세라의 룸메이트 대프니 마이어스가 세라의 병이 악화되도록 일부러 창문을 열어놨다는 소문이 돌았다. 헨은 대프니에게 집착하게 되었고―신입생 오리엔테이션에서 처음 본 순간부터 대프니가 마음에 들지 않았다― 대프니가 세라를 더 아프게 했다고, 세라를 죽이려 했다고 확신했다. 완벽하게 앞뒤가 들어맞았다. 키가 크고 금발에 눈빛이 무덤덤하며 심리학을 전공하는 대프니는 사이코패스였던 것이다.

헨은 하필 그 시기에 자신이 캠던 대학교에 입학한 이유이자 목적이 대프니의 진실을 밝혀내는 것이라고 믿었다. 그리하여 늘 대프니를 감시했고, 감시하면 할수록 대프니가 사악한 인간이라고 믿게 되었다. 11월이 되자 대프니는 헨에게 점점 더 다정하게 대하더니―아주 수상쩍다고 헨은 생각했다― 전공을 심리학에서 미술로 바꿀 거라면서 교수님을 추천해달라고 부탁했다. 심지어 헨에게 자신이 그린 펜화까지 보여줬는데 헨이 보기에는 그녀의 스타일을 뻔뻔할 정도로 똑같이 따라한 것이었다. 이는 고의적인 도발이었고, 헨은 먼저 지도 교수에게 그다음에는 동네 경찰서로 가서 대프니 마이어스 때문에 자신의 목숨이 위험하며 대프니는 이미 세라 하비를 죽이려고 한 적이 있다고 말했다. 지도 교수 앞에서나 경찰 앞에서 헨은 걷잡을 수 없이 눈물을 흘렸다. 헨의 부모는 이 일로 연락을 받았고, 헨의 어머니가 학교를 방문할 계획이었으나, 도착하기도 전에 사건이 터졌다. 불안으로 살갗이 따끔거리고, 머릿속에 끔찍한 생각이 전기톱처럼 계속 돌아가던 헨은 새벽 3시에 헐렁한 티셔츠만 입은 채 기숙사 밖으로 나가 대프니의 침실 창문에 돌을 던졌다. 대프니가 깨진 창문 사이로 내다보자 헨은 그녀에게 달려들다가 깨진 유리창에 손목을 베었다. 헨은 응급실로 실려 갔고, 나중에는 열흘간 정신 병원에 입원했다. 그곳에서 양극성장애 1형 진단을 받았고, 대프니 마이어스로부터 500미터 이내에 접근하지 말라는 명령을 받았으며, 폭행으로 기소되었다.

변호사인 헨의 아버지는 대프니 마이어스의 가족에게 기소를 취소해달라고 설득했으나 거절당했다. 결국에는 유죄협상제*를 통해 헨은 계속 정신과 치료를 받으며 봉사 활동을 하기로 했다. 또한 캠던 대학교를 그만두고, 다시는 대프니에게 연락하지 않겠다는 조건에도 기꺼이 동의했다. 헨의 아버지는 판사에게 증언을 비공개로 해달라고 요청했으나 이미 몇몇 지방 언론 매체가 냄새를 맡았다. 대프니는 기특하게도 기자들과 일절 이야기하지 않았고, 당연히 헨도 그랬다. 덕분에 그 사건은 묻혀버렸으나 '캠던 대학교에서 두 여자 신입생이 벌인 끔찍한 혈투'라는 제목의 특집 기사 하나가 실렸다.

"난 네가 조현병이 틀림없다고 생각했지." 헨을 태우고 다시 업스테이트 뉴욕에 있는 집으로 차를 몰며 엄마가 말했다. "네 삼촌도 그랬거든. 하지만 넌 그저 이 집안 사람들처럼 제정신이 아닌 거였어." 엄마는 깔깔 웃고는 사과했다. 원래 그런 사람이었다.

헨은 1년간 집에 머물렀다. 처음 6개월은 아주 깊고 시커먼 동굴에 들어가 앞으로 자신의 인생에서 기쁨을 느끼는 일은 없을 거라고 생각했다. 그 후 6개월은 차츰 정상으로 돌아가 마침내 오네온타에 있는 뉴욕 주립 대학교에 등록했다. 거기서 처음으로 판화를 접한 헨은 천직을 찾은 듯했다.

---

* 피의자가 혐의를 인정하는 조건으로 검찰이 가벼운 범죄로 기소하거나 형량을 낮춰주는 제도

캠던 대학교에서 있었던 헨의 비극을 다 아는 로이드는 그녀가 더스틴 밀러의 죽음에 점점 더 집착하자 그 사건을 언급했다.

"그때와 달라." 헨은 짜증이 나서 가슴과 목이 시뻘겋게 달아올랐다.

"어떻게 다른데?"

"이건 우리가 사는 집 근처에서 벌어진 진짜 살인 사건이라고. 난 누구도 못살게 굴지 않고, 피해망상에 시달리지도 않아."

"하지만 당신 지금 약간 조증이야. 내가 알아."

나중에 상태가 악화되었을 때 헨은 로이드가 '조증'이라는 말을 꺼내는 순간 '시작' 버튼이 눌렸다고 믿게 되었다. 그 후로 석 달 동안 지난 10년간 뉴잉글랜드에서 발생한 미해결 살인 사건을 모조리 연구하면서 더스틴 밀러와의 연관성을 찾기 시작했기 때문이다. 또한 그 무렵에 파트 타임으로 일하던 화방에서 매니저와 다투게 되었다. 헨은 로이드에게 앞으로는 그림에만 집중하겠다고 말하고 출근하지 않았다. 로이드는 일은 그만둬도 되지만 적어도 화방에 통보는 해주라고 말하며 이렇게 덧붙였다.

"나중에 거기서 일했다는 증빙 서류라도 필요하게 될지 모르잖아. 다시 연락할 여지는 남겨둬야지."

"자기 말이 맞아." 헨은 그렇게 말했지만 끝내 화방에 전화하지 않았다. 그저 집에 틀어박혀 그림과 미해결 살인 사건 연구에 몰두했다.(이제는 단서를 찾기 위해 뉴잉글랜드만이 아닌 다른 지역에서 일어난 사건까지 조사했다.) 그러던 11월 어느 날, 늦잠을 자고 어리둥절한 상태로 깨어났더니 온몸이 쑤셨고, 그림을 그리고 싶은 욕망은 다 사라져버렸다. 로이드가 퇴근하고 집에 돌아왔을 때 헨은 여전히 침대에 누워 있었다. 로이드는 헨을 달래려고 했지만 그녀는 계속 울기만 했다.

"우린 이 위기를 이겨낼 거야." 로이드가 약속했다. "하지만 내 부탁 하나만 들어줘."

"뭔데?"

"혹시 자살하고 싶어지면 내게 알려줘. 당신은 절대 날 떠나면 안 돼. 내 곁에 살아 있어야 해."

헨은 로이드에게 그의 곁을 떠나지 않겠다고 약속했다. 하지만 두 달간 두려움과 불안 속에 살면서 건설적인 생각이라고는 어떻게 자살할까 하는 것뿐이었다. 마음 깊은 곳에서는 자기가 죽고 없는 편이 로이드에게 더 좋으리라는 걸 알고 있었지만 그래도 로이드와의 약속을 지켰다. 그리하여 바다에 빠져 죽자고 마음먹고 노스 쇼어로 차를 몰고 갔다가 결국 돌아온 헨은 퇴근한 로이드에게 병원에 입원해야겠다고 말했다. 로이드는 그날 저녁에 헨을 응급실로 데려갔다.

헨은 2주간 정신 병동에 입원했다가, 다시 2주간 외래 환자로 치료를 받으며 새로운 약을 처방받고, 전기 경련 치료도 받았다. 그러자 당장은 아니더라도 시간이 흐르며 점차 기분이 나아졌다. 그림을 그리고 싶고, 친구들도 보고 싶고, 여행도 가고 싶던 예전으로 되돌아갔다. 시간이 흐르면서 끔찍한 사건들은 과거로 물러났다. 감당할 수 없을 정도로 일거리가 많이 쏟아지는가 하면 더스틴 밀러를 비롯해 미해결된 살인 사건에 대한 집착도 사라졌다. 전기 경련 치료의 이점은 기억이 흐릿해지고, 일부는 아예 완전히 사라진다는 것이다. 언젠가는 아기를 가질 계획이었던 헨과 로이드는 결국 아기를 갖지 않기로 했다. 대신 케임브리지를 벗어나 교외의 더 큰 집에서 살기로 했다.

헨은 머그잔 속에서 차갑게 식어버린 커피를 다 마셨다. 더스틴 밀러 사건을 다시 살펴보고 나니 옆집 남자가 더스틴을 죽인 범인이라는 확신이 더 강해졌다. 아까 읽은 기사들은 대부분 옛날 것이었지만, 올해 7월 〈보스턴 글로브〉에 미해결된 살인 사건을 다룬 기사가 대서특필되었다. 그때 헨은 이사를 계획하느라 진이 빠져서("이제 다시는 이사 안 할 거야. 당신도 알지?" 로이드는 그렇게 말했다.) 기사를 보지 못했다. 기사에 새로운 정보는 많이 없었지만 더스틴이 서식스 홀 재학 당시에 여학생을 성폭행한 혐의를 받은 일이 실려 있었다. 헨이 알고도 잊어버렸거나, 아니면 최근에서야 밝혀진 일일 것이다. 아니다, 그 사실을 알았다면 잊어버렸을 리 없다, 절대 그럴 리 없다. 그제야 모든 게 맞아떨어졌다. 성폭행은 미주리 주 세인트루이스에서 열린 유소년 펜싱 대회에서 일어났다. 그녀의 이웃이자 서식스 홀 교사인 매슈 돌라모어는 틀림없이 더스틴을 알고 있다. 아마 더스틴을 가르쳤을 것이다. 법적으로 증명되지는 않았지만 정말로 성폭행이 있었다는 걸 매슈는 알지도 모른다. 그래서 5년 후에 복수심에서, 혹은 정의를 실천하기 위해 더스틴을 살해하고 펜싱 트로피를 가져간 것이다. 터무니없는 가설이지만 동시에 얼마든지 가능한 일이었다. 하지만 그 트로피를 다시 보고 거기 적힌 날짜와 장소를 확인해야 했다. 그런 후에야, 트로피를 확인한 후에야 경찰에 신고할 것이다. 그게 시민으로서 의무가 아니겠는가. 어쩌면 익명으로 제보할 수도 있다.

헨은 노트북을 닫고, 방충망이 쳐진 현관 옆 베란다로 나가 돌라모어 부부가 사는 옆집을 바라보았다. 진입로에 세워진 차는 없었지만, 헨의 집처럼 진입로 끝에 차 한 대가 들어갈 수 있는 차고가 있었다. 헨은 어젯밤 그 차고 안에서 검은색 소형차를 본 기억이 났다. 어떻게 하면 펜싱 트로피를 다시 볼 수 있을까? 매슈와 미라가 없을 때 몰래 집에 들어가거나, 더 좋은 방법은 미라에게 다시 초대를 받는 것이다. 미라에게 이메일을 보내서 인테리어에 참고할 수 있도록 집을 한 번 더 구경시켜줄 수 있는지 물어보자. 어차피 두 집은 구조가 같으니까.

바깥은 따뜻했다. 집 안보다 더 따뜻해서 헨은 스웨터를 벗고 흔들의자에 앉아 햇볕 쪽으로 고개를 기울였다. 그렇게 앉아 있는데 조깅을 마친 로이드가 땀을 뚝뚝 흘리고 숨을 거칠게 몰아쉬며 돌아왔다.

"여기 마음에 들어." 로이드는 베란다 난간을 붙잡고 다리를 뒤로 쭉 늘려주면서 말했다.

"이 집 말하는 거야, 아니면 동네를 말하는 거야?" 헨이 물었다.

"둘 다. 당신은 어때?"

"나도 둘 다 좋아." 헨은 그렇게 말하고 일어섰다. 따뜻한 미풍을 타고 고기를 굽는 냄새가 풍기자 갑자기 배가 고파졌다.

4

평소 좀처럼 매슈의 서재에 들어가지 않는 미라가 일요일 저녁에는 그의 서재에서 이를 닦으며 책꽂이에 꽂힌 책들을 보고 있었다.

"새로 읽을 책이 필요해서." 미라는 치약 거품을 튀기며 매슈에게 말했다. 그러더니 사과하고 서재에서 나갔다.

잠시 후 칫솔을 놔둔 그녀가 다시 서재로 들어왔다. 머리는 머리띠를 이용해 뒤로 넘겼고, 피부는 화장을 지운 민낯이었으나 밤마다 바르는 크림 덕분에 아직 광채가 났다.

"이 책은 어때?" 매슈가 《대지의 기둥》을 건네며 말했다.

"너무 길어. 그리고 페이퍼백이면 좋겠어."

"내일 몇 시 비행기라고 했지?" 매슈가 물었다. 미라가 내일 샬럿으로 떠난다는 사실이 방금 기억났다.

"오후 3시. 아침 시간은 자유야."

"《시간의 딸》은 읽었어?" 매슈는 오래되고 낡은 페이퍼백을 건넸다. 표지에는 체스의 킹이 쓰러져 있었다.

"무슨 책인데?"

"미스터리 소설이지만 리처드 3세와 관련된 내용이야."

"좋아. 마음에 드네. 분량도 적고." 미라는 첫 장을 들춰보았다. "크리스틴 트루스데일이 누구야?"

"몰라. 중고로 샀어."

미라는 책 맨 앞장에 적힌 글을 읽었다. "'크리스틴 트루스데일. 1999년 3월 7일 완독. 별 다섯 개.' 어쨌든 책이 마음에 들었나 보네."

"당신도 좋아할 거야. 아주 훌륭한 책이야."

"어머, 당신 트로피 어쨌어?" 벽난로 위를 바라보며 미라가 물었다. 더스틴 밀러의 펜싱 트로피가 놓여 있던 자리에 매슈가 대영 박물관에서 구입한 로제타 스톤 모형이 있었다.

"그냥 싫증나서. 다른 걸로 바꿔보고 싶었어." 매슈가 말했다.

미라는 벽난로 앞으로 다가가 로제타 스톤을 만졌다. "옆집 사는 헨이 그 트로피에 꽤 관심을 보이더라. 당신도 느꼈어?"

"아니, 몰랐는데."

"예전에 펜싱 선수였는지도 몰라."

나중에 두 사람은 침대에 누워 책을 읽었다. 미라는 《시간의 딸》을 읽기 시작했고, 매슈는 《동떨어진 거울(A Distant Mirror)》를 거의 다 읽어가고 있었다. 아마도 이번이 세 번째로 읽는 것이리라. 매슈는 역사물은 다 좋아했지만 특히 중세 시대를 다룬 책이 제일 좋았다. 죽음이 만연하고, 생명이 값싸게 다뤄지며, 거칠고 생생한 당시 분위기 때문이었다.

"그 사람들 다시 보게 될까?" 느닷없이 미라가 말했다.

옆집에 사는 로이드와 헨을 두고 하는 말이라는 걸 매슈는 알고 있었지만 모른 척했다. "누구?"

"옆집에 사는 헨과 로이드 말이야."

"당연히 다시 보겠지. 그것도 숱하게. 바로 옆집에 살잖아."

"그런 뜻이 아니라는 거 알잖아. 우리랑 친해질 거 같냐는 말이야."

매슈와 미라는 말다툼을 하는 적이 거의 없었지만—둘 다 따지기 좋아하는 성격이 아니었다—미라는 종종 부부끼리 알고 지내는 친구가 더 많았으면 좋겠다고 말했다. 한창 아기를 가지려고 노력할 때는 그런 말을 한 적이 없었는데 아이를 포기한 요즘에는 꽤 자주 그랬다.

"모르겠어. 우리랑 그렇게 쿵짝이 잘 맞지는 않았잖아, 안 그래?" 그렇게 말하자마자 매슈는 후회했다.

"재밌었는데. 괜찮았어. 꼭…… 쿵짝이 맞아야만 하는 건 아니야."

미라는 손가락으로 관자놀이를 문질렀다. "난 헨과 쿵짝이 맞는다고 생각했어. 아주 약간은. 헨은 정말 재미있는 사람 같지 않아?"

"그런 것 같더라. 자주 만나봐. 꼭 부부끼리 만날 필요는 없으니까."

"그래, 알아. 그래도 부부끼리 보면 좋잖아."

"언제 점심 먹자고 해." 매슈가 말했다.

"그럴 거야." 미라는 그렇게 말하고 덧붙였다. "당신은 로이드가 별로인 거지?"

"뭐 그럭저럭 괜찮아. 헨이 아깝긴 하지만. 그 친구가 운이 좋았지."

"당신은 늘 그렇게 말하더라."

"내가 사람을 잘 보는 편이야."

그들은 다시 책을 읽었다. 늘 그렇듯이 미라가 먼저 머리맡 테이블에 책을 내려놓고 스탠드를 끈 다음, 매슈를 향해 웅크리고 누워서 이렇게 말했다. "당신 없었으면 난 어떻게 살았을까?" 미라는 매일 밤, 적어도 둘이 함께 침대에 누워 있을 때마다 그렇게 말했다. 일종의 잘 자라는 인사였다. 동시에 기도이기도 하다고 매슈는 생각했다. 한번은 미라에게 그렇게 말하려다가 그렇다면 스스로 신이라고 자처하는 꼴이라서 관뒀다.

매슈는 계속 책을 읽었고, 미라는 10분 만에 잠들었다. 이제는 그를 등진 채 돌아누웠고, 숨소리는 느려졌다. 그리고 종종 알아들을 수 없는 잠꼬대를 하곤 했다. 매슈는 책을 덮고 스탠드를 끈 다음, 등을 대고 누웠다. 방 안은 흐릿한 잿빛으로 그가 태어나 17년간 잠을 잤던 침실과 달리 칠흑처럼 캄캄하지 않았다. 매슈는 정신이 말똥말똥했다. 자려고 할 때면 늘 그랬다. 하루 중에서 지금이 제일 좋았고, 잠들 때까지 자기 자신에게 어떤 이야기를 들려줄까 고민하며 선택지를 생각했다. 최근에는 둘 중 하나였다. 첫 번째 이야기에서는 거의 정확히 1년 전, 차를 몰고 뉴저지로 가서 밥 셜리가 아내 몰래 소유하고 있던 아파트에서 그를 죽였던 때로 돌아갔다. 아버지의 친구였던 밥은 노쇠했고, 매슈는 그의 가슴 위에 무릎을 꿇은 채 손으로 코와 입을 틀어막아 죽였다. 요즘 들어 잠자리에서 자주 들려주는 두 번째 이야기는 동료 교사 미셸의 남자 친구와 단둘이 있는 방법을 찾아낸다면 그자를 어떻게 죽일까 하는 것이다. 요즘에는 잠자리에서 그 이야기를 가장 자주 들려주었다. 하지만 오늘 밤에는 펜싱 트로피 일도 있고 하니 — 오랜만에 다시 트로피를 만져서 흥분하기도 했고 — 오래되긴 했지만 자신이 가장 좋아하는 이야기를 들려주기로 했다. 더스틴 밀러의 이야기.

세인트루이스에서 열린 펜싱 체전에 참가하려고 더스틴 밀러와 함께 떠났던 코트니 치는 그에게 강간당했다고 주장했다. 그 후로 매슈는 줄곧 더스틴을 죽여야 한다고 생각했다. 당시 몇몇 교사는 더스틴 편을 들었고, 대다수는 양쪽 이야기를 다 들어봐야 한다면서 판단을 보류했지만 매슈는 더스틴이 유죄라고 확신했다. 1학년이었던 더스틴에게 미국 역사를 가르칠 때부터 그 건방지고 하찮은 녀석을 경멸했던 터였다. 매슈는 언젠가 그를 처벌하리라 다짐했다. 늘 그랬듯이 시간은 그의 편이었고, 보스턴 대학교를 졸업한 더스틴은 페이스북에 자기가 사는 케임브리지 아파트 주소를 적어놓았다. 두말할 나위 없이 그의 부모가 얻어준 아파트였다.

늦겨울과 초봄 내내 미라가 출장을 가고 없을 때면 매슈는 휴런 빌리지에서 더스틴을 감시했다. 겨울이면 종종 그랬듯이 수염을 길렀고, 헌팅캡을 썼으며, 더스틴에게 절대 얼굴을 드러내지 않았다. 그쪽 동네에 있는 유일한 술집은 빌리지 인이었는데 더스틴은 목요일 밤이면 가끔씩 그곳에 들렀다. 한번은 빌리지 인에서 아슬아슬한 순간을 겪었다. 매슈가 뒤쪽 칸막이 좌석에서 진저에일을 마시고 있을 때 더스틴이 들어와 누군가를 찾는 듯이 손님들을 쭉 훑어본 것이다. 하지만 더스틴의 시선은 매슈를 곧바로 지나갔다. 그는 여자를 찾고 있었다. 특정한 인물이든 아니면 그냥 혼자 있는 여자든. 그러더니 바에 앉아 맥주 한 파인트를 시켰고, 천장 구석에 설치된 텔레비전에서 방송 중인 하키 경기를 시청했다.

이 일을 계기로 매슈에게는 제자를 죽일 수 있는 좋은 방법이 떠올랐다. 2주 후, 미라가 캔자스시티로 출장을 떠나자 매슈는 목요일 밤에 다시 빌리지 인으로 갔다. 이번에는 안에 들어가지 않고 길 건너편에 차를 세워둔 채 〈보스턴 글로브〉의 낱말 맞히기를 하면서 술집 출입문을 계속 주시했다. 10시 직전에 더스틴이 약간 휘청거리며 걸어오더니 빌리지 인의 출입문을 열고 들어갔다.

그다음에는 기막히게 운 좋은 사건이 연속해서 일어났다. 그때 일을 회상하면 매슈는 살갗이 조였고, 호흡이 빨라졌다. 마치 한 번 본 스릴러 영화를 다시 보는데 결말을 알아도 여전히 흥분되는 것과 같았다. 매슈는 남의 눈에 띄지 않고 몰래 뒤뜰을 돌아서 더스틴의 집으로, 아파트로 개조한 빅토리아 양식의 저택 뒤쪽으로 갔다. 더스틴의 집은 2층에 있었는데 뒤쪽에 발코니가 있었다. 쉽지는 않았지만 매슈는 1층 발코니 난간에 올라서서 2층 발코니로 올라갔다. 뒷문이 잠겨 있지 않기를 바랐는데 다행히 문이 열렸다. 매슈는 장갑을 끼고 발라클라바를 쓴다음, 집 안으로 들어갔다. 주위를 재빨리 훑어보면서 구조를 파악하고 숨을 곳을 찾았다. 붙박이장이 있기를 바랐는데 두 개있는 옷장은 전부 쓰레기로 가득 차 있었다. 더스틴은 물건을모두 안 보이는 곳에 처박아두고 깔끔한 집에서 사는 척하는 그런 사기꾼이었다. 매슈는 침대 밑으로 들어가 더스틴이 돌아오기를 기다렸다. 기왕이면 혼자서.

더스틴은 혼자 돌아왔을 뿐 아니라 술에 취해 있었다. 현관문이 쾅 닫히는 소리, 묵직한 발소리에 이어 더스틴이 침실 바로 옆에 있는 욕실에 들어가 오랫동안 힘차게 오줌 누는 소리가들렸다. 더스틴은 혼잣말을 하더니—매슈는 그가 오줌을 누면서 "젠장"을 길게 늘여서 말하는 걸 들었다—거실로 갔다. 텔레비전 소리가 들릴 줄 알았는데 아무 소리도 들리지 않았다. 그저 정적뿐이었다.

매슈는 적어도 한 시간은 기다린 다음, 침대 밑에서 나와 준비해 온 배낭을 들고 조용히 거실로 갔다.

더스틴은 리클라이너에 의식을 잃고 누워 있었다. 옷은 그대로 입은 채 한 손에는 마치 텔레비전을 켜려는 듯이 리모컨을 쥐고 있었다. 완벽했다. 매슈의 배낭에는 강력 접착테이프와 전기 충격기, 비닐봉지 여러 개, 심지어 잭나이프까지 들어 있었다. 비록 어떤 상황에서든 피를 보는 일만은 피하고 싶었지만.

매슈는 만약의 경우를 대비해 왼손에 전기 충격기를 든 채 접착테이프로 더스틴의 다리를 의자 발 받침대에 동여맸다. 그러는 동안에도 더스틴은 계속 자고 있었다. 매슈가 테이프로 그의 가슴과 팔까지 의자에 동여맨 후에야 더스틴은 꿈지럭거리며 잠에서 깨더니 "이게 뭐야 씨발?"이라고 말했다. 매슈는 손전등 기능도 있는 전기 충격기로 그를 때려서 다시 기절시켰다. 더스틴이 의식을 잃은 동안 매슈는 그의 입을 테이프로 막은 다음, 머리를 머리 받침대에 고정했다. 잘생긴 머리였다. 부드러운 금발에 턱에는 보조개가 파이고 피부는 티 없이 깨끗했다. 더스틴은 천사의 얼굴을 한 최악의 포식자였다.

매슈는 손전등으로 그의 얼굴을 비췄다. 더스틴의 눈이 빛에 적응하더니 매슈를 알아보는 듯했다. "이건 코트니 대신이야." 매슈는 그렇게 말하고 더스틴의 머리에 비닐봉지를 씌운 다음,

목 주위에 테이프를 감아 봉지를 밀봉하고, 더스틴이 죽어가는 모습을 지켜보았다.

더스틴이 죽은 뒤에는 잠시 아파트에 남아 소장할 만한 물건이 있는지 살폈다. 강도의 소행처럼 보이도록 더스틴의 지갑과 노트북은 이미 가져가기로 결심한 터였다. 하지만 그 물건들은 쓰레기통에 버리거나 몇 킬로미터 떨어진 매립지로 가져가 곧장 처분해야 했다. 그런 것 말고 자신만을 위한 물건, 자신이 간직할 수 있는 물건이 필요했다. 그러다 더스틴의 침실에서 그것을 보았다. 데오도란트와 구강청결제 사이에 끼어 있는 펜싱 트로피. 매슈는 먼지 쌓인 트로피를 들어 올렸고, 침침한 불빛 속에서 그 트로피가 더스틴이 코트니 치를 강간한 계기가 되었던 펜싱 대회에서 받은 상임을 알게 되었다. 매슈는 트로피를 쥔 채 이거야말로 자기가 가져야 할 물건이라고 확신했다.

그러고는 들어올 때와 같은 방법으로 아파트에서 나갔다. 쌀쌀한 봄 저녁이라서 주위에는 아무도 없었다. 매슈는 차에 올라타 웨스트 다트퍼드로 차를 몰았고, 제한 속도를 철저히 준수했다.

마법과도 같았던 그날 밤을 생각하자 신기하게도 긴장이 풀렸다. 매슈는 배를 깔고 엎드려서 한 손을 다리 사이로 집어넣어 페니스를 잡았다. 그는 이렇게 잠드는 걸 좋아했고, 기억하는 한 아주 어릴 때부터 이 자세로 잠들었다. 암벽 등반가가 튀어나온 바위에 매달리듯이 자기 자신에게 매달린 자세로. 옆에서 미라가 몸을 뒤척이며 알아들을 수 없는 말을 중얼거렸다. 매슈는 그녀가 출장을 간다는 사실이 기뻤다. 본격적으로 새 프로젝트에 착수해야 할 때가 되었는지 모른다. 오랜만에. 적어도 미라가 없는 동안 동생 리처드를 초대할 수는 있을 것이다. 그 또한 오랜만이었다. 미라가 자기를 싫어한다는 걸 아는 리처드가 매슈도 자길 싫어한다고 생각할까 걱정이었다. 내일 동생에게 연락해서 시간이 있는지 알아볼 것이다. 그리고 폭찹을 만들어 먹을 것이다. 그렇다, 매슈는 미라가 떠난다는 사실이 조금 기뻤다. 그녀가 떠날 때면 늘 그랬다. 하지만 그녀가 돌아올 때도 늘 기뻤다. 그거야말로 행복한 결혼 생활의 정의가 아닐까?

5

헨은 마감에 쫓기는 중이었지만―판타지 동화책에 들어갈 일러스트 두 개를 끝내야 했다―월요일 아침 내내 집에 앉아 스케치는 대충 하고, 서쪽으로 난 창문 너머로 돌라모어 부부의 집을 내다보았다.

진입로에 주차된 차는 없었다. 아마 매슈가 차를 타고 서식스 홀에 출근했을 것이다. 헨은 미라가 출근하는 모습을 보려고 기다리는 중이었다. 미라의 차는 아마 차고에 보관해둘 텐데 헨의 집에서는 차고가 보이지 않았다. 미라는 이미 출근했을 것이다. 비록 헨이 아침 8시부터 지켜봤는데도 미라가 나오는 모습은 보지 못했지만. 그래도 미라가 차를 타고 떠나는 모습을 직접 본다면 옆집이 비어 있다는 게 확실해진다. 그러면 옆집으로 가서 부엌으로 이어지는 뒷문이 잠겼는지 확인할 수 있다. 만약 안 잠겼다면? 그럼 집 안에 들어가서 잠깐 트로피만 보고 나올 것이다. 길어야 30초면 끝난다. 어쩌면 그 트로피에 1953년이라고 새겨졌을 수도 있고, 그러면 헨은 안도의 한숨을 내쉬며 다 잊을 수 있다. 하지만 만일 트로피에 더스틴 밀러가 유소년 체전에서 상을 받은 해가 새겨져 있다면? 어느 쪽이든 확인해봐야 했다.

헨은 자리에서 일어나 스트레칭을 했다. 진득한 성격이 아닌 데다가―어릴 때부터 그랬다― 기다리는 건 진 빠지는 일이었다. 그냥 가서 노크해볼까? 아무도 열어주지 않고, 차고에 미라의 차가 보이지 않으면 현관문이 잠기지 않았는지 확인해볼 수 있다. 하지만 만약 미라가 집에 있다면? 그녀에게 뭐라고 말해야 할까? 지난번 저녁 식사에 초대해줘서 고맙다는 인사를 하러 들렀다는 좋은 핑계가 있기는 하다. 일부러 그런 말을 하려고 들렀다는 건 좀 이상하지만 딱히 의심을 사지는 않을 것이다. 그런 일이 있다고 해서 미라가 저녁 식사 자리에서 매슈에게 이렇게 말하지는 않을 것이다. "옆집에 사는 그 오지랖 넓은 여자가 우리 집에 몰래 들어오려고 했는데 내가 마침 집에 있어서 딱 걸렸지 뭐야. 그랬더니 그 여자가 지난번 저녁 식사에 초대해줘서 고맙다는 인사를 하러 왔다고 어설프게 둘러대더라고." 게다가 헨은 더 나은 핑계를 생각해낼 수 있었다. 그 집 인테리어를 한 번 더 보고 싶어서 들렀다고 하면 어떨까? 그 집을 다시 보면서 인테리어 아이디어를 얻고 싶다고 말이다. 여러 면에서 훨씬 나은 핑계였다. 만약 미라가 집에 있다면 그 말을 듣고 좋아할 것이며, 헨에게 다시 집을 구경시켜줄 것이다. 헨은 인테리어에 대해 대놓고 꼬치꼬치 물어볼 작정이었다. 그래야 서재에 들어갔을 때 트로피를 보며 거기 적힌 글자를 읽어도 의심받지 않으리라.

이 정도면 좋은 작전이라는 결론을 내리고—이제는 미라가 집에 있기를 바랐다—헨은 청바지와 긴 팔 셔츠로 갈아입은 다음, 아래층으로 내려갔다. 현관으로 걸어가다가 벽 아래쪽 굽도리널을 따라 빠르게 움직이는 비니거를 보고 깜짝 놀랐다. 로이드의 고양이 비니거가—비니거는 헨을 달가워하지 않는 반면 로이드를 사랑했기 때문에 헨은 비니거를 늘 남편의 고양이라고 생각했다—걸음을 멈추고 헨을 바라보았다.

"간 떨어지는 줄 알았잖아, 비니." 헨이 그렇게 말하자 고양이는 하소연하듯이 야옹거렸다.

헨은 미안한 마음으로 지하실에 내려가 비니거의 밥그릇을 살펴봤다. 밥그릇은 비어 있었고, 배변기는 꽉 차 있었다. 헨이 배변기를 비우고, 그릇에 사료를 담아주자 비니거가 그녀의 발목에 몸을 비비기까지 했다.

다시 위층으로 올라간 헨은 비니거를 만나기 전에 자신이 뭘 하려고 했는지 기억나지 않았다. 그러다 이내 기억해내고 숨을 깊이 들이쉬었다. 이게 정말 잘하는 짓일까? 또 의문이 들었지만 현관문을 열고 나가서 옆집으로 향했다.

헨은 초인종을 눌렀고, 그제야 지난번 저녁 식사에 대한 답례 선물 ― 머핀 세트 같은 것 ― 이라도 사 왔어야 했다는 생각이 들었다. 하지만 그때 문이 활짝 열렸고, 미소 짓는 미라의 얼굴이 나타났다.

"안녕하세요, 헨." 미라가 말했다.

"안녕하세요, 미라. 이렇게 갑자기 들러도 괜찮은지 모르겠네요. 이메일을 보낼까 하다가 바로 옆집에 사는데 이메일을 보내기도 우습고 해서 그냥 찾아왔어요. 지금 시간 괜찮아요?"

"네, 들어오세요." 미라가 문을 잡아주었다. 요가 바지에 낡아빠진 뉴햄프셔 대학교 티셔츠를 입고 있었다.

"불쑥 찾아와서 미안해요. 운동 중이었어요?" 헨이 물었다.

미라는 잇몸이 보일 정도로 활짝 웃었다. "아뇨! 짐을 싸는 중이었어요. 오늘 오후에 출장을 가거든요."

"저런, 계속하세요. 전 다음에 올게요."

헨은 뒤로 물러섰지만 미라는 현관문을 닫았다. "걱정 말아요. 거의 다 끝났어요. 그리고 택시는 1시에나 올 거고요. 아무 문제 없어요. 마실 것 좀 줄까요? 커피?"

"사실, 미라, 이 집을 한 번 더 둘러보고 싶어서 왔어요. 그게…… 토요일 밤에 우리 집으로 돌아가서 보니까 집 안이 너무 밋밋한 거예요. 그래서 인테리어를 어떻게 할지, 가구는 어디에 배치할지 계속 생각하고 있어요. 이 집은 기본적으로 우리 집과 구조가 같으니까……."

"알겠어요. 얼마든지 구경시켜드릴게요. 먼저 2층에 가서 옷 좀 갈아입고요. 그런 다음에 지루한 표정으로 따라다니는 남편들 없이 우리끼리만 집을 둘러봐요."

"고마워요. 그럼 좋겠네요."

"정말 커피 안 마실 거예요? 부엌에 이미 내려놓았으니까 편하게 마셔요."

미라는 몸을 돌려 계단을 올라갔다. 헨은 불쑥 찾아온 것이 미안해졌다. 특히나 토요일 저녁 식사 때 미라가 아름답게 차려입었던 걸 생각하면 그녀는 평상복 차림으로 손님을 맞이하는 걸 싫어할 듯했다. 하지만 자신이 여기 온 데는 특별한 이유가 있다는 사실을 기억해내고 부엌으로 들어갔다. 향긋한 커피 냄새가 풍겼고, 커피포트 옆에 깨끗한 머그잔이 놓여 있어서 헨은 머그잔에 커피를 따랐다. 헤이즐넛이나 바닐라 같은 특별한 향이 들어 있는, 자기 돈으로는 절대 사 먹지 않지만 다른 사람 집에서는 기분 좋게 마실 수 있는 커피였다. 헨은 싱크대의 화강암 상판에 몸을 기댄 채 깨끗하고 세련되게 꾸며진 부엌을 바라보았다. 카탈로그에 실린 부엌처럼 모든 요소가 현재 유행하는 부엌 스타일과 완벽하게 맞아떨어졌다. 코르크 바닥, 가스레인지와 싱크대 뒤쪽에 더러움을 방지하기 위해 붙인 하얀 타일, 심플한 하얀색 싱크대 서랍장, 스테인리스스틸로 된 조리 기구들. 반면 헨의 집 부엌에는 원목 재질에 화려한 장식이 달린 싱크대 서랍장이 있었고, 바닥에는 아마도 옛날에는 하얀색이었을 리놀륨 장판이 깔렸으며, 예전 주인이 썼던 겨자색 냉장고가 있었다. 빈티지풍 냉장고는 마음에 들었지만 나머지는 끔찍하게 싫었다. 그렇기는 해도 만약 부엌 인테리어를 바꾼다면 미라가 꾸민 것보다 훨씬 더 과감하게 할 생각이었다.

"커피를 마시고 있군요. 잘했어요." 미라가 부엌으로 들어왔다. 딱히 옷을 갈아입었다기보다 역시나 뉴햄프셔 대학교 로고가 찍힌 두툼한 면 스웨터만 덧입고 나왔다. 집 안이 춥지 않았으므로 아마도 예의 바른 옷차림을 위해서, 낡아서 안이 훤히 들여다보이는 티셔츠를 가리기 위해서 스웨터를 덧입은 듯했다.

"네, 맛이 좋네요. 출장은 어디로 가세요?"

미라는 잠깐 머뭇거리다가 말했다. "노스 캐롤라이나 주 샬럿으로요."

"아." 헨은 그곳과 관련돼서 할 말이 딱히 생각나지 않았다.

"세상에, 출장을 어디로 가는지도 잊어버린 거 있죠. 늘 똑같거든요. 공항 근처의 메리어트 호텔에 묵고, 바로 옆에는 칠리스나 아웃백이 있고."

"그런 생활이 싫으세요?"

"아뇨, 좋아요. 근데…… 화려하진 않아요. 사람들은 출장을 자주 다닌다고 하면 세상을 돌아다니며 신나게 사는 줄 알거든요."

"그때 듣기로…… 교육용 소프트웨어를 판다고 했죠?"

"주로 학교에 팔죠. 샬럿은 주요 고객이라서 자주 방문해요."

"남편은 괜찮대요?"

"내가 자주 출장 가는 거요? 자기 말로는 그렇다는데 모르죠. 반대로 매슈가 출장을 자주 다녔다면 난 싫었을 거예요. 혼자 있는 게 싫거든요. 하지만 그이는 괜찮은가 봐요."

"다행이네요." 헨은 그렇게 말하며 커피가 담긴 머그잔을 내려놓았다.

"그럼 집 안을 둘러볼까요? 위층으로 올라갈래요?"

"좋아요. 제가 방해가 안 된다면요." 헨이 말했다.

그들은 아주 천천히 집 안을 돌아다녔고, 미라는 세세한 부분까지 어찌나 신나서 설명하는지 헨은 이러다 서재까지 못 가는 건 아닐까 걱정되었다. 부부 침실을 둘러보며 미라가 말했다. "침대 위치가 정말 중요한 것 같아요. 아침에 침실로 햇빛이 들어오는 거 알아요?"

헨은 알고 있다고 했다. 주의를 기울여서가 아니라 그저 햇빛 때문에 잠에서 일찍 깼기 때문이었다.

그다음에는 손님용 침실을 둘러보았다. 침대 두 개가 있고, 벽에는 퀼트가 걸려 있었는데 헨이 보기에는 인도 제품 같았다. 세 번째로 들어간 방은 천장이 기울어지고 집 앞쪽을 향한 방이었는데 벽이 밝고 상큼한 노란색으로 칠해졌다. 테이블 위에는 재봉틀이 놓여 있고, 천이 여러 장 쌓여 있었다.

"재봉 방인데 사실은 한 번도 사용한 적이 없어요. 원래 아기 방이었는데……."

"아이를 가지려고 했어요?" 헨이 물었다.

"네. 3년 동안요. 근데 실패했고, 이젠 괜찮아요. 아이가 없는 편이 살기 더 쉽죠, 안 그래요?"

"맞아요. 훨씬 더 쉽죠."

"혹시…… 당신들은 아이를—."

"아뇨, 저희는 아이를 갖지 않을 생각이에요."

"이유를 물어도 될까요?" 미라가 말했다.

헨은 그 질문에 놀랐지만 짜증이 나지는 않았다. "제가 건강에 문제가 있거든요."

"어머, 캐물을 생각은 아니었어요."

"아뇨, 괜찮아요. 전…… 우울증이 있어요. 그리고 솔직히 약을 끊을 생각도 없고요. 임신하면 약을 끊어야 하잖아요. 제 고장 난 뇌를 자식에게 물려주고 싶지도 않고요." 헨은 웃어도 된다는 뜻으로 자기가 먼저 웃었다.

"정말 의외네요. 당신은 아주 행복해 보이거든요." 미라가 말했다.

"지금은 아주 좋아졌어요." 헨은 그렇게 말하며 생각했다. 난 행복한 사람이고 늘 그랬어요. 하지만 그건 그냥 내 성격일 뿐이고 고장 난 뇌와는 아무 상관없죠. 이 뇌는 주기적으로 '넌 살 자격이 없는 쓰레기야'라고 아주 설득력 있게 말하거든요.

그러자 미라가 말했다. "저랑 아주 가까웠던 할아버지도 우울증이셨죠."

"그래요?" 헨이 말했다. 그녀는 늘 자신의 정신 질환을 사람들에게 공개했는데 그러고 나면 상대에게도 늘 사소하든 비극적이든 자신만의 사연이 있는 듯했다.

"할아버지는 제가 열네 살 때 자살하셨어요."

"어머나, 세상에. 정말 유감이에요, 미라."

"아주 옛날 일이에요. 난 할아버지가 아팠고, 그 병 때문에 돌아가셨다고 생각해요."

"그렇게 생각하는 게 좋아요." 헨은 미라에게 호감이 갔다. 그녀 자신도 별로 자랑스러워하지 않는 습관이었는데 헨은 어떤 식으로든 고통받은 사람들에게만 관심이 가곤 했다.

그들은 아래층으로 내려와 다시 부엌을 둘러보았고, 헨은 일부러 꼬치꼬치 캐물었다. 그래야 나중에 서재에 들어갔을 때 벽난로 위에 놓인 물건에 관심을 보여도 이상하지 않을 터였다. 부엌에서 나온 다음에는 잠시 식당에 들렀고, 헨은 곧바로 집 뒤쪽에 있는 서재로 가고 싶었지만 먼저 거실을 지나야 했다. 미라는 공간을 넓히기 위해 현관 쪽 벽을 어떻게 텄는지 상세하게 설명했다. 마침내 서재에 들어서자 미라가 말했다. "물론 난 이 방의 인테리어와는 전혀 상관없어요. 여긴 매슈의 영역이거든요."

"저 책상 크기를 좀 보고 싶어요. 우리도 저런 책상이 필요하던 참이거든요."

그들은 서재로 들어갔다. 헨은 이곳이 집 안의 다른 공간과 전혀 다르다는 사실에 다시 한번 충격을 받았다. 그녀의 시선은 곧장 벽난로 위로 향했지만, 펜싱 트로피가 사라졌다는 걸 곧바로 알아차렸다. 그 자리에는 표면에 글자가 새겨진 돌 하나가 받침대에 접착제로 붙어 있었다. 헨은 얼른 시선을 돌리며 서재를 둘러보았고, 트로피가 이디로 옮겨졌는지 찾아보았다.

"줄자를 가져와서 책상 치수를 재볼까요?" 미라가 물었다.

"네. 좋죠."

헨은 미라가 계단을 올라가는 소리를 들었다. 아마 재봉 방으로 갈 것이다. 헨은 트로피가 있었던 자리로 다가갔다. 순간적으로 혹시 지난번 이 집에 놀러 왔던 때 뭔가 착각한 것은 아닌지, 트로피를 본 곳이 여기가 아니고 다른 곳은 아닌지 생각했지만 아니었다. 분명 여기에서 벽난로 위 한가운데 놓인 트로피를 보았다. 그런데 트로피가 사라졌다.

그녀가 트로피를 바라봤기 때문에 매슈가 치운 것이다. 그녀가 안다는 걸 매슈도 알고 있다.

이제 헨은 매슈가 그의 제자를 죽였다고 확신했다. 마치 펜싱 트로피에 더스틴 밀러의 이름이 새겨져 있는 걸 보기라도 한 듯이.

"가져왔어요." 미라가 그렇게 말하며 줄자를 들고 서재로 돌아왔다. 그러고는 노란색 줄을 잡아당겼다가 탁 놓아버리자 줄

이 요란한 소리를 내며 다시 안으로 쏙 들어갔다. 헨과 미라는
깜짝 놀랐지만 이내 웃음을 터뜨렸고, 함께 책상 치수를 쟀다.

6

저녁 식사를 준비하며 매슈는 자기가 좋아하는 방식으로 폭찹을 요리했다. 약간의 소금과 후추를 뿌린 다음, 버터와 함께 무쇠 팬에 굽는 방법이었다. 거기에 삶은 감자와 익힌 브로콜리를 곁들였고, 사과 소스 한 스푼을 수북이 퍼서 폭찹 한가운데에 얹었다.

그런 다음 우유 한 잔을 따라 텔레비전 지역 뉴스를 보며 저녁을 먹었다. 매사추세츠 주 서쪽에 있는 또 다른 사립학교에서 1980년대에 교사 일곱 명이 학생을 성추행했다고 인정했다는 뉴스가 나왔다. 매슈가 아는 한 서식스 홀은 절대 저런 교사를 고용하지 않았다. 영어 선생 윌리엄 로스가 서식스 홀에 부임한 첫해에 3학년 여학생과 스캔들을 일으킨 적이 있었지만 그는 곧바로 그만두었다. 당시는 서식스 홀이 여학생을 받아들인 지

불과 몇 년 후라서 교사들은 대부분 윌리엄 로스의 자제력 부족보다 여학생의 입학을 허락한 정책을 탓했다. 결국에는 잘 해결되었다. 윌리엄 로스는 학교를 그만두었고, 매기 앨런은 윌리엄을 정식으로 고소하지 않았으며 반에서 1등으로 졸업했다.

저녁 식사를 한 뒤에는 동생 리처드가 왔다. 매슈는 동생에게 미라가 출장 갔다고 말했고, 리처드는 그 기회를 놓치지 않았다. 한때는 리처드와 미라가 종종 한 공간에 있기도 했지만 오래전 얘기다.

"형도 한잔해." 매슈가 큼직한 잔에 스카치 앤드 소다를 만들어서 주자 리처드가 말했다. 아버지도 그 칵테일을 좋아했다.

"난 됐어." 매슈가 말했다.

그들은 매슈의 서재에 앉았다. 말이 안 된다는 건 알지만, 미라가 직접 꾸민 다른 공간보다는 차라리 그의 서재에 있는 편이 미라의 신뢰를 덜 깨는 듯했다.

"그렇지 않아도 지난주에 형 생각이 나더라." 리처드가 말했다.

"그래?"

리처드는 몸을 앞으로 내밀고 손으로 머리카락을 쓸어 넘겼다. 아버지처럼 리처드의 헤어라인도 V자 형이었다. 비록 리처드의 머리는 안 감은 지 며칠은 된 듯했지만.

"차로 메리맥 가를 달리고 있었는데 형 학교 여학생들이 조깅을 하면서 무더기로 지나가는 거야. 그 바람에 사거리 교차로 신호등에 걸려서 5분 정도 정차해 있었어. 맙소사, 형. 그 여학생들 뭐야? 크로스컨트리 팀인가?"

"나도 몰라. 유니폼을 입고 있었어?"

"초록색. 크로스컨트리 팀 맞지? 절반은 딱 달라붙는 짧은 반바지 차림이었어. 형은 어떻게 참아? 아주 그냥 탱탱하더라. 난 그 자리에서 심장마비로 쓰러지는 줄 알았다니까."

"난 애들을 그런 식으로 보지 않아. 걔들은 내 학생이고, 아직 어려."

"내 말이. 어린 여자애들은 뚱뚱해도 섹시해 보이지 않아? 어떻게 그럴 수가 있지?"

매슈는 잠시 화제를 바꿨고, 그들은 어린 시절과 부모님에 관해 이야기했다. 매슈가 리처드와 계속 연락하며 지내는 유일한 이유이기도 했다. 함께 추억에 잠길 수 있기 때문이다. 그들은 과거를, 끔찍한 부모 밑에서 자란 끔찍한 과거를 공유했고 그로 인해 유대감을 느꼈다. 미라와 사귀기 시작했을 때 매슈는 아버지가 얼마나 교묘하면서도 잔인하게 어머니를 학대했는지 설명했지만 미라는 결코 이해하지 못했다. 그의 아버지는 어머니의 자긍심과 자신감을 아주 천천히 갉아먹으며 어머니를 그저 대충 인간 비슷한 무언가로 전락시켰다. 포터 돌라모어는 그런 방면에 재능이 있었고, 엄청난 인내심을 발휘해 매일 희생양의 살갗을 아주 조금씩만 벗겨내며 희생양을 고통스럽게 살려두는 능숙한 고문 기술자였다. 나탈리아 돌라모어는 살아남기 위해 자신이 할 수 있는 일을 할 수밖에 없었다. 늘 자신을 창녀라고 부르는 남편의 말에 따라 그런 여자가 되어 동네 유부남들의 절반과 자고 다녔다. 그렇게 나름대로 남편에게 복수했지만 대가도 따랐다. 쉰 살에 남편이 죽은 뒤 그녀는 완전히 딴사람이 되어 말수가 줄어들고 시무룩했으며 좀처럼 집을 나서지 않았다. 그러다 남편이 죽은 지 3년 뒤에 자기도 죽었다.

리처드는 첫 잔을 비우고 나서도 석 잔을 더 마셨지만, 매슈는 마지막 잔에 위스키보다 탄산수를 훨씬 많이 넣었다. 이제 그만 동생이 갔으면 싶었다. 밤새 동생과 함께 있는 건 도저히 견딜 수 없었다.

떠나기 전에 리처드는 매슈가 깜짝 놀랄 말을 했다. "형 옆집에 새로 이사 온 사람을 봤어."

"부부가 살아. 로이드와 헨리에타."

"로이드는 못 봤고, 헨리에타를 봤지."

"다들 헨이라고 불러."

"언제라도 준비된 여자처럼 보이던데." 리처드가 혀를 내밀어 윗입술을 핥으며 말했다.

"왜 그렇게 생각해?" 매슈가 말했다. 도대체 동생이 왜 그런 생각을 하는지 알고 싶었기에 매슈는 리처드의 대답이 궁금했다. 아버지처럼 리처드도 자기 시야에 들어오는 모든 여자를 성적 대상, 그저 섹스 파트너로 여겼다. 동생과 아버지의 차이점이라면 아버지는 실제로 가끔씩 먹잇감을 구했다는 것이다. 리처드의 경우에는 그저 말뿐이라고 매슈는 믿었다. 동생은 여자를 구했다고 해도 어떻게 해야 할지조차 모를 것이다.

"그냥 알 수 있어. 여자가 입은 옷을 보라고." 리처드가 말했다.

"헬을 언제 봤는데?"

"몇 주 전에 지나가면서. 베란다에 나와서 난간에 두 다리를 올린 채 앉아 있더라. 치마 속이 훤히 다 보였어. 허벅지 안쪽까지 말이야. 날 봤는데도 눈 하나 깜짝 안 했어. 분명히 말하는데 나한테 금방 굴복했을 거야."

"네 착각이야. 그리고 이제 그만 가줘. 나 자야 해." 매슈가 말했다.

"화났어?"

"아니, 화 안 났어, 리처드. 하지만 넌 꼭 아버지 같아."

"아버지는 여자를 잘 알았지."

"그래서 너도 여자를 잘 안다고? 행복한 결혼 생활을 하는 건 나야. 넌 할 말 없지. 아버지는 더더욱 그렇고."

"진정해, 형. 그냥 재미있자고 한 얘기야. 심각하게 받아들이지 말라고. 대신 옆집 여자는 조심해. 그 여자 때문에 골치 아파질 거야." 리처드는 '골치'를 큰 소리로, 길게 늘여서 말했다.

이튿날 매슈는 동생을 만난 여파로 여전히 속이 약간 불편했으며, 좋아하는 수업 시간에 학생과 불편한 일을 겪었다. 3학년들과 함께 냉전을 주제로 토론하는 세미나 수업이었다. 수업은 점심시간 뒤였고, 매슈는 칠면조 고기와 치즈가 들어간 샌드위치를 먹은 다음, 책상들이 둥그런 원을 이루도록 자리를 다시 배치했다. 오늘은 얄타 회담에 대해 이야기했고, 아마 올해 3학년들 중에서 가장 똑똑한 학생일 힐러리 마골리스가 토론을 주도했다. 매슈는 힐러리 바로 맞은편에 앉았는데 힐러리는 이야기하는 동안 책상 아래서 초조하게 다리를 꼬았다가 풀기를 반복했다. 매슈는 무심코 힐러리의 진초록색 스커트를 보았다가 그 애의 허벅지 안쪽과 슬쩍 비친 하얀 팬티를 보게 되었다. 매일 보는 장면이었는데도—여학생들은 가끔씩 자신의 젊은 육체와 허술한 옷차림을 의식하지 못하는 듯했다—어젯밤에 리처드를 만난 직후라서 그런지 다른 생각이 들었다. 머릿속에서 동생의 목소리가 들렸고—"쟤는 다리를 벌릴 준비가 됐어."—잠깐이지만 힐러리의 허벅지가 얼마나 보드라울지 생각했다. 그러자 가슴과 목으로 열기가 올라왔고, 약간 걱정스러운 표정으로 그를 바라보던 저스틴 크누센과 눈이 마주쳤다.

근무가 끝난 뒤 매슈는 주차장에 세워둔 차에 앉아 있었다. 이게 모두 리처드 때문이다. 그 애 때문에 학생을 그런 식으로 보고, 그런 생각이 들었던 것이다. 어젯밤에 집에 들이지 말았어야 했다. 동생이라고 해서 꼭 시간을 함께 보내야 할 이유는 없다. 그들은 공통점이 하나도 없었다.

매슈는 마음을 가라앉히며 저녁에 무슨 요리를 해 먹을지 생각하고는 수산 시장에 가서 싱싱한 대구 가운데 토막을 사기로 했다. 그런 다음, 슈퍼에서 리츠 크래커를 사서 잘게 부숴 생선에 토핑으로 올려 먹을 것이다. 매슈가 제일 좋아하는 생선 요리법이었지만 미라는 별로 좋아하지 않았다. 미라는 간장과 해선장으로 만든 매콤한 소스를 연어에 발라서 구워 먹는 걸 더 좋아했다.

매슈가 차에 시동을 걸었을 때 마침 미셸 브라인이 그녀의 차를 향해 서둘러 길을 건너고 있었다. 매슈의 피아트 시동 소리를 들은 미셸은 고개를 돌렸고, 매슈를 보더니 미소 지으며 다가왔다.

매슈는 차창을 내렸다.

"감사 인사를 드리고 싶어요." 미셸이 말했다. "어제 수업 시간 내내 헌법의 기초를 가르쳤어요. 아이들이 졸 거라고 생각했는데 괜찮더라고요. 그러고 나서 오늘 가짜 헌법을 제정해보라고 했더니 반응이 굉장했죠. 아이들이 정말 재미있어 했어요."

"잘됐네."

"그리고 선생님의 조언대로 하니까 정말로 벤 짐벨이 입을 닥쳤어요."

"무슨 조언?"

"벤이 막 떠들길래 이번에는 조용히 하라고 말하지 않고, 그냥 수업을 중단하고 벤을 노려봤죠. 그랬더니 다른 아이들이 벤에게 조용히 하라고 하더군요. 신기했어요." 따뜻한 돌풍에 미셸의 긴 머리가 날려 차창 안으로 들어왔다. 미셸은 머리카락을 뒤로 모아 다시 묶었다.

"스콧은 어떻게 됐어?"

"말도 마세요. 산 넘어 산이에요. 왜 비밀번호를 바꿨냐고 따졌더니 새 비밀번호를 알려주더라고요. 카페에서 수상해 보이는 청소년들─이 대목에서 미셸은 양손 손가락을 까닥거려 인용 부호를 넣어주었다─이 자기가 휴대전화에 입력하는 비밀번호를 유심히 지켜보고 있어서 바꿨대요. 그러더니 제게 전화를 주면서 확인하고 싶은 게 있으면 얼마든지 하라더군요. 하지만 이미 공연이 끝나고 24시간이나 지났으니 자기에게 불리한 정보는 다 삭제했겠죠."

"정말로 스콧이 바람을 피운다고 생각해?"

"모르겠어요. 아마 그럴 거예요." 미셸의 눈에 눈물이 고였다.

"만약 그렇다면 스콧은 자네 남자 친구가 될 자격이 없어."

"알아요, 알아요. 저기, 방해하고 싶지는 않은데…… 선생님은 가보셔야 하죠?"

"괜찮아. 미라가 또 출장을 갔어. 이번 주는 나 혼자야."

"아." 미셸의 얼굴이 살짝 상기되었다. 매슈는 가끔씩 미셸이 그를 짝사랑하는 건 아닐까 생각했다.

"어쨌든 가봐야겠어. 저녁 준비도 해야 하고, 수업 계획서도 짜야 하고, 텔레비전도 실컷 봐야지." 매슈가 말했다.

미셸은 웃었고, 그에게 무슨 프로그램을 보냐고 물었다가 갑자기 말을 멈추고 뒤로 물러나더니 "미셸, 그만 지껄이자."라고 웃으며 말했다. "좋은 시간 보내세요, 매슈. 다시 한번 감사드려요."

하늘에는 해가 나직이 걸려 있었고, 차를 몰고 집으로 돌아가며 매슈는 적어도 옆집 여자 헨과 그녀가 펜싱 트로피를 빤히 바라보던 일을 잠시 잊을 수 있어서 안도했다. 이제는 미셸의 남자 친구 스콧을 생각했다. 스콧은 정말로 바람을 피우고 있을 가능성이 컸다. 불이 안 났는데 연기가 날 리 없다고 매슈는 생각했다. 아무 이유 없이 휴대전화 비밀번호를 바꾸는 사람은 없다. 매슈는 스콧을 만난 적이 없었지만 미셸의 페이스북에서 그의 사진을 몇 번 본 적이 있었다. 창백한 피부에 뾰족한 코는 칼날처럼 예리하고, 덥수룩한 빨간 수염을 길렀다. 매슈의 기억이 틀리지 않다면, 그가 자신의 밴드 이름인 C빔스가 적힌 티셔츠를 입고 찍은 사진도 있었다. 스콧이 정말로 바람을 피우는지 확인하기는 어려울까? 그렇다면 미셸을 그 재수 없는 놈에게서 해방시키는 건? 그 생각을 하자 매슈는 흥분이 되었다. 몸에서 분출되는 아드레날린이 느껴졌다. 라디오에서 흘러나오는 드럼소리에 맞춰 운전대를 두드렸다. 너무 오랫동안 과거 속에서 살았다. 이제는 새로운 기억을 만들 때가 되었다. 스콧은 가치 있는 희생양일 것이다.

집에 돌아온 매슈는 저녁을 준비했다. 생선을 그릴에 너무 오래 구운 탓에 토핑으로 얹은 리츠 크래커가 약간 타버렸지만 그래도 여전히 맛있었다. 매슈는 텔레비전 앞에서 먹지 않고, 서재에서 컴퓨터를 켜고 C빔스 웹사이트에 있는 동영상을 보면서 먹었다. 일정이 소개된 페이지에는 그들이 목요일 저녁 아울스 헤드 태번에서 공연할 거라고 적혀 있었다. 그 술집은 매슈의 집에서 걸어갈 수 있는 거리에 있었다. 미셸이 그 공연에 안 가는 게 확실하다면 혼자 가서 스콧을 보고, 상황이 어떤지 살펴보자고 매슈는 마음먹었다.

7

헨에게는 하루 중에서 최악의 시간인 늦은 오후였다. 이때쯤이면 기운이 빠져서 아이디어는 떠오르지 않고, 뭘 해야 할지 알 수 없었다. 저녁에 뭘 먹을지 생각하기에는 너무 일렀고, 책을 읽으면 잠이 들 테고, 너무 오래 자면 저녁 내내 짜증 나고 멍하기 때문이다. 하지만 오늘은 집 안을 서성이며 옆집 남자를 어떻게 해야 할지 생각했다. 한 가지 방법은 그냥 케임브리지 경찰청에 전화해서 자신이 본 대로 말하는 것이다. 미친 여자라고 생각하겠지만 만에 하나 매슈 돌라모어가 이미 용의선상에 올랐을 수도 있다. 그렇다면 헨이 그의 집에서 펜싱 트로피를 봤다는 사실로 인해 경찰은 그를 더 자세히 조사할 테고, 수색 영장이 나올 수도 있다. 어쩌면 트로피에서 범죄 현장의 물적 증거—심지어 DNA라든가—가 나와서 매슈가 구속될지도 모른다.

헨은 케임브리지 경찰청 전화번호까지 찾아봤으나 전화할 엄두가 나지 않았다. 증거가 부족했다.

휴대전화가 진동하더니 로이드에게서 집에 가는 기차를 탔다는 문자가 왔다. 그렇다면 한 시간 뒤에 도착할 것이다. 헨은 스케치북을 들고 거실 소파로 가서, 새 도화지를 펼치고 30초 동안 눈을 감았다. 그러고는 기억나는 대로 펜싱 트로피를 그렸다. 트로피에 분명히 새겨져 있었던 글귀까지 적어넣었다. 에페 3위. 유소년 체전. 그러고는 자신이 그린 그림을 바라봤다. 그녀의 눈에는 정확해 보였다. 둥근 받침대 위에서 한쪽 다리를 내밀고 공격하는 펜싱 선수까지. 헨은 방에 가서 노트북을 들고 다시 소파로 갔다. 검색창에 '유소년 체전 펜싱 트로피'를 입력했다. 검색 결과는 실망스러웠다. 우선 이미지 자체가 많지 않고, 둘째로 몇몇 트로피는 컵 형태였다. 하지만 한 여학생이 카메라를 향해 환히 웃고 찍은 사진이 헨의 시선을 끌었다. 여학생이 손에 쥔 트로피는 옆집 벽난로 위에 있던 트로피와 꽤 비슷해 보였다. 사진의 출처는 지역 신문 웹사이트였는데 8년 전 기사가 첨부되어 있었다. '러벅 고등학교 2학년 여학생이 유소년 체전 펜싱 대회에서 1위.' 헨은 사진을 확대했지만 너무 흐릿해져서 트로피 아래쪽에 새겨진 글자를 읽을 수 없었다. 하지만 옆집에서 본 트로피도 이 대회에서 받은 것이라는 사실은 확인할 수 있었다.

그때 로이드가 집에 도착하자 헨은 깜짝 놀랐다. 불과 1, 2분 전에 그의 문자를 받은 듯했기 때문이다.

로이드는 냉장고에서 라구니타스 맥주를 꺼내 좋아하는 잔에 따른 다음, 헨 맞은편 자리에 앉으며 물었다. "오늘 하루 어땠어?"

"별일 없었어. 일도 하고, 산책도 하고."

"작업실에 갔어?"

"아니, 내일 갈 거야." 헨은 로이드에게 옆집에 다녀왔다고, 집 안을 또 구경했다고 말할 생각이 없었고 그런 자신에게 놀랐다. 말해봐야 로이드는 걱정만 할 것이다.

"당신은 어땠어?" 헨이 물었다.

"평범한 하루였어." 로이드는 그렇게 말하고 짜증 나는 고객과 입씨름한 일을 설명했다. 그는 홍보 회사에서 일했다. "벌 받는 거지 뭐." 직업이 뭐냐는 질문을 받을 때마다 로이드는 늘 그렇게 말했다. 헨은 로이드가 무슨 뜻으로 저 말을 하는지 알 수 없었다. 특히나 로이드는 자기 일을 사랑했기 때문이다. 최근에 소셜 미디어 마케팅 팀장으로 승진했고, 가장 큰 고객을 유치하기도 했다. 요즘 한창 인기 있는 수제 맥주 양조장인데 보스턴 외곽에 있었고 곧 전국으로 지점을 확대할 계획이었다.

"외식할래?" 맥주를 다 마신 뒤에 로이드가 말했다.

"음식 남았어."

"뭐가 있지?"

"칠리 콘브레드."

"아, 맞다. 당신 좋을 대로 해. 난 어느 쪽이든 좋으니까."

따뜻한 저녁이었고, 그들은 웨스트 다트퍼드 중심가 비슷한 곳까지 걸어가기로 했다. 그곳에는 회중파 교회, 편의점, 아침과 점심을 제공하는 카페, 그리고 음식을 팔면서 가끔씩 밴드가 공연하는 아울스 헤드라는 술집이 있었다. 아울스 헤드의 바에 빈자리가 있어서 헨과 로이드는 거기에 앉아 맥주를 한 잔씩 시켰다. 로이드는 채식 버거를 주문했고, 헨은 클램 차우더를 시켰다. 키가 크고 어깨가 굽었으며 팔자 수염을 기른 바텐더는 지난번에 왔던 그들의 이름을 기억하고 있었다. 심지어 로이드가 홍보를 맡은 수제 맥주 양조장 이름까지 기억했으며, 양조장 웹사이트까지 들어가봤다고 했다. 주문한 음식이 나왔고, 야구 시합 중계가 시작되었다. 레드삭스가 볼티모어 오리올스와 경기 중이었는데 이번 시즌에 다섯 경기만 남겨놓은 상태에서 현재 두 팀은 순위가 같았다. 헨은 실내를 둘러보았다. 벽돌로 된 벽, 반질거리는 나무로 만든 맥주 꼭지, 심지어 바 테이블 양쪽 끝에 놓인 부엉이 박제까지 실제보다 더 오래된 술집처럼 꾸며놓았지만 그래도 아늑했다. 헨은 앞으로 여기 얼마나 자주 오게 될지 생각했고, 그 생각을 하자 갑자기 감사하는 마음이 밀려들었다. 그녀의 인생은 살 만했다. 흐린 날씨와 비바람을 이겨내고 마침내 햇빛 속에 서 있게 되었다. 그런 기분이 들자 왠지 로이드에게 솔직히 이야기하고 싶어졌다. "고백할 게 있어."

"뭔데?" 로이드는 그렇게 말했지만 텔레비전에서 눈을 떼지 않았다.

"매슈와 미라의 집에 갔을 때 내가 이상하게 굴었던 거 기억해?"

"이상하게 굴어?"

"막판에 매슈의 서재를 구경할 때 말이야."

로이드는 고개를 돌리고 헨을 바라보았다. "기억해. 그때 당신 쓰러질 것 같았어."

"뭔가를 봤기 때문이야……. 내가 벽난로 위에 있던 펜싱 트로피에 대해 물어봤던 거 기억해?"

"어렴풋이."

"더스틴 밀러 기억나?"

로이드는 맥주를 한 모금 마셨다. "당연히 기억하지."

"사건 직후에는 밝혀지지 않았지만 나중에 경찰 발표에 따르면 더스틴 밀러가 살해되던 날 그의 집에서 사라진 물건 중에 펜싱 트로피도 있었어."

"아."

"더스틴 밀러가 어느 고등학교에 다녔는지 기억해?"

"설마 서식스 홀?"

"맞아."

"모르겠어, 헨. 비약이 너무 심한 거 아냐?"

"그거야 모르는—."

"당신 말은 옆집에 사는 매슈가 더스틴 밀러를 죽이고 펜싱 트로피를 가져다가 자기 서재 벽난로 위에 두었다는 말이야?"

"유소년 체전 펜싱 트로피였어. 거기 그렇게 새겨져 있었다고. 더스틴 밀러도 그 대회에서 트로피를 받았고. 그것만이 아니야. 일단 내 말부터 들어봐. 더스틴 밀러가 서식스 홀에 재학 중일 때 성폭행을 했다는 혐의가 있더라. 만약 매슈가 어떤 식으로든 더스틴이 유죄라는 걸 알았거나 의심했다면? 그럼 자기 제자를 죽일 동기가 생기는 거잖아."

"글쎄." 로이드는 의자를 돌려 헨을 정면으로 바라보더니 목소리를 낮췄다. "설사 더스틴 밀러가 정말로 성폭행을 했다고 해도, 매슈가 그를 죽이고 트로피를 기념품으로 가져왔다는 뜻은 아니잖아."

"그냥 그럴 가능성이 있다는 말이야."

"그렇다면 굉장한 우연의 일치로군."

"뭐가 굉장한 우연의 일치야? 더스틴 밀러는 정말로 살해됐어."

"그게 아니라 우리가 처음에는 피해자와 같은 길에 살다가 이번에는 범인 옆집으로 이사를 왔다는 거 말이야."

"그래, 맞아, 그건 우연의 일치야."

둘은 한동안 말이 없었다. 비 때문에 야구 경기는 취소되었고, 관리인들이 야구장 바닥에 방수포를 덮고 있었다. 헨은 본능적으로 술집 앞쪽의 큼직한 유리창을 내다보며 웨스트 다트퍼드에도 비가 오고 있는지 살폈다.

"솔직히 말해서 지금 난 옆집 남자가 더스틴 밀러를 죽였는지 아닌지보다 당신이 더 걱정돼."

"난 괜찮아. 정말이야."

"지난번에 더스틴 밀러에게 집착했을 때는 괜찮지 않았어."

"그래, 그땐 그랬지. 하지만 지금은 달라. 그리고 내가 트로피를 보고 있을 때 날 바라보는 매슈의 시선이 느껴졌어. 마치 내가 트로피를 알아본 걸 매슈도 아는 듯했어."

"맙소사."

"그리고 하나 더 있어." 헨이 말했다.

"뭔데?"

"오늘 옆집에 갔더니 미라가 있더라고. 인테리어 아이디어를 얻고 싶으니까 집을 한 번 더 보여줄 수 있냐고 물었지."

"정말 그랬다고?"

"반은 사실이었어. 트로피가 다시 보고 싶기는 했지만 그 집도 다시 둘러보고 싶었거든."

"그랬더니 미라가 들어오라고 해?"

"응. 날 다시 봐서 아주 기뻐하던데."

"그래서 당신은 트로피를 다시 봤고, 거기에 더스틴 밀러의 이름이 새겨져 있었다고?"

"아니. 트로피는 사라지고 없었어, 로이드. 매슈가 다른 곳으로 옮겨뒀거나 없애버린 거야. 어느 쪽이든 내가 트로피를 봤기 때문이지. 난 편집증에 시달리는 것도 아니고, 강박 관념에 사로잡힌 것도 아니고, 조증도 아냐. 그리고 이거 하나는 확실해. 옆집 남자가 더스틴 밀러를 죽였어."

로이드는 잠시 말이 없었다. 틀림없이 생각하고 있었다. 헨은 그의 마음이 어떻게 돌아갈지 알고 있었다. 늘 그랬듯이 방금 헨이 말한 모든 사실을 고려하면서 그와 동시에 헨의 정신 상태도 고려할 것이다. 로이드는 그렇게 그들의 세상을, 결혼 생활을 유지해갔다. 헨은 그를 사랑했고, 로이드 하딩이 없다면 자신의 삶은 훨씬 더 비참해질 것이라고 진심으로 믿었다. 하지만 헨이 늘 그의 보살핌에 의지했기 때문에 이제 로이드는 그녀를 과잉보호했다. 케임브리지에 살 때 헨이 발작을 일으킨 뒤로 계속 그랬다. 로이드는 늘 헨의 기분을 살폈고, 그녀가 뭘 먹고 마시는지 확인했으며, 잠도 잘 자게 했다. 헨은 그런 점을 감사히 여겼고, 그 때문에 그를 사랑하기도 했지만 가끔은 그들이 처음 만났을 때의 로이드가 그립기도 했다. 두 사람은 신문 광고를 보고 서머빌 윈터힐에 있는 방 여섯 개짜리 셰어하우스로 이사하면서 처음 만나게 되었다. 둘 다 대학교를 졸업한 직후로 헨은 레슬리 대학교 미술치료 학과의 프로그램을 시작한 상태였고—끝내 마치지 못했다—로이드는 바텐더로 일하면서 공영방송국에서 무급 인턴으로 일했다. 둘은 즉시 친해졌는데 눅눅하고 외풍이 드는 셰어하우스의 다른 네 입주자는 집 안에만 틀어박혀 지내며 채식주의 마녀들의 모임이라도 여는 사람들 같았기 때문이다. 집에서는 파촐리 향기와 암내가 났고, 동물성 음식을 넣을 수 없는 냉장고에는 음식마다 주인의 메모가 붙어 있었다. 로이드와 헨은 둘만의 연대를 구축했으며 위험한 베란다에 나가서 함께 담배를 피우기도 했고, 함께 장을 보러 다녔다. 우유도 포함해서.

둘은 만나자마자 서로에게 끌렸다. 적어도 헨은 그랬다. 로이드는 키가 크고 말랐으며, 머리 모양이 이상했지만 연갈색 눈동자가 아름다웠고, 늘 커피와 시나몬 같은 좋은 향기를 풍겼다. 하지만 헨은 같이 수업을 듣는 중서부 출신의 아주 진지한 만화책 작가와 사귀는 중이었고, 로이드에게는 대학 때부터 사귄 여자 친구가 있었는데 당시 그녀는 평화 봉사단에 들어가 몰도바에 있었다. 어느 따뜻한 저녁에 헨과 로이드는 발코니에서 4리터짜리 버건디를 마시고, 아메리칸 스피리츠 한 갑을 나눠 피운 후, 처음으로 함께 잤다. 둘은 마치 죄책감을 느끼기 전에 섹스를 끝내려는 사람들처럼 싸우듯이 섹스를 했다. 섹스가 끝난 후에는 둘 다 다시는 이런 일이 없을 거라고 맹세했다. 하지만 2주 뒤, 로이드의 여자 친구가 갑자기 평화 봉사단을 그만두고 돌아오기로 한 날을 하루 앞두고 로이드는 헨의 침대로 기어들어 왔다. 입에서는 맥주 냄새를 풍기고, 눈물을 글썽이며 헨이 입고 있던 사각팬티와 티셔츠를 벗겼다. 그날 밤 헨은 삽입만으로 처음 오르가슴을 느꼈고, 로이드는 아무 말 없이 침실에서 나갔다.

6개월이 지난 후에야 둘은 공식적으로 사귈 수 있었다. 그때

쯤에는 각자 사귀던 사람과 헤어졌고— 헨은 수월하게, 로이드는 힘들게— 윈터힐의 반공동체 같은 셰어하우스를 나와서 각자 다른 연립주택으로 이사했는데 예전 집보다 아주 조금 나을 뿐이었다. 어떤 면에서 헨에게는 스트레스가 심하고 힘든 시기였다. 전 여자 친구에게 심한 죄책감을 느꼈던 로이드는 자기혐오의 일부를 헨에게 발산했다. 그들은 술에 취해 자주 다퉜고, 미친 듯한 섹스도 자주 했는데 가끔은 두 가지를 동시에 하기도 했다. 헨은 행복하지 않았다. 하지만 오히려 그 뒤에 찾아온 행복한 시절— 한바탕 조울증을 앓는 것 말고는 아무런 문제가 없었던— 보다 그때가 더 또렷하게 기억났다. 당시 로이드에게는 무서운 구석이 있었다. 좋은 남자이기는 했지만 따지기 좋아했고 가끔은 공격적이었으며, 언제든 헨에게 헛소리 작작 하라고 거침없이 말했다. 또한 섹스를 할 때면 늘 로이드가 주도권을 잡으려고 하는 순간이 있었다. 헨은 로이드가 자신을 물건 취급하는 걸 느낄 수 있었고, 그럴 때면 기분이 나쁜 게 아니라 오히려 좋았다. 마치 둘 사이에서 무언가가 해소된 듯했다. 하지만 헨에게 처음으로 우울증이 찾아와 레슬리 대학교를 그만둔 후로 로이드의 그런 면은 사라져버렸다. 그는 지나칠 정도로 헨의 상태를 의식하며 그녀의 간병인이 되었다. 요즘에는 둘이 말다툼을 하는 일도 없었고, 섹스는 경건할 지경이었다. 헨이 이제는 결혼해서 아이가 넷이나 되는 단짝 샬럿에게 그 일을 말했더니 샬럿은 웃으면서 섹스가 지루해지는 건 헨의 정신 상태와 아무 상관없고 결혼이라는 제도의 특성이라고 말했다.

로이드가 아울스 헤드에 앉아 뭐라고 말해야 할지 신중히 생각하는 동안, 헨은 예전에 만났던 로이드라면 이 상황에서 뭐라고 했을지 생각했다. 당연히 그녀가 미쳤고, 모든 게 그녀의 상상이라고 말했을 것이다. 하지만 지금의 로이드는 설사 그렇게 생각할지라도 절대 그 생각을 입 밖으로 꺼내지 않을 것이다. 마침내 입을 연 로이드는 이렇게 말했다. "경찰서에 익명으로 전화해서 당신의 생각을 말하는 게 최선일 것 같아. 그런 다음에는 거기서 손 떼. 경찰이 조사하든지 말든지 할 거야. 만약 옆집 남자가 미치광이 살인마라면 당신이 계속 파고들어서 좋을 거 없어."

"나도 그렇게 생각해."

"대신 경찰에 신고한 후에는 깨끗이 잊어야 해."

"알아. 아마 그게 최선일 거야. 하지만 당신 생각은 어때? 내가 미친 걸까, 아니면 뭔가를 알아낸 걸까? 두 사람에게는 서식스 홀이라는 공통점이 있어. 매슈에게는 펜싱 트로피가 있었는데 내가 보고 난 후에 없애버렸고."

로이드는 다시 침묵을 지켰다. 레드삭스 경기는 여전히 지연 중이었고, 이제는 술집 유리창에도 빗방울이 후드득 떨어졌다. 우산을 가져왔어야 했다.

"솔직히 말해서 난 이 모든 게 우연이라고 생각해. 아마 매슈는 서재의 물건을 늘 옮길 거야. 하지만 원한다면 경찰에 신

고하고, 그다음에는 이 일을 잊어버려, 알았지? 당신에게 좋을
게 없어."

8

목요일에 교사 휴게실에서 매슈는 미셸에게 물었다.

"오늘 저녁에 남자 친구 공연을 보러 갈 거야?"

"아뇨, 채점해야 할 답안지가 60개나 되는걸요. 왜요?"

"우리 집에서 아울스 헤드까지 걸어갈 수 있거든. 알지?"

"알아요. 가시려고요?"

"그럴까 해."

"왜요?" 미셸은 그렇게 말했다가 본능적으로 입을 가리고 웃었다. 지금까지 매슈가 관찰한 바로는 미셸이 자기도 모르게 웃음이 터져 나올 때 하는 행동이었다. "꼭 그런 뜻으로 한 말은 아니었는데…… 좋은 밴드예요. 단지—."

"내 취향은 아닌 것 같다?"

"그럴 거예요."

그때 영어 선생 딜런 햄브리가 휴게실로 들어와 곧장 커피 메이커로 다가갔다. 매슈는 절반쯤 내려온 그의 바지 지퍼를 보면서 딜런이 저 상태로 수업을 했는지 의아했다.

"오늘 외식할까 했거든." 매슈가 미셸에게 말했다. "이번 주 내내 요리했으니까. 그러다가 C빔스가 아울스 헤드에서 공연한다는 사실이 기억났어."

"거기 음식 어때요? 전 술만 마셔봤어요." 미셸이 물었다.

"꽤 괜찮아. 치킨 포트 파이가 맛있어."

"두 분이 스콧 공연을 보러 아울스 헤드에 가려고요?" 딜런이 커피를 잔에 따르더니 그들 대화에 끼어들었다.

"난 안 갈 거 같아." 미셸의 말과 동시에 매슈가 말했다. "지퍼 열렸어, 딜런."

"아, 고마워요." 딜런은 커피 메이커가 놓여 있는 접이식 탁자 가장자리에 커피잔을 내려놓고 지퍼를 올리며 말했다. "으아악, 창피하네요."

"난 앞니에 양귀비 씨가 낀 줄도 모르고 하루 종일 수업한 적도 있어." 미셸이 말했다.

"아울스 헤드에서 이른 저녁을 먹을 거거든." 매슈가 딜런에게 말했다. "미셸 남자 친구 밴드가 거기서 공연하길래 미셸도 오는지 궁금해서 물어본 거야."

"저런, 저도 가고 싶지만 일이 너무 많아요." 마치 같이 가자는 초대라도 받은 사람처럼 딜런이 말했다.

"나도." 미셸이 말했다.

"다음에 혹시 금요일 저녁에 또 공연하면 다 함께 가시죠. 스콧을 본 지 너무 오래됐어요." 딜런이 말했다.

매슈는 딜런과 미셸이 친한 줄 몰랐던 터라 약간 놀랐다. 그래도 오늘 밤 혼자서 C빔스를 지켜볼 수 있을 듯하여 다행이었다.

"혹시 가게 되면 스콧에게 인사하세요. 제가 스콧에게 선생님 이야기를 했거든요. 아마 그랬을 거예요." 미셸이 매슈에게 말했다.

"봐서." 매슈가 대답했다.

밴드 공연은 8시에 시작했다. 주로 6시쯤 저녁을 먹는 매슈는 7시까지 기다렸다가 술집으로 걸어갔다. 집을 나섰을 때 바깥은 캄캄했다. 그의 집이 있는 길 양옆에 늘어선 나무 위쪽에서 바람 소리가 들렸지만 매슈가 있는 아래쪽에서는 바람이 느껴지지 않았다. 너무 춥지도, 너무 덥지도 않은 딱 좋은 기온이었고, 매슈는 드물게 행복감을 느꼈다. 스콧 도일(매슈는 C빔스 웹사이트에서 그의 성까지 알게 되었다)이 다음 희생자일 가능성이 있다는 사실만으로 매슈는 혼자 밤 외출에 나섰다. 그 생각을 하면 신이 났고, 자기도 모르게 걸음이 빨라졌다. 하지만 이제 그에게도 바람이 불어닥쳤고, 재킷 자락이 어찌나 벌어지는지 단추 두 개를 채워야만 했다. 오늘 밤은 그저 상황을 확인하기만 하면 되니까 천천히 걷기로 했다. 미셸의 남자 친구를 지켜보면서 마음의 결정을 내릴 기회였다. 그러려면 차분하고 평온한 마음을 유지해야 했다. 대학 때 '낭만주의 시인들'이라는 선택 과목을 들으면서 배웠던 구절이 머리를 스쳤다. 시는 "평온한 상태에서 기억해내는 감정"이라는 구절이었다. 매슈는 그 구절을 자주 떠올리며 삶에 적용하려 했다. 평온한 상태가 목표였다. 살인 직후뿐 아니라 그전에도. 그래야 살인이 뜻깊은 행위가 되며, 잡히지 않을 수 있다.

술집에 들어간 그는 바가 아닌 테이블에 앉기로 했다. 뒤쪽에 있었지만 무대가 잘 보이는 작은 테이블이었다. 술을 안 마시는데도(숙우 리처드의 전유물이었다) 어린 웨이트리스에게 기네스와 치킨 포트 파이를 주문했다. 기네스가 니오자 한 모금 마셨고, 그런 자신이 마치 변장이라도 한 듯 느껴졌다. 좁은 내부와 뒤쪽 바를 둘러보았더니 모든 남자가 매슈처럼 맥주가 담긴 파인트 잔을 앞에 두고 있었다. 혼자 온 사람도 있고, 아내나 여자 친구와 함께 온 사람도 있었지만 다들 흐리멍덩한 눈에 어깨가 구부정했으며, 간신히 하루 업무를 마치고 이제 치즈버거와 술로 보상받으려는 듯했다. 매슈가 아는 사람은 한 명도 없었다. 동네 사람도, 그가 가르쳤던 제자도 없었다. 설사 아는 사람을 만난다 해도 상관없었지만—가벼운 잡담 정도는 괜찮았다— 익명으로 남아 있는 편이 훨씬 더 기분 좋았다.

저녁을 반쯤 먹었을 때 삼인조 밴드가 악기를 무대로 나르기 시작했다. 매슈는 웹사이트에서 봤던 스콧을 알아보았다. 이십 대 중반이었고, 머리는 짧게 잘랐으며, 코밑으로 덥수룩한 붉은색 수염을 길렀다. 짙은 색 청바지에 일부러 낡아 보이게 만든 옥스퍼드 셔츠를 한쪽 자락만 바지 속에 넣어 입었다. 스콧이 마이크 스탠드를 조정하고 있을 때 밖에서 한 여자가 달려오더니 그를 껴안았다. 다른 두 멤버도 여자를 알아보며 묵례하고 미소 지었다. 여자는 스콧에게서 몸을 떼고 바 쪽으로 갔다. 뉴잉글랜드의 초가을인데도 짧은 검정 가죽 치마에 민소매 셔츠를 입었다. 연갈색에 가까운 금발이었고 밝은 분홍색 립스틱을 발랐다. 저 밴드의 팬인가? C빔스에게 팬이 있었단 말이야? 그들이 공연을 시작하려고 했을 때 실내는 꽉 차 있었지만 대부분 저녁을 먹는 사람들이었다. 공연을 보러 온 사람도 몇 명 있는 듯했지만 많지 않았다.

접시를 치우러 온 웨이트리스가 물었다. "음악 듣고 가실 건가요?"

"그럴까 해요." 매슈가 말했다.

"꼭 들어보세요. 노래를 아주 잘한답니다."

"저 밴드가 전에도 여기서 공연한 적 있나요?"

"한 번 왔을걸요. 하지만 전 로웰에서 몇 번 봤어요. 제가 그쪽에 살거든요."

매슈는 기네스를 한 잔 더 주문했다. 공연을 보면서 천천히 마실 작정이었다. 저 웨이트리스도 C빔스의 팬일까? 스콧의 또 다른 양다리 후보? 웨이트리스는 밴드가 왔다는 사실에 흥분한 듯했으나 어쩌면 그냥 손님과 잡담을 나누려고 한 것일 수 있다. 웨이트리스가 맥주를 가지고 왔을 때 매슈는 하마터면 저 밴드가 정확히 로웰 어디에서 공연했는지 물어볼 뻔했다. 하지만 지나친 관심을 보여서 그녀의 기억에 남고 싶지 않았다. 매슈는 나무 테이블에 기네스를 올려놓고 자기 자리로 돌아가는 웨이트리스의 뒷모습을 지켜보았다. 걸음걸이가 미라를 연상시켰다. 머릿속에서 리처드의 애달픈 목소리가 들리는 바람에—**"맙소사, 저 엉덩이 좀 봐."**—피식 웃을 뻔했다. 웨이트리스는 예뻤지만 많아야 스무 살일 것이다. 휘둥그렇게 뜬 눈은 겁먹은 사슴처럼 놀란 듯했고 초조해 보였다. 어쩌면 정말로 C빔스 멤버 중 한 사람을 좋아하는지도 모른다. 매슈는 밴드를 다시 관찰했다. 말끔히 면도한 드러머는 들창코에 배가 살짝 불룩했으며, 베이시스트는 초췌해 보일 정도로 말랐고 보기 거북할 정도로 울대뼈가 튀어나와 있었다. 만약 웨이트리스가 멤버 중 누군가를 좋아한다면 한창 유행하는 수염을 기르고 광대뼈가 튀어나온 미셸의 남자 친구일 가능성이 컸다. 매슈는 그가 정말로 잘생겼는지 가늠해보려 했지만 쉽지 않았다. 그에게 남자들은 다 똑같아 보였다. 여우 상 아니면 돼지 상이었다. 스콧은 여우 상이었고, 드러머와 베이시스트는 돼지 상이었다.

밴드가 '낫 페이드 어웨이(Not Fade Away)'를 점잖게 연주했다. 드러머가 가장 재능 있는 연주자이긴 해도 스콧은 에너지가 넘쳤다. 비록 짜증 나는 비음으로 노래하기는 했지만. 매슈에게 음식을 가져다준 웨이트리스는 스콧을 바라보고 있었고, 미니 스커트를 입은 금발 여자는 이제 보드카에 크랜베리 주스를 탄 듯한 칵테일을 들고 무대 가장자리에 서서 노래에 맞춰 몸을 흔들었는데 역시 스콧을 바라보고 있었다. '낫 페이드 어웨이'가 끝나자 밴드는 자작곡 두 개를 부른 뒤에 조니 캐시 노래를 불렀다. 음악을 들으려고 서너 명이 더 들어와서 저녁을 먹고 떠난 사람들의 빈자리를 채웠다. 매슈는 그들이 자작곡보다 다른 가수들의 노래를 훨씬 더 잘한다는 걸 금방 알 수 있었다. 공연을 계속 봐도 매슈의 생각은 바뀌지 않았다. 자작곡은 질척거리고 기억에 남지 않았으며, 연주할 때마다 실내의 에너지가 사라져버렸다. 하지만 '페이퍼백 라이터(Paperback Writer)'와 스프링스틴의 '애틀랜틱 시티(Atlantic City)' 같은 노래는 제일 인기가 많았고, 몇몇 팬은 연주가 시작되자 환호성을 지르기도 했다. 그들이 앙코르로 '포지티블리 포스 스트리트(Positively 4th Street)'를 연주할 무렵에는 빈자리가 거의 없었고, 몇몇 여자는 무대 앞에서 춤을 췄다.

거의 자정이 다 돼서야 매슈는 현금으로 계산을 했고, 밴드가 공연을 끝낼 무렵에 술집에서 나왔다. 안에 있던 4시간 동안 기온이 뚝 떨어졌다. 캄캄한 밤이었고, 가로수 위에 밝은 별들이 한 무더기씩 모여 있었다. 매슈는 재빨리 집으로 걸어가며 다시 차를 가지고 오기 전에 집에 들어가서 두툼한 면 티셔츠를 가져올지 말지 고민하다가 그만두기로 했다. 대신 곧장 피아트에 올라타 히터를 켜고 다시 아울스 헤드 주차장으로 가서 가장 어두운 구역에 차를 세웠다. 시동을 끄고 전조등도 끈 다음, 좌석 아래로 몸을 약간 내렸다. 아울스 헤드 전면이 잘 보였다. 몇몇 흡연자들이 모여서 담배를 피우고 있었는데 그중에 스콧도 있었다. 풍성한 빨간 수염 덕분에 알아볼 수 있었다. 스콧 옆에는 역시나 미니스커트를 입은 금발 여자가 서 있었다. 여자는 발로 담배를 비벼 끄더니 양팔로 몸을 감싸고 부르르 떨었다. 스콧은 일부러 그녀를 무시한 채 말라깽이 베이시스트와 이야기했고, 나중에는 드러머가 낡아빠진 밴 뒤에 드럼을 싣는 걸 도와주었다. 더 많은 손님이 술집에서 나와 차를 타고 떠나는 동안 금발 여자는 또 담배에 불을 붙였다. 주차장의 차는 점점 줄어들었고, 매슈는 어둠 속에 있었는데도 자신의 존재가 약간 노출된 기분이 들었다. 하지만 이렇게까지 된 바에는 스콧이 곧장 집으로 가는지, 아니면 다른 곳에 먼저 들르는지 보고 싶었다.

드러머는 밴에 드럼을 다 실은 후에 떠났다. 스콧은 베이시스트와 계속 이야기했고, 둘 다 담배를 피웠다. 마침내 금발 여자는 오랫동안 스콧을 껴안더니 자리를 떴다. 여자의 차는 매슈와 가까운 곳에 있었고, 그녀는 잠시 운전석에 앉아 술집 앞에서 있는 스콧을 계속 바라보다가 주차장에서 나갔다. 그녀의 차가 떠나자 스콧은 그 뒷모습을 바라보며 베이시스트에게 뭐라고 했고, 둘은 함께 웃었다. 이내 둘은 포옹을—서로 등을 두드려주는 남자들의 다정한 포옹이었다— 한 뒤 각자 차가 있는 곳으로 갔다. 베이시스트는 금방 떠났지만 스콧은 자신의 차 닷지 다트에—"고등학교 때부터 몰던 차래요."라고 미셸이 말한 적이 있다— 기대서서 휴대전화를 확인했다. 휴대전화 액정 불빛이 그의 얼굴을 비췄다. 스콧은 이내 차에 올라탔지만 곧바로 떠나지 않고 운전석에 5분 동안 앉아 있었다.

그때 술집에서 웨이트리스가 나오더니 아니나 다를까 곧장 스콧의 차로 걸어가 조수석에 올라탔다.

요란한 소리와 함께 시동이 걸린 차는 이내 자갈을 튕기며 주차장을 빠져나갔다.

9

운전석에서 길 건너 아울스 헤드를 바라보고 있던 헨은 매슈 돌라모어가 뭘 하고 있는 건지 의아했다. 매슈 역시 주차장에 세워둔 차에 앉아 있었다. 대체 그는 누굴 감시하는 걸까?

몇 시간 전, 그녀와 로이드는 저녁으로 생선 타코를 만들어 먹은 뒤에 〈베터 콜 사울〉을 봤다. 두 편을 보고 났더니 로이드가 이제 그만 침대에서 책을 읽겠다고 했고, 아직 자기에 이른 시간이기는 했지만 헨도 함께 침대로 가기로 했다. 몇 달째 책이 통 눈에 들어오지 않았지만 마거릿 애트우드의 신간이 있어서 읽어보려고 노력 중이었다.

침실은 추웠다. 헨은 열린 창가에 앉아 있기를 좋아하는 비니거를 위해 아까 창문을 살짝 열어뒀는데 갑자기 기온이 뚝 떨어진 바람에 방 안이 냉동 창고 같았다. 헨이 창문을 닫자 차가워진 실내 기온을 전혀 알아차리지 못한 로이드가 새 책을 들고 침실로 들어왔다. SF 소설 같았다. 그는 잘 준비가 됐을 때의 멍한 표정이었다. 헨은 그가 벌써 잠들었다고 생각했는데 그도 그럴 것이 로이드는 일단 침대에 누우면 책을 덮고 스탠드를 끈지 30초 만에 잠들기 때문이다. 반면 헨은 적어도 45분 동안 침대에 누워 그날 하루를 곱씹고 또 곱씹으며 무의식 속으로 조금씩 들어갈 수 있도록 천천히 속도를 낮췄다.

오늘 밤도 다르지 않았다. 헨이 침대 밑에 있던 큼직한 수납함을 꺼내 그 안에서 플란넬 잠옷을 찾아 입느라 아직 침대에 눕기도 전에 로이드는 꿈나라로 가버렸다. 헨은 책을 읽었지만 글자가 머리에 들어오지 않았다. 로이드에게 옆집 남자가 의심스럽다고 말한 지 사흘이 지났다. 그날 이후로 더는 그 일을 파헤치지 않았다. 뭐 꼭 그렇지는 않다. 매슈 돌라모어와 관련된 정보를 찾아다니면서 인터넷을 더 오래 하기는 했다. 정보는 많지 않았다. 더스틴 밀러 살인 사건과 관련된 새로운 정보도 거의 없었다. 하지만 아직 경찰에 신고하지는 않았다. 로이드도 신고했는지 묻지 않았고, 분명 더는 이 일에 대해 이야기하고 싶어 하지 않을 터였다.

헨은 책을 내려놓았다. 겨우 두 페이지 읽은 터라 굳이 책갈피를 찔러두지도 않았다. 스탠드를 끈 뒤, 등을 대고 누워서 천장을 바라보았다. 잠은 전혀 오지 않았다. 침실을 가로지르는 비니거의 발톱이 마룻바닥에 탁탁 부딪치는 소리가 들렸다. 창문이 아직 열려 있는지 확인하려고 오는 것이다. 창문은 닫혀 있었지만 그래도 비니거는 창틀로 뛰어올랐고, 헨은 고개를 돌려 커튼 밑에서 홱홱 돌아가는 비니거의 꼬리를 바라보았다. 머릿속에 어떤 이미지, 나중에 작품이 될 수도 있는 이미지가 떠올랐다. 침대에 누워 있는 사람 크기의 고양이와 벌거벗은 채 창틀에 잠들어 있는 작은 소녀. 창문 밖으로 보이는 잎이 다 떨어진 나뭇가지 위에는 역시 벌거벗고 큼직한 고양이 눈을 한 자그마한 소년이 웅크리고 있을 것이다. 판화를 상상하면 늘 그렇듯이 이미지 전체가 머릿속에 즉시 떠올랐다. 전체적으로 어떻게 보여야 하고, 어떤 느낌을 줘야 하는지까지 고스란히. 헨은 침대에서 내려와 아래층 거실로 가서 그 이미지를 스케치했다. 머릿속에서 본 그대로. 기분이 좋았다. 작품 아이디어가 생각난 것은 몇 달만이었다. 적어도 웨스트 다트퍼드로 이사한 후로는 처음이었다. 좋은 작품인지는 잘 모르겠지만—주인과 애완동물이 바뀐다는 다소 뻔한 주제—스케치를 하다 보니 마음에 들었다. 보고 있으면 좋은 의미에서 소름이 끼쳤고, 창작할 때 느껴지는 익숙한 짜릿함과 생기가 가슴에 들끓었다. 헨은 스케치 밑에 이렇게 적었다. '이튿날 밤에 소년은 또 찾아왔다.' 헨은 자신의 작품에 늘 설명을 달았다. 마치 그 그림이 존재하지 않는 책의 삽화, 진행되는 이야기의 일부인 듯이.

헨은 스케치북을 내려놓았다. 내일 아침에 새로운 눈으로 그림을 다시 볼 일이 벌써 기다려졌다. 문제는 이제 잠이 완전히 달아났다는 것이다. 다시 침대에 누워 책을 읽어볼까 했지만 그런다고 잠이 올 리 없었다. 머릿속이 여러 가지 생각으로 복잡했다.

다시 침실로 올라가 양말과 슬리퍼를 신고, 잠옷 위에 두툼한 카디건을 걸쳤다. 로이드의 발치에 자리 잡고 있던 비니거가 의심쩍은 눈으로 헨을 바라보았다.

헨은 허브차를 마실 생각으로 아래층에 내려가 주전자를 가스불에 올려놓았다. 물이 끓기를 기다리며 거실에 서서 밤 풍경을 내다보았다. 하늘에는 별들이 총총했다. 하늘의 별보다 보스턴의 밝은 불빛이 훨씬 가까웠던 케임브리지에서는 별을 본 적이 거의 없었다. 돌라모어 부부의 집은 아래층 거실의 커튼 사이로 새어 나오는 희미한 불빛만 제외하고 칠흑 같은 어둠에 잠겨 있었다. 헨이 막 몸을 돌리려는데 거리의 인기척이 시선을 끌었다. 고개를 돌려보니 한 남자가 돌라모어네 진입로를 걸어가고 있었다. 남자가 지나가자 현관에 달린 동작 감지 등이 켜졌고, 헨은 그가 매슈라는 걸 알 수 있었다. 하지만 그녀의 예상과 달리 매슈는 집으로 들어가지 않고 차에 올라탔다. 헨은 시계를 보았다. 거의 자정이 다 된 시각이었다. 어디를 가려는 걸까? 어디에 갔다가 걸어온 걸까? '저 사람을 따라가'라는 문장이 헨의 머릿속에 떠올랐다. 매슈는 분명 무슨 일을 꾸미고 있었고, 헨은 그게 뭔지 알아낼 수 있었다. 그래서 아무 생각 없이 현관 옆 고리에 걸린 자동차 열쇠 꾸러미를 들고 밖으로 나가 폭스바겐을 향해 재빨리 걸어갔다. 그동안 매슈의 자동차 후미 등은 시커모어 가를 따라 멀어지며 도심으로 향했다.

헨은 매슈를 놓쳤다고 생각했는데 이내 브레이크 등이 보였다. 그의 차가 아울스 헤드 주차장으로 들어가고 있었다. 헨은 속도를 늦췄다. 매슈를 따라가지 않고 대신 길 반대편 집 진입로로 후진해 들어가서 얼른 시동과 전조등을 껐다. 위험한 짓이었지만 매슈를 따라 주차장으로 들어가는 것보다는 덜 위험할 듯했다. 게다가 여기서는 매슈의 차가 잘 보였다. 그는 주차한 뒤, 전조등을 껐다. 헨은 매슈가 차에서 내리기를 기다렸지만 그는 내리지 않았다. 아울스 헤드 간판을 비추는 조명이 꺼졌는데도 술집 앞쪽은 여전히 북적거렸다. 출입구 옆에 삼삼오오 모여 있는 사람들이 보였지만 너무 멀어서 인상착의는 전혀 볼 수 없었다. 다만 밴드 멤버처럼 보이는 사람들이 있었다. 드럼이 밴 뒤에 실리는 걸 보고 헨은 자신의 짐작이 맞는다는 걸 알았다. 하지만 그녀의 관심사는 매슈였다. 그는 주차장 가장자리에 세워둔 차에 앉아 있었다. 일부러 주차장에서 가장 어두운 자리를 고른 듯했다. 헨이 그를 지켜보듯, 매슈도 틀림없이 누군가를 지켜보기 위해 거기 있었다. 대체 누구를 지켜보는 걸까? 그리고 아까 차에 타기 전에 어디에 갔다가 걸어온 걸까? 언제 나갔다 온 걸까? 어쩌면 아울스 헤드에 다녀왔을지 모른다는 생각이 들었다. 아울스 헤드까지 걸어갔다가—집에서 멀지 않았다—누군가를 미행하려고 다시 차를 끌고 나간 것이다.

밴 한 대가 주차장을 떠나고, 잠시 후에 금발 여자가 혼자 차를 타고 떠났다. 덥수룩한 수염을 기르고 마른 남자가 길쭉하고 테두리가 각진 구형 차에 올라탔다. 매슈의 차는 움직이지 않았다. 어두운 차 안에서 그의 머리 윤곽선만 겨우 볼 수 있었다. 술집 불이 하나둘 꺼지고 머리가 긴 여자가 나와서 구형 차로 걸어가더니 조수석 문을 열고 올라탔다. 차는 주차장을 빠져나가 서쪽으로 향했다. 10초 뒤 매슈가 탄 차의 전조등이 켜지더니 역시 주차장을 빠져나가 그들을 따라갔다.

헨도 차에 시동을 걸고―다행히 히터가 다시 작동했다―매슈를 따라갔다. 매슈의 자동차 후미등은 비스듬히 기울어진 타원형이었는데 꼭 미간이 넓은 눈 같았다. 그들은 이웃 마을인 미들햄으로 향하는 액턴 가에 있었다. 미들햄은 농가와 소나무 숲이 대부분인 마을이었다. 헨은 매슈와 거리를 두려고 했지만 매슈의 차는 속도가 점점 느려졌다. 혹시 자기가 미행당한다는 사실을 눈치챈 걸까? 특히나 자기가 누군가를 미행하고 있기 때문에? 사실 매슈는 한 사람이 아니라 두 사람을 미행하는 중이었다. 조수석에 여자가 타고 있기 때문이다. 헨은 모험을 하기로 했다. 한밤중에 옆집 남자를 미행한다는 이 상황이 너무 어처구니가 없어서 하마터면 큰 소리로 웃을 뻔했다. 하지만 매슈를 미행하다 보니 대체 무슨 일이 일어나는 것인지 꼭 알고 싶어졌다. 헨은 생각에 잠겼다가 얼른 멈추고 운전에 집중했다. 매슈의 자동차 후미등에서 눈을 떼지 않았다. 그들은 숲을 가로질러 구불구불 돌아가는 길로 접어들었다. 어찌나 어두운지 헨의 자동차 전조등도 어둠을 완전히 뚫지 못했다. 헨은 이 길이—길의 이름이 적힌 표지판도 보지 못했다—너무 외져서 매슈가 미행당하고 있다는 걸 알아차릴까 걱정되었다. 또 길을 잃을까 걱정되기도 했다. 휴대전화를 집에 두고 온 데다 내비게이션 없이 운전하기는 몇 년 만에 처음이었다. 하지만 매슈가 무슨 일을 꾸미는 건지 꼭 알고 싶었다.

몇 차례 급커브를 지난 뒤에 산마루를 넘어서자 갑자기 눈앞이 탁 트이며 양쪽에 달빛이 쏟아지는 농장이 나타나더니 순간적으로 앞에서 달리는 두 차의 후미등이 보였다. 헨은 속도를 늦췄다. 첫 번째 차가 길에서 벗어나 빈 주차장으로 보이는 듯한 공터를 전조등으로 비췄다.

매슈는 첫번째 차를 지나쳤고 헨도 그랬다. 매사추세츠 주 공원 관리청에서 세운 듯한 표지판을 볼 수 있을 정도로 천천히. 표지판에는 지도가 그려져 있었는데 아까 앞차가 빠진 곳은 등산로로 이어지는 작은 주차장 같았다. 헨은 매슈가 미행했던 차가 주차장에 멈췄는지 확인하려고 뒤돌아봤다가 하마터면 매슈의 자동차 측면을 스칠 뻔했다. 그의 차는 갑자기 주차장에서 100미터쯤 떨어진 길가에 멈춰서 있었다. 헨은 그의 차를 지나 100미터쯤 갔다가 어떤 집 진입로로 들어가 다시 시동과 등을 껐다.

잠시 차에 앉아 가슴에 손을 얹고 파자마 밑에서 쿵쿵거리는 심장을 느꼈다. 고개를 저으며 큰 소리로 웃었다. 내가 지금 뭐하는 거지? 헨은 차를 돌려서 다시 집으로 돌아가야겠다고 생각했다. 무슨 일이 벌어지는지 어떻게 알겠는가. 아마 지저분한 치정 문제일 것이다. 매슈는 어떤 여자, 혹은 남자를 사귀었고 지금 그 상대가 바람을 피우는지 확인하는 것이다. 하지만 왠지 그럴 것 같지 않았다. 그보다는 다음 범행 상대를 스토킹하는 듯했다. 케임브리지에서 더스틴 밀러를 죽이기 전에도 아마 저랬을 것이다.

어리석은 짓임을 알면서도 헨은 차 문을 열고 차가운 밤공기 속으로 나갔다. 그러고는 실내 등이 꺼지도록 재빨리 문을 닫았다. 잠시 가만히 서 있었더니 차가운 바람이 불어 파자마가 몸에 딱 달라붙었다. 어디선가 소리가 들렸다. 무언가가 불 꺼진 집의 모퉁이를 천천히 돌아 나오고 있었다. 둘은 움직이지 않은 채 서로를 바라보았다. 눈이 밤의 어둠에 적응되자 주머니쥐의 통통한 꼬리와 하얀 얼굴이 보였다. 헨이 차 문을 열고 차에 타는 동안 주머니쥐가 그녀를 향해 쉬익쉬익 소리를 냈다. 집에 갈 시간이었다. 몰래 미행해서 무슨 일이 벌어지는지 알아내야 한다고 생각했다니 어리석었다.

헨은 진입로에서 빠져나와 왔던 길로 되돌아갔다. 아직도 길가에 주차된 매슈의 차를 지나친 뒤에는 전조등을 켰다. 주차장에 다가갈 때는 속도를 늦췄다. 길이 구부러졌고, 잠시 그녀의 전조등 불빛이 주차장에 세워진 차를 비췄다. 매슈가—틀림없이 매슈였다―아까 미행했던 차 옆에 구부정하게 서서 안을 들여다보는 모습이 또렷이 보였다.

헨은 계속 운전했다. 휴대전화를 집에 두고 왔다는 걸 아는데도 전화를 찾아 컵 홀더에 손을 넣었다. 기회가 생기는 대로 911에 전화해야 할까? 매슈는 차에 탄 사람을 해치려는 걸까? 아니면 그냥 감시만 하는 걸까? 그냥 감시만 한다면 저 두 사람을 알기 때문일까? 아니면 모르는 사람들인데 그냥 감시하는 걸까? 관음증이 있는 걸까?

어찌나 머릿속이 복잡한지 헨은 액턴 가로 돌아갔을 때 길을 잘못 들었고, 좁은 길에서 힘들게 유턴해야 했다. 왜 그런지 몰라도 집으로 돌아가는 지금이 가장 긴장되었다. 가슴이 쑤셨고, 예전 습관이 나와서 자기도 모르게 엄지 손톱을 물어뜯었다. 집에 가면 경찰에 전화해야 할지 말아야 할지 결정할 수 없었다. 그녀는 폭행이 발생하기 직전의 상황을 목격한 걸까? 그런 것 같지는 않았다. 하지만 이유가 뭔지 몰라도 매슈는 분명 누군가를 스토킹하고 있었다.

시커모어 가를 따라 집으로 향하자 집 현관에 불이 환하게 켜져 있는 걸 볼 수 있었다.

좀 더 다가가니 가운 차림으로 현관에 서 있는 로이드가 보였다. 헨은 진입로로 들어갔고, 로이드가 다가오자 차창을 내렸다. 그는 안도하는 동시에 화가 난 표정이었다.

"대체 어딜 간 거야?"

"미안. 드라이브 좀 했어. 당신이 깰 줄 몰랐어."

"주전자를 가스레인지에 올려두고 가면 어떻게 해."

"맙소사. 깜박 잊었네."

"게다가 잠옷 차림이고."

"알아, 알아. 집으로 들어가자. 얼어 죽겠어. 정말 정말 미안해."

집 안으로 들어온 헨은 로이드를 껴안고 다시 사과했다. 로이드는 경찰에 신고하기 직전이었다고, 끔찍한 사고라도 생겼을까 걱정했다고 말했다.

"당신이 깰 줄 알았으면 절대 그렇게 안 나갔을 거야. 잠은 안 오지, 하늘의 별은 너무 예쁘지, 그래서 드라이브했어."

"옆집 남자와는 상관없는 거지?" 로이드가 물었다.

"응." 헨은 거짓말을 했다. 왜 거짓말하는지 자신도 알 수 없었다. "전혀 상관없어. 그냥 별을 보러 나갔다 온 거야."

10

매슈는 밤새 비몽사몽이었다. 스콧 도일의 차에서 본 장면 때문에 흥분되면서도 화가 치밀었다.

매슈는 포컴턱 주립 공원 출입구를 지난 뒤 곧바로 길 한쪽에 차를 세웠다. 그러고는 포컴턱 주차장 가장자리, 아름드리 단풍나무 아래 세워진 스콧의 차가 보이는 곳으로 향했다. 그냥 돌아가려다가 도박을 해보기로 하고 재빨리 스콧의 차로 걸어갔다. 둘이 차 안에서 뭘 하는지 확인하기 위해서였다. 혹시라도 자신이 틀렸을까 봐 확인하는 것이기는 했지만 보나 마나 뻔했다. 둘이 진심 어린 대화를 나누기를 하겠나, 아니면 같이 마약을 하겠나.

매슈는 차로 살금살금 다가갔다. 차창은 올려졌고 살짝 김이 서려 있었지만 뒤쪽 창문으로 차 안을 볼 수 있었다. 웨이트리스는 무릎으로 좌석을 딛고 선 채 매슈에게서 가장 먼 쪽의 차 창에 어색하게 얼굴을 붙이고 있었다. 스콧은 여자 뒤에 서 있었는데 청바지가 허벅지까지 내려와 있었다. 매슈는 꼬박 3초 동안 그들을 보았다. 스콧의 창백한 엉덩이가 미친 듯이 앞뒤로 움직였고, 자동차가 살짝 흔들렸다. 매슈의 목구멍으로 쓴 물이 올라왔다.

빙햄 가에서 차 한 대가 지나가면서 진조등이 그를 잠깐 비췄다. 매슈는 얼른 쪼그리고 앉았다가 일어나서 자신의 차로 달려갔다.

차 안의 장면은 전혀 놀랍지 않았다. 오히려 스콧이 공연을 마치고 곧장 집으로 갔다면 더 놀랐을 것이다. 스콧은 치마만 둘렀다면 어떤 여자든 유혹하기 위해 밴드 활동으로 얻은 손톱만큼의 명성이라도 이용하는 전형적인 포식자 남성이었다. 하지만 문제는 그것만이 아니었다. 미셸은 피해자였고 인간이 선하다고 믿는 여자였다. 학생들이 학문에 관심이 있다고 믿었고, 우주가 정의를 향해 움직인다고 믿었다. 또한 재능 없는 여우상의 남자 친구가 자신에게 진실할 거라고 믿었다. 이 모든 믿음 때문에 아마 미셸은 불행해질 테지만 매슈에게는 그녀를 도와줄 기회가 있었다.

만약 스콧 도일을 감쪽같이 죽일 방법을 찾아낸다면 매슈는 그를 죽일 것이다. 미셸을 구원해줄 것이다.

이튿날 아침, 매슈는 출근하기 전에 미라와 영상 통화를 했다.

"오늘 아침에 눈을 떴는데 여기가 어디인지 기억이 안 나는 거야. 5분 뒤에야 생각이 나더라니까."

"비행기가 여기 몇 시에 도착한다고 했지?"

"모르겠어. 아무튼 늦은 시간이야. 그래도 자정까지는 집에 도착할 수 있을 거야."

"기다릴게." 매슈가 말했다.

"말도 안 돼. 먼저 자고 있어. 그래야 집에 도착했을 때 곧바로 당신이 누워 있는 이불 속으로 들어갈 수 있지."

"알았어. 빨리 왔으면 좋겠다." 매슈는 그렇게 말했다가 그 말이 진심임을 깨달았다. 늘 그랬듯 미라가 빨리 떠나기를 바랐고, 또 그녀가 빨리 돌아오기를 바랐다.

그날 학교에서 매슈는 미셸을 딱 한 번 봤다. 점심시간에 복도에서 서로 스쳐 갔는데 미셸은 두툼한 종이 뭉치가 든 마닐라 봉투를 움켜쥔 채 서둘러 어디를 가는 사람처럼 얼굴이 상기되어 있었다. 하지만 매슈를 보자마자 걸음을 멈추고 물었다.

"어젯밤에 공연 보셨어요?"

"응, 봤어. 나쁘지 않던데." 매슈가 말했다.

미셸은 놀란 표정을 지었다. "그렇죠? 실력 있는 밴드예요."

"실력이 있다고는 하지 않았어." 매슈의 말에 둘 다 웃음을 터뜨렸다. "농담이야. 실력 있는 것 같더군. 스콧은 음색이 좋더라고."

미셸은 목소리를 낮추고 말했다. "스콧에게 덤비는 여자는 없던가요?"

"솔직히 말해서 그렇게 신경 써서 보진 않았어. 저녁을 먹으러 간 거라서. 잠시 앉아서 음악을 듣기는 했지만……."

"농담이었어요. 반은 진담이었지만."

"그런 여자는 못 봤어."

"다행이네요. 스콧이 사람들이 많았다고, 다들 늦게까지 남아서 음악을 들었다고 하더군요."

"아, 그건 그렇고 한동안 아버님 안부를 못 물어봤네? 아버님은 좀 어떠셔?"

"별로 좋지 않아요. 그래서 콜럼버스 데이 연휴에 찾아뵐 생각인데 더 일찍 가야 하는 건 아닌지 계속 고민하고 있어요."

"어머님은 뭐래?"

"불행히도 우리 동생은 망상에 빠져 있어요. 아빠가 좋아질 거라면서 올 필요 없대요."

매슈는 미셸의 아버지가 무슨 암이었는지 기억나지 않았다. 그저 심각한 상태라는 것만 알았다. "어쨌든 가봐야겠네. 스콧도 데려가." 매슈가 말했다.

"퍽이나 가겠네요. 그때 공연이 있을 거예요. 설사 없다고 해도 틀림없이 다른 구실을 찾아내겠죠." 미셸이 말했다.

학생들이 복도로 쏟아져 나왔고, 매슈는 점심시간이 거의 끝났음을 깨닫고 미셸과 대화를 끝냈다. 겨우 에그 샐러드 샌드위치를 먹을 시간만 남겨둔 채 교실로 돌아가며 매슈는 미셸에게서 원하는 정보를 얻어냈다는 사실을 자축했다. 콜럼버스 데이 연휴. 수업이 끝나면 C빔스가 그 연휴에 어디에서 공연하는지 검색해볼 것이다.

11

헨은 잠을 거의 못 잤다. 내일 아침 미들햄에서 한 커플이 차에서 숨진 채 발견되었다는 뉴스를 보게 되면 기분이 어떨지 밤새 생각했다. 그러다가 그럴 리 없다고 마음을 바꿔먹었다. 설사 그런 일이 일어난다 해도 적어도 그녀는 범인을 알고 있다. 매슈 돌라모어는 처벌을 피하지 못할 것이다.

하지만 이튿날 아침, 그녀가 매일 들어가는 뉴스 사이트에 그런 기사는 없었다. '미들햄'과 '살인'을 함께 검색해봤지만 아무것도 나오지 않았다. 당연히 헨은 마음이 놓였다. 하지만 어제 그녀가 본 것은 분명 매슈가 누군가를 스토킹하는 현장이었다. 단지 어젯밤에 그가 살인을 저지르지 않았다고 해서 앞으로도 그러지 않는다는 법은 없다.

로이드가 출근한 뒤 헨은 유선 전화로 케임브리지 경찰청에 전화해 더스틴 밀러 살인 사건 담당자를 바꿔달라고 했다.

"마르티네스 형사님은 아직 출근 안 하셨는데요. 다른 형사님을 바꿔드릴까요?"

"마르티네스 형사님께 직접 말씀드리고 싶어요. 제 전화번호를 남겨도 될까요?"

20분 뒤 마르티네스 형사에게서 전화가 왔다. "무슨 일이시죠?" 형사가 말했고, 헨은 그가 통화하면서 아침을 먹는 것 같다고 생각했다.

"더스틴 밀러 살인 사건과 관련됐을지 모르는 정보가 있어요."

"그렇군요. 성함이 어떻게 되시죠?"

"헨리에타 머주어예요. 하지만 익명으로 남고 싶어요. 형사님에게는 괜찮지만 대중에게는 제 이름이 알려지는 걸 원치 않아요."

"최선을 다하겠다고 약속드리죠, 머주어 씨."

"헨리에타라고 부르세요. 아니면 헨이라고 불러도 되고요."

"어떤 정보를 주실 건가요, 헨리에타?"

헨은 새로 알게 된 옆집 부부에게 저녁 식사 초대를 받아서 갔다가 펜싱 트로피를 보게 되었고, 그로 인해 더스틴 밀러의 미해결 살인 사건 기사를 읽은 기억이 떠올랐다고 말했다. 더스틴 밀러가 서식스 홀 고등학교에 다녔고, 옆집 남자 매슈 돌라모어가 그곳 교사라는 사실만 아니었다면 대수롭지 않게 넘겼을 거라고 말했다.

"왜 그 트로피가 옆집 남자의 물건이 아니라고 생각했죠?"

"제가 펜싱 하냐고 물어봤더니 안 한다고 했거든요. 그냥 트로피를 좋아한다고 했어요. 벼룩시장에서 샀다고 했죠."

"그런데 당신은 그 말을 안 믿는군요."

"그것만이 아니에요. 트로피를 다시 보려고 그 집에 갔는데 사라지고 없었어요."

"언제 다시 갔죠?"

"저녁 식사를 한 날이 지난주 토요일 저녁이었고, 월요일에 다시 그 집에 갔어요. 안주인인 미라 돌라모어가 집에 있어서 다시 집 구경을—."

"안주인에게 뭐라고 했습니까?"

"무슨 핑계를 대고 다시 갔냐고요?"

"네."

"집을 한 번 더 보고 싶다고 했죠. 인테리어를 어떻게 했는지 보고 싶다고요. 어느 정도는 사실이었어요. 옆집과 우리 집은 똑같거든요. 그러니까 내부 구조가 같아요. 하지만 무엇보다 트로피를 다시 보고 싶었죠. 처음 그 트로피를 봤을 때 아래에 새겨진 글자를 다 읽지 못했으니까요."

"그럼 일부는 보셨나요?"

"'유소년 체전'이라는 글자는 본 것 같아요."

"확실하진 않군요."

"아뇨, 확실히 봤어요. 왜 '본 것 같다'고 했는지 모르겠네요."

"알겠습니다. 그래서 다시 옆집 내부를 보고 싶기도 하고, 트로피를 한 번 더 보고 싶기도 해서 또 그 집을 찾아갔군요. 트로피를 다시 봤나요?"

"아뇨, 트로피는 사라지고 없었어요."

"확실합니까?"

헨은 서성거렸다. 통화할 때 버릇이었다. "확실해요. 토요일에는 있었는데 월요일 아침에 가보니 없었어요. 남자가 다른 곳으로 옮겼거나 버린 거예요. 틀림없어요. 왜냐하면 제가 눈치채는 걸 남자가 봤거든요."

"저녁 식사에 초대받았을 때요?"

"네. 제가 트로피를 좀 빤히 바라보면서 남자에게 질문을 했죠. 그래서 남자가 알아차린 거예요. 느낌이 오더라고요."

형사는 기침을 하더니 무언가를 한 모금 마시고 결례를 사과했다. "애초에 왜 그 펜싱 트로피를 눈여겨봤는지 물어봐도 될까요? 유별나게 특이한 물건도 아니잖습니까. 그 트로피를 보고 곧바로 연관성을 찾아내셨나요? 더스틴 밀러가 살해된 현장에서 펜싱 트로피가 사라졌다는 건 어떻게 알았습니까?"

"경찰에서 발표했잖아요. 그렇죠?"

"맞습니다, 네, 하지만 오래전 일이죠. 그냥 그 기사를 읽은 기억이 났나요?"

헨은 자신이 예전에 케임브리지에 살았고, 범죄에 관심이 많다고 말했다. 더스틴과 같은 길에 살았고 범죄에, 사실은 더스틴에게 집착했다는 이야기는 하지 않았다. (예전에는 살인 사건 피해자와 같은 길에 살았다가, 이제는 범인과 같은 길에 산다면 '대단한 우연의 일치'일 거라고 말하는 로이드의 목소리가 들리는 듯했다.)

"그냥 제 머릿속에 있었던 것 같아요." 이제는 2층 손님용 침실에서 창밖을 내다보며 헨이 말했다. "펜싱 트로피. 서식스 홀. 그러다 그 두 개를 합쳐봤죠."

"그런데 왜 이제야 신고했나요? 왜 월요일이나 트로피를 본 직후인 토요일에 신고하지 않았죠?"

헨은 어젯밤에 본 일은 형사에게 말하지 않겠다고 이미 마음먹은 터였다. 한밤중에 옆집 남자를 차로 미행했다고 말해봐야 미친 여자처럼 들릴 뿐이다. 꼭 말해야 한다면 나중에 말해도 늦지 않다. "제가 너무 큰 의미를 부여한 건 아닌지 걱정됐어요. 그런데 시간이 흐를수록 더 확신이 들더군요. 또 사건 관련 기사를 찾아보다가 더스틴 밀러가 고등학교 때 성폭행 혐의를 받았다는 기사도 읽게 됐고요. 모든 게 연결되었을지 모른다는 생각이 들었어요."

"그렇군요." 형사는 그렇게 대답하고 다시 물었다. "언제 다트퍼드로 이사하셨죠?"

"웨스트 다트퍼드예요. 7월에요."

"어떤 일을 하나요, 헨리에타?"

"헨. 그냥 헨이라고 부르세요."

"좋아요, 헨. 직업이 뭔가요?"

헨은 자신이 동화책 일러스트레이터라고 설명했다. '멋지군요.' 혹은 '어떤 책에 그림을 그리시나요?' 같은 뻔한 반응을 기대했으나 형사는 그저 큰 도움이 되었고, 궁금한 점이 있으면 나중에 다시 전화하겠다고만 말했다.

"옆집 남자를 신문하실 건가요?"

헨은 그렇게 묻고는 형사가 모호하게 대답할 거라고 생각했지만 그녀의 예상은 빗나갔다. "그래야죠. 그 집을 직접 방문할 겁니다. 혹시 오늘 그 남자가 집에 있을지 아시나요?"

"제가 알기로는 있을 거예요. 낮에는 학교에서 아이들을 가르치지만 오후 4시쯤에는 퇴근하는 것 같더라고요."

"그럼 가야겠군요. 당신 이름은 언급하지 않겠습니다."

"고마워요."

통화가 끝난 뒤 헨은 여전히 손에 전화기를 쥔 채 한동안 서서 자신이 옳은 일을 했는지 생각했다. 몸에서 약간 긴장이 풀린 것으로 보아 그런 듯했고, 헨은 전화기를 내려놓았다.

12

4시가 조금 지나 집 진입로로 들어서던 매슈는 그의 집과 옆집 사이의 길에 주차된 군청색 포드를 보았다. **경찰이다.** 차만 보고도 그는 속으로 생각했다. 매슈가 피아트에서 내리는 동안 주차된 포드에서 양복을 입은 남자가 내리더니 그에게 천천히 다가왔다.

매슈는 남자를 돌아봤다. 키가 크고 깡마른 형사가 말했다. "매슈 돌라모어 씨?"

"그런데요?" 매슈는 그렇게 말하고 어리둥절한 속내를 얼굴에 그대로 드러냈다.

"전 케임브리지 경찰청 소속, 마르티네스 형사입니다." 그가 지갑을 열어 배지를 휙 보여주었고, 매슈는 배지를 보았다.

"케임브리지 경찰청요?" 매슈가 말했다.

"별 소득 없는 수사를 하는 중입니다." 형사가 미소를 지었다. "잠시 몇 가지 질문을 드리고 싶은데 시간 있으신가요?"

"아, 물론입니다. 무슨 일 때문에 그러시죠?"

"집에 들어가서 얘기해도 될까요?"

마르티네스 형사는 매슈를 따라 집 안으로 들어갔다.

"다트퍼드에는 처음 와봤는데 좋은 동네군요. 도시에서 사는 것보다 생활비가 적게 들겠어요." 형사가 말했다.

"글쎄요. 자리에 앉으실래요? 마실 것 좀 드릴까요?"

"아뇨, 괜찮습니다."

매슈는 가죽 서류 가방을 커피 테이블 옆에 내려놓고 의자 가장자리에 걸터앉았다. 반면 마르티네스 형사는 소파에 깊숙이 몸을 묻었다. 다리가 어찌나 긴지 무릎이 허벅지보다 더 높이 솟아 있었다. 형사는 스프링이 달린 수첩을 꺼내며 말했다. "금방 끝날 겁니다, 돌라모어 씨. 수사 중에 선생님 이름이 나와서 몇 가지 질문을 드리게 됐습니다."

"무슨 수사를 말씀하시는 겁니까?"

"서식스 홀에서 교사로 재직 중이시죠?"

"네."

"더스틴 밀러라는 학생을 기억하십니까? 7년 전에 그 학교를 졸업했죠."

"그 친구는 살해당했습니다." 매슈가 말했다.

형사는 고개를 끄덕였다. "맞습니다. 그러니까 기억하시는군요."

"어렴풋이 기억합니다. 제 수업을 한 번 들은 적이 있죠. 만약…… 뉴스에 나오지 않았다면 기억 못 했을 겁니다. 지금도 그 살인 사건을 조사 중이신가요?"

"미제 사건이니까, 네, 계속 조사 중입니다. 그의 죽음이 서식스 홀에 재학했던 시기와 연관이 있을지도 모른다는 새로운 정보가 나왔습니다. 그래서 선생님께 더스틴 밀러의 학창 시절에 대해 좀 듣고자 왔습니다."

"솔직히 말씀드려서 전 정말이지…… 그 친구를 잘 모릅니다. 기억에 남는 학생이 아니었어요."

"왜 기억에 남지 않았죠, 돌라모어 씨?"

"매슈라고 부르세요."

"알겠습니다. 그러죠. 저도 이기라고 불러주세요."

매슈는 형사의 존재뿐 아니라 그의 얼굴까지 신경에 거슬렸다. 형사는 여우 상도 돼지 상도 아니었다. 둥근 두개골과 움푹 파인 눈, 작은 턱은 완전히 새로운 형태였다. 올빼미 상이라고 해야 할까?

"궁금하신 점이 뭔가요?" 매슈가 물었다.

"더스틴 밀러가 기억에 남는 학생이 아니라고 하셨는데 왜 그런지 궁금하군요. 왜 기억에 남지 않았나요?"

"글쎄요." 매슈는 그 질문에 왠지 마음이 불안해지면서 말문을 열었다. "최고의 학생과 최악의 학생은 기억이 나는 법인데 더스틴은 양쪽 다 아니었습니다. 딱히 똑똑하지도 않았고, 문제아도 아니었죠."

"친구들은 어땠나요? 더스틴이 어떤 친구들과 어울렸는지 기억하시나요?"

매슈는 얼굴을 찡그린 채 고개를 저었다. "아뇨."

"더스틴은 운동을 했나요?"

"서식스 홀 학생들은 대부분 운동을 합니다. 전 그다지 관심이 없지만요, 솔직히."

"그러면 더스틴 밀러가 유소년 체전에서 열리는 펜싱 대회에 참가하러 갔을 때 어떤 일이 있었는지 모르시겠군요."

매슈는 생각하는 척했다. 당시에는 상당히 큰 뉴스였고, 선생들은 그 일에 대해 많이 떠들어댔다. "생각이 나긴 하네요. 안 좋은 사건이었죠?"

"여학생을 성폭행했다는 혐의를 받았습니다."

"맞아요. 이제야 기억나네요."

"코트니 치를 기억하시나요?"

"역시 잘 기억나지 않습니다. 1학년 때 제게 세계사 수업을 듣고, 3학년 때는 저와 함께 고대 로마사를 주제로 세미나 수업을 했을 겁니다."

"코트니는 그 세미나 수업을 무사히 마쳤나요?"

"아뇨, 지금 생각해보니 아닌 것 같네요. 그해에 일찌감치 링컨 서드베리 고등학교로 전학 갔습니다." **코트니가 떠나는 모습**

을 보니 마음이 아프더군요. 그 애의 눈꺼풀은 투명해 보일 정도로 창백했고, 가냘픈 체구에 어깨가 좁은 아이였죠. 서식스 홀에 입학한 직후에 가슴이 커지는 바람에 아주 열심히 가리고 다녔습니다. 아마 그래서 필드하키를 하다가 펜싱으로 바꿨을 겁니다. 뻣뻣한 펜싱 유니폼을 입으면 가슴이 잘 드러나지 않으니까요. 하지만 코트니는 펜싱 실력이 뛰어나서 더스틴 밀러, 브랜든 수와 함께 유소년 체전에 참가할 수 있는 자격을 얻었죠. 셋 다 뉴잉글랜드 예선전에서 훌륭한 실력을 보여줬으니까요. 사실 코트니는 시합에 참가 차 세인트루이스에 가게 된 것을 기뻐하며 날 찾아왔습니다. 세인트루이스 역사를 알고 싶어 했고, 게이트웨이 아치에 올라가볼 만한지 물어봤죠. 더스틴은 호텔 방에서 그 애를 강간했습니다. 용케 술을 가져갔고, 둘 다 술에 취했죠. 코트니가 서식스 홀을 떠난 뒤에—그래도 그 애가 가능한 한 학교를 계속 다녔다는 사실이 놀라우면서도 자랑스러웠죠—더스틴이 친구와 함께 떠드는 소리를 들었습니다. 이제 코트니가 없으니 학교에서 가슴이 제일 큰 애가 누구일지 고르고 있더군요.

"그럼 펜싱 대회에서 일어난 사건에 대해 뭘 아시나요?"

"코트니가 경찰에 신고했다는 건 압니다. 하지만 경찰에서 기소를 했는지는 잘 모르겠네요. 둘이 함께 술을 마셨다고 들은 기억이 납니다."

"둘이 세인트루이스에 갔을 때 보호자가 동행했나요?"

"펜싱 코치가 따라갔습니다. 늘 동행하니까요. 그리고 아마 학부모 한 명이 더 갔을 겁니다. 하지만 코트니는 방을 혼자 썼죠."

"말씀과는 달리 많이 기억하시는군요." 형사가 살짝 웃었지만 슬픈 눈빛은 변하지 않았다.

"그런 거 같네요. 빨리 잊고 싶은 기억이죠."

"그 사건을 어떻게 생각하시나요?"

"의견을 말할 정도로 잘 알지는 못합니다."

"그래도 둘 다 가르쳐봤으니 분명 의견이 있을 텐데요. 같은 상황에서 남자와 여자 말이 다를 때 어느 쪽을 믿으십니까? 이건 공식적인 질문이 아닙니다. 그냥 당신 의견이 궁금해서 묻는 겁니다."

"그 사건이 더스틴 밀러의 죽음과 연관이 있다고 생각하나요?"

"아뇨, 그렇게 생각하지 않습니다. 솔직히 말해서 우린 그냥 단서를 따라갈 뿐입니다. 이 상황에 대한 정보가 많으면 많을수록 좋죠. 다시 한번 말씀드리지만 공식적인 진술을 원하는 게 아닙니다. 그냥 의견이 듣고 싶은 거죠."

"오래전 일이기도 하고," 매슈는 턱을 긁으며 곰곰이 생각하는 척했다. "이 일에 제 말이 인용되는 건 원치 않습니다만, 제가 기억하기로는 더스틴은 좋은 학생이었습니다. 둘 다 술에 취했고, 더스틴이 좀 더 조심했어야 할지 모르지만 그건 코트니도 마찬가지였죠. 그건 그냥…… 있을 수 있는 일이었습니다. 더스틴의 인생을 망칠 정도로 큰 잘못은 아니었다고 생각합니다."

형사는 얇은 입술로 다시 미소를 짓더니 잠시 매슈를 바라보며 말했다. "감사합니다. 큰 도움이 되었습니다." 그러고는 일어나려는 듯이 양손을 무릎에 댔다.

"다 끝났나요?" 매슈가 물었다.

"끝났습니다. 달리 기억하시는 게 없다면요."

"아까 말했듯이 전 더스틴에 대한 기억이 별로 없습니다."

"하지만 더스틴이 좋은 아이였다는 건 기억하시네요."

"글쎄요, 나쁜 아이는 아니었습니다. 그건 기억합니다."

형사는 소파에서 가뿐하게 일어났고, 매슈도 자리에서 일어났다. 그들은 함께 현관으로 걸어갔다. 매슈는 그가 잠깐 화장실을 쓰고 싶다거나 집을 둘러보고 싶다고 할지 모른다고 생각했다. 이번 일은 분명 펜싱 트로피 때문이다. 옆집에 새로 온 여자가 경찰에 그가 수상하다고 신고한 게 틀림없다. 매슈는 차라리 형사가 집을 둘러보고 싶다고 말해서 서재를 보여줄 수 있기를 바랐다. 하지만 형사는 현관 밖으로 나가더니 손을 내밀어 악수를 청했고, 매슈는 그의 손을 잡았다.

"먼 길 오셨는데 별로 소득이 없었네요." 매슈가 말했다.

"그거야 모르죠. 게다가 날씨가 쾌청해서 드라이브하기에 좋았습니다."

매슈는 그제야 정말로 날씨가 좋다는 걸 깨달았다. 공기는 상쾌했으며 하늘은 높고 푸르렀다. "그렇군요."

"동네가 마음에 드네요. 집들도 다 멋지고. 동네에 아이들이 많나요? 학교도 괜찮고요?"

"네, 사립학교가 좋다고 하더군요."

매슈는 한동안 현관에 서서 멀어지는 형사의 차를 바라보았다.

13

그날 아침 케임브리지 경찰청에 전화한 후 헨은 집 안을 좀 더 서성이다가 커피를 두 잔째 마시고, 자리에 앉아 그림을 그리려 했다. 새로 작업을 시작한 동화책의 일러스트가 아직 두 개나 더 남았다. 《로어 전사를 위한 학교: 안티 산타클로스》라는 제목의 책으로 시리즈의 1권이었는데—요즘 동화책은 다 시리즈로 나온다—청소년들에게 초자연적인 생명체와 싸우는 법을 가르치는 사관학교 이야기다. 요즘 의뢰가 들어오는 책들에는 대부분 초자연적 생명체가 등장한다. 작업하기에 썩 좋은 책은 아니었는데 가상의 생명체가 어떻게 생겼는지 상상해야 했고, 작가들을 만족시키기란 불가능했기 때문이다. 차라리 그녀가 사춘기 때 읽었던 로이스 덩컨이나 V. C. 앤드루스 같은 작가의 청소년용 스릴러 소설이 더 좋았다. 하지만 요즘에는 그런 책들이 인기가 없었다.

스케치북을 펼쳤더니 어젯밤에 그렸던 그림이 있었다. 침대에 누워 있는 커다란 고양이, 창틀에 앉아 있는 어린 소녀. 헬은 이 그림을 까맣게 잊고 있었던 터라 깜짝 놀랐다. 특히 나뭇가지에 웅크리고 있는 소년의 눈동자를 봤을 때는. 지난 몇 년간 자신이 그린 그림이라면 다 좋았 듯이 이 그림도 마음에 들었다. 갑자기 무언가가 그녀를 끌어당긴 듯이 헬은 작업실에 가서 이 그림을 판화로 만들고 싶어졌다. 헬은 쏜살같이 2층으로 올라가 클로그 슈즈를 신고, 작은 구멍이 몇 개 생긴 탓에 작업복으로 전락한 얇은 스웨터를 입었다. 다시 아래층으로 내려가 스케치북과 열쇠를 챙겨 밖으로 나갔다. 동화책 일러스트를 그리는 데 좀 더 시간을 할애해야 한다는 걸 아는 터라 죄책감이 들었지만 일단 작업실에 가면 책 작업도 하게 될 것이다. 헬은 시커모어 가 끝까지 걸어갔다가 오른쪽으로 돌아서 크레인 가로 접어든 다음, 언덕을 내려가 블랙 브릭 스튜디오로 갔다. 거기에 그녀가 임대한 작업실이 있었다. 시추에이트 강 옆에 세워진 이 4층짜리 벽돌 건물은 원래 오래된 방직 공장이었는데 지금은 60개가 넘는 작업실로 개조되었다. 헬의 작업실은 지하에 있었다. 전망이 없기 때문에 별로 인기가 없는 자리였지만 헬에게 필요한 다용도 싱크대가 있었고, 예전에 서머빌에 있던 작업실에서 큰돈을 들여 옮겨 온 인쇄기 두 대가 다 들어갈 수 있을 정도로 컸다.

헨은 뒷문으로 건물에 들어갔다. 문에 붙은 포스터를 보니 작업실 공개 행사가 얼마 남지 않았다. 작업실 공개 행사는 그녀가 예술가로서 참여하기 두려운 활동이었다. 서머빌의 작업실에서 일할 때는 모든 아티스트가 그 연중행사에 참석해야 했다. 처음 5년간은 그 일을 갤러리 오프닝처럼 받아들이는 실수를 저질러서 제일 좋은 청바지를 입고 우두커니 서서 작업실을 찾아온 사람들과 어색하게 대화를 나눴다. 하지만 그 후 5년간은 그 기간에도 평소와 다름없이 일했고, 사람들이 작업실을 돌아다니는 동안 분주히 판화를 찍었다. 아무도 개의치 않는 듯했고, 사람들은 의견을 말할 필요 없이 작업실을 둘러볼 수 있어서 좋아했다. 사람들이 말을 걸 때는 주로 그녀가 하는 일의 기술적인 면을 물었다. 동판에 어떻게 그림을 새기는지, 어떤 화학약품을 쓰는지, 얼마나 걸리는지. 작업 과정에 대해서라면 헨은 늘 기꺼이 대답해주었다. 그녀가 싫어하는 질문은 아이디어를 어디에서 얻느냐 같은 것이었다.

지하층은 불이 다 꺼져 있었다. 아무도 없다는 뜻이었다. 헨은 작업실로 들어가 곧장 제도대로 가서 동판과 같은 크기의 종이에 어젯밤에 그렸던 그림을 다시 그렸다. 그런 다음 동판을 꺼내 양쪽을 사포로 문지르고, 기름기를 제거한 다음, 왁스를 발랐다. 이 작업을 하는 동안 고물 CD플레이어로 아니 디프랑코의 CD를 틀었다. 집에서는 스트리밍 서비스로 음악을 들었지만 작업실에서는 늘 CD플레이어로 들었다. 그녀가 소장한 CD

는 전부 어릴 때 구입한 것으로, 대부분 로이드를 만나기도 전이었다. 적어도 지난 5년간은 CD를 구입하지 않았다. CD 다섯 개와 카세트테이프까지 재생할 수 있는 이 투박한 플레이어는 그녀만의 타임머신이나 다름없었다. 나이를 더 먹었고, 이제는 자기 작품이 아닌 동화책 삽화를 그리고 있었지만 플레이어에서 흘러나오는 음악은 예전과 똑같았다. 헨은 작업에 몰두한 나머지 CD가 아니 디프랑코에서 뉴트럴 밀크 호텔로 넘어간 줄도 몰랐다. 그녀는 이미 다이아몬드 포인트를 가져와 밀랍에 그림을 새기는 중이었다. 그림을 막 새기기 시작했을 때 멀리서 문이 쾅 닫히는 소리가 들리더니 테이블 스탠드만 제외하고 불이 다 꺼졌다.

헨은 "여기요."라고 외치고 문으로 걸어갔다. 그러자 모든 불이 일제히 다시 켜지며 남자 목소리가 들렸다. "미안합니다. 나 혼자 있는 줄 알았어요."

"괜찮아요." 헨이 말하자, 목소리보다 훨씬 어려 보이는 남자가 헨의 작업실이 있는 복도 모퉁이를 돌아 나왔다. 헨은 이 건물 작업실을 이용하는 사람들 모임에서 그를 본 기억이 났지만 이름은 기억나지 않았다.

"안녕하세요, 전 헨이라고 해요." 그녀가 말했다.

"맞아요, 기억납니다. 전 데릭이라고 합니다." 눈썹이 짙은 데릭은 유별나게 키가 작아서 헨은 지난번 모임에서처럼 그가 그냥 키가 작은 것인지, 아니면 가벼운 왜소증 같은 질환이 있는 것인지 의아했다. "작업실 공개 행사 준비를 하시나요?" 데릭이 물었다.

"아뇨. 그냥 일하는 중이었어요. 행사 기간에는 새벽에 와서 그림만 잔뜩 진열해둘 작정이에요." 헨은 데릭이 무슨 일을 하는지 기억해내려 했다. 옷차림이 깔끔한 것으로 보아 사진작가 같았다.

"그릇에는 사탕을 담아두고요?"

"예전에는 초대형 플라스틱 병에 땅콩버터가 들어 있는 프레첼을 담아뒀어요. 한번은 테킬라 병과 소금, 라임 조각을 놓아두기도 했죠. 정말로 마시는 사람이 있는지 보려고요."

"마시던가요?"

"당연하죠. 공짜 술인데. 제 작업실이 파티장으로 변하더군요. 다시는 안 그럴 거예요."

데릭은 한쪽 발에서 다른 쪽 발로 체중을 옮겼다. 헨은 그가 가려는 줄 알았는데 오히려 이렇게 말했다. "바쁘지 않으면 당신 작품 좀 볼 수 있을까요?"

"그럼요." 헨은 그렇게 말했고, 데릭은 그녀를 따라 작업실로 들어갔다. 헨은 행사 기간에 전시할 작품들이 들어 있는 상자를 열었다. 대부분 몇 년 전에 작업한 창작품이었지만 지금까지 작업한 동화책 일러스트 중에서 좋아하는 작품도 서너 개 있었다.

"이야, 훌륭한데요." 데릭이 말했다.

"고마워요."

"음산하기도 하고요."

"네. 내겐 우리 엄마가 '생생한 상상력'이라고 불렀던 자질
이 있거든요."

작품을 다 훑어본 뒤 데릭은 두 대의 인쇄기 중에서 더 큰
쪽을 바라보며 물었다. "저 인쇄기는 무게가 얼마나 되나요?"

"솔직히 말해서 모르겠어요. 하지만 아주 무거워요. 앞으로
다시는 이사하고 싶지 않아서 이 작업실을 좋아하기로 마음먹
었죠."

"여기가 마음에 들 겁니다. 너무 폐쇄적이지도 않고요. 입주
자들끼리 친하게 지내자는 분위기이긴 하지만 안 그런다고 해
서 비난하지도 않죠……. 와, 이건 새 작품인가요?"

데릭은 헨이 어젯밤 그린 그림, '소년은 이튿날 밤에 다시 돌
아왔다'라는 제목의 그림을 바라보고 있었다. 데릭은 한동안 그
그림을 바라보았고, 헨은 나뭇가지에 웅크리고 있는 소년이 소
인처럼 보인다는 걸 깨달았다. 마치 난쟁이 같았다. 헨은 데릭이
기분 나빠할까 봐 약간 걱정이 되었다.

"누군가의 꿈속을 들여다보는 것 같네요. 사실 등에 소름이
쫙 돋았어요." 데릭이 말했다.

"저도요. 제가 그런 작품을 좋아해요. 보고 있으면 으스스해
지는 작품요."

데릭이 떠나기 전, 헨은 행사 기간에 짬을 내어 그의 작업실

에 들르겠다고 약속했다. 그가 정확히 무슨 작업을 했는지 여전히 기억나지 않았다. 데릭이 떠나자 헨은 판화 작업을 마무리지었다. 이제 CD플레이어에서는 〈로스트 하이웨이〉 사운드트랙이 나왔다. 동판을 산(酸)에 넣은 뒤 재빨리 동화책에 들어갈 삽화를 그렸다. 책 도입부에서 사악한 산타클로스가 벽난로에서 나오는 장면이었다. 헨은 머릿속에 떠오르는 아이디어를 재빨리 그림으로 옮겼다. 하나는 벽난로에서 산타클로스의 발만 나오는 그림이었고, 또 하나는 거기에 갈고리처럼 생긴 손과 산타클로스의 얼굴 일부가 살짝 보이는 그림이었다. 꽤 괜찮았다. 그림에 너무 몰두하느라 동판을 산에 너무 오래 담가둔 게 아닌가 걱정되었다. 하지만 왁스를 지운 뒤에 잉크를 바르고 인쇄기로 찍어냈더니 완벽했다. 최근에 작업한 그림 중에서 훌륭한 축에 속했다. 몇 장 더 찍어낸 다음, 동화책에 들어갈 두 번째 삽화를 재빨리 그렸다. 어느새 다섯 개의 CD가 모두 재생된 후에 아니 디프랑코가 다시 노래했고, 헨은 배가 고팠다. 열심히 일한 하루였다. 작업실 문을 잠그고 소리를 질러 지하층에 누가 또 없는지 확인한 다음, 불을 껐다. 그러고는 다시 낮의 환한 햇살 속으로 나갔다.

14

형사가 떠난 후 매슈는 다시 집 안으로 들어갔다. 미라가 집에 도착했을 때 배가 고프면 뭐라도 먹을 수 있도록 그녀가 좋아하는 멀리거토니 수프를 만들 생각이었지만, 마음을 바꿔서 냉동실을 뒤져 프렌치 브레드 피자를 찾아냈다.

피자를 먹는 동안 옆집 부부에 대한 정보를 찾아내는 작업에 착수했다. 헨, 혹은 그녀의 남편 로이드가 경찰에 신고한 게 틀림없다. 당연히 펜싱 트로피 때문이다. 헨(이름과 달리 전혀 닭처럼 생기지 않았다. 오히려 정반대인 여우 상이다.)*이 그 트로피를 알아봤고, 어찌 된 영문인지 그 트로피와 더스틴 밀러의 연관성을 알고 있었다. 그리고 이제 경찰이 그를 찾아오게 했다. 매슈

---

* 'hen'은 영어로 암탉이라는 뜻이다.

로서는 평생 처음 겪는 일이었지만 그가 생각하기에는 잘 넘긴 듯했다. 혹은 그 상황에서는 그 정도가 최선이었다. 왜 형사가 집 안을 둘러보겠다고 하지 않았는지, 혹은 트로피에 관해 묻지 않았는지 의문이었다. 아마 그랬다가는 옆집 여자가 신고했다는 사실이 뻔히 드러나기 때문이었을 것이다. 물론 매슈는 거절하고, 수색 영장을 가져오라고 요청할 수 있었다. 아니다, 이건 틀림없이 그냥 별 뜻 없는 방문이었다. 그리고 트로피도 없으니 경찰로서는 그를 더스틴 밀러와 연관 짓지 않을 것이다.

매슈가 '헨리에타' '로이드' '결혼'을 연관 검색어로 입력했더니 곧바로 결혼사진이 나왔다. 헨리에타 머주어와 로이드 하딩이 그들의 이름이었다. '헨리에타 하딩'도 검색하려다가 아마 그녀는 원래 이름을 쓸 거라는 생각이 들어서 '헨리에타 머주어'로 검색했다. 일러스트 때문에 그녀와 연관된 자료가 넘쳐났다. 헨에게는 개인 홈페이지뿐 아니라 트위터, 페이스북, 인스타그램 계정도 있었다. 헨이 찍힌 사진은 놀라울 정도로 적었지만 작품 사진은 많았다. 정교하고 음산한 그녀의 에칭 판화 작품은 매력적이었다. 대다수가 동화책 삽화였지만 보스턴의 한 갤러리 웹사이트에 그녀의 창작품을 찍은 섬네일이 있어서 매슈는 그 사진들을 뚫어지게 들여다봤다. 그림에 대해 잘 몰랐지만 근사한 작품들 같았다. 거의 천재적이라고 할 수 있을 정도였다. 제일 마음에 드는 작품은 엄마, 아빠, 딸 셋으로 구성된 가족이 저녁 식사를 하는 그림이었다. 식탁에는 큼직한 로스트비프가 있고 가족들 모두 게걸스럽게, 몇 명은 육즙을 턱까지 줄줄 흘려가면서 고기를 뜯어 먹었다. 처음에는 잘 안 보였지만 테이블 밑을 자세히 살펴보면 세 딸 중 한 아이의 다리가 없었다. 다리는 무릎 바로 밑에서 절단되었고 붕대를 감은 지 얼마 안 된 듯했다. 작품의 제목은 이랬다. '그해 크리스마스는 가장 유쾌하게 지나갔다.'

헨리에타 머주어의 작품이 어찌나 흥미로운지 매슈는 애초에 왜 그녀를 검색했는지 잠시 잊어버렸다. 어느새 헨의 몇몇 작품을 뚫어지게 바라보며 그녀의 서명이 들어간 그림은 얼마나 할까 생각했다. 벌써 그녀의 그림이 서재에 걸려 있는 모습까지 상상할 수 있었다.

컴퓨터를 끄기 전에 '헨리에타 머주어'로 한 번 더 검색하며 관련 기사가 있는지 찾아보았다. 8년 전 한 갤러리에서 출간한 책자에 그녀의 이름이 있었고, 15년 전 캠던 대학교에서 벌어진 사고에 연루된 헨리에타 머주어에 관한 기사가 있었다. 처음에는 다른 사람인 줄 알고 건너뛰려다가 "음산하면서 시선을 사로잡는 스케치와 그림으로 고등학교 때 여러 차례 수상 경력이 있는, 미술 전공의 머주어 양"이라는 구절을 보고 옆집 여자라는 걸 알게 되었다. 그녀는 같은 대학 여학생을 폭행한 혐의로 기소되었다. 매슈는 찾을 수 있는 기사는 모두 찾아내 읽었다. 정확히 무슨 일이 있었는지는 잘 알 수 없었지만, 기본적으로 헨리에타는 신경쇠약에 걸려 같은 대학 여학생이 자신을 죽이려

한다고 확신했다. 그래서 지도 교수와 경찰서에 이 사실을 알렸으나 오히려 본인이 그 여학생을 공격해 정신병원에 입원하고 나중에는 법정까지 가게 되었다. 기사를 읽으며 매슈는 비록 어린 헨리에타가 망상에 시달리기는 했어도, 어쩌면 그녀의 생각이 맞았을지 모른다는 이상한 기분이 들었다. 한 기사에는 피해자인 대프니 마이어스의 사진이 실려 있었다. 모자이크 처리된 얼굴이었는데도 매슈는 대프니의 흐릿한 눈에서 무언가를 감지할 수 있었다.

그리고 이제 헨리에타 머주어가 그를 의심하고, 경찰에 신고했으며, 아마 그를 감시하고 있을 것이다. 만약 상황이 악화되면 헨리에타에게 전과가 있다는 사실이 그에게 도움이 될 것이다. 그렇게 생각하자 갑자기 긴장이 사라졌다. 이상하게 차분했고, 옆집 여자가 그의 정체를 의심하는 것 같다는 사실에 약간 흥분되었다.

그날 저녁 리처드에게서 전화가 왔다.

"형수는 언제 와?" 리처드가 물었다.

"오늘 밤에."

"유감이네. 오늘 또 찾아가려고 했는데. 형한테 보여줄 게 있거든."

지난번에 리처드가 그 말을 꺼냈을 때는 매슈에게 아주 역겨운 웹사이트를 보여줬다.

"이걸 왜 보여주는 거야?" 그때 매슈는 동생에게 물었다.

"진정해. 이 사람들은 그냥 배우야. 아버지가 살아 계셨을 때 인터넷이 있었으면 어땠을까? 아버지도 이런 걸 즐겨 보셨을 텐데 말이야. 안 그래?"

"네가 즐기고 있는 것 같은데."

"이런 쓰레기를? 아냐. 아버지 생각이 나서 형에게 보여줬을 뿐이야. 기억나? 우린 아버지가 정말 독특한 사람, 세상에 하나뿐인 부류라고 생각했잖아. 드라큘라나 프랑켄슈타인처럼."

"기억 안 나는데."

"암튼 그 생각이 났어. 그런데 이제 보니까 세상은 아버지처럼 생각하는 놈들 천지더라고. 이런 웹사이트가 생겨날 정도로. 세상이 요지경이야, 매슈."

그때 리처드는 아버지를 옹호하는 듯이 보일 정도였다. 하지만 술에 취해 있었고, 이튿날 아침 매슈는 거실에서 자위하는 리처드를 보았다. 무릎에는 노트북이 놓여 있었고, 수치스러운 동시에 행복한 눈빛이었다.

"뭘 보여주고 싶다는 건데?" 매슈가 전화에 대고 물었다.

"어떤 여자를 만났어."

"그래? 너만 그렇게 생각하는 거 아니고?"

"직접 만나지는 않았지만 몇 번 메시지를 주고받았어. 그 여자가 올린 사진을 형한테 보여주려고."

"고맙지만 사양할게."

"안 보면 후회할걸? 형수는 언제 또 출장 가?"

"당분간은 안 갈 거야, 리처드. 혼자서도 잘 지낼 수 있지?"

리처드는 웃으며 걱정하지 말라고 했고, 그걸로 통화는 끝났다. 동생을 혐오하기는 해도 매슈는 늘 리처드가 걱정되었다. 단지 동생의 안부만이 아니라, 동생이 무슨 짓을 저지를지가. 돌라모어 가의 남자들이 무슨 짓을 할 수 있는지 매슈는 누구보다 잘 알았다.

그날 저녁 미라가 돌아왔을 때 매슈는 이미 자고 있었다.

"쉬, 계속 자." 미라는 그의 옆으로 들어와 누우며 말했다. 그러고는 한쪽 팔로 그의 가슴을 감싸 그를 자기 쪽으로 꼭 끌어안았다.

"집에 돌아온 걸 환영해." 매슈가 말했다.

"심장 박동이 빠르네. 괜찮아?"

"당신을 보니까 너무 기뻐서 그래." 매슈는 그렇게 말하고 돌아누워 미라의 목에 키스했다. 그녀는 맨몸에 티셔츠 하나만 입고 있었고, 매슈는 그녀의 다리 사이로 손을 넣었다. 미라는 자세를 바꾸며 다리를 벌렸다. 성욕이 사라지기 전에 매슈는 재빨리 그녀 위로 올라가 미라의 목 옆쪽 베개에 얼굴을 묻고는 옆집 여자를 생각했다. 그 여자는 이럴 때 어떤 소리를 낼까? 매슈는 재빨리 그 생각을 떨쳐냈다.

"웬일이야." 미라가 말했다. 매슈가 그녀에게서 내려온 뒤, 둘은 아까와 같은 자세로 돌아가 미라가 그의 등에 바짝 붙어 한쪽 팔로 그를 끌어안고 있었다.

"보고 싶었어." 매슈가 말했다.

"나도 보고 싶었어."

"이번 출장은 너무 길었어." 매슈가 말했다.

미라가 웃으며 말했다. "사실 별로 길지 않았는데 당신이 그렇게 생각했다니 기쁘네."

"콜럼버스 데이 연휴에 뭐 할 거야?" 매슈가 물었다.

"몰라. 왜?"

"하룻밤 자고 올까? 포츠머스에 있는 그 호텔에서 말이야."

"클램 딥 먹었던 호텔?"

매슈가 웃었다. "그래, 클램 딥이 맛있었던 호텔. 그건 기억하네."

"다른 것도 기억해. 그래, 거기 가자."

"내일 예약할게." 매슈가 말했다.

잠들기 전에 미라가 말했다. "당신 심장 박동이 정상으로 돌아왔어."

15

마르티네스 형사에게 전화가 왔을 때는 로이드가 퇴근해서 냉장고를 뒤지는 중이었다.

"잠시만 기다려주실래요?" 헨은 형사에게 그렇게 말한 뒤, 로이드에게 에이전트의 전화라면서 서재에서 통화하겠다고 했다. 헨은 너무 티 나게 거짓말을 한 건 아닌지 걱정하며 계단을 빠르게 올라갔다. 작은 서재—그녀가 온갖 서류 작업으로 끙끙대는 공간—에 들어간 뒤에야 전화에 대고 말했다. "말씀하세요."

"지난번에 말씀하신 옆집 남자를 찾아가 이야기를 나눴습니다."

"어떠셨어요?"

정적이 흘렀고, 헨은 특별한 조치는 취하지 않을 거라는 말이 나오리라는 걸 알고 있었다. "요주의 인물이더군요. 지금으로서는 그렇게만 말해두겠습니다."

"아, 그 사람이 범인이라고 생각하세요?" 헨이 물었다.

마르티네스 형사는 웃음을 터뜨렸다. "아뇨, 전 그렇게 말하지 않았습니다. 솔직히 오늘 방문도 아무 성과는 없었습니다. 하지만 돌라모어 씨도 더스틴 밀러와 코트니 치의 일을 알고 있더군요. 그러니까 당신이 귀한 정보를 제공한 겁니다. 제보해줘서 고맙다는 말을 하려고 전화했습니다."

"단순한 제보 전화가 아니었어요. 그 남자가 범인이라고요."

"설사 돌라모어 씨가 펜싱 트로피를 가지고 있었다고 해도—."

"그것만이 아니에요." 헨은 그렇게 말하며 발로 서재 문을 밀어 완전히 닫았다. "그 사람 짓이 확실해요. 지난번 밤에 그를 미행했는데 누군가를 스토킹하고 있었어요. 사냥하고 있었다고요."

"그게 언제인가요?" 형사가 물었다.

헨은 자초지종을 말했다. 매슈가 차에 탄 커플을 미행하는 동안에 자신은 그를 미행했다고.

"왜 그 일이 더스틴 밀러 사건과 연관이 있을 거라고 생각하죠?" 헨의 이야기가 끝나자 형사가 물었다.

"그 남자가 일종의 연쇄 살인범, 적어도 연쇄 스토커라는 증거라고 생각해요. 그 남자는 어딘가 잘못됐어요. 이상하다고요."

"세상은 이상한 사람 천지죠. 하지만 그들 대다수는 살인마가 아닙니다. 제 말 믿으세요."

"물론 그렇겠죠. 하지만 그중에는 살인마도 있겠죠?" 헨이 말했다.

긴 침묵이 흘렀고, 헨은 순간적으로 형사가 전화를 끊은 줄 알았다. 그때 그의 목소리가 들렸다. "돌라모어 씨가 누군가를 미행하는 데는 많은 이유가 있을 수 있고, 그중에서 더스틴 밀러와 연관된 이유는 거의 없을 겁니다."

"네, 알아요. 하지만 수상해요."

또다시 침묵이 흐르더니 형사가 말했다. "부탁 하나만 해도 될까요, 헨?"

"물론이죠." 헨은 그게 무슨 부탁일지 알고 있었다.

"이제부터는 우리에게 맡겨주세요, 네? 옆집 남자가 범인이라면 우리가 잡을 겁니다. 하지만 당신이 그를 따라다니는 건 우리에게 전혀 도움이 되지 않아요. 당신도 위험해질 수 있고요."

"그럼요. 이해해요." 헨이 말했다.

"그럼 약속하는 겁니까?"

헨이 웃었다. "새끼손가락을 걸고 약속할게요."

"농담 아닙니다. 당신의 안전만을 위해서가 아니라 수사에 악영향을 미칠 수 있어요. 이해하시죠?"

"이해해요." 헨은 그렇게 대답했고, 그의 이름을 덧붙이려다가 — 이기였지? — 적절하지 않은 듯해서 그만두었다.

"좋습니다. 고맙습니다. 또 생각나는 게 있으면 언제든 전화하세요. 새로운 사실이 밝혀지면 저도 알려드리겠습니다." 형사가 말했다.

"고마워요." 헨이 말했다.

아래층으로 내려오니 로이드가 물었다. "누구랑 통화했어?"

"말했잖아. 에이전트라고. 로어 전사 동화책과 했던 원래 계약이 커버까지 합해서 삽화 여덟 개를 그리기로 했는데 이젠 열두 개로 늘어났어."

"다 그렸어?"

"거의 다."

"돈은 더 주겠대?"

"응. 시간이 문제지. 이미 2권을 시작했어야 하는데 아직 읽지도 않았어. 당신은 오늘 어땠어?"

"좋았어." 로이드가 말했다. 늘 하는 대답이었다.

헨은 와인 한 잔을 따른 다음, 저녁으로 먹을 닭가슴살과 브로콜리를 꺼냈다.

"콜럼버스 데이 연휴에 거기 가는 거 생각해봤어?" 로이드가 물었고, 순간적으로 헨은 당황하며 그들이 무슨 대화를 나눴는지 기억을 더듬었다. 다행히 기억이 났다.

"롭의 파티 말이야?" 헨이 말했다.

"웅."

"음, 아무래도 안 갈 거 같아, 로이드. 괜찮지?"

롭은 로이드의 대학 단짝이었다. 매사추세츠 주와 뉴욕 주
경계선 바로 너머에 살았는데 여기서 두 시간 반 거리였고, 매
년 콜럼버스 데이 연휴마다 모닥불 파티를 열었다. 예전에는 헨
도 늘 파티에 갔고, 몇 번은 재미있기까지 했다. 하지만 롭은 마
리화나 중독자였고, 헨은 10년 전에 미리화나를 끊었다. 그걸
피우면 머릿속에서 새로운 아이디어가 팡팡 터지던 때가 그립
기는 했지만 치명적인 편집증은 전혀 그립지 않았다. 약에 취해
나누던 바보 같은 대화도.

"괜찮아." 로이드가 말했다.

"당신은 갈 거지?" 헨이 물었다.

"웅."

"내년에는 나도 갈게."

"그럴 거 없어. 당신이 롭 좋아하지 않는 거 알아."

"롭을 싫어하진 않아. 그냥 롭에게 할 말이 없어. 그리고 조
애너가 그리워."

조애너는 오랫동안 롭과 사귀었는데 롭과 비슷하면서도 더
재미있고 더 똑똑하고 더 냉소적이었다. 조애너가 롭과 함께 살
던 허름한 농가에서 나가 파이오니어 밸리에 자기 집을 얻었을
때 헨은 당연하다고 생각했다. 하지만 그래도 조애너가 없어서
아쉬웠다. 조애너가 없으면 로이드와 롭은 재빨리 대학 때 인격

으로 돌아갔고, 헨은 마리화나를 피우며 멍청한 농담을 나누는 두 사람 곁에서 소외감을 느꼈다.

"다들 조애너를 그리워하지. 내가 해줄 일 있어?" 로이드가 말했다.

헨은 살짝 질긴 브로콜리를 로이드 쪽으로 밀며 잘라달라고 했다.

저녁이 끝나고 로이드가 레드삭스 경기를 보는 동안, 헨은 노트북을 열고 다시 C빔스 사이트를 찾아봤다. 그녀가 매슈를 미행하던 날에 이 밴드가 아울스 헤드에서 공연했고, 헨은 매슈가 미행했던 수염을 기른 남자가 그 밴드의 리드 보컬이라고 어느 정도 확신했다. 그렇게 생각하면 앞뒤가 완벽하게 맞아떨어졌다. 그 남자는 틀림없이 밴드 멤버였고—드러머의 밴에 드럼 싣는 걸 도와주기도 했다—아니면 적어도 밴드 관계자였다. 매슈는 아울스 헤드에 가서 C빔스의 공연을 본 다음, 집으로 가서 차를 가지고 다시 술집으로 돌아갔고 거의 마지막에 술집을 나선 리드 보컬을 미행한 것이라고 헨은 추론했다. 문제는 당연히 왜 그랬냐는 것이다.

남자의 이름은 스콧 도일이었고, 헨은 그에 대해 좀 더 알아내려고 했다. 이를테면 그가 서식스 홀과 무슨 연관이 있을지 궁금했다. 예전에 그 학교에 다녔을까? 어쩌면 매슈는 자경단을 자처하며 가장 비도덕적인 학생들을 골라 그들이 졸업한 지 한참 후에 죽이고 다니는지 모른다. 하지만 스콧에 대해 찾아낼 수 있는 정보는 모두 밴드와 관련된 것뿐이었다. 트위터 계정이 있기는 했지만 포스팅이라고는 자신의 노래 링크나 다가올 공연을 광고하는 글뿐이었다. C빔스의 다음 공연은 우연히도 롭의 모닥불 파티가 열리는 날과 같은 콜럼버스 데이 연휴의 토요일 밤이었다. 장소는 아울스 헤드가 아닌, 노스 쇼어에 있는 '러스티 스커퍼'라는 바였다. 어쩌면 그날 밤에 차를 몰고 그 술집으로 가서 훔쳐볼 수도 있다. 어차피 집에 혼자 있을 테니 할 일도 없었다. 그러다 스콧 도일과 이야기할 기회가 생기면 혹시 서식스 홀에 다녔는지, 아니면 매슈 돌라모어와 무슨 연관이 있는지 물어볼 수 있다. 만약 연관이 있다면 그는 정말로 위험에 처한 것이다.

만약 매슈도 거기 있다면? 매슈가 그녀를 본다면? 뭐 어쩌겠는가. 우연이라고 생각하겠지. 어쩌면 또 다른 살인을 저지르려다가 그녀를 보고 포기할 수도 있다.

"말도 안 돼!" 로이드가 텔레비전을 향해 소리쳤다. 곧바로 신음이 들리는 걸로 봐서 멀리 날아간 타구가 홈런이 아니라 아웃으로 끝난 모양이었다.

16

"난 이미 너무 많이 마셨어, 매슈." 미라가 말했다.

"바로 위가 호텔 방인데 어때. 아예 디저트도 먹자. 당신이 원한다면." 매슈가 말했다.

"으윽, 더는 한 입도 못 먹겠어. 술만 한 잔 더 해. 하지만 당신도 마셔야 해."

매슈는 미라가 마실 러스티 네일과 자신이 마실 기네스를 두 잔째 주문했다. 그들은 뉴햄프셔 주 포츠머스의 조약돌이 깔린 예쁜 거리에 있는 4층짜리 부티크 호텔, 포츠머스 암스의 바에 있었다. 콜럼버스 데이 연휴는 대서양에서 불어온 차갑고 따가운 빗방울로 시작되었으나 토요일 오후 4시부터 구름이 걷혔고, 태양이 잠깐 나와서 도시를 연분홍빛으로 물들였다. 매슈와 미라는 부둣가를 따라 산책한 뒤 호텔로 돌아와 술과 함께 레스토랑의 간판 메뉴인 클램 딥을 주문했다. 프라임 립을 나눠 먹고, 와인 한 병을 거의 다 마신 미라는 이제 러스티 네일을 홀짝거리며 혀 풀린 소리로 물었다.

"이건 뭐로 만든 거야? 맛있네." 평소 미라는 술을 많이 마시지 않았지만 이상하게 알코올 맛을 좋아했다. 보통 두 잔이 한계였다.

"스카치위스키랑 드람부이." 매슈도 기네스를 한 모금 마셨지만 기회가 있으면 옆의 화분에 쏟아버릴 작정이었다. 오늘 밤에 뉴에식스까지 차를 몰고 가야 했기 때문에 술에 취하면 안 된다.

"좋아, 다 마셨어." 미라가 잔을 다 비우며 말했다. 얼음이 그녀의 이에 딸칵 부딪혔다.

"나도." 매슈는 잔 두 개를 바텐더 쪽으로 밀며 계산서를 달라고 했다. 매슈의 맥주는 절반 넘게 남아 있었지만 미라는 알아차리지 못했다.

호텔 방에 들어가자 미라는 청바지를 발목까지 내린 채 정돈된 침대에 털썩 앉으며 말했다. "방이 빙빙 도네."

매슈는 그녀가 나머지 옷을 벗도록 도와준 다음, 이불을 젖히고 그녀를 침대에 눕혔다. 매트리스 밑으로 꼭꼭 넣어둔 발치의 이불을 빼두는 것도 잊지 않았다. 미라가 자다가 깰 리는 없었지만, 만약 깬다면 그건 아마도 이불 밖으로 발을 내놓을 수 없어서일 것이다.

라디에이터가 탁탁, 쉭쉭 소리를 냈다. 방 안이 너무 더워서 매슈는 창문을 약간 열어놓았다. 그런 다음, 캐리어를 열고 필요한 물건 몇 가지를 꺼냈다. 전기 충격기, 삼단 봉, 주머니칼, 비닐장갑, 머리카락이 완전히 가려지는 비니. 각각의 물건을 만지기만 해도 가슴이 뛰었다. **진정해. 오늘이 아닐 수도 있어. 아마 아닐 거야.** 매슈는 생각했다. 하지만 기회가 생긴다면, 스콧 도일과 단둘이 있을 수 있다면 자신이 무슨 짓을 할지 알고 있다. 매슈는 상체를 약간 수그린 채 계속 주먹을 불끈 쥐어 허공에 휘둘렀다. 긴장한 에너지를 몸에서 내보내기 위해서였다. 그런 다음, 코로 숨을 들이쉬고 코트를 입었다.

방을 나가기 전에 미라 위로 몸을 숙이고 그녀의 귀에 속삭였다. "산책하고 올게, 자기야. 잠이 안 와." 미라는 목쉰 소리로 답했는데 대답이라기보다 짜증에 가까웠다. 미라를 깨워서 다시 말할까 하다가 그럴 필요 없을 거라고 결론을 내렸다. 유일한 걱정은 미라가 오줌이 마려워서 일어나는 것이다. 그때를 대비해서 쪽지를 써두고 갈까? 책상에는 메모 용지와 펜이 있었는데 둘 다 호텔 이름이 새겨져 있었다. 매슈는 산책하러 나가니 곧 돌아오겠다고 휘갈겨 쓰고는 쪽지 위에 물잔을 올려서 글자 일부를 가렸다. 이렇게 해두면 돌아왔을 때 미라가 쪽지를 읽었는지 아닌지 알 수 있을 것이다.

매슈는 호텔 방을 나와서 호텔 뒤쪽 주차장으로 이어지는 계단을 내려갔다. 추운 밤공기 속으로 발을 내디디며 장갑을 꼈다.

주차장에는 아무도 없었지만 멀리서 웅성거리는 한 무리의 사람들이 술집에서 나와 다른 술집으로 가고 있었다.

매슈는 피아트에 올라타 뉴에식스로 차를 몰았다. 가는 길에 미라를 생각했다. 문이 잠긴 호텔 방에서 안전하게 침대에 누워 있는 미라. 설령 누군가 미라를 해치고 싶다 해도 불가능했다. 그러자 미셸이 생각났다. 그녀가 죽어가는 아버지를 만나는 동안 남자 친구는 몰래 웨이드리스와 바람을 피울 것이다. 숨 막힐 듯한 분노가 치밀어올랐다. 남자는 손톱만큼의 권력이라도 얻게 되면―잘생긴 얼굴, 노래를 잘하는 재능, 약간의 돈―제일 먼저 하는 일이 여자 하나, 가능하면 두 명까지 인생을 망쳐놓는 것이다. 매슈는 잠시 아버지를 생각했다. 아버지는 세상을 축소해 자신이 그 세상의 독재자가 되었고, 어머니는 아버지의 법칙에 따라 사는 것 외에 달리 선택의 여지가 없었다. 매슈도 마찬가지였고, 리처드도 다르지 않았다.

초록색 표지판이 전조등 불빛을 받아 잠시 나타났다가 사라지며 그가 나가야 하는 출구까지 3킬로미터 남았다고 알려주었다. 매슈는 차창을 내리고 소금기가 감도는 공기를 가슴 깊이 들이마셨다. 러스티 스커퍼까지 가는 길을 외우고, 휴대전화는 호텔 방에 두고 왔다.

신호등 두 개를 통과하고 작은 만을 가로지르는 짧은 다리를 건넌 다음, 우회전해서 러스티 스커퍼로 이어지는 도로인 시그래스 레인으로 접어들었다. 차창을 내린 터라 러스티 스커퍼의 주차장을 지날 때 멀리서 둥둥거리는 베이스 소리가 들렸다. 이제 공기에서는 썰물 때처럼 축축한 땅 냄새가 났고, 네 명이 몸을 웅크린 채 모여 있는 픽업트럭 주위에서 독특하고 강렬한 마리화나 냄새가 풍겼다.

매슈는 다시 200미터 정도를 더 달려서 작은 보험 대리점 뒤쪽 주차장에 차를 세웠다. 오기 전에 구글 지도를 열심히 연구한 끝에 뉴에식스 강을 따라 러스티 스커퍼 뒤쪽으로 이어지는 산책로가 있다는 걸 알게 되었다. '뉴에식스 강 산책로'라고 적힌 작은 표지판이 있어서 쉽게 찾을 수 있었다. 매슈는 데크가 깔린 산책로를 느긋하게 걸어 러스티 스커퍼로 향했다. 걸어가는 동안 강 수면 위로 물고기 한 마리가 튀어 올랐고, 자라다만 덤불 속으로 무언가가 허둥지둥 달려갔다. 술집 근처에 이르자 C빔스가 연주하는 '포지티블리 포스 스트리트'의 익숙한 선율만 들렸다. 지난번에 앙코르로 연주한 곡이었으니 공연이 거의 끝나가고 있다는 뜻일 것이다. 매슈는 손목시계를 보았다. 자정이 다 된 시각이었다.

주차장으로 걸어가 스콧의 닷지 다트를 찾기 위해 재빨리 차들을 훑어보았다. 술집이 있는 2층짜리 벽돌 건물 뒤쪽, 손님들이 밖으로 나와 담배를 피우는 테라스 바로 밑에 주차되어 있었다. 옆에는 지난번에 드러머가 타고 갔던 밴이 있었다. 스콧의 차가 완벽한 자리에, 그것도 어둠 속에 주차되어 있었기 때문에 매슈는 오늘 밤에 계획을 실행할 수 있다는 기쁨을 감추기가 힘들었다. 모든 것이 착착 맞아떨어졌다.

주위를 둘러보며 보는 사람이 아무도 없는 걸 확인한 뒤, 주머니칼을 펼쳐 스콧의 자동차 왼쪽 뒤 타이어를 찔렀다. 칼은 타이어 속으로 쉽게 들어갔고, 피식 소리와 함께 벌써 퀴퀴한 공기가 새어 나오고 있었다. 매슈는 칼을 잡아 빼고는 다시 강가 산책로로 걸어갔다. 산책로에 설치된 벤치는 강을 마주 보았지만 고개를 뒤로 돌리면 스콧의 차와 힘께 술집 뒤쪽이 보였다. 매슈는 벤치에 앉아 기다렸다. 냄새가 고약한 시가를 피우는 중년 남자 한 명만 그의 옆으로 지나갔다. 매슈는 고개를 푹 숙인 채 잠든 척하며 시가를 피우는 남자가 괜히 착한 일을 한답시고 그가 괜찮은지 살펴보지 않기를 바랐다. 남자는 그냥 지나갔다.

러스티 스커퍼에서 흘러나오던 음악이 멈추더니 손님들이 밖으로 나와 다른 차들 사이를 구불구불 지나 자신의 차로 갔다. 다들 큰소리로 떠들어댔고, 바보 같은 대화의 단편이 벤치에 앉아 있는 매슈의 귀까지 들렸다. 매슈는 술집 출입문을 감시하는 틈틈이 별 없는 하늘 아래 펼쳐진 검은 강을 바라보았다. 어둠 속에서도 빠르게 흘러가는 물살, 간조에 의해 바다로 끌려가는 강물을 느낄 수 있었다. 러스티 스커퍼 2층 창문 너머로 불이 켜지자 그때까지 남아 있던 얼마 안 되는 손님들은 서둘러서 떠났다. 주차장은 이제 거의 비어 있었다. 중년 부부가 트럭 옆에 서서 집까지 누가 운전할지 실랑이를 벌였다. 금속이 쨍그랑하는 소리와 함께 건물 뒤쪽의 쌍여닫이문이 활짝 열리더니 C빔스의 다른 두 멤버가 악기를 들고 나왔다. 드러머는 지난번에 매슈가 아울스 헤드에서 봤던 밴에 드럼을 싣기 시작했고, 베이시스트는 드러머를 도와주었다. 스콧은 어디에 있지? 아마 술집에 남아 있는 여자 팬들을 훑어보며 다음 희생양을 고르고 있을 것이다. 그가 같이 나오지 않았다는 건 사실 잘된 일이었다. 매슈는 밴드 멤버들이 먼저 떠나서 스콧이 타이어를 혼자 갈게 되기를 바랐다. 스콧이 어두운 주차장에 홀로 남게 될 가능성은 아직 희박했지만, 만약 그렇게 되면 매슈는 일을 치를 작정이었다.

다시 20분이 흐르고, 드러머와 베이시스트는 떠났다. 잠시 후에 스콧이 건물 뒷문을 열고 나왔지만 혼자가 아니었다. 여자와 함께였다. 비록 옷이 다르기는 해도—티셔츠로 입어도 될 정도로 짧고 몸에 딱 붙는 원피스—아울스 헤드의 웨이트리스가 틀림없었다. 그 여자가 함께 있는 게 놀랍지는 않았지만 실망스러웠다. 스콧은 뒷좌석에 기타 케이스를 내던졌고 둘 다 차에 탔다. 시동이 걸리더니 차가 아스팔트 위에서 재빠르게 후진했다가 역시 재빠르게 멈췄다. 스콧이 차에서 내려 뒤쪽 타이어를 살펴보았다. "씨이이발." 하고 외치는 소리가 들리더니 또 차문이 탕 닫히는 소리가 났다. 이제 웨이트리스도 차에서 내려 스콧 옆에 쪼그리고 앉아 있었다. 격분한 스콧의 목소리, 웨이트리스의 투덜대는 목소리가 들렸지만 무슨 말을 하는지는 알아들을 수 없었다. 스콧은 트렁크를 열고 스페어타이어와 잭으로 보이는 물건을 꺼낸 다음, 다시 차 옆에 쪼그리고 앉았다. 웨이트리스는 50센티미터쯤 떨어져서 팔로 배를 감싸고 있었다. 멀리서도 몸을 떨고 있는 게 보였다. 안쪽에 흰 털이 덧대어진 청재킷을 입은 스콧은 잭으로 차를 들어 올렸다.

웨이트리스가 뭐라고 말하자―여전히 무슨 말인지 들리지 않았다―스콧은 타이어 가는 데 정신이 팔려 고개도 돌리지 않은 채 대꾸했다. 웨이트리스는 다시 술집으로 가서 육중한 쌍여닫이문을 두드렸다. 5초가 지나자 문이 열렸고, 웨이트리스는 안으로 들어갔다.

매슈는 아드레날린이 치솟는 걸 느꼈다. 그제야 사실 자신은 오늘 밤에 기회가 없을 거라고 생각했음을 깨달았다. 하지만 이제 기회가 생겼다.

매슈는 자리에서 일어나 비니를 귀밑까지 쭉 끌어당겼다. 아직 차가 서너 대 남아 있었지만 사람은 보이지 않았다. 삼단으로 접힌 봉을 내려치자 원래 길이인 53센티미터의 단단한 금속봉이 되었다. 다리 옆으로 봉을 들고, 다른 손에는 혹시 몰라서 전기 충격기를 든 채 매슈는 단호하지만 너무 빠르지 않게 스콧의 차를 향해 걸어갔다. 그러고는 차를 돌아서 스콧의 뒤에 섰다. 차는 잭으로 올려진 상태였고, 스콧은 타이어의 큰 너트를 비틀어서 떼어내는 데 집중하느라 바로 뒤에 매슈가 있다는 사실을 전혀 알아차리지 못했다. 매슈는 손에 금속 봉을 든 채 5초 동안 서서 자기 앞에 쪼그리고 앉은 이 벌레에게 자신이 휘두를 수 있는 막강한 힘을 음미했다. 그런 다음, 뒤로 물러서서 스콧의 머리 위로 금속 봉을 최대한 세게 내려쳤다. 스콧은 목에서 끄윽 신음 소리를 내더니 의식을 잃고 옆으로 쓰러졌다.

매슈는 한쪽 무릎을 꿇고 앉아 다시 봉을 들어 올려 아까 때린 자리를 가능한 한 세게 내려쳤다. 이번에는 퍽 소리가 아닌 쩍 하고 갈라지는 듯한 소리가 났다. 매슈는 얼른 일어섰고, 피가 흐를 경우를 대비해 뒤로 물러설 준비를 했다. 비닐봉지와 강력 접착테이프를 가져오지 못한 게 아쉬웠지만 어차피 시간도 없었다. 게다가 스콧은 죽은 것이나 다름없었다. 그 사실만으로도 충분히 만족스러웠다. 숨을 확실히 끊어놓기 위해 한 번 더 내려칠까 고민했지만 그러다가 금속 봉이 뇌 속으로 들어갈까 두려웠다. 그런 장면은 도저히 감당할 자신이 없었다.

매슈는 한 번 더 쪼그리고 앉으면서 금속 봉 끝을 바닥에 대고 눌러 다시 줄어들게 하고는 스콧의 몸에 살아 있다는 징후가 있는지 살폈다. 만약 뒤쪽에서 술집 문이 열리는 소리가 나면 재빨리 강가 산책로로 달려가리라 마음먹었다.

스콧이 죽었다는 사실에 ─ 두 번의 강력한 타격으로 쓰러졌다 ─ 만족하며 매슈는 일어섰다. 5~6미터쯤 떨어진, 주차장 한가운데서 니트로 된 모자를 쓴 여자가 그를 빤히 바라보고 있었다. 두 사람의 눈이 잠깐 마주쳤다.

17

헨은 매슈 돌라모어에게 무언가 말하려고 입을 벌렸지만 아무 말도 나오지 않았다. 매슈는 그녀를 똑바로 바라보았고, 헨은 그가 자신을 알아봤다고 생각했다. 매슈는 몸을 돌리더니 재빨리 자리를 피했고, 그의 모습은 러스티 스커퍼의 검은 그림자 속으로 순식간에 사라졌다.

"이봐요!" 헨은 간신히 외쳤다. 자기가 듣기에도 이상하고 무력한 목소리였다. 그녀는 닷지 다트로 달려가 뒤쪽으로 돌아갔다. 스콧 도일이 잠든 사람처럼 옆으로 몸을 웅크린 채 바닥에 누워 있었다. 헨은 스콧의 어깨를 흔들었다. 아무 반응도 보이지 않을 거라는 예상과 달리 스콧이 몸을 돌리더니 눈을 뜨고 헨을 바라보았다. 그러고는 알아들을 수 없는 말을 짧게 중얼거렸는데 목구멍에 액체가 든 채 말하는 듯했다.

헨은 청바지에서 휴대전화를 꺼내 911에 전화했다.

사실 C빔스의 공연은 즐거웠다. 저렇게 술집에서 공연하는 밴드, 손님들이 춤추기를 원하는 밴드의 공연을 본 건 오랜만이었다. 헨은 그들의 공연이 막 시작됐을 때 러스티 스커퍼에 도착했고, 바에서 두 커플 사이의 빈자리에 앉았다. 더티 마티니를 주문하고—아마 마티니를 마시기에 적합한 술집은 아닐 테지만 너무 마시고 싶었다—의자를 돌려서 밴드를 바라보았다. 킹크스의 곡을 연주하는 듯했다. 매슈가 있는지 보려고 바 주위를 둘러봤지만 찾을 수 없었다. 만약 여기서 정말로 그를 보게 되면 어떻게 해야 할지 아직 결정하지 않았다. 아마 그냥 지켜만 볼 것이다. 그의 눈에 띄지 않도록 조심하면서. 헨은 평소와 달리 청바지에 체크무늬 셔츠를 입고 카우보이 부츠를 신었다. 손에는 니트로 만든 뉴스 보이 캡을 들고 있었다. 몇 년 전에 사서 한 번도 쓴 적이 없었다.

마티니가 금방이라도 넘칠 듯이 잔에 그렁그렁 담겨 나왔고, 헨은 얼른 고개를 숙여 짭짤하고 얼음처럼 차가운 술을 한 모금 마셨다. 평소와 다른 옷차림을 하고, 자신을 알아보는 사람이 아무도 없다고 생각하니 이상하게 기분이 좋았다. 다른 사람에게 자신이 어떻게 보일지 헨은 정말로 궁금했다. 왜냐하면 그녀로서는 알 길이 없기 때문이다. 자신이 매력적이라는 건 알지만 어딘가 호감이 안 가고, 차가운 구석이 있다는 사실도 알고 있었다. 헨은 마티니 잔을 들고 이번에는 더 많이 마셨다. U자형 바 테이블 맞은편에 두 여자가 있었는데 한 명은 패트리어츠 야구팀 유니폼을 입었고, 다른 한 명은 반짝이는 검은색 셔츠에 딱 달라붙는 청바지를 입고 짧은 머리카락을 뾰족뾰족하게 세웠다. 그중 한 명이 헨을 바라보다가 눈이 마주쳤다. 헨도 한때는 동성애에 매력을 느꼈다. 자신이 레즈비언이었으면 훨씬 더 재미있게 살지 않았을까, 가끔 별다른 이유도 없이 그렇게 생각했다. 지금도 그 생각에는 변함이 없었다. 비록 현재의 재미없는 삶도 충분히 즐기고 있었지만.

이제 밴드는 그녀가 모르는 노래를 연주했는데 아무래도 자작곡인 듯했다. 러스티 스커퍼는 무대도, 댄스 플로어도 작았지만 사람들은 나와서 춤을 췄다. 심지어 밴드의 자작곡이었는데도. 보기 드문 광경이었다. 헨은 주로 로이드가 좋아하는 밴드만 보러 다녔다. 대부분 예술성을 추구하는 척하는 로파이* 밴드로, 청바지에 검은 티셔츠를 입고 배에 나잇살이 붙기 시작한 남자들에게 인기가 있었다. 이들은 서서 팔짱을 낀 채 음악을 들었고, 가끔 박자에 맞춰 고개를 끄덕이기는 해도 절대 춤은 추지 않았다. 그런데 여기서는 두 커플과 모처럼 날 잡고 노는 한 무리의 중년 여자들까지 춤을 췄다. 무대 가장자리에서는 흰

* 고음질을 뜻하는 하이파이(hifi)의 반대로 거칠고 정제되지 않은 사운드가 특징이다.

색과 회색 줄무늬 티셔츠 원피스에 무릎까지 올라오는 검은 부츠를 신은 여자가 혼자서 춤을 췄다. 술집에 출입하기에는 너무 어려 보였는데 허벅지 옆에 밀러 한 병을 들고 있었고, 입 모양으로 보아 노래 가사를 따라 부르는 듯했다. 틀림없이 밴드 멤버의 여자 친구였다. 지난번에 아울스 헤드에서 리드 보컬의 차에 탔던 그 여자일까? 그럴 것 같았다.

헨은 마티니를 다 마시고―너무 빨리 마셨다―보드카 토닉을 주문하며 이번에는 천천히 마셔야겠다고 생각했다. 주기적으로 실내를 둘러보고, 사람들의 얼굴을 훑어보며 매슈가 있는지 살폈다. 자리에서 일어나 화장실에 가는데 당구대 두 개가 있는 별실을 지나게 되었다. 헨은 혹시 매슈가 있을지 몰라서 별실로 들어가보았다. 한 남자가 헨에게 당구를 치겠냐고 물었고, 헨은 그냥 누구를 찾으러 왔다고 말했다.

"당신 같은 여자라면 남자가 분명 올 겁니다." 그가 말했다. 남자는 로웰 스피너스 야구팀 모자를 쓰고 있었다. 헨은 실내에서는 모자를 벗어야 한다고 말하고 싶었지만 자신도 모자를 쓰고 있다는 사실이 생각났다.

"여자예요."

"오호."

다시 바 테이블로 돌아간 헨은 약간 현기증이 나서 바텐더에게 아직 음식을 주문할 수 있는지 물었다.

"주방은 영업이 끝났지만 감자 칩은 있습니다."

헨은 다이어트 콜라와 솔트 앤드 비니거 칩 두 봉지를 주문했다. 그걸 보니 집에 있는 로이드의 고양이 비니거가 생각났다. 분명 거실에 있는 로이드의 리클라이너에 올라가서 자고 있을 것이다. 그러자 롭의 모닥불 파티에 가 있을 로이드가 생각났다. 마리화나에 잔뜩 취해 롭이나 다른 대학 동기와 신나게 수다를 떨고 있을 것이다. 무슨 이야기를 할까? 몇 년 전이었다면 음악 혹은 로이드가 만들고 싶어 하는 다큐멘터리에 대해 이야기했을 것이다. 로이드는 밴드를 주인공으로 하면서도 그 밴드의 음악이 한 번도 나오지 않는, 그런 음악 다큐멘터리를 만들고 싶어 했다. 하지만 이제는 아마도 정치 이야기, 자기들이 세상을 바꿀 방법에 대해 이야기할 것이다.

"우리랑 함께 마실래요?"

레즈비언 커플 중에서 번쩍이는 셔츠를 입은 여자가 말했다. 그러더니 패트리어츠 유니폼을 입은 자신의 파트너를 향해 고갯짓했다.

"좋죠." 헨은 그렇게 말하고 여자를 따라 U자형 테이블을 돌아갔다.

"뭐 마실래요?" 헨에게 자신과 파트너를 소개한 뒤에 여자가 물었다. 밴드가 비틀스 노래를 활기찬 로커빌리 풍으로 연주하는 터라 헨은 그들의 이름을 제대로 듣지 못했지만 스테퍼니와 맬러리라고 말한 듯했다. 둘 다 어울리지 않는 이름이었다.

"내러갠싯 맥주가 좋겠네요." 헨이 말했고, 스테퍼니 혹은 맬러리가 내려갠싯 맥주 세 캔을 주문했다.

그들이 이야기를 나누는 동안 밴드는 자작곡을 끝내고—손님의 절반이 데크로 나가 담배를 피웠다—다시 기성곡을 불렀다. '노벰버 레인(November Rain)', 그다음에는 제목은 기억나지 않지만 헨이 좋아하는 밥 딜런 노래를 불렀다. 앙코르곡이 연주되는 동안 헨은 새 친구들과 함께 댄스 플로어에서 사람들 사이에 끼어 춤을 췄다. 다들 담배와 땀 냄새를 풍겼고, 대다수가 노래를 따라 불렀다. 헨은 애초에 자신이 여기에 온 이유를 까맣게 잊은 채 새로 사귄 친구들과 정말로 신나게 놀았다.

다시 바로 돌아간 헨은 두 여자에게 자신은 웨스트 다트퍼드에서 차로 두 시간 반이나 운전해서 여기까지 왔다고 말했다.

"왜요?"

"우리 동네 바에서 이 밴드의 공연을 본 적이 있거든요. 근데 오늘 밤에 마침 혼자라서 밴드 공연을 보러 새로운 곳에 가보자는 생각이 들었어요. 오길 잘했네요." 헨은 새로 딴 맥주 캔에서 흘러넘치는 거품을 빨아먹었다.

"돌아가려면 꽤 오래 걸리겠네요." 스테퍼니가(분명 스테퍼니였다. 패트리어츠 유니폼을 입은 여자가 그녀를 그렇게 불렀다.) 말했다. "우리 집은 바로 옆이에요. 혹시 우리 집 소파에서 자고 싶으면 그래도 돼요."

"어머, 아니에요, 괜찮아요."

"작업 거는 거 아니니까 안심해요."

"알죠. 그냥…… 집에 돌아가야 해요."

"그럼 콜택시를 불러줄게요."

헨은 이들이 어떻게든 그녀가 운전하지 못하게 막으려 한다는 걸 깨달았다. 그래서 맥주 캔을 내려놓고 말했다. "괜찮아요. 하지만 이 맥주는 안 마시는 게 좋겠네요."

실내조명이 일제히 켜졌고, 헨은 영업이 끝났음을 깨달았다. 주위를 둘러보았다. 남은 사람은 몇 명 없었고, 머리 위 조명의 강렬한 불빛 속에서 모든 게 약간 허름해 보였다. 헨은 의자를 돌려 무대를 봤다. 밴드는 이미 악기를 챙겨서 나가고 없었다. "지금 몇 시죠?" 헨이 물었다.

주차장으로 나온 헨은 두 여자와 한 명씩 차례로 포옹하며 작별 인사를 했다. 맬러리에게 담배를 한 대 빌렸고, 맬러리는 떠나기 전에 불을 붙여주었다. 몇 년 만에 처음 피우는 담배였다. 두 모금 깊게 빨아들였더니 어지러워서 포장된 주차장 바닥에 비벼 껐다. 차에 올라타 자신이 얼마나 취했는지 가늠해보려 했다. 이 상태에서 운전은 어리석은 짓일지 모른다. 대신 잠시 눈을 감았다가 하마터면 잠들 뻔했지만 얼른 다시 눈을 떴다. 차창 안쪽에 김이 서렸고, 헨은 공기가 들어오도록 차 문을 열었다. 이제 주차장에는 서너 대의 차량만 남아 있었다. 헨은 운전석에서 내린 다음, 차가운 공기 속에서 잠시 발꿈치를 들고 제자리 뛰기를 했다. 한 시간 전만 해도 사람과 음악, 술, 춤으로 가득 찼던 러스티 스커퍼는 이제 캄캄하고 전혀 특별할 것 없는 2층짜리 벽돌 건물에 불과했다. 건물 뒤쪽 어둠 속에 세워진 길고 각진 구형 자동차가 눈에 익었다. 헨은 마치 무언가에 이끌리듯 자동차 쪽으로 몇 걸음 걸어갔다. 그쪽에서 희미한 외침이 들리더니 차가 덜커덕 흔들리는 듯했다. 강력한 공포가 온몸을 휘감으면서 정신이 번쩍 들었다. 헨은 다시 두 걸음 다가갔다. 차 뒤쪽에 서 있는 사람의 형체가 보였다. 형체는 거의 미동도 하지 않다가 재빨리 움직이며 시야에서 사라졌다. 이윽고 테니스공으로 힘차게 서브를 넣을 때와 같은 소리가 들렸다. 잠시후에 또 다른 소리, 이번에는 야구공에 맞아 야구 방망이에 금이 가는 듯한 소리가 들렸다. 두 다리에서 힘이 쫙 빠졌지만 헨은 두 걸음 더 내디뎠다. 사람의 형체가 차 뒤에 서 있었다. 남자는―남자라는 걸 어떻게 확신할까?―어둠 속에 서 있었고, 머리에 딱 붙는 검정 모자를 쓰고 있었다. 하지만 어딘가에서 비추는 불빛이 그의 눈에 떨어졌고, 그가 헨을 바라보았다. 매슈 돌라모어였다. 그가 몸을 돌려 달아났다.

헨이 911에 전화한 직후, 뒤에서 술집 문이 요란하게 열리더니 여자가―사실 여자라기보다는 여학생에 더 가까운―뛰쳐나와 잠시 어리둥절한 표정으로 서 있다가 스콧 도일에게 달려갔다. 이제 그는 바닥에 등을 대고 누워 있었다.

"내가 911에 전화했어요." 헨이 말했다.

"스콧은…… 무슨 일이 있었던 거죠?"

"방금 누가 여기 있었어요. 그 사람이 뭔가로 스콧을 때린 거 같아요."

술집 문이 다시 열리더니 두 남자가 나왔다. 둘 다 라틴계였다. 한 명은 담뱃불을 붙였고, 다른 한 명은 헨의 옆으로 다가와 물었다. "남자는 괜찮나요?"

"모르겠어요. 911에 전화했어요." 헨이 말했다.

아직 의식이 있는 스콧이 딱 달라붙는 원피스를 입은 여자에게 무언가 말했다. 헨은 그제야 그 여자가 아까 댄스 플로어에서 봤던 여자임을 깨달았다.

"괜찮을 거예요. 그냥 가만히 누워 있어요." 여자가 스콧에게 말했다.

스콧이 뭐라고 말하자 여자가 대답했다. "러스티 스커퍼 앞이에요. 뉴에식스요."

헨은 스콧의 말을 들어보려고 좀 더 가까이 다가갔다. 그때 출입문 위에 달린 조명이 켜지더니 주차장에 형광 불빛이 쏟아졌다. 아까 담배를 피우던 남자가 술집으로 들어가더니 불을 켠 모양이었다. 진노란 불빛 속에서 헨은 스콧의 다친 머리를 볼수 있었다. 움푹 파인 부분은 시커멓고 피범벅이었으며, 하얀 조각이 보였는데 두개골이거나 뇌 속 물질일 것이다. 헨은 자기도 모르게 손으로 입을 가렸다.

"무슨 주야?" 스콧이 쪼그리고 앉은 여자에게 물었다. 마치 젖은 수건으로 입을 막고 말하는 듯한 목소리였다.

"매사추세츠 주요, 스콧. 당신이 사는 주잖아요?"

"메인 주면 좋을 텐데." 스콧은 그렇게 말했고, 헨은 1~2미터나 떨어져 있는데도 그의 숨이 끊어지는 게 보였다.

여자는 울부짖으며 스콧의 어깨를 흔들었다. 사이렌 소리가 들리더니 멀리서 빨간 불빛이 번득거렸다.

응급 대원이 제일 먼저 도착했고, 그다음에 제복을 입은 경찰관 두 명이 순찰차를 타고 왔다. 그중 한 명이 헨에게 목격자냐고 물었다.

"네. 제가 진술할게요. 누가 저 남자를 죽였는지 알아요." 헨이 말했다.

18

매슈가 취조실에 끌려온 지 한 시간이 넘었을 때 변호사 산지브 말리크가 살짝 구겨진 양복에 면도를 안 한 지 이틀은 된 얼굴로 나타났다.

"미안합니다." 산지브는 매슈 옆 의자에 앉으며 말했다. "한 시간 전에야 미라의 연락을 받았어요. 여기 온 지 얼마나 됐습니까?"

"정오쯤에 포츠머스에서 돌아왔더니 경찰이 날 기다리고 있더군요. 미라가 뭐라고 하던가요?"

"아는 걸 전부 말해줬습니다. 별로 많지는 않았지만요. 체포됐나요?"

"처음에는 조사를 받는 데 동의하고 따라왔습니다. 그런데 제가 그만 돌아가겠다고 했더니 절 체포하더군요. 범죄 현장에서 분명히 절 봤다고 증언한 목격자가 있다고 했습니다. 말도 안 되는 소리죠. 어제 밤새 미라 옆에서 자고 있었는데ㅡ."

"목격자가 공식 진술을 했더군요. 금방 석방될 겁니다. 그냥 경찰이 실수한 거예요."

"난 누가 죽었는지도 모릅니다. 피해자 이름이 뭐였죠?"

산지브는 수첩을 봤다. 그는 미라의 친가 쪽 먼 친척이었는데, 매슈는 늘 미라가 그와 한창 사귀던 시절에 산지브를 남편감으로 소개받은 게 아닐까 생각했다.

"그날 밤 러스티 스커퍼에서 공연한 밴드의 리드 보컬입니다. C빔스라는 밴드죠."

"맞아요. 들었습니다. 그 밴드를 알기는 해요. 우리 집 근처에 있는 아울스 헤드라는 술집에서 공연한 적이 있으니까요."

"아." 산지브가 말했다.

"원래 알았던 건 아닙니다. 내가 마침 아울스 헤드로 저녁을 먹으러 갔는데 그날 거기서 공연을 하더군요. 그냥 우연이었습니다. 내가 그 밴드를 기억하는 유일한 이유는 우리 학교 동료 교사가 그 밴드의 멤버와 아는 사이이기 때문이죠."

"그 멤버가 누군가요?"

"이번에 살해된 남자 같은데 확실하지는 않습니다. 경찰 말로는 이름이 스콧이라더군요."

"스콧 도일이죠."

"아마 그 남자일 겁니다. 하지만 성은 몰랐어요. 거기서 날

봤다는 증인이 누군가요?"

"아직 모르지만 알아낼 겁니다."

간밤에 매슈는 잠을 거의 못 잤다. 그저 침대에 누운 채 술집 앞에서 벌어진 일을 머릿속으로 여러 번 곱씹었다. 헨은 5~6미 터쯤 떨어져 있었고, 매슈는 그녀를 또렷이 볼 수 있었다. 하지만 매슈가 어둠 속에 있었기 때문에 헨은 절대 그가 맞다고 확신할 수 없으리라. 게다가 그에게는 알리바이가 있었다. 엄청나게 강력한 알리바이. 미라는 그가 밤새 옆에 있었다고 할 터였다. 아마 자신이 술에 취했다는 얘기는 꺼내지도 않을 것이다. 그리고 물리적인 증거는 하나도 남지 않았다. 매슈는 뒷길을 이용해 포츠머스로 돌아왔고, 오다가 소택지 가장자리의 버려진 주유소에 차를 세웠다. 삼단 봉은 지문을 깨끗이 닦은 뒤 연못에 던졌고, 주머니칼과 전기 충격기, 모자, 장갑, 신발은 예전에 주차장이었던 공터의 깨진 아스팔트 포장 밑에 묻었다. 그런 다음, 호텔 방으로 돌아와—그를 본 사람은 아무도 없었다—샤워하고, 침대에 들어갔다. 심지어 미라도 깨지 않았다.

오늘 가장 힘들었던 일은 그들이 시커모어 가에 있는 집으로 돌아왔을 때 수색 영장과 함께 기다리고 있던 두 명의 경찰을 마주하고 놀란 척하는 것이었다.

"매슈, 혹시 당신에게…… 원한을 품을 만한 사람이 있나요?" 산지브가 물었다.

지금까지 두 형사 모두 묻지 않은 질문이었다.

매슈는 숨을 들이마시고 말했다. "사실 있기는 합니다." 그러고는 옆집 여자에 대해, 그 여자 때문에 이미 케임브리지 경찰청에서 옛날 사건을 수사하려고 형사가 찾아오기까지 했다고 말했다.

"왜 그 여자 짓이라고 생각하죠?" 산지브가 물었다.

"좀 민망하기는 한데 인터넷으로 그 여자를 검색한 적이 있습니다. 단순한 호기심이었죠. 옆집에 새로 이사를 왔으니까요. 근데 그 여자는 남들에게 그들이 하지도 않은 짓을 했다고 모함한 과거가 있더군요. 그러니까 어디까지나 가능성이기는 하지만, 말도 안 되는 거 압니다, 오늘 오후에 경찰이 우리 집에 나타났을 때 왠지 바로 옆집 여자가 생각났어요."

"그 여자 이름이 뭔가요?"

"헨리에타 머주어요." 매슈가 말했다.

"방금 제게 말한 사실을 경찰에게 전부 말하세요. 하나도 빼지 말고 그대로요. 알겠죠?"

매슈는 알겠다고 했다.

그는 5시가 되기 직전에 풀려났다. 미라가 집까지 운전했고, 헨리에타의 집 앞을 지나갈 때 매슈는 집 안에 사람이 있는지 보려고 목을 뺐다. 서서히 내려앉는 어스름 속에서 집은 불이 다 꺼져 있었다.

"뭘 보는 거야?" 미라가 물었다.

"옆집 부부가 집에 있는지 보려고."

"왜?"

"어젯밤에 그 술집에서 날 봤다고 한 증인이 아무래도 헨 같아."

"뭐?"

집으로 들어가 단비 같은 다이어트 펩시를 마신 뒤에 매슈는 자신이 의심하는 바를 털어놓았다.

"헨이 여기 왔었어." 매슈의 이야기를 다 들은 뒤에 미라가 말했다.

"무슨 말이야?"

"내가 샬럿으로 출장 갔던 날이라서 당신한테 말 안 했는데 헨이 우리 집에 들렀어. 집 구경을 또 하고 싶다면서 말이야. 방을 다 보고 싶어 했어."

"그래서 뭐라고 했어?"

"뭐라고 했겠어? 당연히 좋다고 했지. 난 헨을 다시 봐서 반가웠다고."

"그래서 그 여자가 우리 집을 휘젓고 다닌 거야?"

"나한테 화내지 마. 그렇다고 헨 혼자 둘러보게 하진 않았으니까. 지난번 저녁 식사 때처럼 함께 돌아다녔어."

"내 방도 보고 싶어 했어?"

"뭐, 우리 침실?"

"아니. 내 서재."

"당신 책상 크기를 쟀어. 그런 책상을 살 생각이라고 했거든. 난 설마 그게 무슨 의도가 있으리라고는……."

"알아. 당신 탓하는 거 아냐. 그냥 아직도 무서워서 그래. 아무래도 헨은 미친 것 같아, 미라. 날 살인자로 정해두고서 어떻게든 궁지에 몰려고 하고 있어. 아마 우리 집에 증거를 심어뒀을 거야."

미라는 얼굴을 찡그렸다. "당신 말을 못 믿는 건 아닌데 이해가 안 가. 왜 하필 당신을?"

"나랑 더스틴 밀러가 연관이 있다고 생각하나 봐. 더스틴은 내 제자인데 2년 전에 살해됐거든."

"서식스 홀에 재학 중일 때?"

"아니, 아니. 훨씬 뒤에. 솔직히 말해서 나도 그 사건을 잘 모르는데 아직 범인이 잡히지 않았어. 그리고 케임브리지 경찰청 소속 형사가 날 찾아와서 그 사건에 대해 물었어."

"언제? 왜 나한테 말 안 했어?"

"걱정시키고 싶지 않았어. 게다가 당신은 샬럿에 출장 간 상태였고, 별일 아니었어. 적어도 내 생각에는."

"그래서 당신은 헨이 그 형사를 보냈다고 생각하는 거야?"

"헨이 한 짓이 확실해." 매슈는 펜싱 트로피 이야기는 꺼내지 않았다. 그가 그걸 치워버렸다는 게 이상하게 보일 터였다. "나한테 개인적인 악감정이 있어서 그러는 건 아닐 거야. 그냥…… 그 여자에게 문제가 있는 거지. 강박증 같은. 살인자도 없는데 살인자가 있다고 우기는 것 같아."

"그렇지 않아, 매슈. 진짜 살인자가 있기는 해. 어젯밤에 누가 그 가수를 죽였잖아."

"그렇군. 그 여자는 누군가를 범인으로 정하고, 그때부터 그 사람이 유죄라고 믿는 거 같아."

"하지만 헨이 왜 거기 있었을까? 범행을 목격했다며. 이상하지 않아?"

미라는 자리에서 일어나 옆집 쪽으로 난 창문으로 다가갔다. 그러고는 커튼을 한쪽으로 5센티미터쯤 젖혔다.

"불 켜졌어?" 매슈가 물었다.

"아니."

"아까 뭐라고 했지?"

미라가 돌아섰다. "어쩌면 헨도 그 사건과 연관이 있을지 모른다고. 경찰은 헨을 조사하고 있대? 헨은 그 자리에 있었고, 당신은 없었잖아. 어쩌면 헨이 그 가수를 죽여놓고 당신에게 누명을 씌우는지도 몰라."

"말도 안 돼."

"왜 안 돼? 헨은 당신이 누군가를 죽이고도 처벌을 안 받았다고 생각하잖아. 그러니까 자기가 사람을 죽이고, 당신이 죽이는 걸 봤다고 거짓말하는 거지."

"억측이야. 하지만 그게 사실이라면 경찰이 알아내겠지."

"그 기사 좀 보여줄래? 헨이 대학 때 일어났다는 사건."

그날 밤 매슈는 침대에 누워 점점 느려지다가 살짝 드르렁 거리기 시작하는 아내의 숨소리에 귀를 기울였다. 드디어 미라가 잠들었구나 생각한 순간, 그녀가 말했다. "내일 경찰이 몇 시에 출근할까?"

"모르겠어."

"일어나는 대로 전화할 거야. 혹시 일찍 출근할지도 모르잖아."

5분 뒤에 미라가 물었다. "문 단단히 잠근 거 맞지?"

"응. 하지만 당신이 원하면 다시 가서 보고 올게."

"아냐, 당신이 잘 알아서 했겠지. 별 미친년을 다 보겠네." 마치 그들이 옆집 부부 이야기를 하고 있었다는 듯이 미라가 말했다. 아내의 입에서 저런 말이 나오는 건 처음이었다.

"너무 속단하지는 말자고. 어쩌면 그냥 심각한 오해였는지도 몰라. 헨은 정말로 그 현장에서 날 봤다고 생각하는 걸 수도 있어."

"나도 그렇게 생각하고 싶지만 그 기사가 있잖아. 헨이 대학 때 친구에게 한 짓을 생각해봐."

"알아." 매슈가 말했다. 그리고 이젠 그 여자가 모든 걸 망쳐버렸어. 헨리에타 머주어를 만나기 전까지 난 이중생활을 했어. 두 삶 모두 단순하고, 각자 나름의 위안과 보상이 있었지. 그런데 난데없이 그 여자가 나타나서 두 삶을 하나로 합쳐버렸어. 하나의 복잡하고 엉망진창인 삶으로. 내가 침대에 누워서 미라가 살인 사건 이야기하는 걸 듣게 되리라고는 꿈에도 몰랐는데 그렇게 돼버렸어. 나도 헨을 미친년이라고 하고 싶지만 그건 우리 아버지나 했을 법한 일이야. 헨은 미친년이 아니야. 다만 자기가 너무 똑똑한 줄 알아서 탈이지. 거대한 폭풍우 한가운데서 작은 배에 타고 있는 기분이야. 파도를 타면서 폭풍우가 끝날 때까지 기다려야겠어.

마침내 잠들기 전에 미라가 말했다. "사랑해, 곰 아저씨." 그녀가 안 쓴 지 적어도 1년은 된 애칭이었다. 매슈는 얼른 미라 옆으로 몸을 조그맣게 웅크리며 그녀의 허벅지에 다리를 올렸다.

"나도 사랑해." 매슈는 그렇게 말하고 그녀의 목에 얼굴을 묻었다. 그러고는 마치 얼어 죽을 지경인데 그녀에게서만 유일하게 온기를 느낄 수 있다는 듯이 미라를 꼭 끌어안았다.

"쉬, 쉬. 다 괜찮아질 거야." 미라가 말했다.

"약속해?" 매슈가 속삭이듯이 말했다.

"약속해, 곰 아저씨, 약속해."

19

미라는 새벽에 눈을 떴다. 분명히 자고 일어났는데도 몸과 마음은 전혀 휴식을 취한 것 같지 않았다. 아직 옆으로 웅크린 채 자고 있는 매슈가 깨지 않도록 침대에서 조심스럽게 내려 왔다.

가운을 걸치고 아래층으로 내려가 커피를 내린 다음, 물 한 잔을 단숨에 들이켰다. 포츠머스 암스에서 과음한 뒤에 어제 내 내 시달렸던 숙취의 여파가 아직 남아 있었다. 속이 울렁거렸 고, 관자놀이가 욱신거렸다. 평소에 겪는 편두통과 비슷했지만 이 통증은 술과 스트레스 때문이었다. 거실로 가서 소파에 누울 까 하다가 대신 명상을 하기로 했다. 매일 아침 커피를 마시기 전에 10분씩 명상을 하던 아버지는 그 효과를 장담했다. 미라는 아버지의 말을 믿었다. 왜냐하면 아버지는 그녀가 아는 사람 중에서 가장 실용적이고 뉴에이지와 거리가 먼 사람이었기 때문이다. 미라는 요가 매트를 깔고 그 위에 책상다리를 하고 앉아 호흡에 집중했다. 단단한 원목이 깔린 마룻바닥을 가로질러 마름모꼴로 누워 있는 새벽 햇살을 바라보았다. 거의 명상에 빠져들었지만 어제 일어난 이상한 사건들을 떨쳐낼 수 없었다. 특히 범죄 현장에서 매슈를 목격했다는 목격자가 옆집에 사는 헨이라는 걸 알게 되니 더욱 그랬다. 말도 안 되는 일이었다. 이번 사건 전부가 다 그랬다. 하지만 미라는 어떻게든 이해해보려고 했다. 헨은 자신이 우울증에 시달렸고, 자신의 뇌를 물려주고 싶지 않아서 아이는 갖고 싶지 않다고 말했다. 어쩌면 헨은 그냥 불안정한 것인지 모른다. 그래서 이유가 뭐든 간에 매슈가 일종의 연쇄 살인범이라고 정해버린―어쨌든 매슈는 그렇게 믿었다―것이다. 다만…… 헨은 지극히 정상으로 보였다. 그리고 좋은 사람 같았다. 비록 이제는 헨이 저녁 초대를 받은 다음 날 다시 찾아온 이유가 오로지 증거를 찾기 위해, 혹은 심지어 증거를 심어두기 위해서라는 사실을 알지만. 갑자기 미라는 겁이 났다. 그 여자는 어디까지 미친 짓을 할 수 있을까? 미라는 동네 주민 파티에서 옆집 부부를 처음 만난 직후를 떠올렸다. 그녀는 짧은 머리에 독특한 액세서리를 하고 그림을 그린다는 헨을 좋아하기로 이미 마음먹고는 매슈에게 그들을 꼭 저녁 식사에 초대하고 싶다고 했다.

"전혀 모르는 사람들이잖아." 매슈가 말했다.

"모르는 사람이란 아직 우리가 만나지 못한 친구일 뿐이야. 당신도 알잖아, 매슈." 미라는 웃으며 그렇게 말했다. 정말이지 친구 문제로 다시 토론을—사실은 말다툼이었다—벌이고 싶지 않았다. 지난 몇 년 동안 미라는 친구를 더 많이 사귀고 싶어 했고, 매슈는 오히려 있던 친구도 더 줄이고 싶어 했다.

"당신이 원하는 대로 해." 매슈가 말했다.

그래서 미라는 원하는 대로 했고, 그 결과가 이랬다. 이제 옆집에는 매슈를 못 잡아먹어서 안달인 정신병자가 살고 있다.

하지만 토요일 밤에 정말로 살인이 벌어졌어. 한 남자가 죽었다고.

미라는 스트레칭을 했다. 생각해야 할 일이 너무 많았고, 머릿속이 복잡했다. **진정하자. 어제 일을 생각해. 멀리 떨어져서 바라봐.**

그래서 손으로 발끝을 잡은 채 어제를 생각했다. 제일 먼저 떠오르는 건 숙취였다. 근래 겪은 숙취 중에서 최악이었다. 아마 그런 숙취는 평생 처음일 것이다. 왜 그렇게 술을 많이 마셨을까?

네 남편이 마시게 했지.

매슈는 그녀에게 술을 권했다. 그건 사실이었다. 1년에 기껏해야 술 두 잔 정도 마시는 사람이 말이다. 그들은 호텔의 예쁜 바에 앉아 있었다. 사방이 진갈색 원목으로 꾸며졌고, 촛불이 펄럭거리고, 와인은 맛이 좋았다. 나중에 스카치위스키가 들어간 달콤한 칵테일을 마셨는데 그것도 와인 못지않게 맛있었다. **매슈가 날 취하게 하려고 해. 매슈가 날 취하게 하려고 해,** 라고 생각했던 기억이 났다. 미라는 매슈가 왜 그러는지 의아했고, 아마 섹스 때문인가 보다고, 침대에서 뭔가 새로운 시도를 하고 싶은 모양이라고 생각했다. 그 생각에 거부감이 들지는 않았지만 딱히 끌리지도 않았다. 매슈가 성적으로 특이한 시도를 했던 때는 1년도 더 전에 딱 한 번 있었다. 그녀에게 섹스할 때 검은 스타킹을 신어달라고 부탁한 것이다. 미라는 불쾌하지 않았고, 사실 꽤 섹시한 기분이 들기도 했다. 섹스 도중에 매슈가 갑자기 그녀를 엎드리게 해서 뒤로 들어와 끝낸 것도 불쾌하지 않았다. 하지만 불쾌하다 못해 아주 끔찍했던 것은 미라가 매슈를 돌아봤을 때 역겹다는 듯이 그녀를 바라보던 표정이었다. 그 표정은 금방 사라졌지만 미라는 똑똑히 보았다. 매슈는 이내 얼굴을 붉히더니 그녀의 눈을 피했다.

"재미있었어." 미라는 상황을 구제하려고 그렇게 말했지만, 매슈는 이미 샤워하려고 욕실로 가고 있었다.

매슈가 그녀에게 자꾸 클램 딥과 술을 권하기 전부터 미라는 어쩌면 포츠머스 암스에서 하룻밤 자고 오자고 하는 이유가 침실에서 뭔가 새로운 시도를 하기 위해서일지 모른다고 생각했다. 그걸 염두에 두고 일부러 이번 여행에 검은 스타킹을 가져오지 않았다. 증오에 가까운 그 표정을 다시는 보고 싶지 않았다.

술에 취해 호텔 방에 돌아오자마자 미라는 침대 가장자리에 털썩 앉았다. 그러자 마치 비바람이 몰아칠 때 보트를 탄 것처럼 방 전체가 한쪽으로 기울었다. 매슈가 그녀를 부드럽게 이불 안에 눕혔던 일, 그리고 방이 이렇게 빙빙 돌아가는데 잠을 잘 수 있을까 걱정했던 일이 기억났지만 그날 밤의 기억은 그게 전부였다.

이튿날 미라는 오늘 아침처럼 일찍 일어났고, 욕실로 가서 진통제 네 알을 입에 넣은 다음, 조그만 수도꼭지를 틀어 물 세 잔과 함께 삼켰다. 위장이 요동쳤지만 다시 잠들 수 있었다. 그 다음에 깼을 때는 매슈가 룸서비스로 시킨 아침을 들고 방을 가로질러 왔다. 이미 옷을 다 입었고, 샤워를 했는지 머리카락은 젖어 있었다. 매슈가 주문한 아침은 미라가 가장 좋아하는 토마토와 치즈 오믈렛이었다. 미라는 아주 조금 첫입을 뗐다가 이내 버터를 바른 토스트 세 쪽과 함께 남은 오믈렛을 게걸스럽게 먹어치웠고, 이 정도면 죽지는 않겠다고 생각했다.

그날 이른 오후에 집에 돌아왔을 때 집 앞에는 형사들이 기다리고 있었다. 한 명은 위장 경찰차에 타고 있었고, 한 명은 자동차 옆에 기대서 있었다. **우리 집에 강도가 들었구나.** 미라는 그렇게 생각했고, 매슈는 나직한 목소리로 "어?" 하고 말했다.

하지만 그들은 강도를 당한 게 아니었다. 미라가 무슨 일 때문이냐고 형사에게 계속 묻는데도, 매슈는 경찰서에 가서 조사를 받고 오겠다고 했다. "괜찮아. 난 나쁜 짓은 하지 않았으니까 걱정할 거 없어." 매슈는 꼭 실용주의자인 그녀의 아버지처럼 말했다. 비록 아버지는 그 실용주의 때문에 정반대로 말했을 테지만. 결백하다고 해서 절대 안전하다는 법은 없다.

"산지브에게 전화할까?" 매슈가 두 형사와 차에 타자 미라가 물었다.

"그럴 거 없어." 매슈는 그렇게 말했지만 그래도 미라는 변호사에게 전화했고, 그러길 잘했다고 생각했다. 매슈가 경찰서로 떠난 후에 이번에는 미라를 조사하려고 다른 형사가 집에 찾아왔고, 전날 밤 남편의 행적을 물었다.

"매슈는 밤새 저와 함께 있었어요. 그걸 왜 물으시죠?" 미라가 말했다.

"저녁에 남편이 자리를 비운 적이 있습니까?" 이 형사는 놀랄 만큼 젊고, 피부가 별로 검지 않은 흑인이었는데 마치 최근에 살이 많이 빠진 사람처럼 옷이 너무 헐렁했다.

"아뇨. 우린 밤새 포츠머스 호텔에 함께 있었어요. 그이가 무슨 짓을 했다고 생각하시는지 몰라도, 그이는 하지 않았어요."

미라는 경찰서로 갔고, 거기서 2시간 가까이 기다린 후에야 마침내 산지브가 매슈를 데리고 나타났다. 나중에야 알았지만 매슈는 살인으로 기소되었는데 그런 사람치고 너무 차분해 보였다. 매슈는 옆집 여자 헨에 대해 다 말했다. 헨이 그를 범인으로 지목했고, 경찰은 그녀의 말을 믿지 않을 테니 걱정할 필요 없다고 했다. 헨에게는 이와 비슷한 전적이 있었다.

그렇기는 해도 왜 매슈는 널 취하게 했지?

미라는 그 생각을 옆으로 밀어냈다. 그 생각이 어디로 이어질지 알고 있었고, 그건 생각하지 않을 작정이었다. 특히나 지금처럼 복잡한 상황에서는. 남편에게는, 매슈에게는 남다른 점이 있었다. 어떻게 그런 어린 시절을 보내고, 그런 가족 속에서 저렇게 멀쩡히 자랄 수 있었을까? 그의 가족을 생각하면 매슈는 믿을 수 없을 만치 정상이었다. 안정된 직장에 다니며 늘 그녀에게 잘해주는 평범한 남자였다. 아니, 그냥 잘해주는 정도가 아니었다. 매슈는 그녀의 구세주였다. 평생 시달렸을지도 모를 제이 사라반의 학대에서 그녀를 구해주었다.

정확히 어떻게 구해줬지, 미라?

미라는 그 목소리를 몰아내버렸다. 제이가 죽었을 때 매슈는 그녀의 곁을 지켜주었고, 삶의 깨진 조각을 모두 모아 그녀가 원래대로 돌아가게 했다. 그렇게 그녀를 구해주었다. 그뿐이다.

그게 다가 아니라면?

그래도 매슈는 여전히 내 구세주야. 미라는 생각했다. **여전히 내 구세주고―.**

트럭 한 대가 시커모어 가를 지나갔다. 미라는 자리에서 일어나 창가로 갔다. 마당이 이른 아침의 안개로 흐릿했다.

"일찍 일어났네." 매슈가 계단 아래에 서서 말했다. 옷은 다 입었지만 신발은 신지 않았다. 신발을 신었더라면 그가 내려오는 소리를 들었을 것이다.

"눈이 떠졌는데 더는 잠이 안 오더라고." 미라가 매슈에게 몸을 돌린 뒤 말했다.

"어제는 약간 이상한 하루였어." 매슈가 말했다.

"약간?"

"커피 냄새가 나는데?"

"응, 가득 내려놨어. 우리한테 필요할 것 같아서."

미라는 매슈를 따라서 부엌으로 들어갔고, 소심해지기 전에 어젯밤 물어보고 싶었던 질문을 하기로 했다. "그 펜싱 트로피가 무슨 연관이 있어?"

"무슨 말이야?"

"헨과 남편이 우리 집에 저녁 먹으러 왔을 때 말이야. 집을 구경하던 헨이 그 펜싱 트로피를 보더니 이상해졌잖아. 그 트로피가 살해된 서식스 홀 졸업생과 무슨 연관이 있는 거 같아서."

"듣자 하니," 매슈가 말을 약간 늘리며 말했다. "더스티 밀러가 같은 학교 여학생을 강간한 혐의가 있는데 그게 두 사람이 함께 펜싱 대회에 참석하려고 떠났다가 벌어진 일이더라고. 헨은 그렇게 연결점을 찾은 것 같아, 아마도."

"무슨 연결점?"

"그 펜싱 트로피를 보고 내가 더스틴 밀러의 죽음과 연관이 있다고 정한 거 같아. 아마 그 트로피를 보니까 옛날에 읽은 기사가 떠올랐을 테고, 그래서 날 그 사건과 연결한 것 같아. 그 여자 머리가 어떻게 돌아가는지 나도 정말 모르겠어."

"그 트로피가 더스틴 밀러의 물건이고, 당신이 더스틴을 죽인 뒤에 그걸 가져왔다고 생각하는 거 아냐?"

"그럴 수도 있어."

"근데 당신, 그 트로피 없앴지?" 미라는 아무렇지도 않다는 투로 말하려고 했다.

매슈는 커피에 설탕과 크림을 다 넣은 후에 한 모금 마셨다. "응."

"왜 그랬어?" 미라가 물었다.

매슈는 숨을 깊이 들이쉬었다. "그러니까…… 사실은 난 옆집 부부를 저녁 식사에 초대하는 게 영 내키지—."

"그럼 말을 해야—."

"별거 아니니까. 난 그냥…… 내가 어떤지 알잖아. 난 지금 이대로의 삶에 만족해. 그런데 옆집 부부가 왔고, 나쁘지 않았어. 그러다 헨이 내 서재에 들어갔을 때 이상한 일이 벌어지고 있다는 걸 알았지. 그 트로피를 바라보는 헨의 눈빛을 봤어. 나뿐 아니라 우리 다 봤잖아, 그렇지? 헨은 기절할 것처럼 보였어. 헨이 왜 그렇게 반응하는지 알 수 없었지만, 그걸 보니까 마음이 불편했어. 사실은 그 사람들에게 내 서재를 보여주고 싶지 않았던 것 같아. 그곳은 나름대로 신성한 공간이었거든. 그래서 이튿날 다른 물건들을 버릴 때 그 트로피도 함께 버리기로 했어. 그냥 충동적으로 내린 결정이었지."

"그래서 어디에 뒀어?" 미라가 물었다.

매슈는 천장을 바라보며 생각하는 척하고는 학교의 대형 쓰레기통에 버렸다고 말했다. "그날 옛날 교과서를 한 무더기 가져갔잖아. 그것 말고도 오래돼서 버릴 물건들을 가져갔거든. 설마 당신 내가—."

"아냐, 그냥 경찰이 당신에게 이런 질문을 할 거란 생각이 들었어. 만약 헨이 그 펜싱 트로피가 더스틴 밀러의 물건이라고 생각한다면, 경찰이 수색 영장을 가져와서—."

"그럴 일 없어. 경찰은 헨의 말을 전혀 믿지 않을 거야. 그 여자는 전에도 이런 짓을 한 적이 있으니까."

"너무 무력한 기분이 들어. 그 여자는 바로 우리 옆집에 살고 있고, 우리에 대해서 아무 말이나 할 수 있잖아. 끔찍해. 접근 금지 명령이라도 신청해야 하는 거 아닐까?"

"그런다고 해서 그 여자의 입을 막지는 못해."

"응, 알아. 하지만 더는 우리 집에 오거나 우리에게 접근하지는 못할 거야. 도움이 될지는 모르겠지만 손해 볼 건 없어."

"맞아. 어쩌면 저들이 이사 가고, 모든 게 정상으로 돌아갈 수도 있지."

"그러길 바라자." 미라가 말했다.

"그래, 그러길 바라자." 매슈는 냉장고를 열고 크림을 제자리에 놓으며 미라의 말을 따라 했다.

20

"풀어줬다고요?" 헨은 화가 치밀었지만 담담하게 말하려고 애썼다.

"그 사람은 알리바이가 있어요." 삼십 대로 보이는 이 여형사의 이름은 샤힌이었는데 입술이 얇고 눈에는 웃음기가 없었다.

"내가 말했잖아요. 그 사람이 범인이라니까요." 헨이 말했다. 간밤에 있었던 일을 적어도 일곱 번은 말했고, 아울스 헤드에서부터 매슈를 미행했던 밤의 일, 그가 다음 희생자를 스토킹했던 일도 상세히 말했다. 헨은 모든 걸 털어놓겠다고 작정한 터였다. 설사 자신이 약간 미친 여자로 보일지라도.

"정말 그 사람이라고 100퍼센트 확신하나요?"

"네. 우린 눈이 마주쳤어요."

"하지만 술집 뒤쪽은 꽤 어두웠습니다. 다른 증인들은 뭔가를 알아보기가 힘들었다고 하던데요."

"어둡기는 했죠. 하지만 그 남자의 눈을 못 볼 정도는 아니었어요. 그나저나 다른 증인이라뇨?"

"범행을 목격한 증인은 아니고, 어젯밤 술집 뒤쪽에 있었던 사람들요. C빔스의 다른 두 멤버와 질리언 도너번요."

헨은 질리언 도너번이 몸에 딱 붙는 원피스를 입고 있던 어자애, 스콧 도일의 어자 친구라고 들은 터였다.

"달빛이 비쳤어요." 헨이 말했다.

지금까지 헨은 세 개의 다른 방에서 신문을 받았다. 처음에는 취조실에서 카메라로 녹화하면서, 그다음에는 휘트니 형사의 사무실에서. 휘트니 형사는 아직 현역이라기에는 너무 나이가 많아 보였지만 이번 사건의 주임 수사관 같았다. 머리카락은 몇 가닥 남지 않았고, 새하얀 염소수염을 길렀다. 헨과 대화를 나눌 때마다 너무 지쳐 보였다.

그리고 지금은 몇 달째 사용하지 않은 듯한 회의실에 있었다. 헨은 기다란 회의용 탁자에 놓여 있는 머그잔을 들여다봤다. 남은 커피가 딱딱하게 굳어 검은 원이 되었고, 그 위에 작고 하얀 곰팡이가 피어 있었다.

"잠깐 주제를 바꿀게요, 머주어 부인. 다른 질문을 하도록 하죠."

"그러세요." 헨이 말했다.

"캠던 대학교 1학년 때 있었던 일을 말해주시겠어요?"

헨은 그 질문을 듣고도 놀라지 않았지만— 예상했던 일이다— 여전히 주먹으로 가슴을 맞은 듯한 기분이었다.

"제가 폭행으로 체포된 일을 말하시는 건가요?"

"네."

"전 조울증이 있고, 캠던 대학교 1학년 때 처음으로 조증이 왔어요. 제정신이 아니었죠."

"하지만 다른 여학생을 살인자라고 신고했죠?"

"그랬어요, 네."

"그다음에는 그 여학생을 당신이 직접 공격했고요?"

"말씀드렸다시피 그때는 온전치가 못했어요. 그 사건은 지금 일과 전혀 상관없습니다."

"하지만…… 여전히 조울증을 앓고 계시죠, 네?"

헨은 차분하고 신중하게 말하자고 다짐했다. "맞아요. 앞으로도 그럴 거고요. 하지만 지금은 좋은 약을 먹고 있어요. 더는 조증에 빠져서 행동하지도 않죠. 매슈 돌라모어에 대해 지어낸 말은 하나도 없어요."

샤힌 형사는 회의용 탁자에 놓인 헨의 손에서 3센티미터쯤 떨어진 곳에 자신의 손을 올렸다. "전 당신을 믿어요, 머주어 부인. 하지만 모든 가능성을 다 살펴봐야 합니다."

"이해해요. 하지만 이번에는 달라요. 완전히 다르다고요."

"하지만 만약 부인이 지금 양극성 정신병에 시달린다면 본인은 모를 수도 있죠." 여자 형사가 의자에 등을 약간 기대며 말했다. "그게 현실과 분리되었다는 특징이기도 하고요, 그렇죠?"

헨은 저 형사가 이 대화를 하기 직전에 양극성 정신병에 대해 조사했거나, 아니면 주위에 정신 질환에 시달리는 사람이 있을 거라고 생각했다.

"물론이죠." 헨은 그렇게만 말하고 더는 아무 말도 하지 않기로 했다. 우기면 우길수록 불리해진다는 걸 알고 있었다.

한동안 침묵이 흐르더니 샤힌 형사가 일어났다. "감사합니다, 머주어 부인. 그건 그렇고 남편분이 와 계세요."

헨은 정오가 지나서야 로이드에게 전화해 자초지종을 설명했다. 로이드는 전날 밤에 아주 늦게까지 놀았을 테니 평화로운 아침을 보내게 해주고 싶었다. 그리고 로이드가 어떤 반응을 보일지, 경찰처럼 그녀가 신경쇠약에 걸렸다고 생각할지 걱정되었다.

샤힌 형사를 따라 다트퍼드 경찰청 대기실로 가서 로이드를 만난 헨은 더욱 심란해졌다. 로이드의 걱정스러운 얼굴은 가여울 정도였다.

"좀 어때?" 헨과 포옹한 뒤에 로이드가 물었다. 어젯밤 파티에 갔을 때 입은 옷을 그대로 입은 듯했고, 퀴퀴한 땀 냄새와 너무 많이 뿌린 데오도란트 냄새가 났다.

"난 괜찮아, 로이드. 하지만 우리 바로 옆집에 빌어먹을 살인자가 살고 있어."

"그 이야기는 차에서 하자, 응?"

같은 이야기를 또다시 반복하는 게 지겨웠지만, 헨은 차에 타서 집에 도착할 때까지 자초지종을 상세히 설명했다. 로이드는 거의 아무 말도 하지 않고서 진득하게 들었다. 헨은 그가 어제 파티 때문에 피곤해 보인다고 생각했다. 눈 밑에는 다크서클이 있고, 피부는 아픈 사람처럼 창백했다. 이야기가 다 끝나자 헨이 물었다. "당신은 날 믿어? 내가 사실을 말한다고 생각해?"

로이드는 뜸을 들였고, 헨은 차라리 그에게서 못 믿겠다는 말이 나오기를 바랐다. 의심받는 편이 그녀의 기분을 배려해서 믿어주는 척하는 것보다 나았다.

"근데 매슈에게는 확실한 알리바이가 있더라고. 사건 현장에 없었대."

"그럼 내가 지어냈다는 거야?"

"아니, 당신은 매슈를 봤다고 생각하지만 사실은 다른 사람이었을 수도 있다는 거지."

"그럼 옆집 남자의 다음 희생양으로 찍힌 사람이 정작 다른 사람에게 살해되는 건 말이 된다고 생각해? 그럴 확률이 얼마나 되겠어?"

"무슨 말이야?"

"난 매슈가 이 남자를, 스콧 도일을 스토킹하는 걸 봤다니까. 그때 말 못 해서 미안한데 당신이 걱정할 것 같았어. 그래서 어젯밤에 그 밴드 공연을 보러 간 거야. 매슈도 거기 올지 보고 싶었거든."

"경찰 말로는 당신이 취했다던데."

"살짝 취하긴 했어. 인정해. 하지만 그래도 잠깐 생각해봐. 스콧 도일이 다른 사람에게, 옆집 남자 말고 다른 사람에게 살해될 확률이 얼마나 될까?"

"하지만…… 경찰 조사에 의하면 범인은 다른 사람이래."

헨은 이를 악물고 물을 왈칵 들이켰다. "내가 조증이라고 생각해?"

"응, 그런 거 같아, 헨. 미안해. 당신은 지난번처럼 또 강박적으로 생각하고 있어."

"그러니까 당신에게는 내가 조증으로 보여?"

로이드는 잠시 생각했다. "아니, 사실은 그렇지 않아. 당신은 괜찮아 보여. 하지만 당신 행동이…… 어떻게 생각해야 할지 모르겠어. 난 당신이 걱정돼, 헨."

그들이 마침내 잠자리에 들었을 때 헨은 1년에 한 번 있는 정신과 진료를 앞당겨서 혈액 검사를 하기로 했고, 로이드는 헨의 말이 100퍼센트 맞을 가능성을 생각해보기로 했다.

"만약 전적으로 내 말을 믿으면 당신은 어떻게 할 거야?" 헨이 물었다.

"그게 무슨 말이야? 내가 어떻게 할 거냐니?"

"매슈 돌라모어를 찾아가서 따질 거야? 아니면 다른 곳으로 이사할 거야?"

"그냥 조용히 지내면서 경찰이 진실을 밝히기를 바라겠지."

"미라는 다 알고 있어."

"누구?"

"매슈의 부인, 미라. 틀림없이 알고 있을 거야. 그러니까 알리바이를 만들어준 거야."

"괜히 끼어들지 마. 당신은 경찰에게 아는 걸 전부 말했어. 그걸로 됐어."

로이드가 잠든 뒤 헨은 조용히 침대에서 내려와 아래층으로 내려갔다. 오늘 밤에 잠들기는 틀렸다는 걸 알고 있었다. 수면제를 먹을까 생각했지만 안 먹기로 했다. 맑은 정신을 유지하고 싶었다.

거실에서 돌라모어 부부의 집을 바라보았다. 비니거가 탁탁 발소리를 내며 모퉁이를 돌아 나오더니 자리에 앉아 헨을 빤히 바라보았다. 헨도 비니거를, 고양이의 둥근 눈을 똑바로 바라보았다. 가끔은 비니거가 고양이가 아니라 올빼미 같다는 생각이 들었다. 바람이 몰아쳤고, 비니거는 바람에 덜컹거리는 창문을 돌아봤다. 헨은 소파에 누워 천장을 바라보았다. **아무 짓도 하지 말자. 경찰이 물어보면 사실대로만 말하고, 아무 짓도 하지 말자. 안 그러면 상황이 더 나빠질 거야.** 헨은 생각했다.

새벽 무렵에 헨은 담요를 두른 채 옆으로 웅크렸고, 그대로 잠들었다.

그러고는 초인종 소리에 잠에서 깼다. 꿈에서 그 소리는 그녀가 올라간 탑 꼭대기의 종소리였다. 바람이 탑의 벽돌 속을 들쑤시더니 벽돌이 낙엽처럼 우수수 떨어졌다. 더스틴 밀러도 탑 꼭대기에 있었다. 그는 뭐라고 말하고 있었는데 바람에 말들이 날아가버렸다. 헨은 그에게 손을 뻗었다. **당신이 얼마나 아름다운지 잊고 있었어,** 헨은 그렇게 생각했다. 그러자 다시 종이 울렸고, 헨은 갑자기 잠에서 깨 벌떡 일어났다. 로이드가 계단을 내려오고 있었는데 역시 초인종 소리에 깬 듯했다.

"누구야?" 헨이 현관으로 걸어가자 로이드가 그녀에게 물었다.

현관문 밖에는 제복을 입은 경찰관 둘이 서 있었다. 하나는 대학교 미식축구 선수처럼 생겼고, 다른 하나는 은발에 가까운 금발을 한 예쁜 삼십 대 여자였는데 앞니 사이가 벌어져 있었다. 여자 경찰관이 헨에게 잠시 이야기를 나눌 수 있겠냐고 물었다.

"그러세요." 현관문에서 물러나지 않은 채 헨이 말했다.

"집 안에 들어가서 얘기해도 될까요?"

"물론이죠."

그들은 다 함께 거실에 앉았다. 헨은 얼른 위층으로 올라가서 청바지와 스웨터로 갈아입었다. 다시 아래층에 내려와 보니 커피 냄새가 났다. 헨은 두 경관 맞은편에 앉았다.

"이건 어디까지나 의례적인 방문입니다." 자신을 롤런드 경관으로 소개한 여자가 말했다. "매슈와 미라 돌라모어 부부가 오늘 아침에 당신들이 자기들을 괴롭힌다고 공식적으로 고소했고, 그래서 보호 명령을 신청할 겁니다."

"괴롭힌다고요?" 헨이 말했고, 로이드는 한 손을 그녀의 다리에 올려놓으며 쉬 소리를 냈다.

"그게 무슨 뜻입니까? 보호 명령이라뇨? 접근 금지 명령인가요?" 로이드가 물었다.

"기본적으로는 둘 다 똑같습니다. 저희가 아는 바로는 이 집을 나가달라는 요청이 아니라, 어떤 접촉도 하지 말아달라는 요청입니다. 돌라모어 부부의 집에 가까이 가면 안 되고―."

"하지만 우린 바로 옆집에 산다고요." 헨이 말했다.

"그분들을 감시하거나 미행해서도 안 됩니다."

"공적인 요청인가요?" 로이드가 물었다.

"롤런드 경관이 설명했듯이," 남자 경관이 말했다.(헨은 그의 이름은 듣지 못했다.) "이건 의례적인 방문입니다. 보호 명령을 신청할 필요 없이 문제가 해결되는 게 제일 좋죠. 두 분께서 그분들의 요청에 따르겠다고 동의해주시길 바랍니다. 개인적인 경험으로 미루어볼 때 이웃 간의 분쟁은 대부분 평화롭게 해결될 수 있습니다."

헨은 소파 앞쪽으로 몸을 끌어당겼고, 로이드는 그녀의 다리에서 손을 뗐다. "이건 이웃 간의 분쟁이 아니에요. 난 매슈 돌라모어가 살인을 저지르는 걸 봤어요. 접근 금지 명령 때문에 내 주장을 번복하지는 않을 거예요."

남자 경관은 헨에게 손바닥이 보이도록 두 손을 들어 올렸다. "충분히 이해합니다. 저흰 살인 사건 이야기를 하려고 여기 온 게 아닙니다. 단지 옆집 부부가 보호 명령 신청 절차를 밟고 있다는 사실을 알려드리려고 왔습니다."

"네, 네, 알겠습니다." 로이드가 말했다. "얼마나 걸리죠? 그 신청이 승인될 때까지요."

"보통 판사님이 24시간 안에 서류를 검토합니다만 대개는 그 전에 승인됩니다. 이르면 오늘부터 실행될 수 있습니다."

"괜찮습니다. 미리 알려주셔서 감사합니다."

"오늘 아침까지만 해도 돌라모어 부부가 아직 공식적으로 필요한 서류를 다 제출하지 않았습니다. 저희로서는 이 대화를 통해서 사태가—."

"아, 씨발." 헨이 말했다. "얼마든지 신청하라고 하세요. 난 상관없으니까."

로이드는 헨의 등에 손을 얹었고, 헨은 자리에서 일어났다.

"이렇게 알려주셔서 감사합니다, 경관님들."

그들이 떠난 뒤에 로이드가 말했다. "맙소사, 헨."

"뭐? 진심으로 한 말이야. 접근 금지 명령을 신청하든 말든 마음대로 하라고 해. 그렇다고 해서 내가 본 게 바뀌지는 않으니까."

"일단 커피부터 마시고 좀 더 이야기해보자."

"더는 얘기하고 싶지 않아. 당신이 나 안 믿는 거 알아. 당신

194

마음을 어떻게 바꿔야 할지도 모르겠고."

"당신 믿어. 다만 당신이 착각했을 수도 있다고 생각하지. 그럴 가능성을 열어둘 순 없어?"

"아니, 그럴 가능성은 열어두지 않을 거야. 토요일 밤 살인 사건을 목격하기 전까지 있었던 일들은 내 생각이 틀렸을 수도 있어. 펜싱 트로피는 더스틴 밀러의 물건이 아닐 수도 있고, 매슈 돌라모어는 내가 모르는 다른 이유로 한밤중에 스콧 도일을 미행했을 수도 있어. 하지만 내가 범죄 현장에서 매슈를 본 건 분명한 사실이야. 내 눈으로 똑똑히 봤다고."

"당신은 취해 있었어."

"그렇게 심하게 취하지 않았어."

"내가 듣기로는 아니던데."

"누구한테 들었는데?"

"형사와 얘기했어. 어제, 우리가 차를 타고 집에 오기 전에. 당신이 아주 심하게 취해 있었다고 했어."

"그렇지 않아. 취하기는 했지만……."

"경찰이 바텐더에게 물어봤대. 당신은 마티니를 포함해서 적어도 다섯 잔은 마셨어."

"정확히 다섯 잔이나 마신 줄은 몰랐네."

"약을 먹는 상태에서 다섯 잔은 열 잔이나 다름없는 거 알지? 그날 밤에 저녁을 먹기는 했어?"

"모르겠어. 소리 지르지 마. 난 취해 있었지만 내가 뭘 봤는

195

지는 알아. 그 사람들에게 내가 약 먹는다고 말했어?"

"누구? 경찰? 경찰은 당신이 평소에 술을 많이 마시냐고 물었고, 난 아니라고 했어. 약을 먹기 때문에 평소에는 두 잔 이상은 안 마시려고 각별히 조심한다고 말했지."

"잘했어."

"난 당신 편이야, 헨. 당신이 걱정된다고."

"근데 당신 출근해야 하지 않아?"

"오늘 콜럼버스 데이야."

"아, 맞다."

"할 일이 있기는 한데 집에서 할 수 있어. 당신 혼자 남겨두고 싶지 않아."

헨은 자신도 모르게 이를 악물고 있는 걸 깨닫고 긴장을 풀었다. "오늘 작업실에 가려고 했어. 온종일 집에 있을 수는 없어. 바로 옆집에…… 저런 남자가 사는데 말이야."

"알겠어. 작업실에 다녀와. 당신 말이 맞아."

헨은 커피를 마시고 토스트를 먹으려고 했지만 입안에서 음식이 느껴지기만 해도 토할 것 같았다. 다시 옷을 갈아입은 뒤, 거실에서 노트북을 보고 있는 로이드에게 작업실에 다녀오겠다고 말했다.

"부탁 하나만 들어줄래?" 로이드가 물었다.

"뭔데?"

"작업실에만 가겠다고 약속해줘. 바보 같은 짓은 하지 않겠다고 약속해줘."

"약속할게." 헨은 그렇게 말하고 현관을 나와 돌라모어 부부의 집을 보지도 않은 채 곧바로 차에 올라탔다.

21

매슈와 미라는 경찰이 헨리에타 머주어를 방문해서 이야기를 나눴다는 말을 들었지만 그래도 보호 명령을 신청하기로 했다. 판사는 오후 3시에 신청을 승인했고, 그날 저녁이나 늦어도 이튿날 아침까지는 집행관이 헨리에타 머주어에게 직접 영장을 전달할 거라고 했다.

"보호 명령이 실행된다 해도 그 여자는 얼마든지 당신을 범죄 현장에서 봤다고 주장할 수 있어요." 샤힌 형사가 전화로 매슈에게 말했다.

"압니다. 난 그냥 그 여자가 날 미행하지 않기를 바랄 뿐입니다. 우리 집에 오지 말고, 내 아내와 이야기하지도 말고요. 예전에 이런 일이 있었을 때 그 여자는 상대를 공격했습니다."

"알아요. 다시는 그런 일이 일어나지 않도록 모든 조치를 다

취하겠습니다."

　미라는 두통 때문에 침실로 들어가 문을 잠그고 블라인드를 내렸다. 두통을 자주 겪지는 않아도 한 번씩 겪을 때면―불안 때문이라고 매슈는 늘 생각했다. 비록 미라는 그 말에 동의하지 않았지만―하루 종일 계속되었다. 매슈는 속이 좋지 않아서 저녁으로 시리얼을 먹었다. 그러다 토요일 밤 이후로 스콧 도일의 머리를 쇠막대로 내려쳤을 때 어떤 기분이었는지, 스콧의 머리에 금이 가면서 결국 그가 죽게 되리라는 걸 알았을 때 어떤 기분이었는지 제대로 음미하지 못했다는 걸 깨달았다. 그 순간의 영광은 주차장에 유령처럼 나타난 헨리에타 때문에, 그녀와 눈이 마주치면서 망가져버렸다. 매슈는 두 사건을 분리하려고 했다. 신성한 동시에 무모한 일을 할 수도 있다는 걸 인정하려고 했다. 게다가 경찰도 그를 체포하지 않았다. 매슈는 그렇게 될 줄 알고 있었다. 헨리에타 머주어는 믿을 수 없는 증인이었다. 믿을 수 없는 정도가 아니라 가짜 증인이었다. 현실과 상상을 구분하지 못하는, 정신이 이상한 여자. 어떤 면에서는 일이 완벽하게 풀렸다.

　저녁 내내 매슈는 스콧 도일 살인 사건과 관련해 인터넷에서 찾을 수 있는 글은 모두 찾아 열심히 읽었다. 그러는 동안 자신이 스콧 도일을 죽인 것보다도 헨리에타를 더 많이 생각하고 있다는 걸 깨달았다. 그 정지된 순간, 두 사람이 서로를 바라보고 둘 사이에 전류가 흐르던 때를―매슈의 발치에 스콧이 쓰러져 있고―자꾸 떠올렸다. 그 순간은 무언가를…… 그의 어머니를 연상시켰고, 매슈는 그 옛일을 별로 떠올리고 싶지 않았지만 이번 한 번만 생각하기로 했다. 다 알고 있다는 듯한, 그 영혼 없는 눈빛은 나탈리아 돌라모어가 인생 말년에 통달한 눈빛이었다. 매슈는 설거지를 하고, 바닥에 있던 접시를 집어 들던 어머니의 표정을 떠올렸다. 그날도 아버지는 어머니에게 부엌 리놀륨 바닥에 네발로 서서 저녁을 먹게 했고, 곤죽 같은 어머니의 저녁은 개 밥그릇 속에 담겨 있었다. 당연히 어머니는 아버지 말대로 했다. 하지 않았다가는 어떻게 될지 알고 있었으니까. 하지만 어머니의 얼굴은 가면을 쓴 듯 무표정했고, 어떤 모욕도 받아들이지 않았다. 어머니의 얼굴은 자신에게 벌어지는 일을 지켜보는 증인의 얼굴이었다. 그 일을 겪는 게 아니라 그냥 바라보는 사람의 얼굴.

그게 바로 헨리에타의 표정이었다. 그녀 역시 증인의 얼굴을 하고 있었고, 매슈는 그 순간 그녀가 모든 걸 알고 있다는 느낌을 떨칠 수가 없었다. 지금 벌어지는 일뿐 아니라 그가 기억하는 어린 시절부터 일어났던 일을 모두 알고 있는 듯했다. 헨리에타는 그의 아버지의 괴물 같은 면, 어머니의 나약함과 우아함을 모두 보았다. 스스로 괴물이 되어버린 동생 리처드도 보았다. 매슈가 처음으로 누군가 죽는 모습을 지켜봤을 때 그의 안에서 열려버린 문도 보았다. 매슈가 상상도 하지 못했던 색색의 세상으로 발을 들여놓는 모습도 보았다. 제이 사라반이 배기가스를 들이마시며 자신의 차 앞좌석에서 죽어가는 모습도 보았다. 더스틴 밀러가 숨진 채 의자에 앉아 있고, 매슈가 서랍장 위에 있던 펜싱 트로피를 집어 가는 모습도 보았다. 심지어 매슈가 그 트로피를 간절히 원하고 있으며, 그것을 소유하고 싶어 하는 욕망도 알고 있었다. 또한 그 트로피를 서재에 전시하고 싶은 어리석은 강박증까지 알고 있었다.

헨리에타는 경찰에게 그 이야기도 해야 했다. 저녁을 먹으러 왔다가 봤던 트로피에 대해. 설사 그 이야기를 했어도 매슈는 안전했으리라. 트로피는 사라졌으니까. 경찰이 트로피에 관해 물으면 오늘 아침 미라에게 말한 대로 치워버렸다고 할 것이다. 벼룩시장에서 샀고, 서재가 너무 지저분해서 버릴 물건들을 정리하며 함께 쓰레기통에 버렸다고. 의심스럽기는 할 테지만 어쩌겠는가? 지문을 지운 트로피는 서식스 홀 비품실 벽장 저 뒤쪽에 묻혀 있다. 여분의 의자와 낡은 커틀러리 뒤에. 설사 경찰이 트로피를 찾아 나선다고 해도 거기까지 찾아보진 않을 것이다. 기껏해야 그의 집, 어쩌면 교실을 뒤질 수는 있어도 설마 거기를?

갑자기 매슈의 배가 꼬이는 듯했다. 어쩌면 경찰이 거기까지 찾아볼지도 모른다. 트로피를 발견할지도 모른다. 지금 당장 학교에 가서 트로피가 든 상자를 가져와 절대 들킬 수 없는 곳으로 옮겨야겠다는 생각이 들었다. 하지만 그 생각을 하니 배가 한층 더 꼬였다. 지금은 안 된다. 너무 위험하다.

매슈는 다시 컴퓨터 앞에 앉아 스콧 도일에 관해 새롭게 밝혀진 사실이 없는지 검색했다. 한 기사에서는 스콧을 전도유망한 뮤지션, '미래의 록스타'라고 칭했다. **뭐 죽었으니 그 정도 칭찬은 해주지**, 매슈는 생각했다. 기껏 유명한 가수나 흉내 내던 커버 밴드의 리드 보컬이었던 스콧이 하룻밤 사이에 미래의 록스타가 되었다. 기사 어디에도 미셸 브라인은 언급되지 않았다. 약간 이상하긴 했지만 따지고 보면 둘은 함께 사는 것도 아니었다. 미셸은 단지 스콧의 여자 친구였고, 스콧의 여자 친구가 몇 명이나 될지는 하느님만 아시겠지. 미셸은 이 사실을 알기나 할까? 혹시 모르는 건 아닐까? 미셸은 죽어가는 아버지를 만나러 갔다. 경찰은 미셸의 존재를 알고 있을까? 미셸은 당연히 일요일에 스콧에게 전화해서 공연이 어땠는지 물어보려고 했을 것이다. 스콧이 전화를 받지 않아서 얼마나 걱정했을까? 지금쯤은 당연히 집에 돌아와 다음 주 수업 준비를 할 것이다. 어쩌면 미셸에게 전화해서 소식을 들었다고 말해야 할지 모른다. 용의자로 지목되어 경찰서에 다녀왔다는 말은 굳이 할 필요 없다. 경찰에서 그를 기소하지 않았고, 조서에 그의 이름이 적히지도 않았으니까.

매슈는 미셸의 휴대전화로 전화했다.

"그렇지 않아도 전화하려고 했어요." 미셸이 전화를 받으며 말했다. 목소리를 들어보니 이미 스콧의 일을 알고 있는 듯했다.

"정말 유감이야. 나도 조금 전에 소식 들었어. 어떻게 된 거야?" 매슈가 말했다.

미셸은 거칠게 숨을 들이쉬었다. 울고 있었던 게 틀림없다.

"일요일에 계속 스콧에게 전화했어요. 공연이 어떻게 됐는지 궁금해서요. 근데 전화를 안 받더라고요. 이상했죠. 뭔가 끔찍한 일이 생겼다는 확신이 들었거든요. 느낌이 왔어요. 근데 제러미가 전화해서 그 일을 말해줬어요. 전 차를 몰고 집으로 가는 중이었는데ㅡ."

"제러미가 누구야?"

"아, 죄송해요. 제가 횡설수설하네요. 제러미는 스콧과 같은 밴드의 드러머예요. 제러미가 전화해서 스콧이 죽었다고 말해줬어요. 전 하마터면 '알아요'라고 말할 뻔했죠. 그 정도로 불가피한 일처럼 느껴졌어요. 모르겠어요……. 제가 미쳤나 봐요."

"미치지 않았어. 그냥 충격을 받은 거지."

"실은 우린 헤어졌어요. 금요일에 부모님 댁으로 떠나기 직전에요. 선생님도 절 자랑스러워하실 거예요. 전 스콧에게 함께 아빠를 보러 가자고 한 번 더 말했어요. 아빠의 상태가 훨씬 더 나빠졌거든요. 그랬더니 스콧은 이번 공연이 너무 중요해서 안 된다고 하더군요. 그래서 제가 금요일에 내 차를 타고 함께 가서 부모님을 만난 뒤에 토요일 오후에 내 차로 먼저 돌아가면 어떻겠냐고 했죠. 난 기차를 타고 오면 되니까요. 그랬더니 스콧이 공연 전에는 기분이 좋아야 한다면서 가지 않겠다는 거예요. 그래서 제가 꺼지라고 했죠……. 꼭 그렇게 말한 건 아니고, 헤어지자고 했어요. 스콧이 반대하기는 했죠……. 아주 잠깐이었지만. 어쨌든 그리고 끝났어요. 헤어졌죠."

순간적으로 미셸은 자랑스러워하는 말투였다. 스콧이 죽었다는 사실을 잊은 사람처럼. 그러더니 갑자기 신음을 내뱉듯이 숨을 내쉬며 울기 시작했다.

"어쩌면……." 미셸은 말문을 열었지만 말을 잇지 못했다.

"어쩌다 그렇게 됐는지 알아? 강도를 당한 거야?"

미셸은 코를 크게 두 번 훌쩍이더니 비교적 담담한 목소리로 말했다. "공연이 끝난 후에 벌어진 일이래요. 타이어에 펑크가 났고, 스콧이 타이어를 교체하고 있었는데 누가 머리를 내려쳤나 봐요. 저도 경찰서에 다녀왔어요. 경찰은 스콧에게 원한을 품은 사람이 있는지, 절 두고 바람을 피우지 않았는지, 왜 헤어졌는지 묻더군요."

"그래서 금요일에 싸우고 헤어졌다고 말했어?" 매슈가 물었다.

"네, 전부 다 말했어요. 그렇다고 제가 용의자는 아니에요. 전 주말 내내 피츠필드에 있었거든요."

"그래서 기분이 어때?"

"아, 모르겠어요. 온갖 감정이 다 들어요. 사실 이번 주말에 행복했거든요. 드디어 스콧에게서 벗어날 수 있어서요. 물론 아빠를 보니 엄마한테 들은 것보다 상태가 훨씬 안 좋아서 막 행복한 건 아니었지만 그래도 후련했죠. 근데 이젠 어떤 감정을 느껴야 할지 모르겠어요. 스콧의 죽음을 슬퍼해야 할까요? 너무 혼란스러워요.”

“이번 주에는 휴가를 내고 쉬어.”

“안 돼요. 그거야말로 가장 원치 않는 일이에요. 이 집에 혼자 있으면 미쳐버릴 거예요. 저기, 이런 부탁을 드려도 될지 모르겠는데 그냥 말할게요. 지금 시간 되시면 우리 집에 와주실래요? 너무 이상한 부탁인가요?”

매슈는 재빨리 자신의 선택지를 생각했다. 정신이 불안정한 옆집 여자 때문에 스콧 도일을 죽인 범인으로 몰렸다는 이야기를 미셸에게 할 거라면 지금이 그때였다. 하지만 미셸은 아직 그 일을 몰랐고, 아마 영영 모를 것이다. 경찰이 미셸에게 그의 사진조차 보여주지 않은 게 틀림없다. 헨리에타 머주어의 진술을 심각하게 받아들이지 않는다는 뜻이었고, 이는 아주 좋은 징조였다. 매슈는 미셸에게 그 일을 말하지 않기로 했다. 나중에 미셸이 알게 된다면, 그녀를 더 힘들게 하고 싶지 않았다고 말하면 그만이다.

“사실 지금 미라가 아파.” 매슈가 말했다.

“어머, 저런, 안됐네요.”

“심각한 건 아냐. 편두통인데 한번 생기면 앓아누워.”

“전 완전 괜찮으니까 제 부탁은 잊어주세요.”

“내일 학교 오게 되면 수업 끝나고 만나. 커피 마시면서 얘기나 하자고.”

"네." 미셸이 말했다.

통화가 끝나고, 매슈는 미셸이 다시 전화하지 않을 거라고 확신했다. 잠시 그대로 앉아서 미셸을 찾아갔을 때 벌어질 일들을 머릿속으로 휙휙 넘겨보았다. 미셸은 어설프게 튜더 양식을 흉내 낸 아파트에 살았는데 이름이 코틀리 단지인가 그랬다. 자신이 사냥해서 죽인 남자의 여자 친구(전 여자 친구)를 위로하면 기분이 어떨까? 그가 그만 가야겠다고 말할 때, 미셸이 그를 끌어당기며 포옹하고 그에게 입술을 포갤 때의 기분은? 매슈는 미셸이 침대 위로 올라가고, 그가 미셸의 길고 떨리는 다리에서 청바지를 벗겨낼 수 있도록 엉덩이를 들어 올리는 장면까지 상상했다. 매슈는 약간 몸서리를 치고는 어둠 속에 누워 있는 미라를 생각했다. 그는 지금까지 한 번도 바람을 피운 적이 없고, 앞으로도 그럴 것이다. 불륜은 그의 아버지나 하는 짓이지 그가 하는 짓이 아니다.

게다가 스콧 도일의 육체에서 영원히 해방된 미셸을 찾아가고 싶은 유혹을 느끼기는 해도 매슈는 여전히 헨리에타 머주어를 생각하고 있었다. 그녀를 찾아가면 어떻게 될까? 그가 현관문을 두드리면 헨리에타는 뭐라고 할까? 하지만 아마 문을 여는 사람은 헨리에타가 아니라 그녀의 남편 로이드일 테고, 로이드는 그의 얼굴에 주먹을 날릴 것이다. 그래도 매슈는 헨리에타 생각을 멈출 수 없었고, 그녀가 무슨 생각을 하는지 너무나 알고 싶었다. 이것만큼은 확실했다. 헨리에타도 그를 생각하고 있을 것이다. 끊임없이. 앞으로 24시간 안에 헨리에타에게 매슈 그리고 미라 돌라모어 부부와 어떤 교류도 금지한다는 보호 명령이 전달될 것이다. 저 부부는 이 마을을 떠날까? 아니, 아마 헨리에타는 앞으로도 그의 일에 계속 참견할 것이다. 그 생각을 하니 스스로도 이해할 수 없는 비정상적인 흥분이 느껴졌다.

22

화요일 아침, 헨은 건장하고 무덤덤한 집행관에게 보호 명령서를 전달받은 뒤 로이드의 회사로 전화해 이 일을 알렸다.

"젠장, 진짜로 했네." 그가 말했다.

"응."

"기분은 어때?"

"모르겠어. 그 사람들이 내 말을 진지하게 받아들이는 기분이 들기는 해, 조금은."

"하지만 이젠 아무 짓도 안 할 거지?"

"무슨 말이야? 내가 그 사람들 집에 무단 침입이라도 할까 봐?"

"응."

"안 해. 내 할 일은 끝났어. 하고 싶은 말은 다 했어. 혈액 검사를 받아서 약이 제대로 작용하는지 알아볼 거야. 당분간 몸을 사리고 다닐 거야. 난 괜찮아, 로이드. 조증도 아니고."

"당신 믿어." 그날 아침 헨은 로이드에게 출근하라고 설득하느라 애를 먹었다. 자신은 멀쩡하다고, 두 시간마다 전화해서 상태를 보고하겠다고 약속했다.

"하지만 이 얘기는 해야겠어. 만약 이 사건에 아무런 진전도 없으면…… 끝내 매슈가 체포되지 않으면 이사하는 걸 고려해 봐야 해. 그자는 살인자야."

"그래." 로이드가 손으로 송화구를 가리는 소리가 나더니 사무실의 누군가에게 짧게 말했다. "응, 그렇게 해. 좋아."

"좀 있다가 전화할게."

헨은 시커모어 가가 보이는 큼직한 유리창으로 걸어갔다. 옆집과 마주 보는 쪽의 창문은 모두 커튼을 쳐두었다. 헨은 매슈가 살인자라고 확신했고, 그녀가 확신한다는 걸 매슈도 알았다. 그런데도 왜 더 무섭지 않을까? 이러다 언젠가 매슈가 그녀도 죽이지 않을까? 하지만 그럴 것 같지 않았다. 만약 그녀에게 나쁜 일이 생기면 경찰은 즉시 매슈를, 그녀가 범인이라고 지목했던 남자를 의심할 것이다. 하지만 그뿐만이 아니었다. 헨은 자신이 그의 희생양 범주에 속하지 않는다고 생각했다. 매슈는 남자들만 죽였다. 이유는 몰랐지만 어쨌든 그랬다.

이웃에 사는 아기 엄마가 집 앞으로 지나갔다. 요가 바지를 입고, 손에는 작은 아령을 들고 있었다. 그녀는 몸을 돌려 헨의 집 쪽을 바라봤고, 헬은 창가에서 한 발짝 물러나 어둠으로 들어갔다. 저 여자가 뭔가 알고 있을까? 그럴 것 같지 않았다. 스콧 도일 살인 사건과 관련된 어떤 기사에도 매슈나 그녀의 이름은 언급되지 않았다. 그래도 헬은 궁금했다.

화창한 날이었다. 하늘은 새파랗고, 길 건너 단풍나무는 이파리 몇 개만 떨어졌을 뿐 이제 완전히 붉게 타올랐다. 헬은 모든 날씨를 다 사랑했지만, 계절이 바뀌는 10월과 4월에는 딱히 정체를 알 수 없는 슬픔으로 마음이 아팠다. 3주간 라인강 크루즈 여행을 마치고 얼마 전에 업스테이트 뉴욕으로 돌아온 부모님을 생각했다. 아버지는 정원과 이미 떨어진 낙엽 숫자에 집착할 테고, 엄마는 다음 유럽 여행 계획을 세울 것이다. 헬은 작업실까지 걸어간 다음에 부모님께 전화하기로 마음먹었다. 이번 주말이 작업실 공개 행사라서 할 일이 많았다.

그 주는 완벽한 날씨가 지속되어 하루하루 쾌청하고 상쾌했다. 헬은 매일 아침을 먹은 뒤에 작업실까지 걸어가 아침 내내 《로어 전사》 책에 들어갈 삽화를 작업하고, 작업실이 있는 길의 작은 강변 카페에서 점심을 먹고, 오후에는 작업실 공개 행사를 준비하는 규칙적인 일상을 보냈다. 작업실을 청소하고 벽에 진열해둘 작품 열다섯 개를 골랐는데 최근에 그린 그림, 침대에 누운 고양이와 창틀에 앉은 소녀 그림도 포함되어 있었다. 심지어 월마트까지 차를 몰고 가서 땅콩버터가 들어간 초대형 프레첼도 사 왔다. 그녀가 제일 좋아하는 정크 푸드였는데 작업실 공개 행사 기간에만 사서 손님들에게 대접했다. 하지만 사실은 낯선 사람들이 그녀의 공간을 마음대로 돌아다니며, 그녀를 재단하는 고통을 견디는 대가로 자신에게 허락하는 작은 보상이었다.

이상하게도 그 주에는 좋은 날들이 계속되었다. 비록 걸핏하면 매슈 돌라모어와 그녀가 목격한 장면이 떠올랐지만. 저녁이면 로이드와 함께 요리했다. 레드삭스가 플레이오프전 1라운드에서 우아하게 퇴장하는 바람에 로이드는 24시간 동안 시무룩했지만 이제는 그간 못 본 〈왕좌의 게임〉 마지막 시즌을 실컷 볼 수 있었다.

헨은 돌라모어 부부의 집과 마주 보는 쪽의 창문은 커튼을 모두 쳐두었다. 틀림없이 로이드도 알아차렸을 텐데 그는 아무 말도 하지 않았다.

토요일 아침, 로이드는 작업실을 어떻게 꾸몄는지 보려고 헨과 함께 블랙 브릭 스튜디오로 걸어갔다. 작업실은 토요일과 일요일 모두 정오부터 5시까지 개방이었고, 건물은 그 주 내내 그랬듯이 북적거렸다. 로이드는 커피를 마시며 헨이 벽에 걸어놓은 작품들을 바라보았다. 대부분이 그에게는 익숙한 작품—늘 전시하려고 내놓는 '최고의 히트작들'—이었지만 며칠 전에 그린 그림은 보지 못했고, 로이드는 한동안 그 작품을 바라보다가 물었다. "내가 이걸 전에 봤던가?"

"최근에 그렸어."

"마음에 드네. 기묘해. 주제가 뭐야?"

헨이 싫어하는 질문이었고, 로이드도 그 사실을 알 텐데 가끔은 참지 못하고 그렇게 물었다. 로이드는 헨의 작품을 사랑했고, 적어도 말은 늘 그렇게 했으나 작품을 낱낱이 분석하고 싶어 했다.

"주제는 매슈 돌라모어야." 헨이 말했다.

로이드는 걱정스러운 표정으로 몸을 빙글 돌렸고, 헨은 로이드를 향해 눈을 휘둥그렇게 떴다. "농담이야. 주제가 뭔지 나도 몰라. 그냥 머릿속에 떠올랐어."

로이드는 거의 아침 내내 작업실에 머물렀고, 헨이 그만 먹으라고 할 때까지 프레첼을 먹어댔다.

"프레첼이랑 함께 마실 음료로 뭘 내놓을 거야?" 로이드가 물었다.

"사과주가 있어."

"오, 향신료를 좀 넣어서 따뜻하게 데워. 작업실에 근사한 향이 날 거야."

좋은 생각이었다. 작업실에 핫플레이트가 있어서 헨은 로이드에게 집에 가서 냄비를 가져오고, 사과주에 넣을 향신료도 사오라고 했다. 로이드를 쫓아낼 수 있어서 다행이었다. 손님들이 오면 로이드가 곧바로 떠나리라는 건 알지만 헨은 혼자만의 시간이 필요했다. 그날 오후에 작업할 동판을 여덟 개나 준비해두었다. 자신의 그림을 바라보는 이방인들을 지켜보며 우두커니

서 있기보다 바쁘게 일하는 편이 훨씬 나았다. 로이드는 정오 직전에 돌아왔다. 노란색 주물 냄비와 향신료 한 봉지, 버번위스키인 메이커스 마크의 미니어처까지 사 왔다.

"사과주에 이걸 넣으라고?"헨이 위스키를 집어 들고 웃으며 말했다.

"마셔두면 좋을 것 같아서. 만약을 대비해서 말이야."

로이드가 약한 불에 사과주를 올리자 스튜디오에 사과와 정향 냄새가 퍼졌다. 로이드와 헨은 사과주를 머그잔에 따르고 위스키를 섞어 한 잔씩 마셨다. 헨은 갑자기 행복감이 밀려들면서 모든 게 잘될 거라는 느낌이 들었다. 첫 손님이 도착하자―중년 커플로 남자는 시무룩하고 무관심했으며, 여자는 머리카락을 군데군데 보라색으로 염색했는데 코트에 수제 브로치 두 개를 달고 있었다― 로이드는 떠났다.

분주한 오후였다. 날씨가 좋은 덕분에 손님이 엄청나게 많았고, 사과주는 오후 3시에 동이 나서 냄비 바닥에 짙은 갈색의 걸쭉한 앙금만 남았다. 작품의 가격을 낮춘 덕에 헨은 그림을 열다섯 장이나 팔았다. 이런 행사가 처음도 아니었고, 서머빌에서는 몇 년씩이나 했지만 이쪽 교외 손님들은 약간 달랐다. 더 많이 묻고, 돈도 더 많이 썼다. 5시가 되자 헨은 기진맥진했다. 로이드에게 전화하자 그가 차를 몰고 데리러 왔다. 로이드는 오후 내내 칠리 스튜를 만들며 대학 미식축구를 봤다고 했다. 그에게서는 칠리 냄새뿐 아니라 맥주 냄새도 진동했고, 헨은 집까지

1.5킬로미터밖에 안 돼서 다행이라고 생각했다.

일요일이 되자 날씨가 바뀌었다. 아침 하늘은 비를 머금은 구름으로 뒤덮였고, 공기는 습했다. 헨은 아예 차를 몰고 갔다. 작업실로 걸어가다가 도중에 비를 맞기는 싫었다. 힘든 하루가 될 것이다. 정오가 되자 하늘이 열리더니 도시를 흠뻑 적시는 장대비가 꾸준히 쏟아졌다. 헨의 작업실은 지하에 있어서 비를 볼 수 없었지만, 바닥에 빗물을 뚝뚝 흘리며 작업실에 들른 손님들을 보며 밖에 비가 얼마나 많이 오는지 알 수 있었다.

비가 오는 데다 오후에 패트리어츠 팀의 경기까지 있어서 손님들은 어제보다 확연히 줄어들었다. 다른 아티스트들은 기꺼이 자신의 작업실을 비워둔 채 밖으로 나와 헨의 작업실에 들렀고, 헨도 지하에 있는 다른 작업실을 빠르게 둘러보며 이름을 기억하는 몇 안 되는 동료 중 하나인 데릭의 작업실에 들렀다.

"어서 와요, 헨." 헨이 들어가자 데릭이 말했다.

"손님은 많이 왔어요?" 헨이 물었다.

"오늘은 조용하네요. 어제는 난리였죠."

헨은 데릭의 사진들을 보았다. 아주 흥미로웠다. 모두 흑백 사진이고 대부분 빌딩—도심가, 쇼핑몰, 교외에 붙어 있는 집들—을 찍었는데 종종 기울여 찍어서 하늘이 제일 큰 면적을 차지했다. 헨은 이런 관점으로 사진을 찍는 이유가 그의 작은 키와 연관이 있는지 궁금했고, 물어볼까 하다가 관두었다. 그건 그녀가 제일 싫어하는 질문에 속했다. 이 작품은 당신과 어떤 연관이 있습니까? 개인주의에 집착하는 문화에서 그런 의견은 인기가 없다는 건 알지만, 때때로 아티스트와 작품은 별개인 법이다.

대신 이렇게 물었다. "많이 팔았어요?"

"하나요, 어제."

헨은 사진 중에서 제일 마음에 드는 작품을 사고 싶다고 충동적으로 말했다. 가을 축제 같은 곳에서 무더기로 쌓인 호박을 찍은, 아름다운 흑백 사진이었다. 한 꼬마가 호박 옆에 쪼그리고 앉아 땅 위에 막대로 선을 그었고, 서로 교차된 구름이 하늘을 수놓았다.

"그럴 필요 없어요." 데릭이 말했다.

"억지로 사는 거 아니에요. 사진이 정말 마음에 들어요. 다음 작품의 삽화를 그릴 때 영감을 줄 거 같아요."

헨은 작업실로 뛰어가 신용카드를 들고 가서 아직 표구하지 않은 사진을 샀다. 사진을 손에 들자마자 정말로 그 사진이 좋아졌다. 거실의 낮은 책꽂이 위에 걸어두면 되겠다고 생각했다.

4시 반이 되자 헨은 더는 손님이 오지 않을 거라고 생각하며 작업실을 치우기 시작했다. CD플레이어로 〈페인티드 베일〉 사운드트랙을 들으면서 물잔에 위스키를 따라 마셨다. 큼직한 다용도 싱크대에서 손을 씻고 있는데 누군가 작업실에 들어온 기척이 느껴졌다. 헨은 손도 닦지 않은 채 뒤돌아봤다. 1~2미터 떨어진 곳에 매슈 돌라모어가 청바지 주머니에 두 손을 찔러넣고 서 있었다. 재킷에는 빗자국이 선명했다.

헨은 몸이 차가워졌고, 문 쪽을 힐끗 바라보았다. 매슈가 뒤로 한 걸음 물러나며 말했다.

"당신을 해치러 온 게 아닙니다."

"그럼 여기 왜 왔죠?" 헨은 자신의 목소리가 어찌나 차분한지 깜짝 놀랐다.

매슈는 어깨를 반쯤 으쓱이더니 말했다. "얘기하고 싶어서요. 그리고 당신 그림도 보고 싶고요." 그러고는 작업실을 둘러보았고, 손은 여전히 주머니 속에 찔러져 있었다. 헨은 그가 긴장했다는 걸 깨닫고 한 발짝 다가갔다.

"나가주세요. 당신도 알다시피 당신은 날 상대로 보호 명령을 신청했고, 난 그걸 어기고 싶지 않아요."

"당신은 날 염탐했습니다."

"그럴 만한 이유가 있었어요." 헨이 말했다.

"저기……." 매슈는 말문을 열었지만 말을 멈췄다.

"어서 나가주세요. 지금 당장." 헨이 말했다.

"나랑 얘기하고 싶지 않나요? 그래서 온 겁니다. 당신을 해치거나 겁주려고 온 게 아니에요."

"그럼 죽이러 왔나요?" 헨이 말했다.

매슈는 미소를 지었고, 헨은 그가 운동장에서 야한 이야기를 하다가 걸린 학생처럼 보인다고 생각했다. "아뇨, 당신은 절대 안 죽일 겁니다."

"하지만 스콧 도일은 죽였잖아요. 더스틴 밀러도 죽였고."

매슈는 어깨 너머를 돌아보며 주위에 아무도 없는 걸 확인하고 말했다. "네, 그랬죠."

헨은 다시 무서워졌다. 그 감정이 얼굴에도 드러났는지 매슈가 주머니에서 양손을 빼서 들어 올렸다. "죽었다 깨어나도 당신을 해치지 않을 겁니다. 약속해요."

"원하는 게 뭐죠?" 헨이 물었다.

매슈는 다시 미소를 지었다. 멋쩍어 보일 정도의 미소였다. "나도 아직 모릅니다. 아마도 당신에게 진실을 말해주고 싶은가 봅니다."

리처드

난 형이 겉보기와 다른 사람이라는 의심이 든다. 그렇다고 해서 내가 형을 비난하는 건 아니다. 우리와 같은 어린 시절을 보내고 나면 누구든 형처럼 될 수 있다.

우리는, 형과 나는 빚을 졌다.

솔직히 말해서 내게도 똑같은 충동이 있지만, 난 결코 그 충동에 따르지 않는다고 자랑스럽게 말할 수 있다. 내가 있는 세상은 안전하다. 비록 가끔 재미를 보기는 해도 아버지가 즐겼던 재미와는 다를 것이다. 한번은 출장을 갔던 아버지가 집으로 돌아왔고, 난 아버지를 따라 침실로 들어갔다. 아버지가 짐을 푸는 동안 어머니는 아래층에서 아버지가 제일 좋아하는 팟 로스트를 요리하며 고기가 타지 않도록 조심했다. 아버지는 적어도 일주일은 집을 비웠고(내게는 더 길게 느껴졌지만 어릴 때는 뭐든지 더 길게 느껴지는 법이다), 난 아버지가 캐리어에서 옷을 꺼내는 걸 지켜보았다. 대부분이 셔츠였고, 속옷과 양말도 있었다. 아버지는 나중에 어머니가 집어 가도록 옷을 바닥에 던지더니 레이스가 달린 베이지색 여자 팬티를 꺼냈다. 팬티는 낡아서 군데군데 얇게 닳아 있었다. 아버지는 때운 이가 다 보일 정도로 환히 미소 지으며 내가 볼 수 있도록 팬티를 들고 있더니 표면에 오돌토돌 무늬가 새겨진 침대보 위에, 그것도 중간에서 아래쪽에 조심스럽게 내려놓았다. 그다음에는 브래지어를 꺼내 팬티에서 50센티미터 정도 위쪽에 내려놓았다. 두툼하고 뾰족한 브래지어 컵이 위로 솟아 있었다. 나는 그 브래지어 안에 무엇이 있었을지 상상할 수 있는 나이였고, 거기 서서 브래지어를 보고 있으니 흥분되었다. 한쪽 컵이 다른 쪽보다 진한 색이어서 나는 안쪽을 들여다보았다. 붉다기보다 갈색에 가까운 피가 브래지어 안쪽에 스며들어 있었다.

아버지는 나를 지켜보더니 눈썹을 치켜세웠다가 내리며 말했다. "브래지어를 안 벗으려고 하는 여자를 아빠가 잘 설득했지."

"이거 엄마 거예요?" 엄마 물건이 아니라는 걸 알면서도 난 그렇게 물었다.

그 말에 아버지는 고개를 젖히고 깔깔 웃었다. "네 엄마 가슴으로는 어림도 없다. 하지만 엄마에게 선물로 주려고 가져왔지.

출장 간 동안에도 아빠는 계속 엄마를 생각했다는 걸 알려주려고. 아, 그리고, 네 선물도 있다, 꼬마야."

그게 내가 아버지를 따라서 침실까지 들어온 진짜 이유였다. 나는 선물을 기다리고 있었고—아버지는 거의 늘 내게 무언가를 가져다주었다. 하다못해 샴푸나 로션 샘플일지라도—아버지는 캐리어 안의 주머니를 뒤적이더니 카드 한 벌이 든 상자를 꺼내 내게 던졌다. "아빠의 좋은 친구 빌 아저씨가 준 거다. 특별한 카드야. 엄마에게는 절대 보여주지 마라."

나는 상자 안에서 모퉁이가 접힌 카드들을 꺼냈다. 뒷면에는 역삼각형 모양의 수북한 음모를 비롯해 몸 구석구석을 다 내보인 벌거벗은 여자들이 있었다.

"다른 사람에게는 보여주지 말고 너만 가지고 있으렴. 학교에 가져가서 다른 애들에게 보여줬다가는 도둑맞을 거야. 방에 잘 놓아두거라."

그 후의 일은 기억나지 않는다. 어머니가 침대에서 자신이 눕는 쪽에 놓여 있던 피 묻은 속옷을 발견했는지도 알 수 없다. 난 그게 장난이라고 생각했다. 아버지가 손에서 손가락을 뽑는 척하거나, 우리가 채석장에 놀러 갔을 때 아버지가 난간 너머로 날 던지는 척했던 것처럼. 나는 스페이드 8에 나오는 여자를 제일 좋아했다. 그녀는 바닥에 네발로 선 채 어깨 너머를 돌아보았고, 왼쪽 엉덩이에 그림자가 드리워져 있었는데 그게 꼭 주먹 크기의 짙은 멍처럼 보였다.

나는 계속 같은 꿈을 꾼다. 꿈에서 숲속 깊은 곳 어딘가에 있는 집을 찾아간다. 그러고는 출입이 금지된 위층으로 올라간다. 위층에는 길고 어두운 복도가 있는데 양쪽에 침실 문 여러 개가 줄지어 있다. 대부분이 썩었고, 사용하지 않는 방이다. 복도 맨 끝에서 검은 사람의 형체가 날 지켜보고 있다. 내가 어디로 가는지 보려고 기다리고 있다. 그를 볼 때의 기분은 늘 똑같다. 그가 누구인지 알아내야 한다. 하지만 그에게 다가가면 그는 여러 침실 중 하나로 들어가버리고, 난 그를 찾을 수 없다. 저 방들 안에 뭐가 있을지 두렵지만 문을 열어야 한다. 그를 찾아야 한다.

사흘 전 화창한 날에 윈슬로 시내로 갔다. 짧은 원피스와 필드하키 유니폼을 입은 윈슬로 대학교 여대생들이 쏟아져 나올 시간이었다. 윈슬로 마켓에서 타이 스테이크 샐러드를 산 다음, 인도에 놓인 테이블에 앉았다. 샐러드를 거의 다 먹었을 때― 스테이크는 너무 오래 구워서 질겼다― 그녀를 발견했다. 학생이라기에는 나이가 약간 많은 편이었지만 어쨌거나 이십 대였고 혼자였다. 검은색 요가 바지에 형광 오렌지색 스니커즈를 신고 '여자가 미래다'라고 적힌 티셔츠를 입었다. 길 건너편 '라테다'라고 하는 카페에서 나와 시내 중심가를 향해 단호하게 걸어가고 있었다. 나는 샐러드를 버리고 여자를 따라 오르막길을 올라갔지만 그녀가 메인 가 경사면에 주차된 도요타 프리우스의

221

잠금장치를 해제하자마자 얼른 다시 내려왔다. 내 차는 200미터쯤 떨어진 곳에 주차되어 있었고, 나는 뛰지 않으면서 최대한 빨리 걸었다. 차를 몰고 메인 가로 나갔을 때는 여자가 보이지 않았지만 언덕 꼭대기에 올라갔더니 좌회전해서 리버 가로 빠지는 초록색 프리우스가 보였다. 나는 차 두 대를 사이에 두고 그녀를 따라갔다. 겨우 1.5킬로미터 정도 갔을 때 그녀가 월섬강 옆에 새로 지은 아파트 단지로 들어갔다. 4층짜리 벽돌 건물이었는데 집마다 베란다가 있었다. 나는 방문 차량 주차 구역에 주차하고 그녀가 주차장을 가로질러 가는 걸 지켜봤다. 그녀는 고개를 숙인 채 휴대전화를 바라봤고, 큼직한 가죽 가방이 위아래로 움직이는 골반에 툭툭 부딪혔다.

나는 휴대전화를 꺼내 인스타그램에 만든 가짜 계정으로 들어가 '#라테다'라고 입력했다. 한 방에 성공할 거라고는 기대하지 않았지만 가장 최근에 올라온 포스팅이 헤일리 F. 피터센이라는 여자가 찍은, 하트 모양 거품이 올라간 라테의 클로즈업 사진이라는 걸 알았을 때도 그다지 놀라지 않았다. 대부분이 셀카인 그녀의 사진을 보니 방금 아파트까지 미행한 그 금발 여자라는 걸 확인할 수 있었다. 그녀는 자신을 활동가, 작가, 요가 강사라고 소개했다. 그녀가 30분 전에 올린 사진에는 다음과 같은 해시태그가 붙어 있었다. #동네카페, #주체적인여자, #요가라이프, #여자가미래다, #지금행복.

아파트의 주차 구역에는 번호가 매겨져 있었고, 나는 그녀의 차가 주차된 곳으로 걸어갔다. 17번 구역이었다.

그렇게 나는 그녀를 소유했다. 그녀의 이름. 그녀의 일상을
찍은 사진들. 그녀가 어디에 살고, 무슨 차를 모는지. 앞으로 24
시간 안에 그녀를 죽이고도 절대 잡히지 않을 자신이 있었다.
그녀는 인스타그램에서 2천 명의 팔로워를 거느릴 만큼 예쁜,
살아 있는 여자에서 미국을 떠들썩하게 하는 뉴스가 될 만큼 예
쁜, 죽은 여자가 될 것이다.

나는 집으로 차를 몰며 그녀를 어떻게 죽일지 구체적으로
생각했다. 지금으로서는 생각만으로 충분했다. 오늘 아침보다
기분이 한결 좋아졌다. 하지만 어쩐지 너무 쉬웠다. 지나칠 정도
로 쉬웠고, 종종 그랬듯이 조금 더 발전해서 그걸 실행에 옮겨
보면 어떨까 생각했다.

형이 가는 곳에는 어디든 죽음이 따라갔다. 나 말고도 그걸
알아차린 사람이 있을까? 대학 때 동기였던 제이 뭐라는 친구,
수북한 검은색 콧수염을 기르고 1학년 때부터 BMW를 몰던 그
친구는 이듬해에 자살했다. 그때 처음으로 형을 의심했다. 형에
게 그 일을 물었더니 형은 제이가 죽어도 싼 놈이지만 자기는
그 일과 아무 상관없다고 했다.

픽이나 그렇겠다.

어느 더운 여름에 어머니는 우리를 데리고 두 마을을 지나

면 나오는 호숫가에 갔다. 우리는 밧줄이 쳐진 구역에서 헤엄을 쳤다. 호수 바닥은 바위와 이끼투성이였다. 그동안 어머니는 집에서 가져온 접이식 의자에 앉아 잡지를 읽고, 멘톨이 든 담배를 피웠다. 담배의 민트 냄새가 호수까지 날아왔다.

가끔 가슴에 털이 난 남자가 다가와 어머니 옆에 앉았다. 두 사람은 이야기를 나누지 않았지만 어머니가 화장실에 갈 때면―"여기 그대로 있어. 엄마 금방 올게."―남자도 어머니를 따라갔다.

"그 아저씨는 엄마 친구야?" 한번은 집으로 가는 길에 스테이션 왜건 뒷좌석에 앉아 형이 물었다.

"누구?"

"숲속에서 엄마가 그 아저씨랑 있는 거 봤어."

어머니는 꽤 오랫동안 말이 없었다. 나는 초콜릿 맛 아이스바를 한 입 깨물었고, 이가 얼얼했다. "아빠에게 그 얘기를 하면 아빠가 엄마를 죽일 거야. 알겠니?"

형은 알았다고 했다.

또 다른 꿈에서는 밤에 혼자 차를 몰고 어두운 길을 달린다. 자동차 전조등의 하얀 불빛이 어둠을 원추형으로 도려낸다. 앞에서 한 남자가 달려가고 있다. 침실이 줄지어 있는 집에서 본 그 남자다. 확실하다. 아무리 빨리 차를 몰아도 남자는 계속 내게서 달아난다. 전조등이 닿지 않는 곳에 있다.

형에게 베란다에 나와 있는 헨리에타 머주어를 봤다고 말했다. 사실이다. 하지만 그녀를 본 건 그때가 처음이 아니다. 가끔 형에게 초대받지 않아도 난 형의 집을 찾아간다. 형의 집에서 몇 블록 떨어진 곳에 차를 세워두고 형의 집으로 걸어간다. 미라가—건방진 년—날 보고 싶어 하지 않는 건 알지만, 난 가끔 형수가 보고 싶다. 미라가 형과 함께 있는 모습, 형이 미라를 도와 저녁을 준비하고, 자기 전에 미라의 발을 문질러주는 모습이 보고 싶다.

내 생각에 형의 그런 행동은 모두 가식이다.

그리고 이제는 헨리에타 머주어도 보러 간다.

그녀의 집 뒤쪽에 있는 미닫이문 너머로 헨리에타를 보았다. 그녀는 부엌에서 내가 들을 수 없는 음악에 맞춰 고개를 끄덕이고 있었다. 한번은 짧은 옥스퍼드 셔츠에 검은 바지를 입고 부엌에 있는 헨리에타를 보았다. 무언가를 집으려고 까치발로 서 있는데 셔츠가 올라가면서 완벽하게 동그란 엉덩이가 드러났다. 반짝거리는 바지 안에서 금방이라도 터져 나올 듯했다.

헨리에타는 키가 작고, 무용수처럼 움직였으며, 갈색 머리는 너무 짧아서 내 취향이 아니었다. 몸이 유연할 것 같아서 그녀의 양쪽 발목을 잡고 다리를 들어 올려 머리 양옆으로 내려놓는 상상을 했다. 헨리에타의 웹사이트에 들어가 역겹고 뒤틀린 그림도 보았는데 도대체 그 여자의 머리에 뭐가 들었는지 알 수 없었다. 가끔 카드 뒤에 있던 여자들처럼 검은 음모가 수북한 헨리에타를 상상하기도 하던, 또 가끔은 음모를 말끔히 밀어낸 모습도 상상한다. 요즘 여자들은 그런다면서, 응? 언제 남자가 다가와서 그 손바닥만 한 팬티를 벗겨버릴지 모르니까 늘 아래쪽 털을 밀고 다닌다고 들었다.

뉴에식스 외곽의 한 술집에서 살인 사건이 일어났다. 밴드의 보컬이 두개골 함몰로 죽었다. 대수롭지 않게 생각했는데 그 밴드의 이름을 보게 되었다. C빔스.

형이 집 근처 술집에서 어떤 밴드의 공연을 봤고, 자기가 아는 여자가 그 리드 보컬이랑 사귀는데 여자 몰래 바람을 피운다고 하지 않았던가? 들은 기억이 난다. 미라가 늘 출장을 가도(가끔은 형수가 그렇게 출장을 자주 가서 뭘 하는지도 궁금했다) 요즘에는 형의 집에 자주 가지 않고, 가끔은 술을 너무 많이 마셔서 우리가 한 이야기를 잊어버리기도 한다. 과음하고 나면 혹시 형이 소파에서 자고 가라고 하지 않을까 늘 기대하지만 형은 한 번도 그러지 않는다. 늘 날 집으로 보낸다.

눈물 나는 형제애다.

헤일리 피터센이 인스타그램에서 자신이 가르치는 요가 수업을 광고한다. 토요일 아침에 자기 집에서 요가를 가르친다고 하고, 난 거기 참석해야겠다고 마음먹는다. 그녀에 대해 이미 다 아는 상태에서 얼굴을 마주 보고 이야기한다고 생각하니 너무 흥분된다. 그녀의 인스타그램에 올라온 사진을 모두 살펴봤고 (그녀는 온갖 방법으로 자신의 몸매를 자랑하는 걸 좋아했다. 특히 레이스가 달린 팬티를 입고 요가 자세를 취하면서), 트위터에 올라온 글도 다 읽었으며(겨우내 우울했고, 봄에는 리스본에 다녀왔다), 블로그도 살펴봤다(어찌나 끔찍한 시를 쓰는지 학대를 당하나 싶었다).

헤일리의 아파트에—인스타그램에 쓴 말이 사실이라면 집 안은 온통 새하얗다—앉아 그녀의 몸에서 나는 땀 냄새를 맡는 상상을 한다. 수강생이 나 혼자면 어쩌지? 그 생각을 하니 너무 흥분돼서 크레이그리스트*에 들어가 '남자를 찾는 여자' 란에서 보스턴 메트로웨스트 지역을 찾아봤다. 빌레리카에 사는 '나쁜 아빠가 꼴려(HuNgRy for BaD DaDDy)'라는 아이디의 여자에게 이메일을 보낼까 고민한다. 전에도 이 여자가 올린 글을 본 적이 있지만(물론 사진은 없었다), 메일은 도저히 못 보내겠다. 나 자신을 믿을 수가 없다.

결국 아버지는 어머니와 호숫가의 남자에 대해 알아냈다. 내가 그걸 아는 이유는 아버지가 어머니에게 몇 주 동안 집에서 수영복을 입고 있게 했기 때문이다. 어머니는 부엌 바닥에서 밥을 먹을 때도 수영복을 입고 있었다. 형은 어머니가 개처럼 네 발로 서서 먹었다고 말했지만 내 기억은 다르다. 형이 기억하지

---

* 구인구직 외에 각종 정보 교환과 물품 거래가 이루어지는 커뮤니티 사이트

못하는 사건이 있었다. 중간에 아버지가 부엌 밖에서 긴 통화를 하자 어머니는 그 틈을 타서 다시 식탁에 앉았다. 어머니는 아버지가 돌아오는 소리를 듣지 못했고, 아버지는 어머니의 얼굴을 접시에 박아버렸다. 접시는 산산조각이 났다. 나는 그 광경을 다 보았다. 아버지가 그렇게 민첩한 줄 미처 몰랐다. 어머니는 그냥 고개를 갸웃한 채 우두커니 앉아 있었다. 노란 꽃무늬 자기로 된 식탁 상판에 코피가 사방으로 퍼져갔다. 형은 피 공포증이 있어서 이 일을 기억하지 못하지만 나는 똑똑히 기억한다. 어머니는 코피를 멈추려고 하지 않았고, 손수건으로 코를 막지도 않았다. 그저 피가 멈추지 않고 계속 흐르기를 바라는 표정이었다.

나는 스콧 도일 사건을 다룬 기사를 읽었다. 내가 마지막으로 읽은 기사에는 그의 여자 친구가 서식스 홀 교사라고 나와 있었다. 형이 근무하는 학교였다. 그제야 형이 스콧 도일의 죽음과 무슨 연관이 있지 않을까 하는 의심이 들었다. 여자의 이름은 미셸 브라인이었고 페이스북이나 인스타그램, 트위터, 어디에도 그녀의 계정은 없었지만 구인구직 사이트인 링크드인에 사진이 있었다. 수척한 얼굴과 숱이 적은 갈색 머리, 혈색이라고는 전혀 없이 그저 피부색만 남은 입술. 하지만 목이 길고 가늘었으며, 형은 사악한 늑대에게서 이 여자를 구해줘야 한다고 생각했을 것이다. 그녀는 구원이 필요한 사람처럼 보였다.

그래서 나는 헤일리 피터센의 요가를 신청하지 않고, 빌레리카에 사는 '나쁜 아빠에게 꼴려'에게 이메일을 보내지도 않고, 미셸 브라인에 대해 알아내는 데 시간과 에너지를 다 쏟기로 마음먹었다. 저런 여자, 남자에게 다가가려고 애쓰지 않는 여자, 누가 자기를 보고 있다고 생각하지 않는 여자는 다루기가 훨씬 힘들다.

형에게 직접 물어볼 수도 있지만 안 그럴 것이다. 형은 보나마나 방어적으로 나올 것이다.

게다가 한동안 형에게서 연락이 없다. 형수가 또 출장을 갔는데도. 형에게 한번 들러야겠다. 날 영원히 피할 수는 없다.

2부 | 산 자에서
죽은 자로

23

"아마도 당신에게 진실을 말해주고 싶은가 봅니다." 매슈가 말했다. 그의 심장이 스콧 도일을 죽였을 때보다 더 크게 쿵쾅 거렸다.

헨은 이마를 찡그리더니 웃음을 터뜨리며 다시 말했다. "가 주세요."

"그러죠." 매슈는 그렇게 말하고 두 걸음 물러서서 작업실의 열린 문 바로 안쪽에 섰다. "마음이 바뀌면 연락 주세요. 난 그 저 당신과 얘기하고 싶을 뿐입니다."

헨은 그에게서 눈을 떼지 않았고, 매슈는 뒤로 물러선 것이 잘한 일이었음을 깨달았다.

"왜 스콧 도일을 죽였죠?" 헨이 물었다.

매슈는 어깨를 으쓱였다. "재수 없는 놈이었어요. 죽어도 쌉니다. 스콧의 여자 친구를 아는데 스콧과 달리 좋은 여자죠." 단지 스콧의 행동뿐 아니라 놈이 자신에게 만족한다는 사실이 거슬렸습니다. 내가 스콧을 죽인 건 그놈이 의기양양하고 건방진 여우상이었기 때문이고, 다시 그때로 돌아간다고 해도 또 죽일 겁니다.

이제 헨은 정말로 웃긴다는 듯이 웃었다. "이 대화를 나눈 후에 내가 곧장 경찰서에 가서 신고할 거라고는 생각 안 해요?"

"그렇게 하세요. 난 부인할 테니까."

"당신은 공공장소에 있어요. 당신이 여기 오는 걸 본 사람이 있을 텐데요."

"여기 왔다는 건 부인하지 않을 겁니다. 하지만 당신과 이성적인 대화를 하려는 게 목적이었다고 할 겁니다. 왜 나를 범인으로 지목했는지 묻고, 보호 명령을 준수해달라는 부탁을 하려고 왔다고요. 그런 얘기만 나눴다고 할 겁니다. 경찰이 누굴 믿을까요?"

매슈는 헨이 곰곰이 생각하는 모습을 지켜보았다. "그래도 당신이 왜 여기에 왔는지 이해가 안 가요."

"나 같은 사람은…… 나 같은 욕구를 가진 사람은……." 매슈의 심장이 다시 빨리 뛰었다. 잘 풀리지 않는 데이트를 할 때처럼. "당신도 알겠지만 난 누구에게도 솔직히 말할 수 없습니다. 설사 상담사를 찾아가도―."

"난 당신의 염병할 상담사가 아니에요."

"물론 그렇죠. 상담사가 돼달라는 게 아닙니다. 단지 우리 관계가 얼마나 특별한지 설명하려는 겁니다. 난 당신에게 무슨 얘기든 할 수 있고, 당신은 그걸 듣고도 어쩌지 못해요. 반대도 마찬가지고요. 대학 때 당신이 공격했던 그 여자 말입니다. 그 여자가 정말로 당신을 죽이려고 했나요?"

"대프니 마이어스요? 아뇨, 그런 적 없어요. 그때 난 정신이 온전치 못했고, 편집증이 있었어요. 이봐요, 우리가 그렇게 특별한 관계라고 생각해주니 고맙기는 한데 그건 사실이 아니에요. 난 당신 정체를 알고, 곧 경찰도 알게 될 거예요. 그러니 경찰을 부르기 전에 그만 가주세요."

헨은 에코백을 힐끗 바라보았고, 매슈는 아마도 저 안에 휴대전화가 들어 있을 거라고 생각했다.

"좋습니다." 매슈가 말했다. "하지만 생각을 바꿔보면 당신에게도 가치 있는 제안일 겁니다. 당신은 절대 위험하지 않을 겁니다. 난 여자는 죽이지 않아요. 그러니 당신도 해치지 않을 겁니다. 설사 당신이 날 죽이겠다고 위협해도요."

매슈는 몸을 돌려 작업실에서 나와 회반죽이 칠해진 어둑어둑한 복도를 곧장 걸어간 다음, 금속 계단을 올라가 다시 캄캄한 오후의 거리로 나갔다. 비는 그친 뒤였으나 바퀴 자국이 깊이 팬 주차장에는 곳곳에 잔물결이 이는 웅덩이가 생겼고, 나무에서는 아직 빗방울과 젖은 나뭇잎이 떨어졌다. 매슈는 차갑고 축축한 공기를 가슴 깊이 들이쉬었다. 마치 공기를 액체처럼 마시는 기분이 들 정도였다. 입안이 건조했고, 등이 경직되어 있었다.

차에 올라타 주차장을 빠져나온 다음, 다트퍼드 시내로 향했다. 미라에게는 예약해둔 책을 가지러 도서관에 다녀오겠다고 말했는데 사실이었다. 매슈는 미라에게 함께 가겠냐고 물었고, 다행히 미라는 그냥 집에 남아서 출장 준비를 하겠다고 말했다. 그녀는 앞으로 일주일간 위치타에서 열리는 지역 박람회에 참가할 예정이었다.

매슈가 나갈 준비를 마치자 미라가 말했다. "그러고 보니 이번 주말이 작업실 공개 행사네."

"가고 싶어?"

"갈 수 없잖아, 안 그래? 그 여자가 거기 있는데." 이제 미라는 헨을 '그 여자'라고 불렀다.

"그 여자 작업실만 안 가면 되지."

"알아. 하지만 그 여자가 돌아다닐지 모르잖아. 로이드가 있을 수도 있고. 난 그냥……."

"알았어. 나도 가고 싶지 않아."

매슈가 도서관 옆, 먼로 가의 마로니에 나무 아래 주차했을 때는 다시 비가 내렸다. 매슈는 차에서 내린 다음, 잠시 멈춰 서서 땅에 떨어진 마로니에 열매가 있는지 살폈다. 이미 입을 벌린, 가시 돋친 껍질을 발로 밟았더니 반질반질하고 단단한 열매 하나가 또르르 굴러 나왔다. 매슈는 열매를 집어서 청바지 주머니에 넣었다.

도서관에서 예약한 책, 냉전 시대 미국에서 활약한 소련 스파이 이야기인 《귀신 들린 숲(The Haunted Wood)》을 빌린 다음, 책을 들고 열람실로 가서 가죽 의자에 앉았다. 잠시 앉아서 헨과 나눈 대화를 생각하고 싶었다. 오간 말을 모조리 곱씹고 싶었다. 사실 대화는 그의 예상보다 훨씬 나은 방향으로 흘러갔다. 매슈는 헨이 작업실에 등장한 그를 보고 패닉에 빠져 곧장 경찰서로 뛰어갈 줄 알았다. 헨은 긴장하기는 했어도 겁에 질리지는 않았다. 마음 깊은 곳에서는 그와 함께 있어도 안전하다는 사실을 알고 있었던 것이다. 매슈는 헨이 그 느낌을 따라 그와 만나기로 결정하기를 바랐다. 그 생각을 하자 오랜만에 마음이 설렜다.

다만 헨이 자기 남편에게 그들의 만남을 말하지 않기를 바랐지만 아마 말했을 것이다. 그의 집으로 찾아와 아내를 만나지 말라고 따지는 로이드의 모습이 그려졌다. 만약 그런 일이 생긴다면 헨과 친해지고 싶다는 바람은 포기할 것이다. 하지만 경찰 측 입장은 전혀 바뀌지 않을 것이다. 그들은 헨의 과거 때문에 그녀를 믿지 않을 것이다. 특히나 매슈는 그녀가 사건 당일에 취해 있었다는 사실을 알게 되었다. 휘트니 형사에게 들은 말도 있고―"그날 밤 헨은 만취해 있었다더군요. 그러니 누굴 봤는지 믿을 수가 없죠."―그 말을 듣고 나니 매슈는 자신이 안전하다고 더욱 확신하게 되었다. 현장을 목격한 증인까지 있지만 이번에도 분명 잡히지 않을 것이다.

매슈는 무릎에 놓인 책을 뒤적거리다가 불현듯 로이드가 씩

씩거리며 자기 집으로 찾아와 소리를 지르는 장면이 떠올랐다. 그런 일이 일어난다면 자신이 그 자리에 있어야 했다. 미라 혼자 집에 남겨두는 건 불공평했다.

매슈는 한 번도 빨간불에 걸리지 않고 수월하게 신호등을 통과해 집에 도착했다. 집 안으로 들어갔더니 미라가 소파에 누워서 〈서바이벌 천생연분〉을 보고 있었다.

"들켰네." 미라가 죄지은 사람처럼 말했다.

"계속 봐. 난 서재에서 책 읽을 거니까."

"바깥은 어때?"

"춥고 비 와. 집에 있는 게 나아."

"그러려고 했어." 미라가 말했다.

서재에 들어와 문을 닫은 매슈는 미라에게 헨을 만나러 갔다고 미리 말할까 생각했다. 헨이 경찰에 신고하거나, 로이드가 현관문을 두드릴 경우를 대비해 선제공격하는 것이다. 하지만 그냥 지켜보기로 했다. 무슨 이유에서인지는 몰라도 헨이 아무에게도 말하지 않을 거라는 느낌이 들었다. 한술 더 떠서 헨의 그의 제안을 받아들일 거라고 생각했다. 매슈는 그녀의 작품을 보았으며, 그녀의 머리가 어떻게 돌아가는지 알고 있다. 헨은 병적일 정도로 호기심이 강하고, 매슈는 그런 그녀에게 아주 구미가 당기는 제안을 했다. 그를 들여다볼 기회를 준 것이다.

매슈는 새로 빌려 온 책을 보지 않고 인터넷을 검색했다. 헨의 몇몇 작품을 다시 본 다음, 이번에는 헨의 남편 로이드 하딩을 검색했다. 로이드에 관한 정보는 많지 않았다. 그의 회사 웹사이트에 이름이 올라가 있었고, 링크드인 프로필이 있었다. 그 외에 5년간 새 글이 전혀 올라오지 않은 오래된 블로그도 찾아냈다. '로이드의 기록'이라는 이름의 블로그로 여러 다큐멘터리에 대해 짤막하게 적은 리뷰 목록이 있었는데 대부분이 부정적인 내용이었다. 자신을 소개하는 페이지에서는 자신을 야심만만한 영화 제작자라고 했다. 그 꿈이 어떻게 됐는지는 알 수 없었다. 매슈는 로이드가 마음에 들지 않았다. 로이드가 처음 저녁을 먹으러 온 날에도 그랬다. 로이드는 부드럽고 게으른 듯했으며, 옆집의 저녁 식사 초대 자리가 지루하다는 사실을 감추려고 하지 않았다. 또한 미라의 음식을 칭찬하지도 않았다. 헨은 음식이 맛있다고 여러 번 말하는 반면, 그녀의 남편은 그저 동의의 뜻으로 고개를 끄덕이며 긍정의 소리를 냈을 뿐이다. 매슈는 맞은편에 앉은 로이드를 바라보며 저 얼굴에 랩을 씌우면 어떤 표정일까 생각했다.

매슈는 로이드 하딩을 처리할 방법이 있을지 알아보기로 마음먹었다. 아마 뾰족한 수가 없을 테지만 그래도 모르는 일이다.

그날 저녁 렌틸콩으로 만든 미라의 끝내주는 수프를 먹고 나서야 마침내 긴장이 풀렸다. 경찰이든 로이드든 그를 찾아오려고 했다면 진작에 왔으리라. 헨은 그가 찾아간 일을 아무에게도 말하지 않았다. 그렇다고 해서 헨이 그와 만나겠다고 동의한 건 아니지만 적어도 그 일을 비밀로 하고 있다는 뜻이다.

이제 둘에게는 비밀이 생겼고, 우정이 싹트기에 그보다 더 좋은 방법은 없다.

그날 저녁, 혹은 그 이튿날에도 헨에게서는 아무 연락이 없었다. 미라는 비행기를 타려고 월요일 아침 일찍 공항으로 출발했고, 매슈는 학교로 갔다.

미셸은 일주일간의 휴가를 마치고 다시 출근할 예정이었다. 미셸이 출근하기 전에 전 직원이 모이는 회의가 열렸고, 그때 교무주임인 도널드 호김이 미셸의 뜻을 전달했다. 당분간 남자 친구의 죽음에 대해서는 이야기하고 싶지 않고, 그보다는 밀린 업무에 집중하고 싶다는 내용이었다.

매슈는 자신은 그 부탁에서 예외일 거라고 생각했다. 특히나 이미 미셸과 그 일로 통화까지 했으니 말이다. 예상대로 그날 수업이 끝나자 미셸이 그의 교실에 들렀고, 교실에 들어오며 문을 닫았다.

"사람들이 뭐라고 해요?" 미셸이 물었다.

"별말 없었어. 오늘 아침 자네가 출근하기 전에 교무주임이 우리를 전부 호출하더니 자네한테 그 일에 관해 묻지 말라고 했어."

미셸은 빠르게 고개를 저으며 말했다. "으윽, 잘한 선택인지 모르겠어요. 사람들에게 일일이 다 설명하고 싶지 않았어요. 우린 이미 헤어졌다, 난 스콧에게 무슨 일이 일어났는지 전혀 모른다, 또─."

"스콧에게 무슨 일이 있었던 거야? 범인은 체포했대?"

"아무 소식도 못 들었어요. 저도 조사를 받기는 했지만 딱 15분이었고, 우리 관계와 스콧에게 원한을 가진 사람이 있는지 물어보는 정도였죠⋯⋯. 제가 이미 얘기했죠?"

"응, 하지만 괜찮아."

"그 후로는 경찰에게 아무것도 못 들었어요. 제 생각에는 스콧이 술집에서 남자 친구와 함께 온 여자에게 집적거렸다가 봉변을 당한 게 아닐까 싶어요."

"스콧은 나쁜 놈이야. 자네도 알잖아." 매슈는 미셸의 기분을 풀어주려고 그렇게 말했다.

하지만 미셸의 얼굴은 일그러졌고, 아랫입술이 떨리더니 그녀가 울음을 터뜨렸다. 매슈는 미셸에게 다가가서 의자로 데려가 함께 앉았다.

마침내 미셸은 입을 열고 이렇게 말했다. "스콧이 날 함부로 대한 건 알아요. 하지만 그렇다고 해서 스콧이 정말 나쁜 놈인지는 모르겠어요."

"사람은 행동으로 규정되는 거야. 행동을 보면 어떤 사람인지 알 수 있다고."

"알아요. 스콧이 내 인생에서 사라져서 지도 기뻐요. 그래도 스콧이 당한 일을 생각하면 아직 속상해요. 한창 젊은 나이인데."

매슈는 끼지 말아야 할 때를 알고 있었고, 그래서 아무 말도 하지 않았다. 잠시 후에 미셸이 한숨을 내쉬며 말했다. "학생들이 그 일을 아는 것 같아요. 다들, 심지어 벤 짐벨까지 말을 잘 듣더라고요."

"불행 중 다행이네." 매슈가 말했고, 미셸도 미소를 지었다.

"갑자기 인생이 텅 빈 것 같아요." 미셸이 등을 곧추세웠다. "스콧과 사귈 때는 그이가 옆에 있든, 떨어져 있든 바람을 피우지 않을까 걱정하면서 스콧에게 집착했어요. 근데 헤어지고 나서 하루 동안, 그러니까 스콧이 죽었다는 소식을 듣기 전까지 내가 과연 옳은 결정을 했을까, 스콧이 날 그리워할까, 아니면 이미 다른 여자랑 함께 있을까 생각하면서 똑같이 집착하더라고요. 근데 이제는…… 이제는 아무것도 없어요. 인생에 큰 구멍이 뚫렸어요."

"다른 남자를 만나게 될 거야." 매슈가 말했다.

"그럴까요?"

"언젠가는."

이번에는 미셸이 큰 소리로 웃었다. "별로 설득력이 없는 말투인데요? 그래도 스토커 비슷한 사람은 있어요. 아무도 없는 것보단 낫죠."

"스토커라니?"

"어젯밤에 어떤 남자에게 메일을 받았어요. 남자 친구가 죽어서 너무 유감이다, 내 사진을 보게 됐고 그래서 내 생각을 하고 있다고 썼더라고요. 정말 소름 끼치지 않아요?"

"그 남자가 누군데?"

"몰라요. 모르는 남자예요. 이름이 리처드라고 했어요."

매슈는 가슴이 조였고, 아무런 내색도 하지 않으려고 노력했다. "답장했어?"

"그럴 리가 있나요. 그냥 무시했죠."

"경찰에게 말했어?"

"왜요?"

"모르겠어. 어쩌면 그 남자가 스콧의 죽음과 연관이 있을지도 모르잖아."

"아닐걸요. 그냥 신문 기사에서 내 이름을 본 거 같던데요. 구글에서 내 이름을 검색해서―."

"자네 이메일은 어떻게 알았지?"

"학교 메일이었어요. 구글에서 절 검색하면 여기 근무한다고 나와요. 괜찮으세요, 매슈?"

"응, 미안. 그냥 모르는 남자가 느닷없이 메일을 보냈다니까 걱정돼서."

"전 유명한 피해자잖아요." 미셸이 웃었다. "전국 각지의 온갖 변태들이 제게 연락할 거예요. 어쩌면 그중 한 남자와 결혼하게 될지도 모르죠."

"어쨌든 답장은 하지 마."

"그럴게요." 미셸은 그렇게 말하고 볼을 붉히며 덧붙였다.

"제 수호천사 말을 들어야죠."

매슈는 그날 밤 리처드에게 전화했다. 미라가 출장 가고 없으니 집으로 불러야겠다고 생각했지만 동생의 목소리를 듣자마자 질문이 튀어나왔다. "혹시 미셸 브라인에게 메일을 보내진 않았겠지?"

"누구?" 리처드가 말했다.

"미셸 브라인. 내 동료 교사. 리처드라는 남자에게 소름 끼치는 메일을 받았다고 하던데."

"무슨 소리를 하는지 모르겠네."

"알았어." 매슈가 말했다. 리처드는 전혀 흔들림 없는 목소리였지만 원래 늘 그랬다.

"그게 누군데? 형이 형수 몰래 만나는 애인들 중 하나야?"

"아니."

"왜 그 여자가 형한테 그런 얘길 해?"

"나랑 친한 직장 동료야. 여자 친구가 아니라. 내가 바람 안 피우는 거 알잖아."

"그렇지 않아, 형. 형이 친하게 지내는 여자들과 자지 않았다고 해서 바람을 안 피웠다는 뜻은 아니야. 내가 맞춰보지. 이 미셸이라는 여자는 형에게 자기 사생활을 다 이야기하고, 형은 가끔 그 여자를 안아주고, 또 가끔은 포옹이 너무 길어지다가—."

"그런 얘기할 기분 아냐, 리처드."

"그래. 좆 까라. 미셸 브라인도 좆 까라 그래. 누군가는 해야 할 말이야."

그날 밤 매슈는 침대에 누워서 리처드와 통화한 것이 실수는 아니었는지 생각했다.

24

헨은 계속 매슈 돌라모어를 생각했다.

작업실 공개 행사 때 매슈가 왔다 간 일을 아직 로이드에게 말하지 않았다. 도저히 말할 수가 없었다. 말해 봤자 득 될 게 하나도 없기 때문이다. 로이드는 매슈에게 직접 따지거나—그래서 얻는 게 뭔가?—헨에게 경찰서에 가서 전부 말하라고 할 텐데 그러면 그녀만 더 정신 나간 사람처럼 보일 것이다. 매슈의 말이 옳았다. 헨이 그에 대해 하는 말은 이제 전부 거짓말처럼 들릴 터였다. 로이드에게 매슈와 만난 일을 말하지 않는 데에는 그 이유도 있었다. 남편마저 그녀의 말을 믿지 않는다면 어쩐단 말인가. 헨이 이 모든 걸 꾸며냈다고 생각한다면? 그러면 로이드는 그녀를 입원시키려 하지 않을까? 적어도 그녀의 약을 바꾸려 할 것이다. 헨이 로이드의 입장이었다면 그랬을 것이다.

246

그 일을 누구에게도 말할 수 없었기 때문에 헨은 계속 매슈를 생각했다. 이제 그녀를 믿어주는 사람은 매슈뿐이었다. 기괴하면서도 웃기는 일이었다. 진실을 아는 사람은 그녀와 매슈뿐이라니. 매슈는 다른 누구에게도 진실을 말하지 않을 것이다. 그랬다가는 여생을 감옥에서 보내게 될 테니까. 헨 역시 다른 누구에게도 진실을 말할 수 없었다. 아무도 그녀를 믿지 않고, 다들 그녀의 정신병이 도졌다고 생각할 것이다.

어쩌면 매슈를 만나야 할지 몰라.

그렇게 생각하면 너무 무서웠는데도 계속 그런 생각이 들었다. **매슈가 하고 싶어 하는 말을 들어줘야 할지 몰라.**

헨은 매슈를 만나는 상황을 계속 생각해봤다. 반(半)공개적인 장소, 매슈가 그녀를 해칠 수 없는 장소에서 만나야 한다. 벌링턴 몰에서 만나 시나몬롤을 먹고, 상점이 늘어선 통로를 거닐면서 매슈에게 사이코패스 살인마로 살아온 그의 삶을 듣게 될수 있다. 혹은 집에서 더 가까운 곳에서 만날 수도 있다. 어느 오후에 아울스 헤드의 아늑한 자리에 앉아 술을 마시며 이야기를 나누는 것이다. 다만 그럴 경우에는 그들이 불륜을 벌이는 것처럼 보일 수 있다. 이웃에 사는 누군가가 그들을 볼 수도 있다. 아무래도 아예 다른 동네에 있는 술집에 가는 게 낫겠다.

매슈의 집에 가서 그의 서재에 앉아서 이야기를 나눌 수도 있어. 매슈는 펜싱 트로피를 기념품으로 간직했으니까 다른 기념품도 가지고 있을 거야. 물건을 하나씩 보여주면서 거기 얽힌 사연을

들려줄 수도 있지.

매슈가 자신은 절대 그녀를 해치지 않을 거라고 말했을 때 사실 헨은 그의 말을 믿었다. 정확한 이유는 모르겠지만 그냥 믿음이 갔다. 매슈가 그녀의 작업실에 찾아온 것은 그녀를 겁주거나 협박하기 위해서가 아니었다. 정말로 누군가와 이야기하고 싶은 듯했다. 그게 사실이라면 그의 이야기를 들어주는 게 옳은 일, 도덕적인 일이 아닐까? 그 과정에서 매슈는 무언가를 누설할 수 있다. 그걸 빌미로 경찰에 신고할 수도 있다. 매슈를 도울 수 있는 기회가 생길지도 모른다. 그에게 자수해야 한다는 걸 깨닫게 해줄 수도 있다. 이런 식으로 생각하면 할수록 매슈 돌라모어를 만나서 이야기를 나누는 일이 정말로 그녀의 도덕적 의무라는 확신이 들었다. 다른 선택지는 없었다. 헨은 매슈가 위험한 사람이라는 걸 알지만 경찰에게(혹은 빌어먹을 남편에게도) 그 사실을 믿게 할 방법이 없었다.

오후가 되자 헨은 차를 타고 작업실로 향했다. 일요일부터 시작된 비가 차가운 이슬비가 되어 월요일까지 계속 내렸기 때문이다. 건물 지하는 조용했고, 다행히 어제와 달리 건물 현관문이 잠겨 있었다. 헨은 작업실로 들어가 청소를 하고, 어제 매슈가 여기로 찾아왔던 일은 생각하지 않으려고 노력했다. 오늘은 조금이라도 일을 하고 싶었다.《로어 전사를 위한 학교: 무서운 대모님들》이라는 가제의 2권 줄거리를 바탕으로 일러스트 스케치를 하고 싶었지만 자꾸 매슈와 만났던 일을 생각하면서 그저 선행하는 것 외에, 범죄자를 막는 것 외에 달리 할 수 있는 일이 없는지 고민했다. 그녀에게는 매슈가 저지른 짓을 세세히 듣고 싶은 마음이 있는 걸까? 따지고 보면 그녀는 대부분의 사람은 절대 받지 못할 제안을 받은 셈이었다. 누군가의 마음을 들여다볼 기회. 괴물의 마음을 들여다볼 기회. 당연히 누구라도 관심이 갈 것이다. 사람들이 범죄 사건을 다룬 프로그램을 보고, 연쇄 살인범이 나오는 책을 읽는 이유도 그 때문이다. 헨의 작품이 사랑받는 이유도 그 때문이다. 헨은 자신의 작품이 징그러울수록 관심을 더 많이 받는다는 걸 잘 알고 있었다.

작업실을 막 나서려는데 로이드에게서 문자가 왔다. **오늘은 한가하네. 집에 일찍 갈게.**

아마 정말로 한가하다기보다―그의 회사는 한가할 수가 없다―그녀가 걱정되어 일찍 오려는 것이리라. 헨은 "곧 봐"라고 답장을 쓰고 웃는 얼굴의 이모티콘을 덧붙였다.

작업실에서 나와 문을 잠그고 차에 올라탔다. 설사 로이드가 지금 퇴근한다고 해도 얼추 한 시간 후에야 도착할 것이다. 헨은 어디에서 매슈를 만날지 계속 생각하고 있었다. 공공장소여야 한다. 두 마을 너머 윅포드에서 불이 환히 켜진 스포츠 바를 지나간 기억이 났다. 117번 도로였다. 그 지역에서 제일 좋은 화구상에 가는 길목에 있던 터라 그 앞을 서너 번 지나다녔다. 차로 15분 정도 걸리니 그다지 멀지 않았다. 헨은 주차장을 빠져나와 117번 도로로 향했다.

술집까지 거의 20분이 걸린 이유는 퇴근 차량이 쏟아져 나왔기 때문이다. 술집 이름은 위너스 서클이었고, 윅포드로 막 들어서면 보이는 단층짜리 쇼핑몰에 속한 네 가게 중 하나였다. 유리창에는 키노 복권과 매사추세츠 주 복권 광고지, 그리고 패트리어츠가 경기하는 동안에는 닭 날개를 40센트에 판매한다는 광고지가 붙어 있었다. 헨은 브루인스 범퍼 스티커가 붙은 픽업 트럭 옆에 주차하고 차에서 내렸다. 그저 술집 내부를 둘러보며 얼마나 어두운지, 손님은 있는지 확인하고 싶었다. 들어가서 누굴 찾는 척할까 했지만 괜히 사람들의 관심을 끌고 싶지 않았다. 그래서 문을 밀고 들어가 바 테이블을 따라 놓인, 쿠션이 들어간 스툴에 올라가 앉았다. 월요일 오후인데도 다행히 손님이 있었다. 바 끝에서 한 남자가 쿠어스 라이트를 병째 마시며 벽을 뒤덮은 수많은 텔레비전 모니터 중 하나를 바라보고 있었다. 텔레비전에서는 스포츠만 주제로 하는 토크쇼 같은 프로그램이 방영 중이었다. 또 바 반대쪽 칸막이 좌석에는 어린 커플이 앉아 있었고, 둘 사이에 나초가 볼링공만 하게 쌓여 있었다.

가늘고 푸석한 금발에 검은 바지와 흰 탱크톱을 입은 바텐더가 다가왔고, 헨은 쇼크 톱을 주문했다. 그녀가 앉은 자리에서 보이는 생맥주 통 중에서 유일하게 이름을 읽을 수 있는 맥주였다.

"오렌지 넣어드릴까요?"

"네?"

"오렌지 조각을 맥주에 넣어드릴까요?"

"아뇨, 괜찮아요."

맥주가 나왔고, 헨은 현찰로 돈을 내고 팁까지 남겼다. 바텐더는 다시 바 반대쪽으로 돌아가 열심히 휴대전화 화면을 위아래로 움직였다. 헨은 맥주를 길게 들이켜고 주위를 둘러봤다. 매슈를 만나기에 괜찮은 장소였다. 칸막이 좌석은 등받이가 높아서 다른 사람이 엿들을 염려 없이 대화를 나눌 수 있을 것 같았다. 조명이 어두운 편이었지만 벽이 텔레비전 모니터로 뒤덮여 있어서 너무 어둡지는 않았다. 헨은 오후에 이곳에서 우연히 지인과―아는 사람이 많지도 않았지만―마주칠 가능성은 적을 거라고 생각했다.

매슈를 만나려면 오후에 만나야 할 것이다. 매슈는 교사니까 일찍 퇴근할 수 있다. 헨이 밤에 몰래 나오기는 불가능했다. 로이드가 절대 용서하지 않을 터였다.

헨은 남은 맥주를 다 마셨다. 몸이 살짝 찌릿하면서 근육의 긴장이 풀렸다. 시계를 봤다. 로이드보다 집에 먼저 도착하려면 지금 나가야 했다.

이튿날 헨은 작업실에 가지 않았다. 이틀간 비가 내리더니 날씨는 다시 화창해졌고, 나무에 붙어 있는 이파리들은 어느 때보다 생기가 넘쳤다. 시커모어 가는 곳곳이 색색으로 반짝거렸다. 점심을 먹은 뒤에는 작년 겨울에 겨울옷을 정리해서 넣어둔 플라스틱 보관함에서 제일 따뜻한 울 스웨터를 꺼내 입었다. 로이드는 그 스웨터 색을 '곰팡이' 색이라고 했지만 헨이 보기에는 흐린 오렌지색이었다. 그런 다음 기모가 들어간 모자를 쓰고, 큰 머그잔에 차를 담아서 스케치북을 들고 베란다로 나갔다. 태양은 이미 낮게 내려와 맞은편 집 지붕 위로 간신히 얼굴을 내밀고 있었다. 그래도 덕분에 베란다가 비교적 따뜻했다. 헨은 햇살이 가장 잘 비치는 곳으로 의자를 끌고 가서 테이블로 쓰는 벤치에 양발을 올리고 도로를 지켜봤다.

어둑어둑해져서야 매슈의 피아트가 시커모어 가에 나타나더니 옆집 진입로로 들어갔다. 헨은 몸이 굳었다. 매슈가 언제 돌아오는지 신경 쓰느라 막상 그가 돌아오면 어떻게 해야 할지 미처 생각하지 못했다.

매슈는 진입로 중간쯤에 주차하고 차에서 내렸다. 헨은 자리에서 일어나 방충망이 달린 문을 밀치고 나가서 계단 세 개를 내려간 다음, 진입로 가장자리에 서서 매슈를 바라보았다.

매슈가 그녀를 돌아보았고, 헨은 고개를 약간 숙인 채 그에게로 걸어갔다. 말하기 전까지 그와 눈을 마주치고 싶지 않았다. 매슈는 왼손에 가죽 서류 가방을 든 채 그녀를 기다렸다.

"만나요." 두 사람이 가까워졌을 때 헨이 말했다.

"좋습니다. 지금요?"

예상치 못한 대답에 헨은 재빨리 고개를 저었다. "아뇨, 내일 봐요. 윅포드에 위너스 서클이라는 술집이 있어요. 117번 도로요. 거기 알아요?"

매슈는 고개를 저었다. "아뇨, 하지만 찾아갈 수 있습니다. 왜 술집에서 만나자는 겁니까?"

"당신과 단둘이 있고 싶지 않아요." 헨이 말했다.

"알았습니다." 마치 그제야 애초에 둘이 왜 만나려고 했는지 기억났다는 듯이 매슈가 말했다.

"몇 시까지 올 수 있어요?"

"3시 30분까지 가죠."

"좋아요. 3시 30분. 문을 열고 들어오면 왼쪽에 칸막이 좌석이 있어요."

"알겠습니다." 매슈는 그렇게 말하며 고개를 끄덕였다.

헨은 몸이 부들부들 떨리는 것을 매슈에게 들키기 전에 얼른 돌아서서 다시 집으로 걸어갔다.

25

매슈는 위너스 서클 옆에 있는 중고 스포츠 용품점 앞에 차를 세웠다. 주차장에 헨의 차는 보이지 않았다. 단순히 그가 먼저 온 것인지, 아니면 헨이 마음을 바꾼 것인지 알 수 없었다.

시동을 끄고 차에서 내렸다. 화창하고 바람이 거센 날이어서 바람에 흩어진 낙엽이 주차장에 널려 있었다.

매슈는 위너스 서클 출입문을 밀고 들어갔다. 중년 여자 둘이 바에 앉아 있고, 칸막이 좌석에는 아무도 없었다. 텔레비전에서는 미식축구 하이라이트가 방영 중이었다. 매슈는 태평한 척하며 바 테이블로 다가가 라임 조각을 곁들인 진저에일을 주문했다. 돈을 낸 뒤 술잔을 들고 제일 멀리 떨어진 칸막이 좌석으로 가서 출입문이 보이는 방향으로 앉았다.

바에 앉아 있던 두 여자 중 하나가 스툴에서 내려와 주크박

254

스로 가더니 지폐를 넣고 몇몇 번호를 눌렀다. 제일 먼저 흘러나온 노래는 매슈도 아는 하드록 발라드였다. 비록 그 곡을 부른 밴드의 이름은 기억나지 않았지만. 제목이 '에브리 로즈 해즈 이츠 손(Every Rose Has Its Thorn)' 같았는데 아니나 다를까 코러스가 그렇게 노래했다. 주크박스에서 그 노래를 고른 여자는 노래가 나오는 동안 계속 매슈를 힐끗거렸다. 노래가 좋다고 말해주기를 바라는 듯했다. 매슈는 술잔을 내려다봤다. 진저에일 위에 떠 있는 라임 조각에 진갈색 반점이 있었다.

출입문이 열리더니 헨이 상쾌한 바람을 몰고 술집 안으로 들어왔다. 맨 뒤쪽에 앉은 매슈도 그 바람을 느낄 수 있었다. 매슈는 헨을 맞이하려고 자리에서 일어났지만 그녀가 눈도 마주치지 않은 채 곧장 바텐더에게 가는 바람에 그대로 서 있었다. 헨은 생맥주 한 잔을 들고 칸막이 좌석으로 와서 그의 맞은편에 앉았다. 전날 이 술집을 방문했을 때와 똑같은 스웨터를 입고 있었다. 보풀이 약간 일어난, 두툼한 호박색 터틀넥 스웨터.

"안녕하세요." 헨이 인사했다.

"먼저 몸수색을 해야 합니다. 알고 있죠?" 매슈는 그 말을 제일 먼저 하려고 마음먹고 있었다. 헨의 놀란 표정에 오히려 매슈가 놀랐다.

"아." 헨이 말했다.

"아니면 우린 이 대화를 할 수 없습니다. 이해하죠?"

"도청 장치를 찾는 건가요? 그런 거 없어요." 헨이 어리둥절한 표정으로 말했다.

"당신을 믿지만 확인은 해야죠."

"알았어요. 어떻게 확인할 건데요?"

"잠시 옆에 앉을게요. 다른 사람들은 그냥 반가워서 포옹하는 줄 알 겁니다."

"글쎄요." 헨이 말했다.

"물론 당신에게 달렸습니다. 하지만 난 확인해야 해요."

"알았어요." 헨이 말했다.

매슈는 자리에서 빠져나왔다. 음악을 고른 여자는 이제 다시 바에 있는 친구 옆에 앉아 있었다. 롤링스톤스의 '언더 마이 섬(Under My Thumb)'이 흘러나왔다. 매슈는 헨 옆으로 들어가서 앉으며 말했다. "미안해요." 그러고는 헨의 두툼한 스웨터 양옆을 훑었다.

"스웨터 안에는 뭘 입었죠?" 매슈가 물었다.

"플란넬 셔츠요."

매슈는 스웨터 밑으로 손을 넣었다. 헨이 거부할 줄 알았는데 오히려 양손을 들었다. 매슈는 부드러운 플란넬 셔츠 양옆과 등을 훑어내린 다음, 배도 슬쩍 만져봤다. 갈비뼈와 빠르게 움직이는 폐만 느껴질 뿐이었다. 밑에는 딱 달라붙는 청바지를 입었고, 매슈는 최대한 사무적으로 그녀의 다리를 쓸어내렸다. 바지 앞주머니에서 휴대전화가 만져졌다.

"휴대전화 좀 볼 수 있을까요? 당신이 녹음하지 않는다는 걸 확인해야 합니다."

"좋아요." 헨은 휴대전화를 꺼내 엄지 지문으로 잠금을 해제하고, 여러 앱을 휙휙 넘겼다. 매슈는 자신이 정확히 뭘 찾고 있는지 몰랐지만 수상한 점은 보이지 않았다. 헨이 도청 장치를 달고 있을 거라고 생각하지 않았지만 확신할 수는 없었다.

"고맙습니다." 매슈는 그렇게 말하고 다시 맞은편 자리로 돌아가 농담을 던졌다. "자, 이제 어색한 순간은 지나갔으니까……."

헨은 얼굴을 찡그리며 말했다. "웃기려고 하지 마세요. 당신한테 정말 안 어울려요."

"네, 압니다."

"술집을 찾는 건 어렵지 않았나요?" 헨이 물었다.

"우리 사이에는 그런 잡담도 안 어울리지 않나요?"

그 말에 헨이 미소 지었다. "그러네요. 왜 스콧 도일을 죽였는지 말해봐요."

"더스틴 밀러에게 더 관심이 있는 줄 알았는데요."

"더스틴을 죽인 이유는 알 거 같아요. 더스틴은 어떤 여자를 강간했어요, 맞죠? 서식스 홀에 재학 중일 때요."

매슈는 헨의 단어 선택이 약간 거슬려서 술을 한 모금 마셨다. "그냥 '어떤 여자'가 아닙니다. 그 애의 이름은 코트니 치였어요."

"그건 몰랐네요. 그러니까 그 애 이름은 몰랐다고요."

"코트니는 수업이 끝난 후에 남았다가 방금 배운 내용에 대해 질문하는 그런 학생이었습니다. 아마 수업 시간에 질문하기가 너무 부끄러워서 그랬겠죠. 그래도 진정한 지적 호기심이 있었던 겁니다."

"그 학생은…… 죽었나요?"

"아, 아뇨. 미안합니다. 내가 제자들을 과거 시제로 언급하는 버릇이 있어요. 내가 듣기로 코트니는 잘 지냅니다. 졸업하고 5년 후에 열리는 동창회에는 안 왔지만 코트니의 친구 말로는 워싱턴 D. C.에서 로스쿨에 다니는데 잘하고 있다더군요. 훗날 그 애가 검사가 되어 더스틴 밀러 같은 놈을 잡았으면 좋겠습니다."

"하지만 더스틴 밀러는 잡을 필요가 없게 됐네요. 당신이 처리했잖아요."

"네, 그랬죠. 더스틴이 죽기 전에 내가 코트니의 이름을 말해줬습니다. 자기가 왜 죽어가는지 깨닫도록요." 이 말을 입 밖에 내어서 말하니 아주 만족스러웠다. 매슈는 그런 만족감을 내색하지 않으려고, 미소 짓지 않으려고 노력했다.

"그래서 더스틴이 그 순간에 알았다는 거군요. 그저 겁에 질려서 죽지만은 않았다는 건가요?"

매슈는 몸을 살짝 내밀었다. "설사 더스틴이 오로지 공포만 느끼며 죽었다고 해도, 난 여전히 임무를 완수한 겁니다. 더스틴은 나쁜 놈이에요. 살아 있었다면 아주 많은 여자를 불행하게 했을 겁니다."

"하지만 변할 가능성도 있지 않나요? 당신 학교에서 있었던 일은 끔찍하지만, 딱 한 번 일어난 사고일 수도 있어요. 더스틴은 결혼하고 아기를 키우면서 괜찮은 사람이 됐을 수도 있다고요."

"첫째로 더스틴이 코트니에게 한 짓만으로도 충분합니다. 그것만으로도 더스틴은 죽어 마땅해요. 난 코트니가 전학을 간 후에 더스틴이 하는 말을 들었습니다. 이제 코트니가 없으니까 우리 학교에서 누가 가슴이 제일 클까 궁금해하더군요. 물론 그 애들은 '가슴'이 아닌 다른 단어를 썼지만요. 그러니 절 믿으세요. 더스틴은 인간쓰레기입니다. 성격은 변하지 않아요. 당신네 부부가 우리 집에 저녁 식사를 하러 왔던 날 기억해요? 당신은 내게 교사라는 직업에 대해 물었고, 난 눈앞에서 아이들이 성장하는 모습, 1학년에서 3학년이 되는 동안 일어나는 변화를 지켜보는 게 너무 멋지다고 했죠."

"기억해요."

"그 말은 절반은 맞고, 절반은 틀립니다. 아이들은 성숙해지고, 어색한 사춘기를 지나 성인으로 변하죠. 하지만 성격은 절대 변하지 않습니다. 성격은 그대로예요. 1학년 때 친절한 아이였다면 3학년 때에도 친절한 아이입니다. 중간에 실수를 저지르고 궁지에 몰릴 수는 있어도요. 반대도 마찬가지죠. 난 더스틴 밀러가 평생 여자들을 학대하리라는 걸 알았습니다. 코트니가 당한 일을 듣기도 전에요. 그건 그냥 기질입니다. 우리 아버지처럼요. 아버지도 약자를 괴롭혔죠." 매슈는 자신이 언성을 높이는 걸 깨닫고 심호흡을 한 뒤, 목소리를 낮춰서 말하자고 다짐했다. "그 사실은 절대 변하지 않습니다. 더스틴은 그냥 그런 놈입니다."

"그래서 당신이 그를 변화시켰나요? 더스틴 밀러를 바꿔놓았어요?"

"네, 맞아요. 내가 더스틴을 산 자에서 죽은 자로 바꿔놓았죠."

"그건 참 큰 변화네요. 당신처럼 생각하는 사람은 많을 테지만 대다수 사람은 그걸 실행에 옮기지 않죠."

"난 대다수 사람과 다릅니다."

헨은 자리에 앉은 뒤로 맥주에 손대지 않았지만 이제는 맥주를 바라보았고, 한 모금 마셨다. "당신은 멈출 수 있을 거라고 생각해요?"

"사람을 죽이는 거 말입니까?"

"네."

"그래서 여기 나온 겁니까? 당신이 날 막을 수 있을 거라고 생각해서?"

"내가 나온 이유는 당신이 내게 만나자고 했기 때문이고, 당신이 누군가에게 진실을 말하고 싶다고 했기 때문이에요. 난 당신이 죄책감을 덜고 싶은 줄 알았어요. 자신을 멈추게 할 방법을 찾고 싶어서 그런 줄 알았다고요."

"당신이 왜 그렇게 생각했는지 알겠지만 그래서 당신과 이야기하고 싶었던 건 아닙니다. 당신이라면 내가 하는 일을 이해해줄 거라고 생각했습니다. 난 당신 작품을 봤어요. 그래서―."

"당신도 자신을 예술가라고 생각하는군요."

"아뇨, 아닙니다. 그렇게 생각하진 않아요. 하지만 누군가를 죽일 때, 그 일을 잘해내고 난 후에 느끼는 감정은 완벽한 예술품을 볼 때와 비슷하죠."

"왜 그렇죠?"

"당신도 분명 그 감정을 알 겁니다. 당신이 그림을 그릴 때, 여학생이 거울에 비친 자신의 모습을 보는 그림 있잖습니까. 거울 속 자신에게 그…… 그…….."

"사슴뿔이 달린 그림요."

"그래요. 당신이 처음에 그 그림을 그렸을 때, 아니면 동판에 새겼든 간에, 그때 기분이 어땠습니까? 당신이 그리기 전에는 그 그림이 존재하지 않았습니다, 맞죠? 당신이 그걸 세상에 내놓은 겁니다. 내가 하는 일도 그렇습니다. 다만 나는 그 반대죠. 살아서 숨 쉬는 사람을 데려다가 세상에서 삭제해버립니다. 그러고 나면 그 사람은 완전히 바뀝니다. 그보다 더 심하게 바뀔 수는 없죠. 그건 굉장한 일입니다. 당신도 이해해야 해요."

"굉장한 일이라는 건 이해해요. 하지만 좋은 일인지는 모르겠네요."

"당신에게 과거로 돌아가 히틀러를 죽일 기회가 있다면 어떻게 할 건가요? 안 돌아갈 겁니까?"

"그 비유가 여기에 적용되는지 잘 모르겠네요."

"좋아요. 그럼 과거로 돌아가서 테드 번디*를 죽일 기회가 있다면요?"

"그러니까 더스틴 밀러가 연쇄 살인범이 됐을 거라는 말인가요? 아니면 스콧 도일이 그랬을 거라고요? 대체 그걸 당신이 어떻게 알죠?"

"그들은 세상에 불행을 퍼뜨렸을 겁니다. 다른 사람의 삶을 불행하게 만들었을 거예요. 그런 자들을 세상에서 삭제하는 건 곧 세상에 행복을 더하는 겁니다."

헨은 회의적인 표정이었고, 매슈는 이제야 입이 풀려서 하고 싶은 말이 많았는데도 잠시 침묵을 지키기로 했다. 헨도 말이 없었다. 그래서 매슈가 입을 열었다. "최소한 내가 옳을지도 모른다고 인정할 수는 없나요?"

"그들을 죽인 당신 행동이 옳을지도 모른다고요? 아뇨, 그건 인정 못 해요. 당신에게는 그런 결정을 내릴 자격이 없어요. 당신이 할 일이 아니라고요. 그건 해결책이 아니에요." 헨이 자세를 바꿔 앉으며 말을 이었다. "내가 여기 온 건 실수였어요. 정확히 뭘 기대하고 왔는지 모르겠네요. 당신은 전문가의 도움이

---

* 미국의 연쇄살인범

필요한 것 같아요. 당신은 그 일을 멈춰야 해요. 당신은 예술가가 아니라 그냥 범죄자예요. 난 스콧 도일이 죽는 걸 지켜봤다고요. 그거 알아요?"

"죽은 스콧을 봤다는 말입니까?"

"아뇨, 내가 거기 갔을 때 스콧은 살아 있었어요. 난 그가 죽어가는 걸 봤다고요."

"어땠나요?" 매슈가 물었다.

"엄청 끔찍했죠. 스콧은 횡설수설했고, 겁에 질려 있었어요. 머리에서 뇌가 흘러나왔죠."

그 말을 들으니 매슈는 속이 뒤집혔다. 그렇지 않아도 두 번째로 스콧 도일을 내려칠 때 스콧의 두개골이 깨질까 걱정했던 터였다. 매슈는 울렁거리는 기분을 떨쳐내고 말했다. "그렇다면 스콧이 2초 동안은 공포와 혼란을 느꼈겠군요. 미셸 브라인은 그런 기분을 훨씬 많이 느꼈습니다."

"미셸 브라인이 누구죠?"

매슈는 더 이상 말하지 않았다. 헨을 만나기 전에 혹시라도 헨이 그녀의 주장을 입증할 수 있는 정보는 절대 흘리지 말자고 마음먹은 터였다. 미셸의 존재가 그 정보에 속하는지 아닌지는 확실하지 않았지만 어쨌든 조심하고 싶었다.

"중요하지 않은 사람입니다." 마침내 매슈는 그렇게 말하고 얼른 덧붙였다. "당신이 그 장면을 목격해야만 했다니 정말 유감입니다. 당신이 보고 있는 줄 알았다면 절대 그러지 않았을 겁니다. 이해하죠?"

"글쎄요."

"당신은 나쁜 사람이 아닙니다. 그러니 난 절대 당신을 해치지 않을 겁니다."

"갑자기 마음이 바뀌어서 당신이 날 나쁜 사람이라고 생각한다면요? 그럼 달라지지 않나요?"

"그래도 절대 당신을 해치지 않을 겁니다. 난 여자는 절대 해치지 않아요."

헨은 자기도 모르게 미소를 지었고, 양 눈썹을 찡그렸다. 순간적으로 매슈는 헨이 웃으려는 줄 알았다. "이 세상에 당신이 죽이고 싶을 만큼 나쁜 여자는 없을 거라고 생각하는군요."

"네, 맞습니다. 당연하죠. 당신이 무슨 생각을 하는지 압니다. 나한테 구세주 콤플렉스가 있고, 세상의 모든 죄 없는 여자를 사악한 늑대에게서 구해주고 싶어 한다고 생각하죠? 난 바보가 아닙니다. 그런 이유도 없진 않아요. 우리 아버지는 괴물이었고, 어머니는 피해자였죠. 그래서 내가 이런 일을 하는 겁니다. 난 당신이나 다른 누구보다 나 자신을 훨씬 더 많이, 훨씬 더 깊게 분석했습니다. 난 나를 잘 압니다."

"하지만—."

"하지만 남자를 해치는 여자보다 여자를 해치는 남자가 훨씬 많습니다. 이건 그냥 사실이에요. 그리고…… 그리고 난 절대 당신을 해치지 않을 겁니다. 단지 당신이 여자라서가 아니라 제대로 된 인간이기 때문입니다. 난 압니다."

"당신이 그렇게 믿는다면, 내가 제대로 된 인간이라고 믿는 다면 내 말도 듣겠네요. 난 당신이 경찰에 자수해야 한다고 생 각해요. 당신이 한 짓을 밝히세요."

"내가 왜 그래야 하죠?"

"살인을 멈추고 싶지 않나요? 여기 나와서 나랑 이야기하는 이유가 그거 아닌가요? 당신은 분명 죄책감을 느끼고 있어요."

"난 죄책감을 느끼지 않습니다. 내가 여기서 당신과 이야기 하는 이유는 당신이 날 이해해줄 수도 있다고 생각했기 때문입 니다."

"아뇨, 난 당신을 이해 못 하겠어요. 미안하지만 전혀요. 난 당신이 잘못된 도덕관을 가졌다고 생각해요. 당신은 살인이 하 고 싶어서 그 잘못된 도덕관을 계속 자기 자신에게 주입하는 거 예요. 당신은 살인을 좋아해요. 그건 분명하다고요."

"맞습니다. 난 살인을 좋아합니다." 매슈의 살갗에 소름이 돋았다. 전율이 그의 등을 타고 두개골 밑까지 올라갔다. 그렇게 말하니 기분이 너무 좋았다. "당연히 그래서 죽이는 거고, 안 그 런 척한 적도 없습니다. 난 과대망상증 환자가 아니에요."

헨은 한숨을 쉬었다. "그만 가야겠네요."

"당신도 작품을 완성할 때 그렇지 않나요? 징그러운 그림을 그릴 때 말입니다. 그럴 때 비틀린 쾌감이 느껴지지 않나요?"

"그건 완전히 달라요. 내 작품은 사람을 해치지 않죠. 그냥 그림이라고요."

"하지만 실은 그냥 그림이 아니죠, 안 그래요? 당신의 일부를 드러내는 거잖아요."

헨은 재빨리 고개를 저었다. "그저 내 상상, 현실과 완전히 동떨어진 장면이 드러날 뿐이죠. 난 둘을 구분할 수 있지만 당신은 못 해요. 그게 우리 둘의 차이점이죠."

"좋습니다. 그래도 내가 한 말을 생각해봐요. 아마 당신도 살인을 좋아했을 겁니다. 시도해봤다면요."

"그럴 일은 절대 없어요."

"오늘 내가 한 말을 경찰에 알릴 건가요?"

"아직 결정 못 했어요."

"경찰은 당신 말을 믿지 않을 겁니다."

"알아요. 하지만 당신은 언젠가 잡힐 거예요. 그리고 당신이 잡히면 그때 경찰에 가서 전부 말할 거예요."

"오늘 우리가 만나는 걸 남편이 알고 있나요?"

"이따 말할 생각이에요." 헨이 말했고, 매슈는 그녀가 맞은편 자리에 앉은 후로 처음 거짓말을 했다고 생각했다.

"당신과 결혼할 자격이 없는 남자예요." 매슈는 그렇게 말한 뒤, 헨의 얼굴에 근심스러운 표정이 스치는 걸 보았다. "아, 걱정하지 말아요. 로이드를 죽일 생각은 없습니다. 그래도 당신이 아까워요."

"로이드를 잘 알지도 못하잖아요."

"지난번에 우리 집에 저녁을 먹으러 왔죠. 그때 로이드를 관찰했는데 도덕적 관념이 전혀 없더군요. 미라가 식탁에서 일어날 때마다 혹은 식탁으로 돌아올 때마다 미라의 몸을 바라봤습니다. 아마 미라와 섹스하는 상상을 했겠죠."

"맙소사. 됐어요. 그만 가야겠네요." 헨은 칸막이 좌석 끝으로 몸을 옮겼다.

"하나만 더 물어도 될까요? 언제부터 로이드와 사귀었죠? 혹시 이미 여자 친구가 있을 때였나요?"

"당신이 알 바 아니에요."

"틀림없이 그랬을 겁니다. 사람은 바뀌지 않아요, 헨. 로이드는 바람을 피우고 있어요. 하지만 아마 당신도 이미 알고 있을 겁니다."

26

헨은 위너스 서클에서 매슈 돌라모어 맞은편에 앉은 후로 온갖 감정을 다 느꼈지만 갑자기 진짜 분노가 치밀었다. 매슈는 그녀의 작품에 대해 온갖 개똥철학을 늘어놓더니 이제는 로이드를 비난(위협?)하고 있었다.

헨은 자리에서 일어났다. "엿이나 먹어요, 매슈. 당신은 누구도 구원할 수 없어요. 정신 차려요."

"내가 구세주라고 말하는 게 아닙니다. 단지 당신 남편이 겉보기와 다르다는 말이죠."

"그게 당신과 무슨 상관이죠?"

"아무 상관없습니다. 괜한 얘기를 꺼내서 미안하군요." 매슈가 말했다.

헨은 문을 박차며 술집에서 나왔고, 늦은 오후의 햇살 속으로 나온 뒤에야 술집이 얼마나 어두웠는지 깨달았다. 바람에 낙엽과 쓰레기가 주차장을 날아다녔다. 헨은 차에 올라타 117번 도로를 빠져나왔다. 아까 술집 앞에 주차했을 때 나왔던 노래—루시 로즈의 '시버(Shiver)'—가 다시 재생되었다. 헨은 음량을 줄이고, 잠시 아까 나눈 대화를 곱씹어보려 했다. 매슈가 한 말을 되새기며 혹시 경찰에 알릴 만한 정보는 없었는지 계속 생각했다. 경찰에게 매슈가 한 말을 전부 전한다 해도 경찰은 그녀를 믿지 않을 터였다. 하지만 확실한 증거가 있다면? 그러나 증거는 없었다. 생각하면 할수록 매슈는 그저 자신이 사람을 죽이는 철학적 이유만 말했다. 그의 말을 녹음할 방법만 알아낸다면—꼭 생각해볼 것이다—만사가 해결되리라. 매슈는 말하고 싶어 했다. 또한 헨을 감동시키고, 흥미를 불러일으키려고 했다. 심지어 그와 같은 시선으로 삶을 보게 하려고 했다. 그나저나 로이드에 대해서 했던 그 헛소리는 뭘까? 헨은 그들이 함께 저녁을 먹었던 날을 떠올리며 로이드가 미라를 지켜봤는지 기억해내려 했지만 그런 기억은 없었다. 로이드가 다른 여자들을 쳐다본다는 사실은 알고 있었고, 그건 아무 문제도 없었다. 로이드가 다른 여자에게 끌리는 편이 전혀 끌리지 않는 것보다 더 자연스러웠다. 그렇다고는 해도 왜 매슈는 로이드가 바람을 피운다고 그렇게 확신했을까?

뒤에서 경적 소리가 들렸고, 헨은 파란불로 바뀌었는데도 자신이 출발하지 않았다는 걸 깨달았다. 앞으로 나아가, 느릿느릿 움직이는 다른 차량을 따라잡았다. 아직 5시도 안 되었는데 도로가 밀렸다. 로이드에게서 출발했다는 메시지가 왔는지 확인하려고 휴대전화를 꺼냈더니 야근해야 한다며 저녁은 혼자 먹으라는 메시지가 와 있었다.

틀림없이 바람을 피우는 거야. 헨은 그렇게 생각했다가 차 안에서 큰 소리로 웃었다. 자신의 웃음소리가 마음에 들지 않았다. 숨이 차서 헐떡이는 것처럼 들렸다.

집에 들어가니 비니거가 큰 소리로 야옹거리며 문간에서 헨을 맞이했다. 비니거는 헨을 지하실로, 빈 밥그릇으로 이끌었고 헨은 사과하며 밥을 채워주었다.

다시 부엌으로 가서 한동안 냉장고를 들여다보며 맥주를 마실까 말까 고민했다. 아까 술집에서는 비교적 차분했는데 오히려 지금은 몸이 살짝 떨렸다. 갑자기 그녀의 삶에 매우 관심을 보이는 미치광이와 마주 앉아 있었으니 당연한 일이다. 냉장고에 든 맥주라고는 로이드가 마시는, 홉이 많이 들어간 IPA뿐이었다. 작은 병에 든 크랜베리 주스가 있어서 헨은 거기에 냉동실에 보관해둔 보드카와 얼음을 잔뜩 넣어 칵테일을 만든 다음, 길게 들이켰다. 그러고는 호흡에 집중했다. 머릿속이 복잡했다. 매슈가 더스틴 밀러와 스콧 도일에 대해 했던 말을 생각하려고 했지만 자기도 모르게 로이드에 대해 했던 말을 생각하고 있었다. 만약 로이드가 바람을 피운다면 비교적 쉽게 피울 수 있었다. 로이드는 보스턴에서 일했고, 헨은 여기 교외에 처박혀 있다.

로이드는 지금처럼 가끔 야근을 했지만 집에 와서는 늘 회사에서 진행 중인 새 광고를 열심히 설명해주었다. 만약 로이드가 거짓말을 한다면 아주 훌륭한 거짓말쟁이인 셈이다. 하지만 헨은 그가 훌륭한 거짓말쟁이라고 생각하지 않았다. 그러니 만약 로이드가 바람을 피운다면 언제 그럴 기회가 있었을까? 유일한 기회는 매해 열리는 롭의 모닥불 파티였지만 파티에 오는 사람들은 모두 대학 동창뿐이었다. 가끔 동창들이 여자 친구나 아내를 데려오기는 했지만. 게다가 그 파티는 섹시한 분위기도 아니고 그저 남자들끼리 잔뜩 모여 마리화나를 피우고, 모닥불을 피우며 노는 모임이었다.

헨은 마시던 보드카를 부엌 조리대에 내려놓고 계단으로 갔다. 롭의 파티를 생각하니 스콧 도일의 살인 사건 다음 날의 기억이 불현듯 떠올랐다. 그날 로이드는 롭의 파티에 갔다가 곧장 경찰서로 와서 그녀를 안아주었다. 헨은 그의 체취가 기억났다. 퀴퀴한 땀 냄새는 놀랄 일이 아니었다. 하지만 다른 무언가, 그 후에 벌어진 일 때문에 정신이 없어서 미처 알아차리지 못한 무언가가 있었다. 로이드에게서 연기 냄새가 나지 않았다. 헨은 롭의 모닥불 파티에 여러 번 참석했는데 이튿날, 때로는 그다음 날까지도 몸에서 연기 냄새가 풍겼다. 그 냄새가 옷과 머리카락에 배고, 콧구멍에도 붙어서 떨어지지 않았다.

헨은 침실로 들어가 빨랫감이 넘쳐나는 빨래 바구니를 바라보았다. 로이드와 헨이 무시해온 지난 2주간의 빨랫감이 담겨 있었다. 헨은 빨랫감을 뒤졌다. 헝클어진 침대 위에 옷들을 펼치고 자신이 원하는 옷을 찾았다. 마침내 롭의 파티에 갔던 날 로이드가 입었던 옷이 나왔다. 그가 가진 것 중에서 제일 좋은 청바지와 칼라가 해진 체크 셔츠. 헨은 셔츠에 얼굴을 대고 숨을 깊이 들이쉬었다. 연기 냄새는 전혀 나지 않았다. 확실히 하기 위해 바구니에서 로이드의 다른 옷도 꺼내어 냄새를 맡아보았다. 마찬가지였다.

다시 아래층으로 내려가 휴대전화를 집어 들고 연락처를 뒤져 롭 보이드를 찾아냈다. 놀랍게도 아직 그의 전화번호가 저장되어 있었다. 발신 버튼 위로 엄지를 가져갔다. 뭐라고 말해야 하지? 그냥 무턱대고 지난번 파티에 로이드가 갔는지 물어볼 수는 없다. 만약 로이드가 가지 않았다면, 롭은 곧바로 로이드에게 전화해 헨이 전화로 물어봤다는 사실을 알릴 것이기 때문이다. 헨은 머리를 뒤져서 전화할 이유를 찾아낸 다음, 마음이 바뀌기 전에 발신 버튼을 눌렀다.

"헨?" 롭이 곧바로 전화를 받았다.

"안녕하세요, 롭." 헨이 말했다.

"잘 지내요?"

"네, 네, 아주 잘 지내요. 다름이 아니라 부탁할 게 있어서요."

"뭔데요?" 빈 공간에서 말하는 듯한 목소리였다. 운전하는 모양이었다.

"새로 맡은 책의 표지 작업을 하는 중인데 마녀들이 나오는 이야기라서 출판사에서 표지에 모닥불이 들어갔으면 좋겠대요."

"멋지네요." 롭이 말했다.

"인터넷에서 모닥불 사진을 찾아봤는데 딱히 마음에 드는 게 없어서……. 혹시 당신한테─."

"그럼요, 끝내주는 사진들이 있죠. 보내줄까요?"

"네, 그럼 좋겠어요. 아주 큰 도움이 될 거예요."

"그러죠."

"당신은 어떻게 지내요? 못 본 지 꽤 됐네요."

"나도 잘 지냅니다. 나이만 먹고 있죠. 올해 파티에 둘 다 안 와서 서운했어요."

통증이 헨의 몸 한가운데를 관통했다. "아, 미안해요……. 새집으로 이사한 지 얼마 안 돼서─."

"네, 로이드한테 어설픈 핑계는 이미 다 들었어요. 하지만 난 안 믿습니다. 당신이 말해도 안 믿을 거고요."

"누구누구 왔어요?"

롭이 이름을 나열했는데 대부분 의미 없는 사람들이었다. 헨은 듣는 척했지만 사실은 어서 전화를 끊고 새로 알게 된 이 사실을 생각해보고 싶었다. 로이드는 롭의 파티에 가지 않았다. 이는 로이드가 지금 바람을 피우는 여자와 함께 주말을 보냈다는 뜻이다. 다른 가능성은 없다. 그렇지?

롭의 명단이 거의 끝나갔다. "……그리고 물론 저스틴도 왔고요. 그 친구는 한 번도 파티에 빠진 적이 없으니까."

"다시 한번 사과할게요. 내년에는 꼭 갈 거예요."

"내년 파티에서 보기 전까진 안 믿을 겁니다. 이런 젠장……. 빨간불이야, 아줌마." 경적 소리가 들리더니 롭이 다시 말했다. "그만 끊어야겠네요. 모닥불 사진은 잘 나온 걸로 보내줄게요."

"정말 고마워요, 롭."

헨은 휴대전화를 허벅지에 내려놓고 전화기를 잡은 손에서 힘을 뺀 채 5분간 멍하니 앉아 있었다. 로이드는 여자와 섹스만 즐기는 게 아니었다. 심지어 주말을 함께 보냈다. 왠지 실감이 나지 않았다. 마치 로이드가 예전에 여자였다거나, 사실은 CIA 비밀 요원이라는 말처럼 이상하게 느껴졌다. 마음이 아팠지만, 또한 이 새로운 사실이 당황스럽고 얼떨떨했다. 당황스러운 이유는 로이드가 비밀이 있는 사람, 바람을 피우고도 들키지 않을 정도로 교활하고 똑똑한 사람이라고는 한 번도 생각해본 적이 없기 때문이었다. 갑자기 헨은 무엇보다도 진실이 알고 싶어졌다. 하나도 빠짐없이 다 알고 싶었다.

로이드의 노트북이 부엌 조리대 위에서 충전 중이었고, 헨은 가서 그의 노트북을 가져왔다. 노트북에는 비밀번호가 걸려 있었지만 헨은 그의 비밀번호를 거의 다 알았다. 은행 계좌나 신용카드 비밀번호를 제외하고 로이드는 거의 언제나 ASDFJKL을 암호로 했다. (예전에 헨이 알아내기 쉬운 암호라고 심하게 나무란

적이 있었지만 그래도 로이드는 그 암호를 계속 사용했다.) 이번에도 그 암호가 통했고, 헨은 우선 인터넷에서 열어본 페이지로 들어갔다. 하지만 전날 기록은 삭제되었고, 오늘 아침 기록만 남아 있었는데 예전에 그가 말한 적이 있는 레드삭스 블로그와 이메일 계정뿐이었다. 헨은 그의 이메일을 재빨리 훑어보며 모르는 여자에게 온 메일이 있는지 살폈고, 롭 보이드와 주고받은 메일도 찾아내려 했다. 받은 편지함에는 아무것도 없었지만, 보낸 편지함으로 들어갔더니 롭에게 보낸 이메일이 있었다. 로이드는 올해 파티에 못 갈 것 같다면서("아직도 풀지 못한 상자가 엄청 많아.") 내년에는 꼭 가겠다고 썼다.

헨은 더 예전으로 가서 로이드가 보낸 메일을 전부 살폈는데 대다수가 부모님이나 노스 캐롤라이나 주에 사는 형에게 보낸 메일이었다. 하지만 1년 전쯤으로 넘어가니 롭의 전 여자 친구 조애너 그림런드에게 보낸 메일이 있었다. 조애너는 아직 매사추세츠 주에 살았다.

첫 번째 메일은 로이드가 조애너에게 보냈다. "안녕. 주말에 정말 즐거웠어." 1년 전, 역시 10월이었다. 작년에도 헨은 모닥불 파티에 가지 않았다.

시간을 보니 조애너는 대략 5분 뒤에 로이드에게 회신했다. "나도. 롭이 주최자라서 그 파티에 꼭 참석한다는 게 정말 유감이야. 롭만 없으면 완벽했을 텐데. 농담이야! J."

다음 메일은 이튿날 로이드가 보냈는데 딱 네 단어였다. "오늘 전화해줄 수 있어?"

답장은 없었다. 혹은 왔는데 삭제했거나. 그 주말에 시작된 것이 무엇이든지 간에 분명 메일을 주고받지 않고도 지속되었다.

헨은 로이드의 메일 계정에서 편지 쓰기를 누르고 조애너의 메일 주소를 입력한 다음 "우리 그만 헤어져."라고 썼다. 보내기 버튼 위에 커서를 대고 있었지만 누르지는 않았다. 이 메일을 보낸다는 생각만으로도 목구멍 뒤에서 살짝 큭큭거리는 이상한 웃음이 터져 나왔지만. 헨은 메일을 취소하고 브라우저를 종료한 다음, 노트북을 덮었다. 곧 로이드가 집에 올 것이고, 헨은 이 새로운 정보를 어떻게 할지 결정해야 했다. 로이드가 집에 들어서자마자 그를 비난하면서 지난 주말 롭의 파티에 가지 않은 일을 알고 있다고 말하면 로이드는 다 털어놓을 것이다. 어떻게든 변명을 생각해내지 않는 한. 로이드는 조애너와 바람을 피우고 있었다. 아마 그녀를 사랑할 것이고, 헨과 헤어지려고 했을 것이다. 어쩌면 헨이 그 이야기를 먼저 꺼내서 기뻐할 수도 있다. 고통이 끝날 테니까.

헨은 집 안을 서성였고, 자신이 거실에 서서 창문 너머로 옆집을 바라보고 있다는 걸 깨달았다. 적어도 지금은 매슈가 한 말이 생각나지 않았다. 로이드가 꼬박 1년 동안 거짓말을 해왔다는 사실로 인해 매슈와의 만남은 뒷전으로 밀려났다. 왜 로이드는 그냥 헤어지자고 하지 않았을까?

276

청바지 주머니 속에 들어 있는 휴대전화가 부르르 떨렸다. 헨은 로이드가 보낸 문자를 바라봤다. 집으로 가고 있다는 내용이었다.

휴대전화를 다시 주머니에 넣고, 불현듯 오늘 밤에는 로이드에게 따지지 말자고 마음먹었다. 왠지 당분간 이 정보를 쥐고 있어야만 할 것 같았다. 당분간은 로이드보다 우위에 있어야 할 것 같아서였다.

마침내 로이드가 시무룩한 얼굴로 말없이 집에 들어왔다. 그는 헨의 정수리에 기계적으로 키스하더니 냉장고로 직행해서 맥주를 찾았다. 헨은 그런 로이드를 지켜봤다. 낯선 사람을 보는 듯했다.

27

매슈는 어스름이 내리기 전에 집에 돌아왔다. 집 안은 어두웠지만 불은 일절 켜지 않았다. 서재로 가서 헨과 나눴던 대화를 생각했다. 헨과의 만남은 예상보다 훨씬 잘 풀렸다. 매슈는 지금껏 누구에게도 하지 않았던 이야기를 했고, 헨은 자기 자리에 앉아 진갈색 눈동자로 그를 똑바로 바라보며 이야기를 들었다. 한 마디 할 때마다 그의 마음은 가벼워졌다. 이제는 몇 년 만에 처음으로 홀가분했다.

매슈는 헨과 나눈 대화를 여러 번 곱씹었고, 호흡이 차츰 얕아졌다. 로이드 이야기를 그렇게 빨리 꺼내지 말았어야 했지만—로이드 이야기가 나오자마자 헨은 자리를 떴다—남자들이 저지르는 못된 짓에서 그녀도 예외가 아니라는 걸 알려주고 싶었다. 로이드도 다른 남자들처럼 음탕한 생각으로 가득 차 있다는 걸 알려주고 싶었다. 물론 로이드가 정말로 바람을 피우는지는 확실하지 않았지만 분명 가능성은 있다. 결국 로이드도 남자고, 모든 남자는 바람을 피우니까.

정말로 입에 올리지 말았어야 하는 이름은 미셸이다. 왜 미셸이 스콧 도일 때문에 괴로웠다는 이야기를 꺼냈을까? 헨에게 솔직히 다 털어놓고 싶었지만― 원래 그럴 계획이 아니었던가― 그렇다고 해서 당장 전부 다 말해야 할 필요는 없다. 그가 미셸의 이름을 언급하지 말았어야 하는 이유는 헨이 원한다면 미셸을 찾아내서 만날 수 있기 때문이다. 그렇다고 해서 큰일이 나는 건 아니지만 그 생각을 하면 약간 불안했다. 리처드가 미셸에게 이메일을 보냈을 거라고 확신했을 때처럼. 맙소사, 그 일을 까맣게 잊고 있었다. 헨과 이야기를 나누며 느꼈던 좋은 감정이 갑자기 몸에서 다 빠져나갔다.

기분 전환을 위해 매슈는 휴대전화로 미셸에게 전화했다. 그녀에게 별일 없는지 확인하고 싶었다.

"여보세요? 신기하네요. 선생님께 막 전화하려던 참이었어요."

"그래? 무슨 일인데?"

"방금 교무주임과 통화했는데 이번 학기는 쉬기로 했어요. 교무주임 말이 대리 교사를 구할 수 있고, 내가 원한다면 내년 1월에 복직할 때까지 기다려주겠대요."

"정말 쉬려고?"

"그냥…… 스콧도 그렇게 되고, 아버지도 아프고 하시니까 일에 집중할 시간과 에너지가 없어요. 집에 가서 한동안 부모님과 함께 지내려고요. 맙소사, 말만 해도 벌써……. 아니에요. 이게 올바른 선택이죠. 홀가분해요."

"그래, 자네 기분이 제일 중요하지."

"잘했다 싶어요."

"그런 기분이 들면 옳은 일을 하고 있다는 뜻이야."

"그렇게 생각하세요? 그 말을 들으니까 기쁘네요."

"단 자네가 결국 복직한다는 전제하에서야. 꼭 1월까지는 아니더라도 내년에는 돌아와. 자넨 훌륭한 역사 선생님이야."

"알겠어요. 이제 눈물이 나려고 하네요." 미셸이 말했다.

"언제 떠날 거야?"

"내일 아침에 출발하려고요."

"뭐?"

"네, 알아요. 교무주임이 벌써 대리 교사를 구해놓았대요. 맨디가 출산 휴가를 냈을 때 대리를 맡았던 분이래요. 기억나세요?"

매슈는 은퇴한 사립학교 교사라던, 은발에 자주색 원피스를 입은 노부인을 떠올렸다. "그래 기억나. 학생들은 걱정하지 마."

"괜찮겠죠?"

"작별 인사도 못 하고 간다니 서운하네."

"오늘 밤에 오실래요?" 그 말이 미셸의 입에서 성급하게 튀어나왔다. 마치 미리 연습이라도 한 듯이.

"어……." 매슈가 머뭇거렸다.

"늦은 건 아는데 사모님 아직 출장 중이시죠? 선생님 뵙고 떠나고 싶어요."

"난 좀 바쁘긴 한데, 그래도 당연히 봐야지. 몇 시쯤 들르는 게 좋을까?"

"지금은 어떠세요? 전 언제든 좋아요. 아마 밤새 짐 싸고 정리할 거예요. 아무 때나 오세요."

매슈는 시리얼을 한 그릇 먹고―소화가 되는 음식이 그것뿐이었다―미라와 영상 통화를 한 뒤에 컨트리 스콰이어 단지로 차를 몰았다. 외벽 마감재 위에 가짜 목재가 십자형으로 교차된 싸구려 아파트 건물이 모여 있는 단지였다. 출입구에 세워진 표지판은 초록색이었고, 엉터리 중세풍 활자로 '컨트리 스콰이어'라고 적혀 있었다. 매슈는 수영장 옆 방문 차량용 주차장에 차를 세웠다. 가을이라서 수영장에는 대형 방수포를 씌웠는데 그 위에 갈색 빗물과 낙엽이 고여서 가운데가 처져 있었다. 불현듯 매슈는 자신이 지금 하려는 일을 다시 생각해보았다. 미셸은 그에게 연정을 품고 있는데 그가 작별 인사를 하러 여기까지 온 걸 알면 그 마음만 더 커질 뿐이었다. 하지만 매슈는 그녀를 동료이자 어쩌면 친구로서도 소중하게 생각했다. 미셸에게 작별 인사는 하고 싶었다. 어찌해야 할지 모른 채 매슈는 자문해보았다. **무엇이 미셸에게 최선일까? 무엇이 미라에게 최선일**

까? 매슈는 집에 돌아가기로 마음먹었다.

다시 집에 돌아와 여전히 불을 켜지 않은 채 창문 너머로 옆집을 바라보았다. 옆집에는 거실 불이 켜져 있었고, 가끔씩 그림자 하나가 창문에 처진 얇은 커튼 너머로 지나갔다. 이렇게 가까이에 그의 비밀을 다 아는 사람이 산다는 사실이 믿기지 않았다. 물론 헨이 모든 비밀을 다 아는 건 아니지만 그래도 그의 정체를 알고 있었다. 매슈는 유리창에 손바닥을 댔고, 간절한 갈망이 느껴졌다. 몇 년 만에 처음으로 느껴보는 감정이었다. 갑자기 전화가 울리는 바람에 매슈는 무아지경에서 깨어났다. 리처드였다.

"전화하기에는 늦은 시간이야." 매슈가 말했다.

"그런가?"

"알면서 시침 떼지 마. 미라가 있었으면 자다가 깼을 거라고."

"없는 거 알아." 리처드가 말했다.

"왜 전화했어?"

"그냥 얘기하고 싶어서." 리처드가 살짝 혀 풀린 소리로 말했다. 술을 마시는 모양이었다. "엄마가 우리의 사정을 알고 있었을까?"

"술을 얼마나 마신 거야?"

"나 진지해. 엄마가 알고 있었을까?"

"엄마가 뭘 알았냐는 거야?"

"우리가 아버지랑 같은 부류라는 사실. 우리가 아버지처럼 생각하고 행동한다는 사실." 리처드는 '행동한다'에 힘줘서 말했고, 매슈는 갑자기 아주 불안해졌다.

"너 무슨 짓을 저지른 거지?" 매슈가 물었다.

"내가 했거나 하지 않은 일에 대해서는 얘기하고 싶지 않아. 엄마에 대해 얘기하고 싶어. 고등학교 때 샐리 레스펠 기억해? 우리가 그 애한테 어떻게 했는지?"

"우리가 한 게 아니야. 네가 했지."

매슈는 한동안 샐리 레스펠을 잊고 살았다. 매슈와 같은 테니스 동아리 회원이었던 샐리는 그보다 한 살 어렸는데 키가 너무 컸고, 얼굴은 번들거렸다. 매슈는 방과 후에 그녀의 백핸드 연습을 도와주었다. 그 후로 샐리는 매슈에게 홀딱 반해서 매일 오후에 그에게 전화하고, 쉬는 시간에 늘 복도에서 매슈와 마주쳤으며, 매슈가 무슨 말을 할 때마다 요란하게 웃어댔다. 마침내 샐리가 용기를 내서 졸업 파티에 함께 가달라고 했을 때 매슈는 그녀의 집으로 찾아가 부드럽게 거절했다. 그들은 샐리가 어릴 때 놀았다는 그네에 나란히 앉았고, 매슈는 자신이 다른 여자에게 관심이 있다고 설명하며("우리 부모님 친구의 딸인데 다른 동네에 살아."라고 거짓말했다) 샐리의 친구로 남고 싶다고 했다. 샐리는 울었지만 금세 울음을 그쳤고, 당시에도 매슈는 자신이 샐리에게 좋은 일을 해주었다고 생각했다. 훗날 그녀의 기억에 남을 만한 낭만적인 순간을 선사했기 때문이다. 둘이 그네에 앉아서 어른들처럼 사랑을 이야기한 기억.

리처드에게 샐리 일을 말하지 말았어야 했다. 하지만 당시 리처드는 그 나이에도 머릿속에 변태적인 환상이 가득해서 늘 그런 이야기를 하며 매슈를 떠보았고, 매슈는 잠시 동생의 입을 막으려고 샐리의 일을 말해주었다.

졸업 파티가 있던 날, 리처드는 샐리의 방에 있는 전화로 전화를 해서—샐리는 파티에 가지 않기로 한 터였다—속삭이는 밀투로 매슈 흉내를 내며 마음이 바뀌었다고 말했다. 이따가 밤에 네 침실 창문으로 몰래 들어가도 될까? 너한테 키스하고 싶어.

샐리가 자기 침실로 찾아온 사람이 매슈가 아닌 매슈의 동생이라는 사실을 알기 전까지 리처드가 어두운 침실에서 샐리에게 무슨 짓을 했는지 매슈는 모르지만, 그걸로 충분했다. 샐리의 겁에 질린 비명에 부모님이 잠에서 깼고, 그들은 곧바로 리처드를 내쫓았다. 이튿날 샐리의 어머니는 곧장 매슈와 리처드의 어머니를 찾아가 경찰에 신고하지 않고 상황을 해결하고 싶다고 했다. 리처드는 아무런 처벌도 받지 않았다. 그저 앞으로 다시는 샐리 근처에 가지 않겠다고 약속만 하면 되었다.

"그 일이 있고 나서 엄마가 날 어떻게 생각했을지 가끔씩 궁금해. 내가 어떤 사람인지 엄마는 알았을까?" 리처드가 말했다.

"솔직히 말해서 엄마는 그럴 정신이 없었을 거야. 자기 코가 석 자였잖아. 네가 샐리에게 한 짓은 엄마에게 아무 의미도 없었을 거야."

"'우리'가 샐리에게 한 짓이지."

"마음대로 해. 네가 아무리 그렇게 말해도 사실은 변하지 않아."

"형은 그때나 지금이나 똑같아. 여자들이 자기를 사랑하게 만든 다음, 그 여자들을 실망시키는 걸 세상에서 제일 좋아하지. 거기서 쾌감을 느끼잖아. 난 샐리에게 그 애가 정말로 원하는 걸 줬는데 왜 내가 더 나쁘다는 거야?"

"왜냐하면 샐리는 널 좋아한 게 아니니까, 리처드. 아무도 널 좋아하지 않아. 샐리는 날 좋아했다고. 네가 한 짓은 역겨워." 매슈는 위장이 쿡쿡 쑤시기 시작했고, 전화를 받은 걸 진심으로 후회했다.

"형이랑 입씨름하려고 전화한 거 아니야."

"그럼 왜 했어?"

"오늘 밤에 거기 가서 자도 돼?" 리처드의 목소리가 갑자기 애원이라도 하듯이 작아졌다.

"왜?"

"서재 소파에서 잘게. 형수는 내가 다녀간 줄도 모를 거야. 저기, 형은 지금 자도 돼. 이따가 내가 알아서 들어갈게. 형은 내가 집에 있는 줄도 모를 거야." 리처드의 목소리는 여전히 이상했다. 매슈는 예전에 동생이 얼마나 불안정하고 겁에 질린 아이였는지 생각나서 한숨을 쉬며 말했다.

"오늘 하루만이야, 알았지?"

리처드는 약속을 지켰고, 매슈는 이튿날 아침이 되어서야 동생을 보았다. 리처드는 커피를 새로 내린 뒤 식탁 의자에 앉아 있었다. 한쪽 다리는 덜덜 떨고, 다른 쪽 다리는 코르크 바닥 위로 쭉 뻗은 모습이 영락없이 아버지였다. "안녕, 안녕, 좋은 아침." 리처드가 거드름을 피우며 큰 소리로 말했다.

"잘 잤어?" 매슈가 물었다.

"아기처럼 푹 잤지. 그 소파에서는 늘 잘 자. 우리 집에서 자면 관 속에서 자는 것 같아. 사방에서 해골이 달그락거리는 듯한 소리가 나거든."

"그래도 여기서 자버릇하지 마."

리처드는 양손을 들어 올렸다. "걱정 마. 그 점에 있어서 형이 어떻게 생각하는지 나도 잘 아니까."

"커피 잘 마실게, 리처드."

"천만에. 이제 그만 꺼져줄게. 하지만 형에게 줄 작은 선물이 있어. 형도 좋아할 거야."

커피잔에 커피를 따르던 매슈는 리처드의 말투가 마음에 들지 않았다. 매슈는 리처드를 돌아봤다. "또 무슨 짓을 저지른 거야?"

"형도 많이 했던 짓이지. 그만 갈게. 서재에 가면 봉투가 있을 거야."

리처드가 떠난 뒤 매슈는 잠시 제자리에 우두커니 서 있었다.

커피는 쓴맛만 났고, 위장은 단단한 공처럼 뭉쳐 있었다. 커피를 내려놓고 마음의 준비를 한 다음, 서재로 갔다. 벽난로 위 로제타 스톤 복제품에 흰 봉투가 기대어져 있었다. 봉투를 집어 들었더니 안에 단단한 물건이 만져졌다. 밀봉된 뚜껑 밑으로 손가락을 넣어 입구를 찢었다. 안에는 열쇠고리가 들어 있었고, 거기에는 열쇠 두 개와 플라스틱으로 된 분홍색 M자가 달려 있었다. 매슈는 커피가 목으로 역류하는 것을 느꼈다. 눈을 감고 메슥거리는 속이 진정될 때까지 코로 숨을 쉬었다. 매슈는 그 열쇠고리가 누구 물건인지 알고 있었다. 미셸 브라인의 열쇠고리였다.

28

넓디넓은 호텔 방으로 돌아온 미라는 플랫 슈즈를 벗어던지고 퀸사이즈 침대 가장자리에 앉아 발을 문질렀다. 최근에 승진된 덕분에 무역 박람회는 1년에 네댓 번이 아닌 두 번만 참석하면 되었다. 그걸 좋다고 해야 할지, 나쁘다고 해야 할지 알 수 없었다. 온종일 부스에 서서 소프트웨어 시범을 보이는 건 고된 일이었는데 예전만큼 자주 하지 않아서 발이 훨씬 더 아팠기 때문이다. 익숙하지 않아서 그런가 보다 생각했지만 어쩌면 그냥 나이를 먹어서인지도 모른다.

그때 휴대전화가 진동했다. 저녁에 뭘 할 거냐는 존 매컬리어의 문자였다. 몇 년 전, 존은 미라와 같은 직장에 근무했다. 그들은 클라크 카운티 학구에 함께 파견되었고, 이틀간 힘든 프레젠테이션을 마친 뒤 벨라지오 호텔의 르 서크에서 저녁을 먹었다.

그 후에 존이 우기는 바람에 호텔 바로 가서 한 잔 더 마셨다. 미라는 존이 집적댈 거라고 예상은 했지만—출장 왔을 때 남자들이 집적댄 적이 처음이 아니었다—그녀를 사랑한다는 말을 듣게 될 줄은 몰랐다. 존은 자신의 결혼 생활이 6개월 만에 끝났고 자신은 세상에서 가장 외로운 남자라고 울면서 말했다. 미라는 하마터면 방으로 올라가서 이야기하자고 말할 뻔했다. 그랬더라면 끔찍했을 것이다. 대신 미라는 아침에 다시 이야기하자고 말한 뒤에 자리를 떴고, 곧장 방으로 올라갔다. 이튿날 아침 식사 자리에서 존은 여러 번 사과했지만 그녀에 대한 감정은 변함없다는 말로 끝맺었다. 그녀를 사랑하고, 그 사실은 절대 바뀌지 않을 테지만 다시는 그 이야기를 꺼내지 않겠으며 다른 직장을 알아보겠다고 했다. 존은 약속을 지켰다. 다시는 그 이야기를 꺼내지 않았고, 6개월 후에 미라의 회사를 떠나 교과서를 출판하는 대형 출판사로 옮겼다. 3개월 뒤에 미라는 존이 이혼했다는 소식을 들었다.

그리고 이제 존은 위치타에 왔다가 미라를 보려고 박람회에 잠깐 들렀다. 예전보다 살이 쪘고, 머리숱이 줄었지만 그녀에게 인사하며 잡담을 나눴다. "당신이 아직도 여기에 근무하는지 궁금했어." 존은 웃으며 그렇게 말했다.

미라는 존이 박람회에 들른 것도 단순히 그 호기심 때문일 거라고 생각했지만, 지금은 그가 보낸 문자를 바라보고 있었다. 문자에는 아무런 흑심도 없어 보였다. '미라, 만나서 반가웠어. 우린 지금 다 함께 모여서 바비큐를 구우려고 하는데 당신은 뭐할 건지 궁금해서. 바쁘면 안 와도 돼.' 하지만 미라는 혹시 존이 이번 만남을 계획한 건 아닌지 의아했다. 그녀가 부스에서 일할 걸 알고서 '별생각 없이' 들렀다가 다 함께 식사하는 자리에 초대할 방법을 생각해낸 건 아닐까? 미라는 그가 했던 말을 기억하는 터라—"난 언제나 당신을 사랑할 거야."—5분 후에 답장을 보냈다. '초대해 줘서 고마워, 존. 근데 방금 룸서비스를 시켰어. 너무 피곤해!'

그러고는 침대에 누워서 머리맡 테이블에 놓인 리모컨을 집어 들고 텔레비전을 켰다. 어쩌면 그녀가 집착이 심한 남자들만 끌어당기는지도 모른다. 미라는 제이 사라반을 생각했다(매슈에게 일어난 일 때문에 요즘 들어 제이 생각이 자주 났다). 제이는 미라가 처음으로 진지하게 사귄 남자였다. 그들은 뉴햄프셔 대학교 신입생 오리엔테이션에서 만났다. 두 번째 데이트에서 제이는 사랑한다고 고백했다. 미라는 충격을 받았지만 그 고백이 딱히 싫지는 않았다. 우선 제이는 엄청나게 잘생겼다. 어린 시절에 미친 듯이 보고 또 봤던 알라딘 만화의 남자 주인공이 그대로 사람이 된 듯했다. 넓은 어깨, 날씬한 체격, 완벽한 검은색 머리카락까지. 미라와 마찬가지로 제이의 부모님도 파키스탄 출신이었지만 그녀와 달리 비교적 종교적으로 엄격한 가정에서 자랐고—라마단 기간에 금식했으며 이드*를 챙겼다—파키스탄에

---

* 이슬람 양대 축제인 이드 알 아드하와 이드 알 피트르를 말한다.

도 다녀왔다. 그들은 폭풍 같은 연애를 했으며 1학년 내내 늘 붙어 다녔다. 미라는 제이가 약간 소유욕이 강하고, 요구 사항이 많다는 걸 알았지만 그는 자신감이 넘쳤고 한결같이 낭만적이었다.

그러다가 2학년이 되면서 모든 게 끔찍하게 틀어졌다. 제이는 미라에게 기숙사에서 나와 학교 근처에 아파트를 얻으라고 설득했고, 그다음에는 1학년 때 사귀었던 몇 안 되는 친구와도 연락하지 말라고 우겼다. 수업은 들을 수 있었지만 사교 행사에는 일절 참여하지 못하게 했다. 심지어 뭘 입고 먹어야 할지까지 간섭했다. 미라가 그들이 진지하게 사귀기에는 아직 너무 어리다는 이유를 대면서 잠시 시간을 갖자고 했을 때 제이는 미라의 살갗이 벗겨질 정도로 팔을 세게 비틀었다. 그 후로 미라는 말할 때 조심했는데도 제이는 여전히 버럭버럭 화를 냈다. 주로 그녀가 학교에 입고 가는 옷 때문이었다. 처음에는 그냥 아무 뜻 없어 보이는 말로 시작하지만―"이 치마 사이즈가 몇이야?"―결국에는 화를 내며 미라의 팔을(때로는 얼굴을) 꼬집고, 그녀에게 창녀고 걸레라고 소리 지르는 걸로 끝났다.

미라는 아래층에 사는 남자가―그녀는 3층짜리 건물의 다락을 개조한 원룸에서 살았다―그들이 싸우는 소리를 들었다고 확신했다. 왜냐하면 매슈 돌라모어는 미라가 혼자 있을 때 그녀와 마주치면 늘 관심을 보이며 말을 걸었지만, 미라가 제이와 함께 있을 때는 절대 아는 체하지 않았기 때문이다. 분명 제이 앞에서 미라에게 인사를 건넸다가는 그녀의 입장이 곤란해지리라는 걸 알았으리라. 매슈는 그렇게 자기만의 방식으로 그녀를 보호해주었고, 미라는 그의 배려가 매우 고마웠다. 한번은 그에게 고맙다는 인사를 하고 싶어서 엄청난 위험을 무릅쓰고 매슈를 집으로 초대해 차를 마셨다. 제이가 스쿼시 모임에 나가고 없을 때였다. 그들은 연애만 제외하고 온갖 이야기를 다 나누었다. 매슈는 좀 경직되어 있었지만 놀랄 정도로 그녀의 말을 잘 들어주었다. 심지어 지극히 따분한 이야기를 하는데도 그녀에게서 눈을 떼지 않은 채 모든 주의를 집중했다.

그 일이 있고 나서 매슈는 딱 한 번 미라에게 자기 집에 와서 커피를 마시겠냐고 물었다. 미라는 제이가 돌아와서 안 될 것 같다며 거절했지만 그들의 관계는 변함이 없다는 사실을 이해해주기 바랐다. 앞으로도 제이와 함께 있을 때는 계속 모른 척해주기를 바랐다. 매슈는 미라의 그런 마음을 이해한 게 틀림없었다. 나중에 미라와 제이가 슈퍼에 갔다 돌아오는 매슈— 한쪽 어깨에 배낭을 멘 채 집에서 나가는 길이었다—를 마주쳤는데 그는 미라를 철저히 무시한 채 제이에게만 가볍게 묵례했기 때문이다.

그런데도 그날 저녁 미라가 장 본 물건을 다 정리한 후에 제이는 이렇게 물었다. "저 아래층 남자에 대해 아는 거 있어?"

"아래층 남자?" 미라가 물었다.

"응. 아까 우리랑 마주쳤던 남자. 당신이 아까부터 계속 생각하고 있는 남자."

"난 그 사람 알지도 못해, 제이. 얘기한 적도 없다고." 미라가 말했다.

하지만 상황은 점점 악화되었고 마침내 제이는 고래고래 소리를 지르며 손톱을 미라의 두피에 박은 채 그녀의 머리를 침대 머리판에 밀쳤다. 미라는 그 상황을 끝내고 싶어서 사실은 매슈를 집으로 초대해 차를 마셨다고 말해버릴까 생각했다. 물론 제이는 그녀를 죽일 테지만 그러면 이 지긋지긋한 상황이 끝날 것이다. 그리고 만약 죽이지 않는다면, 그녀에게 실망해서 그녀와 헤어질 수도 있지 않을까? 그럴 것 같지는 않았지만 그래도 가능성은 있었다.

하지만 미라가 사실대로 고백하기도 전에 제이는 밖으로 나가버렸다. 미라는 침대에 누워 한동안 훌쩍이다가 주위에 귀를 기울였다. 매슈가 이 소란을 들었을지 궁금했다. 아까 밖에서 마주쳤을 때 분명 도서관에 가는 길이었다. 이제는 집에 돌아왔을까?

그렇게 싸우고 나면 제이는 적어도 며칠은 그녀에게 잘해주었고, 그것만이 싸움의 유일한 장점이었다. 제이는 자신의 행동을 깊이 뉘우칠 터였다. 물론 미라가 아랫집 남자와 정말로 만났다는 사실을 모르는 한. 안 된다, 제이는 반드시 그 사실을 몰라야 했다. 그녀를 보호하기 위해서가 아니라 매슈를 보호하기 위해서라도.

일주일 뒤―한 주 동안 제이는 정말로 반성했고, 심지어 하얀 장미까지 사다 줬다―수요일 아침에 경찰관이 미라를 찾아와서 제이 사라반의 여자 친구가 맞는지 물었다. 그러고는 제이가 죽었다는 소식을 전해주었다. 막다른 길에 주차된 그의 BMW―미라 다음으로 제이가 가장 자랑스러워하던 소유물―에서 숨진 채 발견되었는데 창문을 통해 배기관에 파이프를 연결해 배기가스를 들이마시는 방법으로 자살했다고 했다. 유서는 남기지 않았다.

그 후로 몇 주 동안은 꿈을 꾸는 듯했다. 사람들은 그녀를 슬픔에 잠긴 여자 친구로 대했지만 사실 미라는 운 좋게 살아난 기분이었다. 그 기간에는 매슈를 한 번도 못 만났지만 상관없었다. 마음 깊은 곳에서는 아래층 남자가 제이의 죽음과 관계가 있다고 확신했기 때문이다. 제이와 미라의 진실을 아는 사람이 매슈뿐이고, 제이 같은 이기주의자가 절대 자살할 리가 없기 때문만은 아니었다. 제이가 죽기 며칠 전, 침실 창밖을 내다봤을 때 주차장에서 제이와 이야기하던 매슈를 봤기 때문이었다. 제이는 자기 차를 자랑했고, 매슈는 차에 대해 열심히 묻고 있었다. 이제는 매슈가 제이를 어떻게 죽였는지 알 것 같았다. 제이의 BMW에 관심을 보였다가 제이가 죽던 날 밤에 아파트를 나서던 제이를 붙잡고 "당신 차로 드라이브나 할까요?" 같은 말을 했겠지. 제이는 좋다고 했을 테고, 차에 탄 매슈는 어떻게든 제이를 제압해서 자살로 꾸몄을 것이다.

그런데도 추수감사절 방학이 끝나고 막상 매슈를 다시 봤을 때는 자신이 틀렸을지도 모른다고 생각했다. 그녀에게 다가오는 매슈의 표정이 너무도 걱정스러웠기 때문이다. 저렇게 조곤조곤 말하는 역사학도가 정말로 경찰에게 잡히지 않을 정도의 완벽한 살인을 저질렀다고? 미라는 마음이 바뀌었다. 어쩌면 제이는 겉으로는 나르시시스트이자 이기주의자처럼 보였어도 사실은 미라를 학대하는 자신의 행동을 부끄러워했고, 그래서 자살했는지 모른다. 미라는 계속 그렇게 생각했다. 특히나 매슈와 사귀게 되고, 대학 시절 내내 연애하다가 졸업하고 나서 곧 결혼한 후로는.

그리고 오랜 세월이 흐른 지금, 미라는 다시 그 일을 떠올리며 매슈가 정말로 제이 사라반을 죽였는지 생각했다.

당연하지. 제이가 죽자마자 매슈가 죽였다고 확신했잖아.

함께 살면서 남편을 의심한 적이 이번이 처음은 아니었다. 매슈는 정상적인 사람이기는 해도 비뚤어진 유년기를 보냈다. 그의 어린 시절 이야기를 자주 듣지는 못했지만 어쩌다 듣게 되면 예전에 위층에서 제이가 그녀를 학대하는 소리가 틀림없이 매슈에게는 부모로부터 받은 학대를 떠올리게 했을 거라는 생각이 들었다.

또한 매슈의 성격에는 다른 일면도 있었다. 평상시에는 평범하고 전형적인 미국 남자이자 헌신적인 교사, 믿을 수 있는 남편이었지만 가끔씩 어린아이처럼 굴면서 의존적으로 행동했다.

그리고 때로는 무서울 정도로 냉담해져서 미라를 남 보듯이, 속마음을 읽어내려는 듯이 바라보았다.

가끔은 섹스 직전이나 직후에 그러기도 하지.

하지만 원래 부부가 다 그렇지 않나? 남을 잘 안다고 해봐야 얼마나 알겠는가?

그래도 미라는 여전히 의문이 남았다. 만약 매슈가 정말로 제이를 죽였고, 그 일이 너무 즐거워서 그 후로 계속 살인을 저질러왔다면? 옆집에 사는 헨은 매슈가 제자인 더스틴 밀러를 죽였다고 믿었다. 사실 미라는 그 사건이 기억났다. 지역 뉴스가 그 사건으로 도배되었기 때문이다. 케임브리지 부촌에 사는 부유한 청년의 미해결 살인 사건. 미라는 더스틴이 서식스 홀 졸업생이라는 사실을 알게 되자마자 매슈에게 그 이야기를 꺼냈고, 매슈는 더스틴이 잘 기억나지 않는다고 했다. 아예 모른다고 했던 것 같기도 한데 정확히 기억나지는 않았다. 지난주에 헨이 매슈를 범인으로 지목한 이후로 미라는 여전히 미해결인 더스틴 밀러 살인 사건 관련 기사를 읽어보다가 더스틴이 서식스 홀 재학 당시에 성폭행 혐의를 받았다는 사실을 알게 되었다. 미라에게는 금시초문이었고, 만약 그렇다면 어떻게 매슈가 더스틴을 기억하지 못하는지 의아했다. 당시 꽤 큰 논란이 있었을 텐데 말이다.

미라는 이러는 자신이 싫었지만 더스틴 밀러가 살해된 정확한 날짜를 찾아보았다. 2년 반 전의 봄이었다. 이번에는 자신의 업무 일정이 적힌 달력을 확인해보았다. 그 주 내내 출장 때문에 캔자스시티에 있었다. 평소 얼마나 출장을 자주 다니는지 생각해보면 별 의미는 없었다. 하지만 그때 출장을 가지 않았더라면 훨씬 기뻤으리라.

그리고 이제는 스콧 도일이 죽었다. 하지만 그때는 출장을 가지 않았다.

안 갔지. 다만 네 남편이 계속 술을 권하는 바람에 의식을 잃었지.

알고 보니 매슈는 스콧 도일과 연고가 있었다. 남이나 다름없기는 했지만. 스콧 도일은 매슈의 동료 교사인 미셸 브라인의 전 남자 친구였다. 미셸이 매슈에게 남자 친구에 대해 말했을까? 안 좋은 이야기를 했을까?

매슈는 남자만 죽여. 여자를 함부로 대하는 남자들을 죽이지.

미라는 잠시 그 생각이 사실인지 생각했다. 매슈가 제이를 죽인 이유는 제이가 그녀를 학대했기 때문이다. 더스틴 밀러를 죽인 이유는 그가 여학생을 강간하고도 법의 심판을 받지 않았기 때문이다. 그리고 마지막으로 스콧 도일을 죽였다. 스콧에게도 필시 어딘가 나쁜 구석이 있을 것이다. 틀림없이 동료 교사인 미셸이 매슈에게 말했을 것이다.

미라는 자기도 모르게 이를 악물고 있는 걸 깨달았다. 침대에서 내려와 창가로 가서 어둑어둑한 거리를 바라보았다. 무질서하게 모여 있는 회사 빌딩 사이로 바둑판 같은 도로가 가로질렀다. 대다수 빌딩은 불이 꺼졌고, 몇몇은 아예 사람의 흔적이 전혀 없었다. 대부분 빨간색인 자동차 불빛은 위치타 중심가를 탈출해 인근 주택지로 향하는 통근 행렬이었다.

난 어떻게 해야 하지? 미라는 생각했다. **매슈가 정말로 살인 자일 가능성이 있다면 난 어떻게 해야 하지?**

경찰에 신고해야 할까?

매슈는 널 구해줬어.

그는 연쇄 살인범이라기보다 자경단이었다. 그리고 어쩌면 둘 다 아닐 수도 있었다(제발, 제발, 그렇기를). 어쩌면 옆집에 사는 헨 머주어가 정신병자라서 매슈를 괴롭히고 있으며, 미라까지 매슈를 의심하게 만드는 것일 수도 있다.

침대에서 휴대전화 진동 소리가 들렸다. 매슈에게서 문자가 왔을 거라고 생각하며 확인해보니 존 매컬리어의 답장이었다. '괜찮아. 이해해. 그래도 계속 연락할 거야. 혹시 나랑 술 한잔할 수 있는지 떠볼 거니까.' 미소 지으며 윙크하는 이모티콘도 함께였다. 갑자기 존이 이번 출장에서 그녀를 만나려고 작정했다는 걸 깨달았고, 그러자 약간 긴장이 되었다. 짜증도 났다. 미라는 존에게 어떤 여지도 주지 않기 위해 답장하지 않기로 마음먹었다. 남자들은 소름 끼치는 존재다. 모든 여자가 그렇듯이 미라도 그 사실을 오래전부터 알고 있었다. 당연히 매슈도 그 사실을 알고 있다. 매슈에게 전화해서 예전 직장 동료가 귀찮게 한다고 말할까? 그런 다음 일주일 뒤에 존 매컬리어가 숨진 채 발견되는지 두고 보자. 미라는 그렇게 생각하고는 큰 소리로 웃음을 터뜨렸고, 그 바람에 이미 아팠던 가슴이 한층 더 아파왔다.

배가 고프지 않았지만 어쨌든 룸서비스 메뉴를 펼쳤다. 지금 먹어두지 않으면 한밤중에 깼을 때 배가 너무 고플 것이다.

29

"어젯밤에 어디서 잤어?" 로이드가 물었다.

헨은 부엌에서 손에 머그잔을 든 채 커피가 다 내려지기를 기다리고 있었다.

"아, 미안. 소파에서 잤어."

"밤새 그림 그린 거야?"

"아니. 잤으니까 걱정하지 마."

"당신이 없어서 허전했어." 로이드는 그렇게 말하고 식탁에 앉아 그릇에 시리얼을 부었다.

헨은 커피를 한 모금 마시고 말했다. "생각해보니까 올해 롭의 파티가 어땠는지 당신에게 물어보지도 않았더라고. 그 무렵에 정신이 좀 없었잖아."

"응, 그랬지. 파티는 좋았어. 맨날 똑같지 뭐."

"누가 왔었어?"

"늘 오는 친구들. 거기서 몇 명 빠지기도 하고, 더 오기도 하고. 토드와 스티브는 당연히 왔고, 에반도 왔고, 크리스, 그리고 새로운 사람들도 있었어. 롭의 이웃이라는데 처음 보는 사람들이었어."

말하는 동안 우유가 턱으로 흘러내리자 로이드는 손등으로 우유를 닦았다.

"롭은 만나는 여자 있어?"

"파티에 아무도 안 데려왔던데. 아마 없을 거야."

"조애너랑 헤어진 뒤로 사귄 적은 있고?"

"조애너 이후로?" 로이드는 천장을 바라봤고, 헨은 로이드의 표정에 뭔가가 드러나는지 잘 살폈다. "아무도 없었을걸. 롭이 사는 동네에 미혼 여자들이 우글거리는 것도 아니니까."

"둘이 계속 연락한대?"

"누구?"

"롭이랑 조애너."

"왜? 둘이 다시 사귀기를 바라는 거야?" 로이드가 미소를 지었다. 여전히 턱에 우유가 묻어 있었다.

"가끔은 그랬으면 좋겠어. 롭도 나쁘진 않지만, 조애너가 훨씬 더 좋은 사람이야. 적어도 내가 보기에는 그래."

"최근에 만난 거 알아?"

"누구, 조애너?"

"응. 보스턴에서 우연히 마주쳤지. 조애너 회사가 시내에 있거든. 그런데도 아직 노샘프턴에 살더라고."

"무슨 일을 하는데?"

"조애너에게 듣기는 했는데 잘 기억이 안 나. 보건학과 관련된 일이었던 것 같아."

헨은 로이드를 주의 깊게 지켜봤다. 그는 거짓말을 하고 있었는데ㅡ비록 조애너와 섹스는 하더라도 그녀의 직업을 정말로 기억하지 못할 가능성이 농후하기는 했지만ㅡ꽤 잘했다. 헨이 질문한 이유도 그것이었다. 로이드가 거짓말할 때 어떤 얼굴인지 보고 싶었다. 그에게서 조금이라도 죄책감이 보였나? 긴장한 듯이 보였나? 그렇지 않았다. 그리고 그 사실 때문에 헨은 목이 멨다. 곧 눈물이 나올 듯이. 헨은 냉장고를 열고 자몽을 꺼내며 로이드에게 물었다.

"반 줄까?" 평소와 똑같은 목소리였다.

"아니, 나 늦었어. 뛰어야 해."

헨은 날카로운 칼로 자몽을 반으로 자른 다음, 투명한 껍질을 조심스럽게 벗겨내 과육만 빼냈다. 자몽 손질이 다 끝났을 때 로이드가 그녀의 입꼬리에 키스하고 출근했다. 헨은 욕실로 가서 변기 앞에 무릎을 꿇고 앉아서 토할 준비를 했지만 아무것도 올라오지 않았다.

욕실에서 나가 거실 소파로 갔다. 그녀도 오늘 아침에 로이드에게 거짓말을 했다. 소파에서 잤다고 했지만 사실은 한숨도 못 잤다. 헨은 소파에 누웠다. 너무 피곤해서 로이드의 불륜을 생각할 기운도 없었다. 춥지는 않았지만 담요를 소파 위로 끌어 올려서 덮은 다음, 몸을 옆으로 웅크리고 작고 어두운 보호막으로 자신을 감쌌다. 잠이 올 정도로 피곤하지는 않다고 생각하며 눈을 감았다. 그런데 어느새 잠이 들었다가 땀을 뻘뻘 흘리며 깨어났고 오늘이 무슨 요일인지, 지금이 낮인지 밤인지도 기억나지 않았다. 헨은 담요를 얼굴 아래로 내렸다. 그녀의 머리 위쪽에 앉아 있던 비니거가 맹렬하게 가르릉거렸다.

"안녕, 비니거." 헨이 그렇게 말하자 비니거는 더 큰 소리로 가르릉거렸고, 둘의 눈이 마주쳤다.

헨은 담요를 완전히 젖힌 다음, 손목시계를 봤다. 정오가 막 지난 시각이었다. 지난 24시간의 기억이 모두 밀려왔다. 하지만 헨은 화가 나거나 슬프지 않았고, 갑자기 냉정해졌다. 마치 다섯 시간의 단잠이 모든 감정을 삭제해버린 듯했다. 오줌이 마려운데도 계속 소파에 웅크린 채 로이드를 생각했다. 로이드는 조애너를 사랑하는 걸까? 아니면 그냥 섹스 파트너일까? 아니면 전혀 다른 관계일까? 갑자기 진실이 알고 싶어졌다. 복수나 자기 연민 때문이 아니라 로이드를 사랑했기 때문에 그에게 무슨 일이 있었는지 알고 싶었다. 예전에 그녀도 바람을 피울 뻔한 적이 있었고, 그 사실을 로이드에게 절대 말하지 않겠다고 마음먹었지만 만약 로이드가 조애너와의 불륜을 털어놓는다면 헨도 그 일을 말할지 모른다. 그녀가 로이드를 처음 만났을 때 마음에 들었던 점에는 무서울 정도로 솔직한 성격도 포함되어 있었다. 둘이 사귀기 시작했을 때—로이드가 양다리를 걸쳤을 때—로이드가 한번은 이런 말을 한 적이 있다. 자신은 매년 다른 여자와 사귀는 게 목표라고. 늘 사랑에 빠졌다가 마음이 멀어지고 다시 사랑에 빠지기를 반복하고 싶다고.

"최악이다." 헨이 말했다.

"알아. 그렇지?" 로이드가 대꾸했다. "난 사랑의 비극에 중독된 것 같아. 내 삶에는 그런 드라마가 필요해. 기본적으로 난 나쁜 남자야."

"딱히 나쁜 남자 같지는 않아. 그보다는 바보 같은데."

"맞아." 로이드는 그 말에 동의하고 웃었다. "바보에 가깝지."

사실 헨은 로이드의 그런 면에 끌렸다. 그녀의 삶을 더 짜릿하고 예측 불가능하게 만들어줄 거라고 보장하는 면. 하지만 옛날 일이고, 이제는 당시에 가졌던 그런 욕구가 어느 정도 조증의 영향임을 알고 있었다. 헨은 예술가들의 전기에 흔히 나오는, 혼란스럽고 창의적이고 낭만적이면서 불륜이 섞인 결혼 생활을 동경했다. 지금은 결코 그런 삶을 원하지 않지만 거기에 끌렸던 마음은 이해할 수 있었다. 로이드와 함께 살았던 세월은 편안하고 안정적이었지만 약간은 지루했기 때문이다.

헨은 배가 고파서 기운이 없었지만 자리에서 일어나 부엌으로 갔다. 비니거가 그녀를 쪼르르 따라왔다. 조리대에 아까 먹고 남은 자몽 반쪽이 있었다. 헨은 손으로 게걸스럽게 자몽을 파먹고, 남은 즙은 입에 대고 짜서 마셨다. 그런 다음, 로이드가 식탁에 두고 간 시리얼을 집어 들고 허기가 가라앉을 때까지 손으로 한 움큼씩 집어 먹었다.

그런 다음, 스케치북을 들고 베란다로 나가서 쿠션이 덧대어진 접이식 의자에 앉아 두 다리를 들어 올려 옆으로 뉘고 발을 엉덩이 밑으로 집어넣었다. 미친 듯이 바람이 부는 날이었지만—일기예보에 따르면 플로리다에서 시작된 열대 폭풍우의 끝부분이 해안에 상륙했다—바람은 따뜻했고, 수증기를 머금고 있었다. 헨은 오랫동안 앉아 길 건너에서 바람에 흔들리고 구부러지는 나무들, 가지에서 떨어지는 이파리를 바라보았다. 갑자기 머릿속에 이미지가 떠올랐다. 나무에 붙어 있던 나뭇잎들이 한꺼번에 떨어지는데 사실 나뭇잎이 아니라 작은 새들이었다. 새들은 한 무리가 되어 요동치는 하늘로 날아갔다. 그다음에는 새들로 꽉 찬 하늘이 떠올랐다. 무수히 많은 새는 지저귀는 먹구름이 되어 모든 걸 가려버렸다. 헨은 몸을 떨었다.

마침내 다시 로이드의 생각으로 돌아가 어떻게 해야 할지 결정을 내리려 했다. 당연히 로이드에게 따지면서 난리 칠 수 있었다. 집에서 쫓아내거나 조애너를 그만 만나라고 요구할 수도 있었다. 이혼해달라고 할 수도 있었다. 젊은 시절의 그녀였다면 어떻게 했을까? 아마도 로이드를 되찾으려고 싸웠을 것이다. 아니면 복수하기 위해 똑같이 바람을 피웠거나. 지저분하고 사랑에 굶주린 이십 대 남자들로 세상이 가득 찼던 그 시절에는 바람을 피우기가 훨씬 쉬웠으리라. 하지만 지금은 누구와 바람을 피운단 말인가? 당연히 옆집에 사는 살인자 매슈지. 헨은 그렇게 생각하며 큰 소리로 웃었다가 혹시 누가 봤을까 싶어서 얼른 거리를 살폈다. 손목시계를 봤더니 3시가 약간 넘은 시간이라, 이제 곧 매슈가 오지 않을까 정말로 궁금해졌다. 그리고 자신이 베란다로 나와 지나가는 차와 떨어지는 낙엽을 바라봤던 이유에는 그것도 포함되어 있었음을 깨달았다. 그녀가 매슈를 만나고 싶은 이유는 바람을 피우고 싶어서가 아니라—이번에도 그 생각을 하면 큰 소리로 웃음이 터져 나왔다—그와 좀 더 이야기하고 싶어서였다. 로이드에 대해 얼마나 정확히 알고 있는지 궁금해서였다.

돌풍이 비를 만들기 시작했고, 산발적 폭우가 나뭇잎에 후드득 떨어졌다. 헨은 나뭇가지에서 새들이 일제히 날아오르는 그림을 그렸지만 차가 지나갈 때마다 고개를 들었다.

4시가 되자 매슈의 피아트가 그의 집 진입로에 들어섰다. 헨은 매슈를 지켜보았다. 매슈가 그녀의 집 앞을 지나갈 때 베란다에 나와 있는 그녀를 봤을지 궁금했다. 매슈는 차에서 내린 다음, 차 안으로 몸을 숙여 서류 가방을 집어 들고는 뒤돌아 헨을 바라봤다. 베란다에 두른 방충망과 이제는 꾸준히 내리는 비 때문에 그의 얼굴이 잘 안 보였지만 그래도 헨은 그에게 손을 흔들었고, 매슈도 손을 흔들었다. 매슈는 집 안으로 들어갔고, 헨은 자기가 그의 집으로 찾아가서 이야기해야 할지 고민했다. 그때 매슈가 트위드 재킷이 아닌 라운드 네크라인 스웨터를 입고 집에서 나오더니 몇 걸음 만에 헨의 집 베란다로 이어지는 계단 앞에 도달해 멈춰 섰다.

"들어가도 됩니까?" 매슈가 물었고, 헨은 초대를 받아야만 인간의 공간에 들어갈 수 있는 뱀파이어가 생각났다.

매슈는 헨 반대편에 놓인 낡은 흔들의자에 앉았다. 이 집을 살 때부터 베란다에 있던 의자였다. 매슈는 지난번과 달라 보였다. 겁에 질린 사람처럼 얼굴이 창백했다. 어쩌면 머리 모양이 바뀌었기 때문인지도 모른다. 젖은 머리카락을 뒤로 빗어 넘겨 또렷한 V자형 헤어라인이 드러났는데 그걸 보니 또 뱀파이어가 생각났다.

"왜 로이드에 대해서 그렇게 말했죠?" 헨이 물었다.

매슈는 잠시 어리둥절한 표정이더니 이내 대답했다. "정말로 바람을 피우고 있었나 보군요."

"아뇨, 그렇다고는 안 했어요. 그냥 당신이 왜 그런 생각을 했는지 궁금할 뿐이에요." 헨은 갑자기 배가 아팠고, 로이드 이야기를 꺼내지 말 걸 그랬다고 후회했다. 방금 그녀는 매슈의 생각이 맞았다고 확인해준 셈이었다.

"몰랐습니다. 짐작만 한 거죠. 그럴 것 같아 보였습니다."

"정확히 어떻게 보였는데요?"

매슈는 입술을 내밀고 생각에 잠겼다. 그러다 마침내 입을 열었다. "남자 같아 보였습니다." 그러고는 겸연쩍게 보일 정도의 미소를 지었다.

"그게 무슨 뜻인지 모르겠네요." 헨이 말했다.

"그러니까 여자를 만날 때마다, 말 그대로 여자를 만날 때마다요, 그 여자와 섹스를 할지 말지 곧장 결정하는 겁니다. 마음속으로 여자들 옷을 벗기고, 상대방도 자기와 같은 생각을 하는지 궁금해하죠. 그날 우리 부부와 저녁 식사를 함께한 뒤에 당신 남편이 내 아내를 상대로 고심하며 소설을 썼을 거라고 장담합니다. 당신과 내가 동시에 집을 비운다면 무슨 일이 생길까 궁금해하면서요. 아마 그들은 저녁 식사를 함께하고, 섹스를 하고, 다른 사람에게는 절대 말하지 않기로 약속하겠죠. 당신 남편은 아주 상세하게 상상했을 겁니다. 구체적으로요. 내 아내의 가슴이 어떻게 생겼을지, 성기는 어떤―."

"그만해요. 알아들었어요."

"남자들이 그래요." 매슈가 약간 방어적으로 말했다.

"당신이 그렇다는 뜻이겠죠." 헨이 말했다.

매슈는 흔들의자를 앞으로 굴렸다. "아뇨, 사실 난 그렇지 않습니다. 난 달라요."

"그럼 남자들이 그렇다는 걸 어떻게 알죠?"

"그냥 압니다. 난 아주 못된 아버지 밑에서 자랐거든요. 아버지는…… 여자를 성적 노리개로 보는 사람이었고 사디스트였죠. 그리고 동생도 아버지와 똑같습니다. 아내가 없다는 점만 제외하고요. 동생에게는 괴롭힐 사람이 없죠. 하지만 만약 아내가 생기면…….”

헨은 페인트를 칠한 베란다 마룻바닥에 두 발을 내려놓고 몸을 앞으로 내밀었다. “하지만 아무리 당신 아버지가 그랬다고 해서 모든 남자가―.”

“모든 남자가 똑같지는 않다고요? 그렇죠. 하지만 그건 일종의 스펙트럼이고, 모든 남자는 그 스펙트럼에 속합니다. 아마 당신 남편은 통계적으로 평균일 거고, 나쁜 남자는 아닐 겁니다. 하지만 여자를 볼 때는 상대와 뭘 하고 싶은지만 보죠.”

“그럼 당신은 그 스펙트럼의 어디에 있나요?”

“난 그 안에 들어가지 않습니다.”

“당신은 여자를 대상화하지 않는다고요? 전혀?”

“네.”

“처음 당신 아내를 봤을 때 무슨 생각을 했죠? 이야기를 나누기 전에요.”

“물론 아름답다고 생각했습니다만 대부분의 남자처럼…… 그녀의 몸이나 다른 것들은 생각하지 않았습니다.”

“그래서 여자를 보호하는 거군요. 나쁜 남자들을 죽이는 방법으로.” 헨은 자신의 말이 매우 빈정거리는 투로 들린다는 걸 깨달았지만 무시했다.

“네. 만약 여자를 해치는 남자가 있다면, 놈은 아마도 그런 짓을 또 저지를 테고, 난 그런 놈은 아무 거리낌 없이 죽입니다.”

“아무 거리낌 없이?” 헨이 웃었다.

“네. 좋아서 죽이는 게 아닙니다. 뭐 가끔은 죽이고 나서 만족스러울 때가 있기는 하죠. 하지만 첫 충동…… 애초에 내가 누군가를 죽일 수 있는 이유는…… 그 일에 아무 거리낌이 없기 때문입니다. 이건 큰 차이죠.”

“로이드는 바람을 피우지 않았어요.”

“그렇군요.”

“그러니까 그이를 해치지 말아요. 절대. 알았어요?”

매슈의 표정이 진지해지더니 그가 말했다. “사실 난 이 일을 그만둘 겁니다. 당신이 원하는 것도 그거잖아요. 그래서 어제 나랑 만난 거고요. 내가 범인이라는 사실을 경찰이 믿게 하지 못한다면, 날 설득해서 살인을 멈추게 하겠다는 게 당신 계획 아닌가요?”

“그런 마음도 있기는 했죠. 동시에 당신이 하려는 말을 듣고 싶기도 했고요. 우린 이상한 관계죠. 당신은 내게 무엇이든 말할 수 있고, 난 그 이야기를 아무에게도 못 하고요.”

“그래요. 아주 이상한 관계죠. 덕분에 난 홀가분하고요.”

“지금까지 몇 명이나 죽였죠?” 헨이 물었다.

매슈는 흔들의자에 등을 기대고, 스웨터 소매를 끌어내렸다. “그 이야기는 아직 하고 싶지 않습니다.”

“알았어요.”

"그보다는 동생 이야기를 하고 싶군요."

"좋아요."

"내가 전에 동생 이야기를 한 적이 있나요?"

"조금 전에요."

매슈는 어리둥절한 표정이었다. 마치 조금 전에 자기가 뭐라고 했는지 벌써 잊었다는 듯이.

"동생이 아버지랑 똑같다고 했어요."

"난 아닙니다. 동생이 그렇죠." 매슈는 그렇게 말했고, 그 말의 무언가가 갑자기 헨을 불안하게 했다.

"어떤 면에서요?" 헨이 물었다.

"동생은 아버지와 똑같습니다. 다만…… 아까 말한 대로 사람들과 잘 어울리지 않죠. 저만 만납니다. 그래서 동생이 위험하다고 생각한 적은 한 번도 없습니다."

"동생은 무슨 일을 하죠?"

"리처드요? 아무 일도 안 합니다. 말로는 글을 쓴다는데 그거야 모르죠. 미라는 모르지만 사실 내가 동생을 부양하고 있습니다. 금전적으로요. 오래됐습니다. 동생은 정신이 아픈 사람입니다. 하지만 이제는…… 동생이 행동할까 봐, 더 용감해질까 봐 걱정—."

"동생이 누군가를 해쳤을 거라고 생각해요?"

"아마 그랬을 겁니다." 매슈가 말했고, 헨은 그가 뭔가 숨긴다는 걸 알 수 있었다. "그리고 또 다른 사람도 해칠 겁니다. 우리 같은 사람들은 원래 그렇습니다. 한동안은 괜찮다가 살인을 맛보고 나면 문이 열리는 셈이고, 다시는 그 문을 닫지 못합니다. 적어도 난 죽어 마땅한 남자들만 죽이면서 그걸 통제할 수 있지만 동생은 그렇게 못 해요. 동생은 아버지와 똑같습니다. 죄 없는 여자들을 해치고 싶어 해요."

"경찰에 신고해야 하지 않을까요?"

매슈는 이를 악물었다. "그 생각도 해봤습니다. 정말로 해봤어요. 하지만 당신은 모릅니다. 그래도 리처드는 내 동생이에요. 우린 어린 시절을 함께 견뎠습니다. 동생을 배신할 수는 없어요. 리처드는 감옥 생활을 버티지 못할 겁니다."

비는 그쳤지만 먹구름은 한층 짙어졌다. 한 남자가 거리를 걷다가 헨의 집 진입로에 들어섰지만 헨은 보지 못했다. 남자가 베란다로 이어지는 계단을 올라올 때에야 헨은 그를 보았고, 순간적으로 매슈의 동생인 줄 알았다. 하지만 문이 활짝 열리고 베란다로 들어온 사람은 로이드였다. 그의 시선이 헨에게서 흔들의자에 앉아 있는 매슈에게 향했다.

"나 왔어." 로이드가 말했다.

"일찍 왔네." 자기도 모르게 헨의 입에서 그 말이 튀어나왔다.

"내 문자 못 받았어?"

"아, 응. 휴대전화는 집 안에 있어."

매슈는 자리에서 일어났고, 로이드는 그에게로 몸을 돌렸다.

"안녕하세요, 매슈."

"안녕하세요, 로이드. 그냥 잠깐 들렀습니다. 서로 오해를 풀려고요."

로이드는 헨을 돌아보며 양 눈썹을 치켜세웠다. "그래요?"

"이만 가봐야겠습니다. 얘기 즐거웠어요, 헨. 만나서 반가웠어요, 로이드." 매슈는 그렇게 말하고는 방충망이 달린 문을 밀치고 재빨리 자기 집으로 걸어갔다.

로이드는 계속 헨을 바라보며 말했다. "이게 지금 뭐하자는 거야?"

"당신은 조애너 그림런드와 바람을 피웠어." 헨이 말했다.

30

서재로 돌아온 매슈는 갑자기 헨의 남편과 마주치는 바람에 아직도 가슴이 두근거렸고 스웨터가 축축했다. 리처드가 남기고 간 봉투를 다시 바라보았다. 아직 그대로 있었다. 분홍색 'M' 자와 열쇠 두 개도 함께. 매슈는 오늘 미셸에게 몇 차례 전화했지만 매번 음성 사서함으로 넘어갔다. 리처드에게도 전화했지만 받지 않았다.

매슈는 자기가 해야 할 일이 무엇인지 알고 있었다. 차를 몰고 컨트리 스카이어 단지로 가서 미셸의 현관문 열쇠 구멍에 열쇠를 넣어보고, 혹시 무슨 일이 생겼는지 확인해야 한다. 만약 미셸이 죽었다면 모든 것이 바뀔 것이다. 리처드는 오랫동안 하겠다고 협박했던 일을 마침내 실행한 셈이다. 하지만 매슈가 가지 않는다면, 문을 열지 않는다면 미셸은 여전히 살아서 차를 몰고 부모님 집으로 가는 중일 수 있다. 운전 중이라서 전화가 곧장 음성 사서함으로 넘어가는 것일 수 있다. 미셸 성격을 생각하면 그럴듯하지 않은가. 아마 미셸의 아파트에 가봐도 아무것도 없을 것이다. 미셸은 진작 떠났고, 아파트는 텅 비어 있을 것이다. 리처드가 끔찍한 짓을 저지른 척했다가 나중에서야 그냥 농담으로 밝혀진 적이 한두 번이 아니었다. 농담이라고는 해도 반은 진담이었다. 리처드는 늘 그런 짓을 저지르고 싶어 했으니까.

하지만 열쇠는 뭐야? 리처드는 대체 어디서 저 열쇠를 얻은 거지? 매슈는 생각했다.

그때 미라가 전화했고, 그녀와 통화하는 20분 동안 매슈는 기분이 나아져서 거의 정상으로 돌아갔다.

"보고 싶어." 매슈가 전화에 대고 말했다.

"무슨 일 있어? 경찰이 새로운 소식이라도 전해줬어?" 미라가 물었다.

"아무 일 없어. 그냥 당신이 보고 싶으면 안 되는 거야?"

미라가 웃었다. 그 소리를 들으니 매슈는 기분이 더 좋아졌다. "내일 저녁에 돌아갈 거야. 내가 비행편 적어준 문자 받았지?"

"그랬을 거야."

"그럼 내일 봐. 그리고 매슈……."

"응."

"내가 많이 사랑해. 자기가 그걸 알았으면 좋겠어."

"알아." 매슈가 말했다.

통화가 끝나고 매슈는 냉장고로 갔다. 배가 고프지는 않았지만 뭐라도 먹어야 할 것 같았다. 지독하게 힘든 하루였다. 아침에 교사 휴게실에 갔더니 다들 미셸이 갑자기 그만둔 이야기를 하고 있었다. 매슈는 별로 마시고 싶지 않은 커피를 한 잔 따르다가 학교에서 제일 나이가 많은 선생인 베티가 목소리를 낮춰서 말하는 소리를 들었다. "적어도 대리 교사를 만나서 수업 계획서를 넘겨주고 갈 수는 있잖아요. 길어야 한나절이면 끝났을 텐데."

"미셸은 남자 친구가 살해됐고, 아버지는 죽어가고 있습니다." 매슈가 휴게실 맞은편에서 말했다. 베티 그리고 그녀와 함께 이야기하고 있었던 세 교사가 고개를 돌려 매슈를 바라봤다.

"미안합니다. 전 그냥 미셸이 걱정돼서요." 매슈가 덧붙였다.

"우리 모두 미셸을 걱정하고 있어요." 베티가 얼른 말했다. "하지만 난 미셸이 가르치는 학생들의 교육도 걱정하는 거예요."

매슈는 멍하고 불안한 상태로 남은 하루를 보냈다. 수업하면서 잠시 리처드가 찾아왔던 일을 잊어버리기도 했지만 이내 기억이 나면서 갑자기 열쇠고리가 다시 생각났고, 가슴이 철렁 내려앉았다. 마침내 수업이 끝났을 때 매슈는 차에 타서 미셸에게 전화했지만 곧장 음성 사서함으로 넘어갔다.("미셸입니다. 어떻게 하는지 아시죠?") 매슈는 그냥 그녀의 아파트로 찾아가 현관문을 두드리자고 생각했다. 그러자 미셸이 문을 열어줄 때의 안도감이 벌써 느껴지는 듯했다. 미셸의 목소리가 들렸고―"오셨군요! 어쩐지 빨리 짐을 챙겨서 떠나기가 싫더라고요."―그를 비웃는 리처드의 웃음소리도 들렸다. "내가 정말로 그런 짓을 할 거라고 생각한 거야? 드럭스토어에서 그 열쇠고리를 샀지. 형한테 써먹으려고 몇 달을 기다렸다고." 리처드는 그렇게 말할 것이다. 매슈가 그런 상상을 두 번이나 했을 때 주차장 너머에서 그를 바라보고 있는 빌리 포르티스가 눈에 들어왔다. 매슈는 피아트의 시동을 켜고, 혹시 자기가 입을 움직이며 혼잣말을 했는지 생각했다.

매슈는 미셸의 아파트가 아니라 자기 집으로 곧장 차를 몰았다. 바람에 비가 사선으로 내렸고, 차 안에는 김이 서렸다. 매슈가 창문을 손톱만큼 내리자 비가 들이쳐 그의 얼굴을 때렸지만 창문에 서린 김이 조금 사라졌다. 매슈는 주차하고 차에서 내리면서 본능적으로 옆집을 바라봤다. 헨이 베란다에 앉아 있었다. 그녀가 손을 흔들자 온몸에 안도감이 퍼졌다. 가서 헨과 이야기하고, 미셸을 어떻게 할지는 나중에 생각해도 된다.

집으로 들어간 매슈는 냉장고에서 진저에일과 비닐 포장된 치즈 스틱 두 개를 꺼냈다. 찬장에 놓인 통밀 크래커를 집어 들고 거실 소파로 가서 어둠 속에 앉아 저녁을 먹었다.

헨에게 리처드 이야기를 했다는 게 믿기지 않았지만 하길 잘했다는 생각이 들었다. 단지 홀가분한 정도가 아니었다. 설사 리처드가 정말로 미셸에게 무슨 짓을 했다 해도 그로서는 어쩔 수 없다. 리처드는 일전에 헨 이야기를 꺼낸 적이 있다. 어느 날 저녁에 그녀가 베란다에 앉아 있었고, 치마 속이 훤히 들여다보였다고 했다. 또 뭐라고 했더라? 헨이 '준비가 되어 있다'라는 식의 말을 했다. 당시 매슈는 그 말을 흘려들었다. 동생은 늘 말 뿐이고 행동은 하지 않는 패배자였기 때문이다. 하지만 만약 리치드가 정말로 바뀌었다면? 그 생각을 하자 오늘 내내 아팠던 위장이 한층 더 쓰렸다. 그는 이미 미셸의 아파트에 찾아가겠다고 마음먹은 터였다. 무슨 일이 있었는지 어떻게든 알아내야 했다.

매슈는 시간을 확인했다. 미셸의 아파트 단지에 가기에는 너무 이른 시간이었다. 아직 들고 나는 사람이 많을 터였다. 밤 11시에 가는 게 좋을 듯했다. 그때라면 단지 내에 돌아다니는 사람이 없을 테고, 설령 누가 그를 본다 해도 수상하게 생각하지 않을 것이다. 매슈는 서재로 들어가 소파 옆에 놓인, 스테인드글라스로 만든 갓이 달린 작은 램프를 켰다. 책꽂이에 꽂힌 책들을 바라보며 서너 시간을 때울 수 있는 책을 고르려 했다. 그가 사 모은 샐린저 문고본이 나란히 꽂혀 있었고, 매슈는 손끝으로 책등을 훑었다. 《호밀밭의 파수꾼》은 열세 살 때 그를 구원해 주었다. 그 책을 읽은 후에야 비로소 부모와 세상 전반에 느끼는 분노가 잘못된 것이 아님을 깨달았다. 하지만 지금 그가 뽑은 책은 《프래니와 주이》였다. 역시나 그에게 중요한 작품으로 이 책을 읽으면서 처음으로 여자를 보호해주고 싶은 마음이 들었다. 역시 열세 살에 그 책을 읽으며 매슈는 책의 도입부에 나오는, 자발적 거식증에 걸린 프래니와 사랑에 빠지는 상상을 했다. 어떤 면에서는 정말로 사랑에 빠졌다. 프래니는 매슈의 첫사랑이었고, 우리가 사는 세상이 난장판이라는 사실을 잘 알고 있었다. 이제는 퀴퀴한 냄새가 나고 나달나달해진 책을 펼쳐 첫 문장을 읽자—"토요일 아침, 햇살이 눈부시게 반짝였지만 가벼운 코트가 아니라 다시 두툼한 롱코트를 꺼내 입어야 할 날씨였다."—몸 안의 긴장이 사라졌다. 두 개의 긴 이야기로 이뤄진 책을 다 읽은 뒤 소파에서 일어나 제자리에 꽂아두었다. 그러고는 발을 양옆으로 벌리는 동시에 손을 머리 위로 올리면서 가볍게 뛰었다. 독서 덕분에 잠시 허구의 세계에 들어갈 수 있었다. 그에게는 늘 쉬운 일이었고, 덕분에 생존할 수 있었다고 매슈는 가끔씩 생각했다. 독서는 지옥에 갇혔던 어린 시절을 견딜 수 있게 해주었다. 책과 부적으로 둘러싸인 그의 서재도 그걸 상징했다. 서재는 동떨어진 세상이었다.

아직 11시가 되지 않았지만 이제는 미셸의 아파트로 출발해서 진실을 알아내야 했다. 매슈는 면바지와 스웨터를 벗고, 제일 오래된 청바지와 집안일을 할 때만 입는 맨투맨 티셔츠로 갈아입었다. 기모가 들어간 미라의 스키 모자 중에서 하나를 꺼내 머리에 썼다. 설사 아파트에서 누가 그를 본다 해도, 평소 그의 모습과는 매우 다를 것이다.

　매슈는 컨트리 스콰이어 단지로 차를 몰아 다시 방문 차량 주차 구역에 차를 세웠다. 먼저 미셸의 혼다 시빅이 있는지 찾아볼까 하다가 그만두기로 했다. 미셸의 차가 있든 없든 달라질 게 없었다. 차가 있다 해도 미셸의 집에 가봐야 한다. 비는 진작 그쳤지만 주차장 바닥은 빗물로 번들거렸다. 하늘은 진한 자줏빛이었고, 별은 보이지 않았다. 아파트 단지는 거다란 사각형 풀장을 둘러싼 두 개의 L자 모양 건물로 이뤄졌다. 단지 안은 조용했고, 창문에는 대부분 불이 꺼져 있었다. 안쪽 세상에서 바깥쪽 세상으로 흘러나오는 빛은 모두 커튼과 블라인드를 투과했고, 대다수가 펄럭이거나 움직이거나 아니면 텔레비전 불빛이었다. 싸구려 치장 벽돌로 마감한 건물 사이를 걸으며 매슈는 앞쪽에 보이는 출입구로 빨려가는 듯했다. 침침한 불빛을 받은 유리문이었는데 나방 한 마리가 멍청하게 자꾸 문을 들이받았다. 문 옆에 31호에서 64호까지 각 집의 초인종이 달려 있었다. 매슈는 청바지 주머니에서 열쇠고리를 꺼냈다. 두 열쇠 모두 번호는 적혀 있지 않았지만 미셸은 전화로 자기 집이 41호라고 했다. 매슈는 초인종을 누르려다가 왠지 모르게 멈칫했다. 리처드가 두고 간 열쇠가 이 아파트 열쇠인지 확인해야 한다. 만약 맞다면 최악의 결과를 대비해야 할 것이다.

　첫 번째 열쇠를 공동 현관문에 밀어 넣었다. 열쇠는 부드럽게 들어갔지만 돌아가지 않았다. 안도감이 밀려왔다. 하지만 두 번째 열쇠는 역시 부드럽게 들어가더니 옆으로 돌아갔고, 잠금 장치가 딸깍 열렸다. 매슈는 현관문을 밀고 카펫이 깔린 건물 안으로 들어갔다. 이제 두려움이 최고조로 치솟았다. 잠시 서서 건물의 정적에 귀 기울이고, 머리 위에서 무자비하게 쏟아지는 형광 불빛에 눈을 적응시켰다. 그런 다음 두 발짝 걸어갔다가 왼쪽으로 돌아서서 긴 복도를 걸어갔다. 벽은 무난한 베이지색으로 새로 칠한 듯했지만, 바닥에 깔린 카펫에는 빨간색과 금색으로 된 정교한 무늬가 있었는데도 때가 훤히 보였다. 숫자는 33호부터 시작되었고 복도의 4분의 3쯤 걸어갔더니 41호가 나왔다. 매슈는 나무로 만든 문에 귀를 대보았지만 아무 소리도 들리지 않았다. 노크하려다가 열쇠를 사용했다. 왠지 모르게 만약 미셸이 지금까지 집에 있다면 죽었을 거라는 확신이 들었기 때문이다. 이제 매슈의 유일한 희망은 미셸이 집에 없는 것이다. 그녀가 물건을 다 챙겨서 떠난 뒤 부모님 집에 안전하게 도착했고, 리처드는 살인자가 아니기를 바랐다.

매슈는 현관문을 밀쳤다. 집 안은 어두웠지만 블라인드가 걷혀 있어서 가구가 놓인 거실이 보였다. 천장에 설치된 선풍기가 들릴 듯 말 듯 끽끽 소리를 내며 천천히 돌아갔다. 매슈는 조용히 문을 닫고 잠시 서서 코로 숨을 들이쉬었다. 달착지근하면서 구리 같은 냄새가 풍겼고, 매슈는 당장 돌아서서 나갈까 생각했다. 냄새만으로도 최악의 사태가 벌어졌다는 걸 알 수 있었지만 그래도 눈으로 직접 확인하자고 마음먹었다. 리처드가 한 짓을 봐야만 했다. 매슈는 카펫이 깔리지 않은 거실 바닥을 재빨리 가로질렀다. 부엌 벽감 속에 쌓여 있는 상자 무더기가 보였다. 침실 문이 빼꼼 열려 있었고, 매슈는 발끝으로 문을 밀었다. 침실에서는 한층 강한 냄새가 풍겼고, 눈이 완전히 적응되기 전에 매슈는 순간적으로 퀸사이즈 침대 머리맡 벽에 태피스트리가 걸려 있는 줄 알았다. 하지만 그것은 태피스트리가 아니었다. 피로 그린 두 개의 높이 솟은 호(弧)였다. 두 개의 아치가 검은 피를 뚝뚝 흘리고 있었다.

침대에는 밖에서 들어오는 불빛을 받아 검게 반짝거리는 피가 흥건히 고여 있었고, 그 안에 미셸이 누워 있었다.

31

헨은 침대에 누워서 침실에 여명이 가득 차는 것을 지켜보았다. 로이드는 아래층 소파에 있었다. 사실 선택할 수 있다면 헨은 자기가 소파에서 자고 싶었다. 하지만 로이드가 1년간 조 애너와 바람을 피웠다고 인정하고 나자 그녀가 소파에서 자고, 로이드가 침대에서 편히 자는 게 부당해 보였다.

힘들고 지치는 밤이었다. 헨이 바람을 피웠다고 비난하자마자 로이드는 얼굴을 일그러뜨리더니 울음을 터뜨렸다. 사실 '울음을 터뜨렸다'는 정확한 표현이 아니다. 로이드는 허리를 숙이더니 흐느끼기 시작했고, 귀에 거슬리는 꺽꺽 소리는 헨의 짜증을 돋울 뿐이었다. 10분 정도 기다린 후에야 제대로 대화할 수 있었다. 헨은 진실을 전부 알고 싶다고 했고, 로이드는 눈물과 콧물로 범벅이 된 얼굴을 거듭 끄덕였다. 그들은 거실에 앉았고,

로이드는 말문을 열었다. "그나저나 우린 헤어졌어. 지난 주말에 롭의 파티에 간다고 했을 때 사실은 노샘프턴에서 조애너를 만났어. 그리고 우리 둘 다 동의했지……. 이 일이 엄청난 실수라는 걸 우린 알고 있었어. 조애너도 마음이 좋지 않았고, 심한 죄책감을 느꼈어. 하지만 정말로 끝났어."

"어떻게 끝났는지는 관심 없어, 로이드. 왜 시작됐는지가 궁금하지."

그래서 로이드는 이야기를 들려주었다. 둘의 관계는 1년 전 조애너가 롭의 모닥불 파티에 오고, 로이드 혼자 그 파티에 갔을 때 시작되었다. 그날 밤 두 사람은 선을 넘었지만("그냥 술에 취해서 키스한 것뿐이야.") 그 후로 이메일을 주고받았고, 나중에는 전화 통화를 하면서 차츰 관계가 깊어졌다. 로이드는 둘의 관계가 섹스보다 감정 교류에 중점을 두었다고, 둘 다 상대와 이야기하는 게 정말로 편했다고 거듭 말했다.

"나에 대해서, 우리 관계에 대해서 이야기했어?" 헨이 물었다.

"그랬어, 응."

"뭐라고 했어? 나한테 전부 다 말하기로 한 거 잊지 마."

"우리 관계가 변했고, 이제는 일을 어떻게 처리하는지가 우리 관계의 중심이 돼버렸다고 말했을 거야. 그러니까 당신이 아픈 게 시작이었고, 그런 당신을 보살피다 보니 난 그저 간병인이 된 기분이었고, 그러다 함께 이 집을 샀고, 그다음에는 온통

대출금과 이사 비용, 인테리어 비용―."

"그게 현실이야." 헨이 말했다.

"알아. 내가 옳다는 말이 아니야. 그냥 내 기분이 그랬다는 거야. 부당한 거 알아. 내가 나쁜 놈이라는 것도 알고."

"알았어. 계속해." 헨이 말했다.

로이드는 이야기를 계속했는데, 놀랍게도 헨은 그의 이야기를 듣는 게 지루할 지경이었다. 저런 이야기라면 그녀도 할 수 있었다. 그저 중년의 위기가 찾아왔고, 로이드는 인생의 자질구레한 일에―건강의 위기, 재정적 결정, 생각보다 덜 창의적인 직업―지쳤을 뿐이다. 그러다 갑자기 몰래 만나 이야기를 나눌 수 있는 여자가 생기면서 한동안 사는 게 재미있어졌다. 헨은 둘의 관계가 정말로 끝났다는 로이드의 말도 믿을 수 있었다. 로이드와 조애너의 관계가 세기의 사랑이 아니라는 사실이 분명했기 때문이다. 그저 좀 외로웠던 두 사람이 아직 이십 대인 양 불장난을 했을 뿐이다. 헨은 그 이상을 바랐던 걸까? 마음 한구석으로는 로이드에게서 조애너를 미친 듯이 사랑하고 그러니 그녀와 헤어지고 싶다는 말을 듣고 싶었을까? 조애너와 싸워서 결혼 생활을 유지하거나 아니면 그냥 결혼 생활을 포기해버리는 상황이 오기를 바랐을까? 아마 지난 며칠 동안 옆집 남자와 그가 간직한 비밀을 알게 되면서 로이드의 사소한 불륜은 상대적으로 시시해 보였을 것이다.

"나 피곤해, 로이드." 또 미친 듯이 울어대는 로이드에게 헨이 말했다. "침실에 올라가서 잘게. 남은 얘기는 아침에 해."

헨이 위층으로 올라가려는데 로이드가 물었다. "매슈 돌라모어하고 무슨 얘기를 한 거야?"

"그 남자는 사람을 죽여." 헨이 말했다.

"뭐라고?"

"새삼스러운 일도 아니잖아. 내가 이미 당신에게 말했고, 이젠 본인도 내게 그렇다고 고백했어."

"뭐야? 다시 경찰에 말할 거야?"

"내가 어떻게 그래. 매슈는 부인할 테고, 경찰은 그의 말을 믿을 텐데. 내겐 증거가 없어. 그리고 경찰은 내가 대학 때 저지른 짓을 알고 있고. 내 말을 안 믿을 거야."

"위험하지 않겠어?"

"내가? 아니, 난 위험하지 않아. 당신이 더 걱정이지. 그건 그렇고, 매슈는 당신이 바람피우는 걸 알고 있었어."

"이건 또 무슨 개소리야?"

"당신을 보자마자 알 수 있었대. 자기 부인을 바라보는 당신 눈길에서도 느꼈고."

"맙소사. 또 만날 거 아니지?"

"모르겠어. 아마 안 만날 거야. 매슈는 살인을 멈추고 싶어 해. 어쩌면 내가 도와줄 수 있을지도 몰라. 내가 할 수 있는 일은 그것뿐이야."

"당신이 경찰에 가서 전부 다 말해야 해. 설사 경찰이 안 믿는다 해도 기록으로 남겨둬야 한다고."

"이젠 날 믿는 거야?"

"당연하지! 내 말은, 당신이 그 기분 나쁜 자식하고 이야기했고, 그놈이 당신에게 사람을 죽인다고 고백했고, 당신이 그놈의 말을 믿는다는 걸 믿어."

"그러니까 이젠 매슈를 못 믿겠다?" 헨은 한 손으로 난간을 잡은 채 계단 발치에 서 있었다.

"뭘 믿어야 할지 모르겠어." 로이드는 숨을 깊이 들이쉬고 입을 벌렸다. 각질이 하얗게 일어났을 정도로 바싹 마른 그의 입술이 헨의 눈에 들어왔다.

"내일 마저 얘기해, 응?"

헨은 동이 튼 직후에 슬쩍 잠들었다가 다시 깼다. 침실로 햇볕이 들어오면서 감은 눈꺼풀 안쪽이 불그레한 빛을 띠었고, 헨은 부모님이 소유한 소박한 별장이 있는 애디론댁산맥 속 호숫가에 누워 있다고 상상했다. 그곳을 떠올리면 늘 행복했다. 주위에 소나무가 있고, 차가운 호숫물이 살갗을 간질이고, 멀리서 모터보트 소리가 들렸다. 그러다 잠에서 깼더니 모터보트 소리가 실은 시커모어 가 어딘가에서 돌아가는 잔디깎이 소리였다. 헨은 침대에서 몸을 일으켜 앉았다. 어젯밤에 깜빡 잊고 약을 먹지 않았다는 사실이 떠올라 두 알을 먹은 다음, 욕실로 가서 샤워했다. 그다음에는 옷을 입었지만 아래층으로 내려가 로이드와 다시 이야기할 엄두가 나지 않았다. 헨은 지치고 슬펐으며, 놀랍게도 마음 한구석에서는 그가 뭐라고 하든 별로 개의치 않았다. 그의 불륜으로 인한 충격은 이미 시들해졌을 뿐 아니라, 이제는 다소 무감각해졌다. 그냥 아래층에 내려가서 로이드에게 어서 출근하고 얘기는 나중에 하자고 말하고 싶었다. 혼자 있고 싶었고, 작업실에 가고 싶었다. 그리고 매슈와 대화를 계속하며 그의 동생이 어떻게 됐는지 더 알아내고 싶었다.

헨은 다시 침대에 누워 집 안에서 들리는 소리에 귀를 기울였다. 로이드도 일어났을까? 하지만 아무 소리도 들리지 않았다. 마침내 마음의 준비를 하고 아래층으로 내려갔다. 로이드는 아직 소파에 누워 계속 울고 있을 것이다. **대체 어젯밤에 로이드는 왜 그렇게 운 거지?** 배신을 당한 사람은 그녀였다.

아래층에 내려갔더니 소파에는 아무도 없었고, 담요 한 장이 바닥에 떨어져 있었다.

"로이드." 헨은 큰 소리로 그를 불렀지만 부르자마자 그가 집에 없다는 걸 깨달았다. 진입로가 보이는 창문으로 걸어갔더니 폭스바겐이 사라지고 없었다. 부엌에는 쪽지도 없었다. 로이드는 무슨 일이 있으면 주로 부엌에 쪽지를 남겨두곤 했다. 기차를 탄 게 아니라 차를 몰고 출근한 걸까? 아니다, 그럴 리가 없다. 만약 출근했다면 헨에게 알렸을 것이다. 위층에서 그녀가 아직 자고 있는데 그냥 출근했을 리가 없다. 헨은 휴대전화를 꺼냈다. 문자도 음성 메시지도 없었다. 로이드의 전화번호를 누르자 발신음이 들리는 동시에 거실에서 익숙한 멜로디가 흘러나왔다. 로이드가 벨 소리로 사용하는 디어헌터의 '코로나도(Coronado)'였다.

헨은 종료 버튼을 누르고, 소파 옆에 떨어진 담요를 들췄다. 거기에 로이드의 휴대전화가 있었다. 이젠 정말로 걱정이 되었다. 매슈 일을 말하려고 경찰서에 간 걸까? 어쩌면 직접 매슈를 만나러 갔을지도 모른다. 하지만 그렇다면 차를 두고 갔을 테니 그것도 말이 안 된다. **아침을 먹으러 간 거야. 다트퍼드 시내에 있는 그 맛있는 빵집에 내가 좋아하는 살구 스콘이랑 커피를 사러 갔을 거야. 깜빡 잊고 휴대전화를 두고 간 거지.** 헨은 자신에게 그렇게 말했지만 딱히 믿기지 않았다. 다른 일이다. 뭔가 나쁜 일이 터진 것이다.

거실 창문으로 가서 매슈의 집을 바라보았다. 매슈의 차도 없었다. 당연한 일이다. 이 시간쯤에는 출근했을 테니까. 볼 것이 없는데도 헨은 계속 창가에서 옆집을 바라보았다. 이제는 뭘 해야 할지 알 수 없었다.

리
처
드

피가 그렇게 솟구칠 줄은 몰랐다. 마치 인간의 몸을 떠나고 싶다는 듯이. 가능한 한 멀리 달아나고 싶다는 듯이. 물론 여러 책에서 읽기는 했고, 영화에서 동맥이 잘렸을 때 피가 분사되는 장면을 보기도 했다. 하지만 실제로 보는 것은, 살아서 움직이는 피를 보는 것은…… 뭐라고 말로 표현조차 할 수 없었다.

아버지도 피를 사랑했다. 출장에서 돌아왔을 때 브래지어를 보여줘서만이 아니다. 핏자국이 있는 그 브래지어를 나는 아버지의 유품들 사이에 숨겨서 아직도 간직하고 있다. 하지만 그 때문이 아니다. 아버지가 접시에 어머니의 얼굴을 박아 코를 부러뜨리고, 어머니가 꼼짝도 하지 않은 채 우두커니 앉아 코피를 줄줄 흘리고, 깨진 접시와 자기로 된 식탁 상판, 무릎에 놓는 냅킨, 리놀륨 바닥 위로 피가 흐르고 난 뒤에 아버지가 빨래 바구니에서 냅킨을 꺼내는 모습을 봤기 때문이다. 갈색 냅킨이었는데 피에 젖어 뻣뻣했다. 나와 눈이 마주친 아버지는 윙크하며 "이것도 기념품이란다."라고 말했다.

피가 육신을 벗어날 때 어떻게 되는지 아버지는 본 적이 있을까? 그게 늘 궁금했다. 그래서 한동안 아버지가 자주 출장 가는 도시들에 미해결 살인 사건이 있는지 찾아보았다. 그리고 늘 무언가를 찾아냈다. 미국은 모든 도시마다 살해된 여자들과 잡히지 않은 범인이 있는 나라다. 하지만 범인이 정말로 아버지인지는 알 수 없었다.

이제는 아버지가 그런 짓을 하지 않았다는 걸, 피는 나름의 생명력이 있다는 걸 안다.

이제는 형도 내가 자기 여자 친구 미셸에게 무슨 짓을 했는지 알 것이다. 당연히 내가 열쇠를 두고 간 순간에 알았으리라. 하지만 형은 직접 가서 확인해야만 했다. 난 멀리서 형을 지켜보았다. 내가 무슨 짓을 했는지 확인하고 나면 형이 어떻게 나올지 궁금했다. 곧장 경찰서로 가서 날 신고할까? 아직은 그러지 않았다. 적어도 내가 알기로는. 아마 앞으로도 그럴 것이다. 어머니는 그런 일을 당하면서도 절대 경찰에 아버지를 신고하지 않았고, 우리 집에서 어머니를 제일 많이 닮은 사람이 형이다.

아니, 형은 아마 나와 직접 합의하려고 할 것이다. 다른 사람에게는 알리지 말자고 할 것이다. 어쨌거나 형은 아버지를 죽였다. 비록 자기는 안 죽였다고 맹세했지만. 하지만 형이 한 짓이라는 걸 우리 둘 다 알고 있다. 형은 고등학교 2학년이 되면서 아버지보다 덩치가 커졌다. 어머니가 즐겨 쓰던 표현대로 하면 그때부터 '피어났다'. 아버지도 알아차렸을 것이다. 왜냐하면 집 안에서 좀 더 조심스럽게 행동했고, 어머니에게 함부로 하던 행동도 조금 자세했기 때문이다. 기회를 절대 놓치는 법이 없는 어머니는 그런 상황을 이용해 대화 중에 다른 남자들의 이름을 흘리곤 했다. "아, 여보. 오늘 아침에 딕 험프리스를 우연히 만났어요. 당신의 빠른 쾌유를 바란다고 전해달래요." 어머니는 그렇게 말했다. 당시 아버지는 허리를 다쳤고, 그 때문에 성질이 더 못돼졌지만 예전처럼 폭력적으로 행동할 수는 없었다. 아버지가 마지막으로 어머니를 협박했을 때는 설거지하는 어머니의 멱살을 잡았다가 형에게 혼쭐이 났다. 형이 아버지를 어찌나 세게 밀쳤는지 아버지는 부엌 바닥에 쓰러졌고, 허리를 움직일 수 없어서 그렇게 한 시간이나 누워 있었다. 어머니는 그런 아버지에게 바닥에서 저녁을 먹겠냐고 물었다.

아버지를 지하 저장고 계단 아래로 던진 사람이 형이라고 확신하는 이유는 아버지는 한 번도 저장고에 내려간 적이 없기 때문이다. 적어도 내가 아는 한 그렇다. 우리 집 지하 저장고는 1층의 딱 절반 크기로 곰팡이 핀 상자 말고는 아무것도 없었다.

상자에는 외조부모님이 돌아가신 후에 어머니가 외갓집에서 가져온 유품 몇 개가 들어 있었다. 그 외에 대형 냉동고도 하나 있는데 예전에는 거기에 냉동육과 냉동식품을 보관했지만 어느 여름에 고장이 난 후로 어머니는 상한 고기를 모두 버렸을 뿐 수리하지도, 새로 사지도 않았다. 가족 중 누구도 저장고에 내려가지 않았다. 따라서 아버지가 저장고로 내려가는 계단 밑에서 머리를 다쳐 숨진 채 발견되었다는 사실은 말이 안 된다. 그 일이 벌어졌을 당시 형과 나는 학교에 있었고, 허리를 다친 아버지는 집에 있었다. 하지만 형은 얼마든지 몰래 학교를 빠져나가 숲을 가로질러 집으로 갈 수 있었다. 당시 형은 힘이 셌고, 아버지는 매우 쇠약해진 상태였다. 따라서 아버지를 지하 저장고 계단으로 데려가 아래로 내던질 수 있었다.

아버지를 발견한 사람은 물론 나였다. 아버지는 목이 뒤로 돌아간 헝겊 인형 같았다. 피는 어디에도 없었다. 아버지에게 일어난 죽음은 모두 몸 안에서 벌어졌다.

미셸은 당연히 내가 형이라고 생각했다. 샐리 레스펠이 그랬듯이. 내가 형이 아니라는 걸 깨달았을 때는 너무 늦었다. 나는 그녀의 집에 있었고, 문은 잠겨 있었으니까. 슬픈 아파트 불빛 속에서 미셸은 내 얼굴을 볼 수 있었다.

방이 많고 어두컴컴한 집이 나오는 꿈을 또 꾼다. 그 꿈을 너무 자주 꿔서 이제는 내가 꿈을 꾸고 있다는 걸 자각할 정도다. 내가 찾고 있는 남자를 절대 찾을 수 없다는 사실도 안다. 그 집에는 복도와 방이 너무 많다. 남자가 숨을 만한 공간이 너무 많다.

하지만 내게는 계속 찾는 일 말고는 다른 선택의 여지가 없다. 이 집은 천장이 낮다. 그리고 진지하게 생각해본 적은 없지만 이 집에는 창문이 없다. 그저 어두운 방과 거기서 이어지는 다른 빙들뿐이다. 나는 문을 그만 열자고 다짐하지만 멈출 수가 없다. 심지어 문을 열어 봐야 끔찍한 장면만 나오는데도 그렇다. 가운데가 반으로 갈라졌지만 아직 살아 있는 토끼라든가 거미를 잔뜩 집어넣은 추수감사절 칠면조 요리, 부엌 바닥에서 아기를 낳으려는데 피만 강물처럼 흘러나오는 우리 어머니 등등.

그런데도 나는 계속 문을 열며 계속 기대한다.

나를 찾으려는 사람은 형뿐이지만 그래도 현재 나는 숨어 있다. 곧 상황이 바뀔 것이다. 시신에서 썩은 내가 날 테고, 이웃 사람들이 알아챌 것이다. 아니면 누군가 미셸이 보고 싶어서 찾아갈 것이다. 그때가 되면 경찰의 눈도 피해서 숨어 있어야 한다. 그렇게 되는 건 시간문제다.

형이 내게 전화하고 또 전화한다. 내가 받지 않으리라는 걸 알면서도.

형이 미셸의 집에서 나왔을 때 나도 형을 따라 집으로 갔다.

형은 차에서 내려 갈망하는 듯한 눈으로 옆집을 바라보았다. **대체 옆집 여자에게 무슨 말을 한 거지?** 나는 옆집 창문을 들여다보지만 거실 소파에 누워서 뒤척이는 남자만 보일 뿐이다. 그래도 집에서 그 여자, 헨리에타의 기척이 느껴진다. 그 여자는 형에게 마법을 부리고 있다. 그건 확실하다. 날 속일 순 없다. 블랙브릭에서 작업실 공개 행사가 열렸을 때 마침내 그 여자를 가까이에서 보게 되었다. 형은 내가 거기 간 걸 모르지만 난 갔다. 헨리에타는 발목이 드러나는, 딱 달라붙는 검은 바지에 헐렁한 옥스퍼드 셔츠를 입고 소매는 걷고 있었다. 틀림없이 자기가 예술가처럼 보인다고 생각했을 것이다. 작업실로 걸어 들어온 남자들이 저 헐렁한 셔츠와 딱 붙는 바지 안에 뭐가 있을지는 상상하지 않고, 자신이 그린 아동용 삽화에만 관심을 보일 거라고 생각했을 것이다. 그녀는 인쇄기 옆에 쪼그리고 앉아서 큼직한 종이를 빼냈고, 나는 그녀의 바지 위로 드러난 살갗, 평생 햇볕이라고는 한 번도 받지 않은 듯한 살갗과 섬세한 갈비뼈를 보았다.

휴지처럼 얇은 그 살갗 속에 담겨 있을 피를 상상한다. 그 여자가 따뜻할 거라고 상상한다.

정말로 형의 관심을 끌고 싶었다면 다른 여자를 죽였어야 했다.

3부 | 형제

32

매슈는 패닉에 빠지지 않고 평정심을 유지했다. 그대로 미셸의 아파트를 나서려다가 미셸에게 한 번 더 전화한 다음, 귀를 기울였다. 부엌 조리대에서 전화벨 소리가 났고, 그곳에 충전기에 꽂힌 휴대전화가 있었다.

매슈는 미셸의 전화기를 빼서 주머니에 넣고 천천히 아파트를 빠져나갔다. 자신의 손이 닿았을지도 모르는 물건은 전부 티셔츠 소매로 닦았다. 복도로 나가 현관문을 잠그고 최대한 빨리 빠져나가 주차해둔 차로 갔다. 주차 구역을 빠져나오고 보니 어느새 양쪽이 숲으로 둘러싸인 뒷길을 달리고 있었다. 자동차 전조등이 칠흑 속에 빛의 터널을 뚫었다. 교차로에 이르자 다트퍼드를 가리키는 표지판이 나왔다. 매슈는 여름에만 문을 여는 아이스크림 가판대 앞을 지날 때에야 비로소 자기가 어디에 있는지 깨달았다. 미라와 거기서 몇 번 아이스크림을 사 먹은 적이 있었다. 그는 빈 주차장으로 들어가 전조등을 끄고 아이스크림 가판대 뒤쪽으로 계속 걸어갔다. 대형 쓰레기통과 피크닉 테이블 두세 개가 있었다. 자갈길이 끝나는 곳에서 풀이 우거진 들판이 펼쳐졌는데 한쪽은 돌담이 이어졌고, 다른 쪽은 자줏빛 하늘을 배경으로 검은 나무의 형체가 일렬로 서 있었다. 매슈는 100미터를 걸어서 들판으로 나간 다음, 계속 걸어갔다. 유달리 돌이 많은 곳이 나오자 걸음을 멈추고 납작한 돌 위에 미셸의 휴대전화를 올려놓은 후에, 역시 납작한 돌로 내려쳤다. 전화기가 산산조각이 나는 바람에 잡초 속을 뒤져가며 파편을 찾아야 했다. 그러고는 큼직한 돌을 집어 들어 그 밑에 부서진 전화기와 열쇠를 묻었다. 그때 구름 뒤에서 달이 살그머니 빠져나왔고, 은색 달빛이 쏟아지자 돌 밑의 축축한 땅에서 꿈틀거리는 지렁이가 보였다. 매슈는 돌을 제자리에 돌려놓고는 나무들이 늘어선 곳까지 다시 100미터쯤 걸어갔다. 나무들 뒤에 소 목초지 경계를 표시해둔 철망 울타리가 있었다. 매슈는 울타리 반대쪽으로 상체를 숙인 채 격렬하게 토했다. 다 토하고 나자 모여 있던 소 중에서 한 마리가 고개를 돌려 매슈를 바라보았다. 그때 달이 다시 구름 뒤로 들어가버렸다.

매슈는 앞으로 어떻게 해야 할지 너무 고민하지 않으려고 애썼다. 극도의 공포심이 올라오지 못하도록 스스로를 다독이면서 집으로 차를 몰았다.

진입로로 들어가며 피아트 전조등을 껐다. 너무 늦은 시간이라서 이웃들 눈에 띄고 싶지 않았다. 헨의 집 쪽을 바라봤더니 거실에 아직 불이 켜져 있었다. 두 사람이 이야기하는 모습을 남편에게 들킨 뒤로 어떻게 됐는지 궁금했다. 당연히 로이드는 걱정스러운 표정이었고, 흐릿한 눈으로 주위를 천천히 둘러보며 매슈에게서 헨으로, 다시 매슈에게로 시선을 옮겼다. 이 일을 어떻게 받아들여야 할지 혹은 뭐라고 말해야 할지 모른 채. 로이드는 두 사람의 친밀한 관계를 눈치챌 정도로 똑똑할까? 둘이 바람을 피웠다고 생각할까?

불 꺼진 집으로 들어간 매슈는 앞뒤로 서성이며 잠시 로이드를 죽이는 상상에 빠졌다. 그들은 티끌 한 점 없이 새하얀 방에 있었고―보스턴의 고급 호텔 방쯤 될 것이다―로이드는 강력 접착테이프로 꽁꽁 묶여 있어서 눈동자만 움직일 수 있다. 매슈는 로이드를 들어 올려 깊이 파인 욕조에 내려놓고 물을 튼 뒤, 로이드가 익사하는 모습을 지켜본다. 상황을 깨달은 로이드의 눈에서 그 모든 허세와 탐욕과 교만이 사라지는 것을 지켜본다. 상상은 오래가지 못했다. 십중팔구 실행하지 못하리라는 걸 알기 때문이다. 리처드 덕분에 그런 시절은 진작에 끝났다. 매슈는 발을 양옆으로 벌리고 손을 머리 위로 들어 올리며 가볍게 뛴 다음, 2층으로 가는 계단을 올라갔다.

마치 아무 일도 없었다는 듯이 행동한다면, 그러니까 평소처럼 양치하고 세수하고 침대에 들어가서 자면 아무 일도 없었던 게 될

지 몰라.

하지만 그 방법은 효과가 없었다. 매슈는 침대엔 누워서 이제 어떻게 될지 생각했다. 경찰은 죽은 미셸을 발견할 테고, 그녀와 스콧 도일의 관계 때문에 즉시 두 사람의 죽음에 연관이 있다고 생각할 것이다. 안 그럴 수도 있다. 두 사건은 전혀 다르니까. 아니, 그건 그냥 희망 사항일 뿐이다. 경찰은 연관이 있다고 생각할 것이다. 스콧과 미셸의 죽음에 연관이 있다고 생각할 테고, 일단 그렇게 되면 스콧 도일 살인 사건의 첫 번째 용의자가 매슈 돌라모어라는 사실을 기억해낼 것이다. 공교롭게도 그는 미셸 브라인의 동료다. 같은 학교일 뿐 아니라 가르치는 과목까지 똑같다. 매슈는 딜런 햄브리의 목소리가 들리는 듯했다. "아, 두 사람은 늘 붙어 다녔죠. 둘의 관계가 수상하다고 생각하는 사람들도 있을 정도였다니까요. 게다가 둘이 이상한 대화를 나눈 적이 있어요. 매슈가 미셸에게 어떤 술집에 함께 가자고 했는데 아마 스콧이 공연하는 날이었던 것 같아요." 당연히 경찰은 그를 의심할 텐데 이번에는 알리바이도 없다. 미셸의 살인 사건과 관해서는 그에게 알리바이가 없다. 그러면 경찰은 다시 헨과 이야기할 테고, 이번에는 그녀의 말을 믿을지도 모른다. 헨은 그에게서 미셸의 이름을 들었다는 말까지 할지 모른다. 경찰이 그에게 다가올수록, 리처드도 위험해진다.

매슈는 다른 시나리오도 상상했다. 만약 그가 헨리에타 머주어가 스콧 도일과 미셸 브라인을 죽였다고 경찰을 설득하면 어떻게 될까? 헨리에타가 그에게 살인 누명을 씌우기 위해 그런 짓을 저질렀다고 한다면? 걸핏하면 누군가를 살인자로 의심하는, 이상할 정도로 강박적인 집착이 있는 헨이 한 번이라도 자신이 맞다고 증명하고 싶은 마음에 그랬다고 한다면? 경찰이 그의 말을 믿어줄 것 같았지만 헨에게 그런 짓을 할 수는 없다. 헨은 그런 일을 당해야 할 이유가 없다. 하지만 로이드는? 증거를 구해서—이를테면 머리카락 한 올이라도—미셸의 아파트에 몰래 들어가 그곳에 남기고 온다면? 일거양득인 셈이다. 설사 로이드가 무죄 판결을 받는다고 해도 수사에 혼선을 주고 경찰을 따돌릴 수 있다. 생각하면 할수록 좋은 방법 같았다.

수업이 시작되기 한 시간 전에 매슈는 침대에서 내려왔다. 잠을 통 자지 못했고, 온몸이 쑤셨다. 잠시 어디가 아픈가 걱정이 돼서 이마를 짚어봤지만 열은 없었다. 아마 몸에 계속 힘을 주고 있어서 몸살이 난 모양이었다. 샤워하면서 최대한 고개를 좌우로 돌려봤다. 목 관절에서 우두둑 소리가 나면서 등을 타고 만족스러운 통증이 퍼졌다. 몸이 낫도록 잠을 자야 했지만 출근도 해야 했고, 지금은 평소와 다르게 행동해서는 안 된다.

바깥은 추웠다. 앞마당의 잔디에 이슬이 내려앉았다. 하늘의 절반은 잿빛 먹구름이 끼어 있었고, 절반은 하늘색이었다. 차에 올라타 시동을 켜고 라디오 다이얼을 이리저리 돌리다가 왼쪽 끝에서 클래식 음악이 나오는 방송을 찾아냈다. 오늘 아침에는 날씨며 정치, 야구 포스트시즌에 대해 떠들어대는 소리를 들고 싶지 않았다. 앞유리창 바깥쪽에 수증기가 서려서, 와이퍼를 켠 다음 조수석 쪽 창문을 내렸다. 옆집을 힐끗 바라봤더니 어떤 형체 하나가 거실 창가에서 사라졌다. **로이드로군. 매슈는 생각했다. 헨이 남편에게 전부 말한 거야. 우리의 만남과 내가 한 말을. 이제 로이드는 아내를 정말로 믿게 됐고, 그래서 날 감시하는 거야. 상관없어. 날 미행했다가는 낭패를 볼 테니까.**

매슈는 천천히 차를 몰아 진입로를 빠져나간 다음, 왼쪽으로 돌아 시커모어 가로 들어갔다. 서식스 홀까지 가는 데는 두 가지 방법이 있었다. 빨리 가려면 2번 도로를 타고 가야 했지만 매슈는 종종 뒷길로 가다가 다트퍼드 센터에서 리틀턴 가로 들어간다. 오늘은 2번 도로로 향했다. 천천히 운전하면서 백미러에 시선을 고정했다. 학교까지 절반쯤 가서 막 콩코드 로터리를 통과했을 때 뒤에서 네 번째에 있는 연회색 골프 폭스바겐이 눈에 띄었다. 꼭 로이드의 차라고 할 수는 없다. 이 동네에는 폭스바겐이 널렸으니까. 하지만 매슈는 로이드의 차라고 확신하며 학교로 이어지는 출구로 빠졌다. 폭스바겐도 똑같이 따라왔다. 대체 로이드는 어쩌려는 걸까? 그가 어디로 가는지 보려고 미행하는 걸까? 아니다, 로이드는 학교 주차장에서 그에게 달려들 생각인 것이다. 벌써 눈에 선했다. 로이드는 씩씩거리며 "우리 아내에게 접근하지 마. 안 그러면 죽여버릴 거야." 비슷한 말을 할 테고, 다른 선생님과 학생들은 입을 딱 벌린 채 바라볼 것이다. 그래서 매슈는 평상시처럼 정문으로 들어가지 않고, 학교 뒤쪽으로 빙 둘러 가는 진입로를 따라 다른 출입문으로 들어갔다. 뒤쪽 주차장은 비어 있기를 바랐는데 실제로도 자동차 서너 대만 주차되어 있었다. 아마 관리인들 차량일 것이다. 매슈는 하역장 옆에 차를 세우고 30초간 기다렸다. 그러자 로이드의 폭스바겐이 머뭇거리며 모퉁이를 돌아 나오더니 매슈의 차와 두 칸 떨어진 곳에 멈췄다.

매슈는 서류 가방은 그대로 두고 차에서 내려 폭스바겐을 향해 걸어갔다. 로이드는 달랑 청바지에 지저분한 티셔츠 차림으로 차에서 내렸다.

"안녕하세요, 로이드." 매슈는 긴장한 티를 내지 않으려고 노력하며 미소 지었다.

로이드는 놀란 듯했다. 무슨 말을 하고 싶은지 제대로 준비가 안 된 사람처럼. 그러더니 차 문을 닫고 말했다. "내 아내에게 접근하지 마."

매슈는 웃음이 나는 걸 참을 수 없었다. 예상한 그대로였다.

"왜 히죽거리는 거야?" 로이드가 상기된 얼굴로 말했다.

"왜냐하면 넌 지금 자기가 무슨 말을 하는지도 모르니까."

"난 다 알아. 네가 우리 아내에게 무슨 말을 했는지 안다고. 헨은 경찰에게 전부 말할 거야. 넌 이제 끝났어. 난 헨에게 접근하지 말라는 말을 하려고 온 거야. 안 그랬다간 더 큰 곤경에 빠질 줄 알아."

매슈는 차분해지면서도 익숙한 기쁨이 밀려드는 것을 느꼈다.

그는 단호하게 로이드를 향해 걸어갔다. 로이드가 어떻게 해야 할지 모른 채 눈동자를 좌우로 움직이며 겁에 질리는 모습을 바라보았다. 로이드와의 거리가 한 발짝으로 줄어들었을 때 로이드가 주먹을 날렸다. 강하지만 느린 주먹은 매슈의 왼쪽 귀 위쪽을 서투르게 때렸다. 매슈는 로이드의 멱살을 잡고─스크러피 더 캣이라는 밴드의 티셔츠를 입고 있었다─오른발로 로이드의 다리를 걸어 넘어뜨렸다. 하지만 로이드가 바닥에 너무 세게 쓰러지지 않도록 멱살을 붙잡고 있었다. 로이드가 땅에 쓰러지자 매슈는 그의 가슴에 무릎을 꿇고 앉아 그의 오른팔을 내리누르고, 다른 손으로 로이드의 얼굴을 한쪽으로 돌려서 눌렀다. 로이드는 자유로운 왼팔로 매슈의 목을 움켜잡더니 머리카락 밑의 살갗을 긁었다. 별로 아프지는 않았다. 다행히 로이드가 최근에 손톱을 깎은 모양이었다. 매슈는 뼈가 부러지지 않도록 조심하며 로이드의 가슴을 더 세게 눌렀고, 마침내 로이드는 산소 부족으로 기절했다.

매슈는 숨을 거칠게 몰아쉬며 일어서서 로이드에게 긁힌 목 뒤쪽을 손으로 눌렀다. 심하게 긁히지는 않은 듯했다. 살갗이 벗겨졌는지 살짝 찐득거렸지만 걱정할 정도는 아니었다. 매슈는 숨을 크게 두 번 들이쉬고는 허리를 숙여 로이드의 머리에서 머리카락을 뽑았다. 로이드의 눈꺼풀이 떨리더니 그가 기침을 했다. 다시 로이드의 가슴에 올라타서 좀 더 오래 있기만 하면 로이드는 이승을 떠나 저승으로 갈 것이다. 지극히 간단하고 만족스럽게 죽일 수 있다. 하지만 매슈는 머리카락을 주머니에 넣고 피아트에 올라타 학교 앞쪽으로 가서 늘 주차하는 자리에 차를 세웠다. 첫 수업이 시작하려면 20분 남았다.

33

헨은 로이드가 사라졌다는 사실을 알게 된 후로 한 시간 동안 다섯 번이나 911에 전화하려고 했다. 하지만 매번 대화가 어떻게 진행될지 생각하며 참았다.

남편이 실종된 지 몇 시간이나 됐죠, 부인?

두세 시간요.

남편이 떠날 만한 이유가 있나요? 두 분이 싸우셨나요?

네. 지난 1년 동안 남편이 바람을 피웠다는 걸 알게 됐어요.

그 일이 남편의 실종과 연관이 있지 않을까요, 부인?

저기요, 사실은 우리 옆집에 연쇄 살인마가 살거든요…….

헨은 911에 전화하지 않는 대신 커피를 내리고 토스트 한 쪽을 먹은 다음, 머그잔과 휴대전화를 들고 베란다로 가서 그냥 기다리자고 생각했다. 로이드는 곧 나타날 것이다. 비록 뭔가 끔찍한 일이 일어났다는 느낌이 들기는 했지만.

또 911에 전화하려다가 헨은 차라리 케임브리지 경찰청의 마르티네스 형사에게 전화하자고 마음먹었다. 스콧 도일의 죽음을 조사하는 형사들에게 마르티네스 형사 얘기를 한 적이 있으니 아마 그도 소식을 들었을 것이다. 못 들었다면 말해주면 된다. 신호음이 여섯 번이나 울려도 그는 전화를 받지 않았고, 헨이 막 끊으려는데 딸깍 소리가 나더니 그의 목소리가 들렸다. "안녕하세요, 헨." 마치 오랜 친구라도 되는 듯한 말투였다.

"아, 안녕하세요, 형사님. 잠깐 통화 가능하세요?"

"가능합니다. 무슨 일이시죠?"

"스콧 도일 사건 들으셨나요? 뉴에식스의 술집에서 살해된 남자요."

"그럼요, 듣다마다요. 형사 두 명이 각각 제게 전화했더군요. 당신이 목격자인데 날 언급했다고 했습니다."

"난 전부 다 봤어요."

"네, 들었습니다."

"매슈 돌라모어가 한 짓이에요. 제가 두 눈으로 똑똑히 봤어요. 하지만 그 얘기를 하려고 전화한 건 아니에요."

"알겠습니다." 형사가 말했다.

"뒷이야기도 들으셨나요? 제가 대학 시절에 다른 여학생을 스토킹하고, 그 친구가 날 죽이려 한다고 주장해서 체포됐던 일요."

"그 이야기도 들었습니다."

"매슈 돌라모어와 그의 아내가 이제 절 상대로 보호 명령을 내렸다는 것도요?"

"보호 명령을 신청하려 한다는 얘기까지만 들었습니다."

"신청이 승인됐어요. 하지만 그렇다고 해서 매슈가 제게 못 오는 건 아니죠. 우린 이야기를 나눴어요. 단둘이서요. 매슈는 제게 모두 다 털어놓았죠. 더스틴 밀러를 어떻게 죽이고, 스콧 도일을 어떻게 죽였는지요. 그걸 말한 이유는 제게 말해도 안전하다고, 아무도 절 믿지 않을 거라고 생각했기 때문이에요."

"그게 언제인가요?"

헨은 세 번의 만남, 그리고 매슈가 한 말을 전부 들려주었다. 전날 밤 그가 꺼냈던 동생 이야기도 포함해서. 이야기하는 동안 헨은 자신이 얼마나 미친 사람처럼 보일지 알고 있었지만 이야기를 계속했다. 매슈가 말한 그대로 전달했다.

"이 대화를 녹음하지는 않았겠죠?" 형사가 물었다.

"처음 만났을 때 매슈가 제 몸수색을 했어요. 자기도 그 점을 우려했겠죠. 네, 녹음 안 했어요. 근데 사실 제가 지금 걱정하는 문제는 따로 있어요. 제 남편이 실종됐어요."

"남편이 실종됐다고요?"

"오늘 아침부터 보이질 않아요. 방금 형사님에게 한 이야기를 어젯밤에 남편에게도 전부 했거든요. 그런데 아침에 일어나 보니 남편이 없어요. 차도 없고, 휴대전화는 집에 있고요. 남편이 직접 매슈를 찾아간 건 아닐까 걱정돼요. 솔직히 말하면 무서워 죽겠어요."

"알았어요, 헨, 진정하세요. 마지막으로 남편을 본 게 언젠가요?"

"어젯밤에는 집에 있었어요. 잠에서 깨니까 사라졌고요." 지금은 로이드의 불륜을 이야기하지 않는 편이 좋겠다고 헨은 생각했다. "911에 전화하려고 했는데 지금 시점에서는 공식적으로 실종됐다고 할 수 없잖아요."

"네, 저한테 먼저 전화하길 잘했어요, 헨."

헨은 형사가 자꾸 그녀의 이름을 부르는 게 마음에 들지 않았다. 예전에 입원했을 때 상담사나 심리치료사가 그녀와 유대감을 형성하려고 이름을 부르던 일이 떠올랐기 때문이다. 마치 미친 사람의 비위를 맞춰주듯 그녀의 비위를 맞춰준다는 기분이 들었다.

"제 말을 안 믿으시죠?" 헨이 물었다.

"뭘 믿어야 할지 모르겠습니다." 잠시 뜸을 들인 뒤 형사가 말했다. "그게 최대한 당신에게 우호적으로 할 수 있는 말입니다. 하지만 솔직히 말해서 당신에게 유리한 상황 같지는 않군요. 제가 들은 바로는 스콧 도일이 죽던 날 밤에 매슈에게는 꽤 확실한 알리바이가 있던데요."

"부인이 만들어준 알리바이죠."

"네, 부인이 만들어줬죠."

"틀림없이 남편을 위해 거짓말을 한 거예요. 그 사람 부인이 잖아요. 부인이 한 말인데 의심스럽지 않나요? 조금이라도?"

"물론 부인이 거짓말을 했을 수도 있습니다, 네. 하지만 그건 당신도 마찬가지죠. 그게 문젭니다. 당신은 비슷한 상황에서 거짓말을 한 전적이 있어요."

헨은 이 통화가 실패로 끝났음을 깨닫고 끊으려고 하다가 숨을 깊이 들이쉬며 말했다. "알겠어요. 이 일로 입씨름할 필요 없죠. 이게 어떻게 보일지, 내가 어떤 사람으로 보일지 알아요. 하지만 매슈 돌라모어가 더스틴 밀러와 스콧 도일을 포함해 여러 명을 죽였다는 사실을 분명히 말해두고 싶었어요. 그건 분명한 사실이에요. 제 진술이 아무 소용도 없겠지만 틀림없이 다른 증거가 있을 거예요. 틀림없이요."

"알겠습니다. 저희가—."

"그리고 하나 더요. 매슈의 동생을 조사해보세요. 이름이 리처드라고 했어요. 매슈 말로는 둘 다 부모님 때문에 정상이 아니고, 리처드는 남자가 아니라 여자를 죽인다고 했어요."

"동생이 사람을 죽였다고 말했나요?"

"아뇨, 그런 말은 하지 않았어요. 동생이 자신과 비슷하고, 만약 살인을 시작하면 남자가 아니라 여자를 죽일 거라고 생각하는 듯했어요. 제게 그렇게 말했어요. 동생이 벌써 무슨 짓을 저질렀을까 봐 걱정하는 것 같았어요."

"조사해보죠, 헨."

"무슨 변화가 생기거나 뭐라도 알아내면 전화해주실래요?"

"물론입니다. 또 다른 게 생각나면 전화 주세요. 그리고 남편이 돌아오지 않으면 알려주시고요."

형사가 그렇게 말하는 동안 회색 폭스바겐이 거리에 나타나더니 서서히 그들의 집으로 들어왔다.

형사에게는 이 일을 말하지 않기로 마음먹고 헨은 얼른 대답했다. "들어줘서 고마워요, 이기." 예전에 이름을 부르라고 했던 형사의 말대로 헨은 그의 이름을 불렀다. 영 입에 붙지 않았지만. 그리고 전화를 끊었다.

로이드가 차에서 내리자 헨은 베란다로 나가서 방충망 너머로 그를 지켜보았다. 로이드가 무사한지 전전긍긍했던 마음이 갑자기 모두 사라지고 이제는 다시 화만 치밀었다. 그의 불륜에 화가 났다. 이렇게 걱정하게 만들었다는 사실이 화가 났다.

"뭐하자는 거야?" 로이드가 베란다로 이어지는 계단을 올라오자 헨이 말했다.

"미안해. 그냥…… 급하게 나가느라고."

"왜 전화를 안 가져갔어. 놀랬잖아." 로이드가 문을 열고 들어왔고, 그제야 헨은 그의 창백한 얼굴과 겁먹은 눈을 볼 수 있었다. "무슨 일이야? 괜찮아?"

"매슈를 따라갔어. 그를 따라서 학교까지 갔지. 얘기 좀 하고 싶어서……. 집에 들어가자. 너무 추워."

집 안에 들어가자 로이드는 왼손으로 오른손을 잡고서 손가락을 구부려보았다. 그걸 본 헨이 물었다. "둘이 싸웠어?"

로이드는 자초지종을 설명했다. 매슈를 미행해서 서식스 홀로 갔고, 그가 자신을 무력으로 제압했다고.

"어디서? 주차장에서?"

"본관 뒤쪽이었어. 매슈가 거기에 차를 세우더라고. 내가 미행하는 걸 알고 그런 거 같아."

"당신이 먼저 때렸어?"

"응. 근데 매슈보다 내가 더 다친 것 같아. 그 자식은 너무 차분하더라고. 날 쓰러뜨리더니 내 몸에 올라탔고…… 난 죽는 줄 알았어. 눈앞이 캄캄했고, 저놈이 날 죽이려는구나 싶었지. 그때 생각나는 사람은…… 당신뿐이었어."

로이드는 다시 울었고, 헨은 정말 내키지 않았지만 그의 등을 다독이며 무서웠겠다고 말해주었다. "경찰에 신고할래?"

"아니. 안 할 거야. 전혀 도움이 안 될 거야. 미행한 사람도 나고, 먼저 때린 사람도 나야. 그놈은 그저 방어했을 뿐이라고. 아니, 생각해봤는데 그냥 여길 떠나야 할 것 같아. 회사에 전화해서 급한 일이 생겼으니까 휴가를 내겠다고 말해야겠어. 차 타고 어디로든 떠나자. 메인 주는 어때? 바 하버에 있는 그 호텔에서 일주일간 쉴 수도 있어. 우리 관계도 개선하고. 어때?"

헨은 고개를 저었다. "모르겠어, 로이드. 그래 봤자 어차피 다시 여기로 돌아와야 하잖아. 그리고 내가 우리 관계를 개선하고 싶은지도 아직 모르겠어."

"그럼 방을 따로 잡으면 돼. 적어도 여기서 벗어날 수는 있 잖아. 내 말이 겁쟁이처럼 들리겠지만 상관없어. 이젠 저자가 위험하다는 걸 믿어."

"그래. 자기가 직접 겪어보더니 이제는 매슈가 위험하다는 걸 믿네. 매슈가 사람을 죽이는 걸 내가 목격했다고 말했을 때 는 안 믿었잖아. 그때는 놀러 가자는 말도 안 꺼냈고."

"놀러 가자는 게 아냐, 헨. 우릴 보호하기 위해 떠나자는 말 이지. 여길 떠나 있는 동안 우리 관계가 어떻게 돼가는 건지 알 아볼 수도 있잖아."

그때 소파 위에 올라가 있는 비니거가 헨의 눈에 들어왔다. 그들이 실랑이를 벌이는 동안 비니거는 한쪽 발을 핥고는 귀를 긁어댔다. 그러다 헨이 자신이 바라보는 걸 깨닫고 동작을 멈추 더니 헨을 바라보고 하품했다.

"내겐 해야 할 일이 있어. 이 책의 마감을 지켜야 한다고. 작 업실에 가야 해." 헨이 말했다.

"지금 그까짓 게 문제야?" 로이드가 말했다.

"당신은 가고 싶으면 가. 사실 당신은 가야 할 것 같아. 그게 맞아. 우리 둘이 잠시 떨어져 있는 게 좋을 것 같아."

"나 혼자서는ㅡ."

"로이드, 당신이 여기 있는 걸 내가 원하는지 잘 모르겠어."

"저자가 옆집에 살고 있는데 나 혼자 떠날 순 없어. 당신이 원하면 손님용 침실에서 지낼게. 당신과 얘기도 안 할게. 당신이 화난 거 이해해. 나도 나한테 화가 나. 하지만 혼자 떠나진 않을 거야. 저자가 체포되기 전까지는."

"영영 체포되지 않으면? 난 경찰에서 신뢰하는 증인이 아냐. 당신도 그렇고. 매슈에게는 알리바이가 있어. 좋든 싫든 매슈는 지금 우리 이웃이야."

"그럼 우리가 이사를 가자." 로이드가 말했다.

헨은 갑자기 피로가 몰려왔다. 생각만 해도, 그러니까 이 결혼을 유지하려고 노력하고, 로이드를 다시 믿고, 새로 살 집과 작업실을 구한다고 생각만 해도 이해할 수 없을 정도로 피곤했다. "네 생각은 어때, 비니거? 너도 이사하고 싶니?" 헨이 고양이에게 물었다.

비니거는 귀를 긁더니 뒤로 젖혀 머리에 납작하게 붙였다.

"지금 당장 이사하자는 게 아니야. 하지만 결국에는 해야 해. 매슈가 끝내 체포되지 않는다면. 그래도 지금 당장은 이곳을 떠나 여행을 가야 한다고 생각해. 여기 있는 건 너무 위험해. 당신도 나랑 함께 가, 헨. 당신이 싫어도 할 수 없어. 내 부탁을 들어준다고 생각해."

"당신 부탁을 들어준다고?" 헨은 그렇게 말하고 깔깔 웃었다. "이 대화는 공식적으로 여기서 끝이야. 난 작업실에 가서 일해야 해. 당신은 여기 있든지, 출근하든지, 차를 몰고 가서 메인주의 단풍을 구경하든지 마음대로 해. 난 상관 안 할 테니까."

"당신이 작업실에 갈 거면 나도 같이 가겠어."

"그건 안 돼, 로이드. 미안하지만 안 돼. 내가 작업실에 혼자 있는 것보다 당신 혼자 여기 남는 게 훨씬 더 위험해."

로이드는 눈살을 찌푸렸다. "그게 무슨 뜻이야?"

"매슈는 날 해치지 않을 거야. 우린 서로를 알아. 이 문제에서는 날 믿어."

"아무래도 당신 제정신이 아닌 거 같아, 헨. 지금 뭔가 단단히 잘못됐다고. 약은 먹었어?"

"개소리 집어치워, 로이드. 당분간 조애너 집에 가서 지내지 그래? 조애너한테 전화해서 데리러 와달라고 해. 난 할 일이 있으니까 작업실에 갈 거야."

헨은 부엌으로 들어가서 벽에 걸린 자동차 열쇠를 집어 들었다. 그러고는 잠시 서서 방금 로이드가 제정신이 아니라고 했던 말을 생각했다. 지금까지 살면서 감정적으로 힘들었던 순간들은 대부분 정신이 건강하지 못할 때였다. 하지만 지금은 아니다. 비록 몇몇 증상은 그때와 똑같았지만—끊임없이 떠오르는 생각, 강박증, 두려움—이번에는 확신이 있었다. **이건 진짜야. 난 매슈가 어떤 사람인지 정확히 알고, 그건 내 정신 상태와는 아무 상관없어.** 헨은 로이드에게 그렇게 말하고 싶었다.

다시 거실로 나가면서 혹시 로이드가 힘으로 막을까 걱정했지만 그는 아무 짓도 하지 않았다. 그저 헨이 옆으로 지나갈 때 "집에서 기다리고 있을게."라고 말할 뿐이었다.

헨은 현관문을 나서며 말했다. "제발 안 그랬으면 좋겠어."

34

바지 주머니에 로이드의 머리카락을 넣은 채 매슈는 컨트리 스콰이어 단지로 차를 몰았다. 힘들고 비참한 하루였지만 그래도 견뎌냈다. 십 대 아이들은 자기 마음속 드라마에 흠뻑 빠진 나머지 어른에게도 나름의 고민이 있다는 사실을 의식하지 못한다. 물론 예외도 있다. 나이에 비해 모성애가 강한 카트리나 베네딕트는 그에게 피곤해 보인다고 말했다. "요즘 독감이 유행이에요, 선생님. 어디 아프세요?" 그리고 제이슨 쿠리는 매슈의 목덜미, 머리카락이 끝나는 지점 바로 밑에 생긴 붉은 상처를 유일하게 알아차리더니 매슈에게 괜찮냐고 물었다.

"아침에 일어나보니까 상처가 생겼더구나. 밤에 악몽을 꾸면서 나도 모르게 긁었나 봐." 매슈가 말했다.

아직 러시아워는 아니었지만 2A 도로에는 차들이 밀려 있었다. 매슈는 벌써 지난번에 미셸의 휴대전화와 열쇠를 묻은, 아이스크림 가판대가 있는 기퍼드 농장에 들어섰다. 미셸의 아파트 단지로 되돌아가는 건 둘째치고 대낮에 여기를 온다는 게 얼마나 무모한 짓인지 알고 있었다. 하지만 로이드 하딩이 이 일에 연루되었다는 증거를 현장에 심겠다고 마음먹은 터였다. 설사 결정적 증거는 아닐지라도. 매슈는 문 닫은 아이스크림 가판대 뒤에 차를 세웠다. 다행히 아무도 없었다. 20분 뒤에는 미셸의 열쇠와 휴대전화를 묻은 곳을 찾아냈다. 찾아내는 데 시간이 너무 오래 걸려서 모든 게 상상은 아니었는지, 자신이 정말로 미쳐가고 있는 건 아닌지 걱정하던 차였는데 땅에서 살짝 들린 돌을 발견했고, 그 밑을 파서 열쇠를 찾아냈다. 열쇠를 쥐고 있으니 속이 뒤틀려서 순간적으로 또 토하려나 싶었지만 이내 진정되었다. 매슈는 다시 차에 올라탔다. 손바닥에서 땀이 나고, 입은 바싹 말랐다.

컨트리 스퀘어 단지는 도로에서 100미터쯤 떨어진 곳, 일렬로 늘어선 소나무 뒤에 자리했다. 매슈가 2A 도로에서 빠져서 단지 주차장으로 들어서려는데 미셸의 집으로 들어가는 건물 입구 근처에 경찰차 두 대가 주차되어 있었다. 멀리서도 자동차와 건물들 사이에 쳐진 노란색 폴리스 라인이 보였다. 제복을 입은 경관이 순찰차 옆에 서서 무전기로 이야기하는 중이었고, 몇몇 주민들이 근처에 모여서 다 함께 떠들어댔다. 매슈는 아파트 단지 바로 옆에 있는 홀푸드 슈퍼마켓 부지로 들어갔고, 빈 주차 공간을 발견해 거기에 차를 세웠다. 생각할 시간이 필요했다. 당연히 사건 현장에 머리카락을 떨어뜨려놓기에는 너무 늦었다. 마음 한구석으로는 안심이 되기도 했다. 그 끔찍한 방에 다시 들어가지 않아도 되고, 사방에 널린 피 냄새를 맡지 않아도 되니까. 또한 어떤 식으로든 이 일이 곧 끝나리라는 뜻이기도 했다. 이제 어떻게든 리처드와 연락이 되어야 한다. 막상 연락이 되면 어떻게 해야 할지 몰랐지만 경찰과 이야기하기 전에 먼저 동생과 이야기해야 했다. 몇 가지 결정을 내려야 했다.

집으로 돌아온 뒤 매슈는 본능적으로 헨리에타와 로이드의 차가 주차되어 있는지 보려고 옆집을 살폈다. 차는 없었다. 그렇다면 둘 중 하나가 집에 없다는 뜻이다. 매슈는 집으로 들어갔고, 집 안이 오늘 아침에 나갈 때와 똑같다는 사실이 놀라웠다. 경찰 부대가 수색 영장을 흔들어대며 그를 기다리지 않을까 반쯤 예상했기 때문이다. 그렇게 되는 건 시간문제다. 오늘 아침에 다툰 일 때문에 로이드가 경찰에 신고할 것 같지는 않지만, 미셸의 죽음으로 경찰은 다시 그를 주목할 것이다.

그때 휴대전화가 울렸다. 617로 시작되는 모르는 번호였고, 매슈는 받지 않기로 했다. 받아 봐야 좋을 리가 없었다.

다시 리처드에게 전화해본 다음, 음성 사서함을 확인했다. 지난번 더스틴 밀러 일로 그를 찾아왔던 케임브리지 경찰청 소속 이기 마르티네스 형사의 메시지가 있었다. "가능하면 제게 빨리 전화해주실 수 있을까요? 별일 아닙니다만, 지난번 일과 관련해서 추가로 물어볼 게 있습니다. 그럼 연락주세요. 고맙습니다." 형사가 대수롭지 않다는 투로 말했다.

매슈는 부엌으로 가서 큰 유리컵에 얼음을 넣고 진저에일을 부었다. 그런 다음, 컵을 들고 서재로 가서 리처드가 찾아왔을 때 숨겨둔 위스키 병을 꺼내 진저에일에 약간 섞었다. 긴장이 풀릴 정도로만. 그러고는 형사에게 전화했다.

"전화 주셔서 감사합니다." 형사는 그렇게 말하더니 헛기침을 했다.

"천만에요. 무슨 일이시죠?"

"지난번에 우리가 나눈 대화에 이어서 추가 질문이 있습니다. 이게 사건과 관계가 있는지는 저도 모르겠지만 수사 중에 어떤 이름이 나와서 당신에게 물어봐야겠다고 생각했습니다."

"물어보세요." 매슈는 그가 무슨 질문을 하려는 건지 전혀 예상되지 않았다.

"리처드 돌라모어라는 동생이 있으시죠?" 형사가 물었다.

매슈는 두피가 차가워졌지만 차분하게 대답했다. "네."

"동생에 대해 말해주시겠습니까?"

"이해가 안 되네요. 동생이 더스틴 밀러 사건과 관계가 있다고 생각하시는 건가요?"

"아뇨. 사실은 아닙니다. 원래 미해결 사건이 이렇습니다. 사소한 단서라도 놓치지 않고 전부 추적하죠. 아무리 중요하지 않다고 해도요. 그래야 모든 가능성을 제할 수 있으니까요. 가능성을 충분히 제하다 보면 중요한 무언가만 남을 겁니다." 전화기 너머로 아득한 경적 소리가 들렸고, 매슈는 형사가 운전 중인가 보다고 생각했다.

"네, 이해합니다."

"동생은 어디에 살죠?"

"제가 마지막으로 확인했을 때는 부모님 댁에 살고 있었습니다. 동생이 그 집을 물려받았거든요."

"그 집은 어디에 있나요?"

"그게 실은, 여기 다트퍼드에 있습니다."

"그래요? 그렇다면 동생을 자주 보시겠군요."

"솔직히 말하면 아닙니다. 동생은 혼자 있는 걸 좋아합니다. 사회 부적응자라고 할 수 있죠. 동생을 만나기는 하지만 어쩌다 한 번씩 볼 뿐입니다."

"그렇군요. 알겠습니다. 마지막으로 하나만 묻죠. 동생의 집 주소를 알 수 있을까요? 부모님 댁이라고 하셨죠?"

"네. 블랙베리 레인 227번지입니다. 지금 제가 사는 곳하고 는 반대쪽이죠."

"전화번호는요? 동생 전화번호를 알고 계십니까?"

매슈는 조금이라도 시간을 끄는 게 리처드에게 이로울 거라 고 판단해 거짓말을 했다. "죄송하지만 모릅니다. 제가 아는 바 로는 리처드에게 휴대전화가 없습니다. 우린 그저 리처드가 여 기를 들르거나 제가 동생 집에 들르는 식으로만 만나왔죠."

"고맙습니다, 매슈. 큰 도움이 됐습니다. 그건 그렇고 옆집과 문제가 있다고 들었습니다."

"아, 그거요. 혹시 몰라서 미연에 방지한 겁니다."

"그래서 이젠 옆집 여자분이 안 괴롭히나요?"

"네, 괜찮습니다." 매슈는 자신이 보호 명령을 신청한 걸 어떻게 알았는지 물으려다가 그만두었다. 아는 게 당연하다. 경찰은 늘 정보를 수집하니까. "저기," 매슈는 얼른 말했다. "제가 그만 끊어야―."

"네, 알겠습니다. 그 일은 유감입니다. 그리고 다시 한번 감사합니다."

전화를 끊은 뒤 매슈는 손에 든 전화기를 바라보았다. 통화하는 내내 앞뒤로 서성였는데 이제는 부엌에 우두커니 서 있었다. 악취가 풍겨서 싱크대를 들여다봤더니 분홍색 물이 담긴 그릇에 랩으로 싼 스테이크가 둥둥 떠 있었다. 어젯밤에 저녁으로 스테이크를 먹으려고 냉동실에서 꺼내놓았다가 까맣게 잊어버렸다. 매슈는 고기의 가장자리를 집어 들어 쓰레기통에 버렸다. 다시 서재로 가서 유일하게 간직하고 있는, 리처드와 함께 찍은 사진을 바라봤다. 리처드가 아기였을 때 찍은 빛바랜 사진이었다. 어머니는 사진을 찍어야 한다고 우기면서 매슈에게 주일학교 갈 때 입는 옷을 입히고(먼바지에 단추 달린 셔츠), 담요에 싸인 리처드를 무릎에 안고 있게 했다. 매슈는 새로 생긴 동생을 바라보며 눈이 마주쳤다고 생각했다. 비록 신생아는 시력이 매우 나쁘다는 사실을 알고 있었지만. 어쨌거나 잘 나온 사진이었고, 그들이 어릴 때 찍은 몇 안 되는 사진이었다. 사진을 바라보며 매슈는 리처드에게서 연락이 오기를 바랐다. 경찰이 쫓고 있다는 사실을 알려야 했다. 도망갈 기회를 줘야 했다. 매슈는 계속 리처드에게 전화했다.

"어이, 형님." 리처드가 말했다.

"맙소사. 드디어 받았군."

"내가 좀 바빴어. 그리고 형이 뭐라고 할지 뻔했고."

"아닐걸, 리처드. 그들이 널 쫓고 있어. 경찰이 쫓고 있다고. 방금 형사랑 통화했어."

"경찰이 날 쫓는다면 형도 쫓는 거야. 알지?"

"그래, 알아. 그러니까 우리가 입을 맞춰야 해. 그래서 너랑 얘기하려는 거야. 네가 저지른 짓 때문에 전화한 게 아냐. 알고 싶은 게 있어. 널 본 사람 있니? 뒤처리는 조심해서 했고?"

"날 어디서 봐? 무슨 얘기하는 거야?"

"이럴 시간 없어, 리처드."

"만나서 얼굴 보고 얘기해. 그게 더 편하겠어."

"그럴 시간 없어. 미셸의 아파트에서 증거로 나올 만한 게 있어? 지금 경찰들이 거기 있어. 모든 섬유를 다 채취하고, 핏자국을 다 조사할 거라고."

리처드는 한동안 말이 없더니 마침내 입을 열었다. "형도 거기 있었잖아."

"그걸 네가 어떻게 알아?"

"내가 봤으니까. 그 많은 피를 본 기분이 어때?"

"내 기분이 어떨지 알잖아. 역겨웠어. 네가 한 짓은 역겨워. 미셸은 죽어야 할 사람이 아냐. 너도 알잖아."

"형만 재미 보게 할 수 없었어. 불공평하잖아. 게다가 그 추잡한 놈들을 죽였다고 해서 형이 도덕적으로 우월한 건 아냐. 그런 면에서 형은 엄마와 똑같아. 엄마는 남편이 자기보다 훨씬 나쁘니까 자기 똥은 냄새도 안 난다고 생각했지. 하지만 그렇게는 안 돼. 현실은 그렇게 돌아가지 않는다고. 현실에서는 형도 나만큼이나 역겹고 변태적이야."

"맞아, 리처드. 네가 하는 말에 다 동의해. 그러니까 내 질문에 대답이나 해. 경찰이 미셸의 아파트에서 뭘 찾아낼까?"

리처드는 한숨을 쉬었다. "우리는 같은 DNA를 가지고 있어. 내가 도망쳐야 한다면 형도 마찬가지야."

"어쨌든 넌 그래야 해. 도망쳐야 한다고. 그것도 빨리. 알겠어? 경찰이 널 쫓으면 난 널 돕지 않을 거야. 도울 수 없어. 네가 알아서 해."

"고마워, 형. 기대도 안 했어."

"넌 미셸을 죽였어!" 매슈는 고음의 날카로운 목소리로 외쳤다. 자신에게 그런 목소리가 있는 줄도 몰랐다. "미셸을 죽였다고." 매슈가 다시 나직이 말했다. 그러고는 리처드의 반응을 기다렸지만 리처드는 아무 말도 없었다. "리처드? 듣고 있니, 리처드?"

하지만 전화는 이미 끊어졌고, 매슈는 리처드가 몇 년간 말한 대로 정말 과거를 뒤로한 채 영원히 다트퍼드를 떠났을지 모른다는—끔찍하면서도 마음이 놓이는—느낌이 들었다.

매슈는 어느새 옆집 쪽으로 난 거실 창문 앞에 서 있었다. 옆집 진입로에는 여전히 차가 없었다. 직접 차를 몰고 블랙베리 레인으로, 그가 어릴 때 자란 곳이자 리처드가 아직 살고 있는 집으로 찾아가볼까 생각했지만 그러고 싶지 않았다. 거기 안 간 지 몇 년이 넘었고, 마지막으로 갔을 때는 너무 많이 부식된 집을 보고 충격을 받았다. 리처드는 거기 살면서도 전혀 집을 보수하지 않았다. 청소를 하지도 않았고, 오래된 가구도 바꾸지 않았다. 가구와 선반, 창틀에는 누적된 때가 까맣게 껴 있었다. 2층 침실마다 동물의 배설물이 잔뜩 굴러다녔고, 벽에는 검은 곰팡이가 점점이 피어 있었다. 그중에는 매슈가 어릴 때 썼던 침실도 있었는데 고사리 무늬의 이상한 베이지색 벽지와 싱글 침대가 아직 그대로 있었다. 아니, 그 집에는 도저히 다시 갈 수 없었다. 그로서는 할 수 있는 일을 다 했고, 리처드에게 경고도 했다. 이제는 스스로를 보호해야 한다.

그때 위층에서 딸깍 소리가 났다. 희미했지만 똑똑히 들렸다. 보일러가 켜진다거나 냉장고 속 제빙기가 돌아간다든가 벽이 기지개를 켠다든가 하는, 가끔씩 집에서 들리는 소리가 아니었다. 문이 닫히는 소리 같았다. 매슈는 천천히 그리고 조용히 계단 쪽으로 걸어갔다. 그러고는 계단 밑에서 2층 복도를, 두 개의 문을 올려다보았다. 하나는 부부의 침실 문이었고, 또 하나는 욕실 문이었는데 둘 다 활짝 열려 있었다. 매슈는 천천히 계단을 올라갔다. 하지만 발을 뗄 때마다 소리가 나는 걸 깨닫고 속도를 냈다. 그냥 자기 집 2층으로 올라가는 사람처럼 자연스럽게 걸으려고 했다. 계단을 다 올라간 후에는 왼쪽으로 돌아 침실로 걸어갔다. 그의 눈이 재빨리 벽장 문으로 향했다. 벽장 문도 열려 있었다. 평소에도 빡빡해서 잘 안 닫히는 문이었다. 그가 들었던 딸칵 소리는 이 문이 열리는 소리였을까? 그럴 수 있다. 매슈는 그렇게 생각하며 다시 자연스럽게 벽장을 향해 걸어갔다. 벽장 문을 활짝 열고 안으로 들어갔다. 미라의 옷이 걸린 오른쪽과 그의 옷이 걸린 왼쪽의 중간 지점으로. 벽장 안에는 아무도 없었다. 그의 옷 위에 있는 선반으로 손을 뻗어서 신발 상자를 옆으로 밀쳤더니 히커리 나무로 만든 곤봉이 손에 잡혔다. 부모님 집에서 가져온 몇 안 되는 물건 중 하나였고, 집에 보관하는 유일한 무기였다.

손에 곤봉을 쥔 채 매슈는 침실 벽장에서 걸어 나와 복도로 갔다. 2층에 있는 다른 두 개의 문─하나는 손님용 침실의 문이었고, 다른 하나는 미라의 재봉 방문이었다─도 열려 있었지만 두 방 다 벽장이 있었다. 먼저 손님용 침실에 들어갔다. 벽장 문은 닫혀 있었다. 매슈는 벽장으로 걸어가 손잡이를 돌린 다음, 문을 열고 뒤로 한 발짝 물러나 대비했다. 정확히 뭘 대비한 걸까? 펜싱 트로피를 찾으러 온 헨? 아침에 벌인 싸움으로 분이 안 풀린 로이드? 옷장은 비어 있었고, 매슈는 딸깍 소리를 들은 이후에 처음으로 그 소리가 아무 의미 없을지도 모른다고 생각했다. 아마 나뭇가지가 위층 창문에 부딪히는 소리였거나, 집에서 으레 들리는 실체 없는 소리일 것이다.

매슈는 손님용 침실을 나와서 집 앞쪽의 작은 방, 아주 옛날에 아기방으로 쓰려고 했던 천장이 기울어진 방으로 들어갔다. 지금은 미라의 재봉 방이었고, 벽은 활기찬 노란색으로 칠해졌는데 하나뿐인 창문으로 늦은 오후의 햇살이 쏟아져 들어와 노란색이 더욱 활기차 보였다. 이 방에도 벽장이 있기는 했지만 벽장이라기보다 그냥 남은 공간에 더 가까웠다. 벽장 문은 닫혀 있었고, 매슈는 잠시 그 앞에 서서 벽장을 바라보았다. 누군가 정말로 2층에 숨어 있다면 이곳이야말로 안성맞춤이다.

매슈가 벽장 문손잡이를 잡았을 때 갑자기 문이 벌컥 열리더니 한 남자가 튀어나와 머리로 매슈의 명치를 들이받았다. 매슈는 뒤로 쓰러졌고, 남자도 바닥으로 쓰러졌다.

매슈는 손에 들고 있던 곤봉을 휘둘러 침입자의 어깨를 맞혔다. 남자는 아파서라기보다 두려움에 비명을 지르더니 고개를 들었다. 로이드였다. 이를 악문 채 눈을 크게 뜨고 있었다. 로이드는 두 팔로 몸을 일으키고는 양 손바닥과 무릎으로 바닥을 디딘 채 개처럼 서 있었다. 바닥에 쓰러진 상태에서 몸을 일으킨 매슈는 다시 곤봉을 휘둘렀고, 이번에는 로이드의 콧등을 맞했다. 빠지직 금 가는 소리가 나더니 로이드의 아우성이 울부짖음으로 변했다. 그의 부러진 코에서 피가 마룻바닥으로 떨어졌다.

여전히 몸을 일으킨 상태로 앉아 있던 매슈는 두 다리를 차면서 뒤로 황급히 물러났다. 로이드가 재빨리 고개를 흔들자 피가 양옆으로 튀었다. 로이드는 상체를 수그리고 몸을 웅크린 채 코피를 닦으며 피를 얼굴에 문댔다. 두 남자 모두 자리에서 일어났다. 매슈는 아직 손에 곤봉을 들고 있었고, 로이드는 주먹을 쥔 채 몸을 살짝 흔들며 말했다.

"다 들었어."

매슈는 그에게 한 걸음 다가갔다. "이건 무단침입이야."

"다 들었다고, 이 괴물아." 로이드가 그렇게 말하자 매슈는 곤봉을 휘둘렀다.

35

　수돗물을 잠글 때마다 파이프에서 쨍강 소리가 나는 작업실에서 조도가 낮은 조명을 켜두고, 그림을 그리는 데 필요한 도구를 모두 갖춰놓고 있자니 헨은 마침내 생각의 속도를 늦추고 지난 몇 주간 자신에게 벌어진 사건을 이성적으로 생각할 수 있었다.

　캐모마일 차를 우리고, 아이언 앤드 와인의 CD를 튼 다음, 작업실을 청소하고 정돈했다. 중요한 작업을 하기 전에 종종 치르는 의식이었다.

　마음이 한결 차분해진 헨은 머릿속으로 현재 자신에게 닥친 문제를 중요한 순서대로 나열했다. 가끔씩 사소한 문제들 때문에 도저히 못 살겠다는 느낌이 들 때마다 사용하는 방법이었는데 몇 년 전에 스스로 터득해냈다. 그렇게 목록을 작성한 다음에는 한 번에 하나씩 집중한다. 당연한 말이지만 이 방법의 또 다른 목적은 막상 적어놓고 보면 내 문제가 그다지 심각하지 않다는 걸 자신에게 보여주는 것이다. 하지만 현재 그녀의 상황은 그렇지가 않았다. 지금 가장 큰 문제는 바람을 피우는 남편 그리고 결혼 생활을 계속 유지할 수 있는가가 아니었다. 옆집에 사는 사이코패스 살인마였다. 이 두 문제에 비하면 다른 것은 별로 중요치 않았다. 그래도 헨은 억지로 다른 문제도 목록에 넣어보았다. 이제는 부모님이 점점 더 늙어가고 있으므로 좀 더 자주 찾아 봬야 한다. 또한《로어 전사》에 들어갈 두 개의 삽화 마감일이 약간 지났다. 하지만 에이전트가 다그치지 않는 걸 보니 별문제는 없었다. 게다가 그건 일일 뿐이니 좀 늦어져도 된다.

그러면 중요한 문제 두 개가 남고, 그건 상당히 심각하다. 로이드를 어떻게 하고, 매슈는 어떻게 할 것인가. 로이드가 떠나야 한다고 한 말도 일리는 있다. 두 사람은 당분간 위험에서 벗어나 결혼 생활을 회복하려고 노력할 수 있다. 문제는 결혼 생활을 회복하기 위해 노력하고 싶은 마음이 들지 않는다는 것이다. 로이드의 불륜을 알게 된 후로 헨은 마음 깊은 곳에서 둘의 관계가 끝났음을 깨달았다. 그녀는 질투심이 많지 않았다. 하룻밤 불장난이었더라면 얼마든지 로이드를 용서했을 것이다. 하지만 1년간 몰래 다른 여자를 만나고, 끊임없이 거짓말하는 것은 얘기가 다르다. 확실히 사기당한 기분이었고 화도 났다. 다만 마음의 상처가 크지는 않았다. 가슴이 아프지도 않았다. 헨은 로이드를 사랑했지만―언제나 그랬다―그가 없어도 살 수 있을 듯했다. 그건…… 이 결혼이 유지해야 할 가치가 없다는 의미 아닐까?

옆집에 매슈만―잠재적으로 위험한 상황―없었다면 로이드에게 당분간 다른 곳에서 지내라고, 떨어져 지내면서 어떻게 할지 생각해보겠다고 말했을 것이다. 어쩌면 그냥 그렇게 말해야 할지 모른다. 어쨌든 잘못은 로이드에게 있으니 얼마든지 내쫓을 수 있다. 로이드가 어디로 갈까? 아마―어디였지?―노샘프턴에 산다는 조애너 그림런드의 집으로 들어갈 것이다. 그렇게 되면 기분이 어떨까 상상해보려 했지만 잘 안 되었다. 그냥 별 관심이 없었다. 그래도 로이드의 말처럼 그와 조애너가 정말로 끝났는지 궁금하기는 했다. 또한 그들의 불륜이 어땠는지도 궁금했다. 두 사람은 열렬한 사랑을 나누면서 미래를 함께 계획했을까? 아니면 시작부터 유효 기간이 정해지는 그런 관계였을까? 조애너는 둘의 관계를 어떻게 생각할까?

조애너에게 전화해봐야겠어. 헨은 그렇게 생각했고, 그렇게 생각하자마자 실행에 옮기기로 마음먹었다. 조애너의 목소리가 듣고 싶었다. 자신을 어떻게 변호하는지 듣고 싶었다. 헨은 늘 그녀가 좋았다. 두 단짝 친구의 아내와 여자 친구로서 헨과 조애너는 많은 시간을 함께 보내야만 했지만 헨은 그 시간이 늘 행복했다. 조애너는 불경하고 야한 농담을 잘했다. 롭과 로이드가 술과 약에 취해 대학 시절에 벌였던 바보 같은 짓을 회상하는 동안, 조애너와 헨은 와인을 마시며 속 깊은 대화를 나눴다. 헨은 대학 시절 조울증에 시달렸던 일을 전부 다 말했고, 조애너는 금융 사기로 투옥 중인 알코올 중독자 아버지에 대해 말해주었다. 롭과 조애너가 헤어지면서 헨은 조애너에게 직접 연락해 따로 만날까 생각했지만 한 번도 그러지 못했다. 로이드도 같은 생각이었던 모양이다.

헨은 당연히 조애너의 전화번호를 몰랐고, 그래서 로이드에게 전화해서 알려달라고 할까 했지만 설사 로이드가 번호를 알려준다고 해도 아마 조애너에게 먼저 전화하거나 최소한 문자라도 보내서 헨이 곧 전화할 거라고 알려줄 것이다. 헨은 조애너가 전혀 예상하지 못한 상태로 통화하고 싶었다.

그래서 롭에게 전화했고, 롭은 발신음이 울리자마자 전화를 받았다.

"안 열려요?" 롭이 전화에 대고 말했다.

"네?" 헨은 전화를 잘못 걸었나 생각했다.

"내가 보낸 사진이 안 열리냐고요. 보낸 후에야 다시 포맷해서 보낼걸 그랬나 싶더라고요."

"아, 모닥불 사진. 아직 받지도 못했어요. 근데 오늘은 다른 일 때문에 전화했어요."

"아직 못 받았다고요? 통화한 후에 바로 보냈는데."

"스팸 메일함에 들어갔나 봐요, 롭. 저기, 조애너 전화번호를 알고 싶어서 전화했어요. 당신이라면 알 것 같아서요."

"당연하죠. 1년 전 번호이기는 하지만 아마 안 바뀌었을 겁니다. 근데 왜요?"

"그냥 얘기 좀 하려고요. 중요한 일이에요." 모호하게 말하기는 했어도 이는 사실이었다.

"찾아볼게요." 롭의 목소리가 벌써 희미해진 것으로 보아 휴대전화에 저장된 연락처를 뒤지는 모양이었다. "찾았다. 적을 준비 됐어요?"

롭은 번호를 불러주었고, 헨은 연필로 스케치북에 받아 적었다.

"고마워요, 롭. 당신이 최고예요." 헨이 말했다.

"천만에요. 근데 좀 어리둥절하네요. 조애너랑 왜 얘기하고 싶은 거죠?"

"조애너가 1년 동안 로이드와 바람을 피웠어요. 조애너 얘기도 들어보고 싶어서요."

롭은 코웃음에 가까운 웃음소리를 냈다. "정말이에요?"

"정말이에요."

"이런 젠장."

"번호 알려줘서 고마워요."

롭이 조애너에게 전화해서 경고해줄 것 같지는 않지만 혹시 몰라서 헨은 스케치북에 받아 적은 번호로 즉시 전화했다. 두 번의 발신음이 울리더니 조애너가 머뭇거리며 말했다. "여보세요?" 그녀가 기억했던 것보다 훨씬 저음이었다.

"조애너, 나 헨 머주어예요……. 로이드의 아내요."

2초간 정적이 흘렀고, 헨은 조애너가 조용히 전화를 끊은 줄 알았다. 하지만 다시 조애너의 목소리가 들렸다. "안녕, 헨."

"조애너, 로이드가 말했는지 모르겠지만 난 다 알아요. 로이드가 전부 다 말했어요." 말은 그렇게 했지만 헨은 그 말이 사실이 아님을 알고 있었다. 누구도 전부 다 알 수는 없다.

"헨, 정말, 정말 미안해요. 용서해줄 거라고는 기대도 안 해요. 난 용서받을 자격도 없어요, 알아요, 하지만 제발 날 이해─."

"조애너, 괜찮아요. 당신에게 소리 지르려고 전화한 거 아니에요. 난 그냥…… 나도 내가 왜 전화했는지 모르겠어요. 로이드의 사정 말고, 당신 사정도 들어보고 싶었어요."

"알겠어요." 조애너가 말하더니 큰 소리로 길게 숨을 들이쉬었다. "언제 알게…… 로이드가 뭐라고 했어요?"

"아직 로이드랑 얘기 안 한 거예요?"

"음…… 간단하게만요. 당신에게…… 우리 일을 어떻게 알려야 할지 한동안 고민해보겠다고 했어요."

"사실은 로이드가 먼저 말한 게 아니에요. 내가 우연히 알게 됐죠. 나중에 로이드가 자백했고요."

"아."

헨은 조애너가 최근에 있었던 일을 듣지 못했으며, 사태를 파악하려고 애쓰면서 무슨 말을 해야 하고, 무슨 말을 하면 안 될지 알아내려 한다는 걸 알 수 있었다.

"로이드가 말 안 했군요, 그렇죠?" 헨이 물었다.

"그만 끊어야 할 것 같네요."

"조애너, 로이드는 당신 둘이 끝났다고 했어요. 지난 주말에 만났을 때 헤어지기로 했다고요."

"로이드가 그렇게 말했어요?"

"네."

짜증 난 한숨 같은 소리가 들렸다. "하나만 물어봐도 될까요, 헨?"

"물어봐요."

"최근에 둘이 이혼을 상의한 적 있나요?"

"무슨 말이에요? 내가 당신과 로이드 일을 안 후로 상의했냐는 말이에요?"

"아뇨, 그전에요. 6개월쯤 전에요."

"우린 최근에 염병할 집을 샀어요. 아뇨, 이혼을 상의한 적 없어요. 로이드가 그러던가요?"

"그럼 혹시 돌려서라도—."

"돌려서라도 이혼하자는 말을 꺼냈냐고요?"

"그런 적 없었나요?" 조애너는 웃음을 터뜨렸다. "로이드는 당신들이 둘 다 불행하고, 관계는 틀어지고, 당신이 결혼 생활을 어떻게든 유지하려고 집을 구입했다고 했어요."

"전부 사실이 아니에요. 로이드의 마음속에서는 사실이었을지 모르지만 우린 전혀 그런 대화를 한 적이 없어요. 내게 불행하다고 한 적도 없고요. 그이가 바람을 피웠다는 걸 알고 난 큰 충격을 받았다고요."

다시 침묵이 흘렀다. 그러더니 조애너가 말했다. "미안해요. 그러지―."

"미안하다는 말은 그만해요. 당신은…… 로이드와 함께 살 계획이었나요?"

"딱히 계획을 세우진 않았어요. 다만 당신과 로이드가 헤어질 거라고 생각했죠. 그리고 우리 사이가 잘될 수도 있다고 생각했고요. 맙소사, 내가 바보 천치였네요."

"글쎄요, 당신이 바보 천치면 나도 마찬가지죠."

"그래도 내 탓이에요. 내가―."

"그냥 전부 다 로이드 탓이라고 하고 얘기 끝내죠. 그건 그렇고 난 그이를 집에서 쫓아낼 거예요. 방금 결정했어요. 그이가 머물 곳이 필요할지 모르니까 미리 알려주는 거예요."

"로이드가 여기에 머물 일은 없어요."

"로이드가 어디에 머물든 난 정말로 상관없어요, 조애너. 그러니까 괜히 날 위해서 그렇게 말할 필요 없어요."

"알았어요." 조애너가 말했다.

다시 침묵이 흘렀고, 헨은 할 말을 다 했다는 걸 깨닫고 이렇게 말했다. "이제 그만 끊을게요. 통화해줘서 고마워요."

"예의는 그만 차려요. 차라리 당신이 내게 욕이라도 하면 마음이 더 편하겠어요."

"음, 통화해준 것만 고맙고 나머지는 엿이나 먹어요."

"고마워요. 훨씬 낫네요. 다시 한번 미안해요."

헨은 전화를 끊고 앉아 있던 의자의 팔걸이에 휴대전화를 내려놓았다. 갑자기 기운이 불끈 솟아났다. 반은 분노가, 반은…… 다른 무언가가 치밀어 올랐는데 흥분 비슷한 감정이었다. 그것도 딱히 정확한 단어는 아니었지만. 그보다는 기대에 가까웠다. 모든 게 급속도로 변하고 있었다. 로이드는 그녀가 생각했던 것과 전혀 다른 남자였다. 비슷하지도 않았다. 바람을 피운 건 그렇다 쳐도―사람은 누구나 결함이 있고 실수를 저지른다―그녀뿐 아니라 조애너에게까지 뻔뻔하게 거짓말하는 것은 완전히 다른 문제다. 갑자기 조애너가 적이 아니라 같은 피해자처럼 느껴졌다. 헨은 자리에서 일어나 손을 털고 이제 어떻게 해야 할지 생각했다. 마치 살갗 밑에 가느다란 전선이 있고, 거기서 불꽃이 이는 듯 온몸이 찌릿했다. 어떤 면에서는 한창 조증일 때와 비슷했지만 이번은 아니었다. 지금 그녀가 느끼는 흥분은 현실에서 벌어지는 일과 절대적으로 연관되어 있었다.

자신이 정말로 원하는 일은 집에 돌아가서 로이드에게 짐을 꾸리도록 하는 것이라고 헨은 결론을 내렸다. 하지만 보나 마나 로이드는 그녀가 위험하다고 주장하면서 그 말을 따르지 않을 것이다. 어쩌면 그녀가 로이드에게 행선지를 밝히지 않고 다른 곳으로 ─ 근처 호텔이나 친구의 집(예전 케임브리지에 살 때 이웃이었던 달린은 틀림없이 그녀를 재워줄 것이다) ─ 떠나는 게 나을지 모른다. 그 생각을 하니 흥분이 되었고, 헨은 그렇게 하기로 마음먹었다. 다만 그러려면 먼저 집에 가서 짐을 챙겨야 했다. 옷도 옷이지만 그보다 약이 필요했다. 문제는 집으로 돌아가면 당연히 로이드를 상대해야 한다는 것이다. 먼저 로이드에게 전화해서 짐을 챙기러 집에 갈 거지만 당신과 이야기하고 싶지 않다는 말을 하기로 했다. 로이드의 전화는 음성 사서함으로 넘어갔고, 헨은 메시지를 남기지 않았다. 대신 집에 유선 전화가 있어서 ─ 케이블과 인터넷을 신청할 때 공짜로 받은 상품이었다 ─ 그 번호로 전화했다. 혹시라도 로이드가 휴대전화를 받을 수 없는 상황일 수도 있으니까. 하지만 유선 전화도 받지 않았다.

산책하러 갔는지도 몰라. 헨은 그렇게 생각하고 그사이에 집으로 가서 물건을 챙긴 다음, 로이드가 돌아오기 전에 떠날까 고민했다. 그 생각을 하고 있는데 갑자기 작업실 불이 모두 꺼지며 실내가 어둠에 잠겼다.

"여기 사람 있어요." 헨이 외쳤다.

멀리서 공허하게 "미안해요"라고 외치는 소리가 들리더니 다시 불이 켜졌다. 지하의 다른 쪽 작업실에서 수채화를 그리는 유마인지 하는 여자가 오더니 헨의 작업실에 고개를 들이밀고 말했다.

"불 꺼서 미안해요. 내가 부르는 소리 못 들었어요? 여기 나 혼자 있는 줄 알았어요."

"아뇨, 미안해요, 못 들었어요. 괜찮아요. 내가 마지막인가요?"

"내가 떠나면 그렇게 되죠"

헨은 유마에게 잠깐만 기다려달라고, 자신도 나갈 거라고 말하려다가 그냥 이렇게 말했다. "내가 나갈 때 잊지 않고 불 끌게요."

헨은 복도를 걸어가는 유마의 발소리를 들었다. CD플레이어 속 CD가 바뀌면서 모르핀의 곡이 흘러나왔다. 헨은 작업하려고 준비해둔 동판을 바라보며 좀 더 일하다 갈까 생각했지만 그보다 집에 가서 짐을 챙겨야 했다. 로이드가 또 난리를 칠 테지만 빨리 시작할수록 빨리 끝날 것이다. 작업은 내일 다시 와서 끝낼 수 있다.

헨이 의자 등받이에 걸쳐둔 청재킷을 집어 들고 스케치북을 가방에 넣은 다음, 작업실 불을 끄려는데 복도를 걸어오는 발소리가 들렸다. 유마가 다시 돌아왔나? 아니다. 이 발소리는 더 크고 무거웠다. 헨은 스위치 위에 손을 올린 채 발소리가 어디로 향하는지 귀를 기울였다. "누구세요?"라고 외칠까 하다가 멈칫했다. 발소리는 그녀의 작업실 쪽으로 오고 있었다.

36

로건 공항에 도착한 미라는 자동문을 통과해 서늘한 공기 속으로 나간 다음, 왼쪽으로 돌아 택시 승차장으로 걸어갔다. 여기서 웨스트 다트퍼드까지 택시비가 얼마나 나올지 잠시 고민했지만 이내 그 생각을 떨쳐버렸다. 지금은 그런 일을 걱정할 때가 아니다. 일이 잘 해결되면 그녀와 매슈는 카드 청구서를 보면서 웃을 것이다. 미라가 너무 걱정되어 출장에서 일찍 돌아온 일을 두고 농담할 것이다.

하지만 절대 그렇게 되지 않으리라는 걸 너도 알잖아. 불이 안 났는데 연기가 날 리 없지.

그날 아침 미라는 호텔 방에서 일찍 일어났다. 커튼을 열어둔 터라 중서부의 광활한 하늘이 그녀를 맞이했다. 구름은 가장자리가 분홍색으로 물들어 있었다. 미라는 끔찍하면서도 생생한 꿈을 꿨다. 집이 다 타버렸고, 그녀는 매슈와 함께 타고 남은 집을 둘러보았다. 모든 게 사라지고 까맣게 타버린 시신들만 남아 검게 그을린 집 곳곳에 숨겨져 있었다. 대부분이 남자였지만— 미라의 꿈에 자주 등장하는 제이 사라반도 당연히 거기 있었다— 아이들도 있었다. 검게 타버린 작은 시신을 보면서 미라는 그게 자기 자식이라고, 매슈와 그녀 사이에서 태어나지 못한 아이들이라고 확신했다.

침대에 누워 창문을 바라보는 미라의 머릿속에 계속 같은 구절이 맴돌았다. **불이 안 났는데 연기가 날 리 없지.** 그녀는 그게 무슨 뜻인지 알고 있었다. 모두 사실이다. 그녀의 남편은 사람들을 죽였다. 연기가 너무 많이 났다. 심지어 어젯밤에는 매슈와 아주 정상적인 듯한 통화를 했지만 매슈는 그녀가 보고 싶다고 말했다. 그 말이 아니라 그 말을 하는 매슈의 어린아이 같고 슬픈 목소리가 마음에 걸렸다. 매슈의 내면에서 무언가가 흔들리고 있었다. 미라는 그렇다고 확신했다. 이제는 의심하는 정도가 아니라 두려웠다.

짐을 챙기고 일찍 체크아웃을 한 다음, 그쪽 지부 담당자인 린다에게 식중독에 걸려서 오늘은 다른 사람이 부스를 맡아야 할 것 같다고 문자를 보냈다. 그러고는 택시를 타고 공항으로 가서 보스턴행 항공권을 알아봤다. 오후가 지나서야 겨우 자리가 났고, 그나마도 샬럿에서 갈아타야 했지만 그래도 그걸로 했다.

집으로 가는 택시 안에서 미라는 매슈에게 전화해 집에 가는 중이라고 말하고 싶은 충동을 꾹 눌렀다. 애초에 일찍 돌아온 목적은 매슈의 허를 찔러 덮치는 것이다. 그를 의심하고 있다고 말하며 자백할 기회를 주는 것이다. 혹은 그녀도 옆집 여자처럼 터무니없는 피해망상에 시달린다는 사실을 증명할 기회를 주는 것이다. 불이 나지 않았다고 증명할 기회를 주는 것이다.

콩코드 로터리 직전에서 차가 막히자 턱 밑에 살이 찌고 얼굴이 붉은 운전기사가 마치 자기가 집에 가야 하는 사람인 양 나직이 투덜거렸다.

미라는 뒷좌석 창문을 조금 열었다. 차 안이 너무 더워서가 아니라 공기가 부족한 듯이 느껴졌기 때문이다. 마치 산소를 충분히 들이마실 수 없는 듯했다. 택시는 총알같이 로터리를 통과했고, 운전기사는 여전히 투덜거렸다. 하지만 그 후로 웨스트 다트퍼드까지는 비교적 도로가 한산했다. 미라는 손목시계를 보았다. 평상시라면 매슈는 지금쯤 퇴근했을 것이다. 그는 뭘 하고 있을까? 미라가 있었다면 그녀가 저녁을 준비하는 동안 아이패드로 그날 신문에 실린 낱말 맞히기를 하고 있을 것이다. 아니면 학교에 남아 시험지를 채점하거나.

택시는 시커모어 가로 진입했고, 낮게 걸린 태양이 길을 가로질러 긴 그림자를 드리웠다. 미라는 진입로에 매슈의 차가 없는 걸 보고 기사에게 집으로 들어가달라고 했다. 두려움이 더 커졌지만 한편으로는 안심도 되었다. 카드로 거액의 택시비를 낸 뒤, 캐리어를 현관으로 끌고 가며 집 열쇠를 어디에 보관해 두었는지 기억해내려 했다. 하지만 그럴 필요가 없었다. 현관문을 밀었더니 활짝 열렸다. 차가 없으니 그가 집에 없으리라는 걸 알고 있었지만 그래도 미라는 집 안으로 들어가며 매슈의 이름을 불렀다. 아무 대답도 없었다.

문이 잠겨 있지 않은 데다 살짝 역겨운 냄새까지 나자 이미 빨라진 미라의 심장 박동이 한층 더 빨라졌다. 미라는 현관문을 닫고 다시 한번 "아무도 없어요?"라고 외치고는 거실을 가로질러 부엌으로 갔다. 거기가 악취의 진원지인 듯했다. 부엌은 비교적 정상이었다. 조리대 위에 한 줄로 세워진 빈 진저에일 캔만 제외하고. 그녀가 없는 동안 매슈는 진저에일만 먹은 듯했다. 미라는 싱크대 속을 들여다보았다. 아무것도 없고, 물기도 없었다. 그 다음으로 쓰레기통이 들어 있는 싱크대 서랍장을 열었더니 썩은 내가 코를 찔렀다. 쓰레기통 속에 립 아이 스테이크가 붉은 물방울이 맺힌 채 포장된 그대로 버려져 있었다. 매슈가 이걸 냉동실에서 꺼냈다가 먹는 걸 잊어버리고 쓰레기통에 버렸을까? 그렇다면 매슈답지 않은 일이다. 그는 음식 버리는 걸 싫어했다.

미라는 매슈의 서재로 갔다. 자기도 모르게 노크하려다가 손잡이를 돌리고 얼른 안으로 들어갔다. 벽에 달린 스위치를 켜자 천장 조명에 불이 들어왔다. 처음에는 모든 게 정상으로 보였으나 주위를 둘러보던 미라는 매슈의 작은 장식품이 모두 사라진 걸 깨달았다. 중고 타자기가 놓여 있던 작은 탁자 위에는 이제 아르데코풍 그레이하운드 조각상이 있었다. 타자기는 책상으로 옮겨놓았다. 매슈가 서재의 물건들을 재배치하는 일은 흔치 않았지만 불안할 때 그런다는 걸 미라는 알고 있었다. 코듀로이 소파를 보았더니 빨간 벨벳 베개가 움푹 파여 있었다. 마치 누군가 그걸 베고 잠이라도 잔 듯이. 바닥에는 모직 담요가 둘둘 말린 채 떨어져 있었다. 미라는 한동안 리처드를 잊고 살았는데 불현듯 생각이 났다. 리처드가 어젯밤에 여기서 자고 갔을까? 미라는 서재에서 나와 2층으로 가는 계단을 올라갔다. 침실로 가서 매슈가 침대에서 잔 흔적이 있는지 보고 싶었다. 침대는 잘 정리되어 있었지만 그래도 잔 흔적이 있었다. 시트를 꼭꼭 집어넣은 침대 모서리와 일렬로 늘어놓은 베개를 보건대 매슈가 정리한 듯했다.

갑자기 피로가 몰려와 미라는 침대 가장자리에 앉아 휴대전화를 확인했다. 식중독은 괜찮냐고 묻는 동료들의 걱정스러운 문자가 줄줄이 와 있었다. 미라는 한 번도 아팠던 적이 없고, 결근한 적도 없었다. 문자를 무시한 채 연락처로 들어가서 매슈의 전화번호를 찾아냈다. 출장에서 일찍 돌아왔으니 얘기 좀 하자고 말할 작정이었다. 발신 버튼 위로 엄지를 가져간 채 미라는 자기도 모르게 '아야툴 쿠르시'를 외웠다. 그녀가 유일하게 아는 이슬람 기도였는데 돌아가시기 전에 몇 년 동안 캘리포니

아에서 미라의 가족과 함께 살았던 할머니에게 배웠다. 오랫동안 그 기도를 잊고 살았고, 이제는 무슨 뜻인지도 다 잊었지만 그래도 그 기도를 읊조렸다. 단순히 읊조리기만 해도 몸의 긴장이 풀렸다. 다시 눈을 떴더니 활짝 열린 벽장 문이 눈에 들어왔다. 놀랍지는 않지만 흔치 않은 일이었다. 출근 준비를 하는 아침이 아니고서는 주로 닫혀 있기 때문이다. 미라는 벽장으로 걸어가 양쪽에 걸린 옷들을 손으로 훑었다. 모두 정성이었지만 매슈의 옷이 걸린 쪽 위의 선반을 올려다봤더니 신발 상자가 선반 가장자리 밖으로 나와 있었다. 틀림없이 매슈가 무언가를 찾으려고 저길 뒤진 것이다. 미라는 까치발로 서봤지만 선반 위는 고사하고 선반까지도 손이 닿지 않았다. 재봉 방에 있는 나무 의자를 떠올리며 침실에서 나가 복도를 지나 천장이 기울어진 재봉 방문을 밀치고 들어갔다.

창문 밑에 의자가 있었고, 미라가 방으로 절반쯤 들어갔을 때 바닥에 쓰러진 몸뚱이가 눈에 들어왔다. 미라는 큰소리로 비명을 질렀다. 비명이라기보다 너무 놀라서 빽 지르는 외침에 가까웠다. 틀림없이 사람의 몸이었다. 재봉틀 테이블 밑에 발을 놓은 채 대각선으로 누워 있었다. 하지만 몸 전체가 머리부터 발끝까지 접착테이프로 감겨 있어서 누군지 알 수가 없었다. 마치 은색 미라 같았다.

미라는 몸을 떨며 빠르게 두 걸음 다가가 바닥에 무릎을 꿇고 양손을 몸뚱이의 가슴에 대보았다. 납작한 가슴과 덩치로 보아 남자라는 걸 알 수 있었지만 움직임이 전혀 없었고, 심장도 뛰지 않았다. 가까이서 보니 머리 부근에 감긴 접착테이프 사이로 피가 배어 나와 있었다. **911에 전화하자.** 미라는 그렇게 생각하고 침대에 두고 온 휴대전화를 떠올렸다. 하지만 이 테이프에 감긴 사람이 누구인지 알아야 했다. 매슈인지 아닌지 알아야 했다.

미라는 죽은 남자의 얼굴 한가운데를 가로지르는 테이프의 끈적한 끝부분을 찾아내 잡아당겼다.

37

리처드 돌라모어는 주류 판매점 주차장으로 들어갔다. 늦은 오후였고, 주차장을 가로질러 자동문을 통과하는 동안 콧구멍으로 들어오는 공기가 차가웠다. 그는 이 가게를 좋아했다. 창고처럼 널찍한 데다 교외 주민들로 바글거렸는데 그들은 한창 유행하는 진을 대용량으로 구입하고, '엄마의 단짝' 같은 이름이 붙은 와인을 궤짝으로 사 갔다. 오래전, 주류 판매점으로 바뀌기 전에 이곳은 극장이었다. 개인이 운영하는 싸구려 극장으로 원래는 상영관이 하나뿐이었는데 나중에 허름한 벽을 세워 두 개로 만들었다. 리처드는 학생 때 그 극장에 자주 다녔다. 주로 혼자였지만 가끔씩 여자와 오기도 했다. 무슨 영화를 보든지 간에 정적이 흐를 때면 옆 관에서 상영 중인 영화의 소리가 들렸다.

하지만 극장은 흔적도 없이 사라졌고, 이제는 색색의 술병이 줄줄이 진열되어 있었다. 리처드는 진열대 사이를 걸어 다니며 사람들에게 술병 안에 든 알코올 이상의 무언가를 팔기 위해 만들어진 라벨을 바라보았다. 아버지는 주류 외판원이어서 대량으로 구입하면 할인해주는 조건으로 체인 레스토랑과 호텔 바에 싸구려 술―로마노프 보드카와 올드 스코츠맨이나 골드 러시 같은 위스키―을 납품했다. 이런 술은 지금도 늘 맨 아래 선반에 진열되어 있었다. 주류 판매점 진열대 사이에 서서 선반을 위 아래로 훑어보면 온갖 고객을 끌어모으려고 하는 술병들을 볼 수 있다. 참나무통에 숙성시킨, 한 병에 100달러짜리 럼을 사는 머저리부터 대형 플라스틱에 든 대용량 럼을 사는 알코올 중독자까지.

"사실은 다 똑같은 술이야." 아버지는 그렇게 말하곤 했다. "사람들은 멍청해. 예쁜 병에 든 싸구려 술을 사면서 다들 자기가 왕처럼 산다고 생각하지."

리처드는 스카치위스키 판매대 쪽으로 갔다. 그와 비슷한 나이대의 여자가 술병을 꼼꼼히 들여다보고 있었는데 외국어로 적힌 메뉴판을 읽으려고 고심하는 사람 같았다.

"그거 좋은 위스키입니다." 리처드는 방금 여자가 선반에서 집어 든 싱글 몰트 위스키를 향해 고갯짓하며 말했다.

"아, 그래요?" 여자가 말했다. 예쁘지는 않았다. 코가 너무 컸고, 두 눈은 너무 몰려 있었다. 하지만 운동을 해서 탄탄한 몸매에, 스타일이 좋았다. 긴 갈색 머리는 군데군데 금색으로 염색했고, 깊게 V자로 파진 네크라인의 오렌지색 스웨터를 입었다. 리처드는 네크라인 위로 드러난 그녀의 가슴을 훑어보았다. 햇빛에 보기 좋게 그은 피부였다. 젖꼭지는 진갈색이겠지. 리처드는 생각했다.

"끝내주게 매끄럽죠. 실크처럼요. 당신이 마실 건가요? 아니면……."

여자는 리처드가 자신의 가슴을 바라보는 걸 깨닫고, 그걸 어떻게 받아들여야 할지 아직 결정하지 못한 듯했다. 하지만 아랫입술을 깨물며 말했다. "내 삶에 새로 등장한 친구를 위한 선물이에요. 그이는 스카치위스키를 좋아하거든요. 난 위스키에 대해 전혀 모르고요." 그러더니 재미있는 말이라도 했다는 듯이 웃었다.

"남자분이 피트 향이 강한 위스키를 좋아하나요?"

여자는 얼굴을 찡그렸다. "난 그 말이 무슨 뜻인지도 몰라요."

리처드는 피트 향이 나는 위스키와 그렇지 않은 위스키의 차이를 설명하고, 남자가 레스토랑에서 주문했던 위스키 중에서 기억나는 브랜드가 있냐고 물었다. "맥캘란을 주문했던 것 같아요."

"그렇군요, 맥캘란." 리처드는 그렇게 말하고 맨 위 선반에서 아무 위스키나 집어 들어 여자에게 건넸다. "이걸 선물하세요. 아주 좋아할 겁니다. 맥캘란과 비슷한데 약간 더 낫죠."

"그래요?"

"절 믿으세요." 리처드는 그렇게 말하고 속으로 생각했다. **난 영업 사원을 해도 되겠는데. 누워서 떡 먹기잖아.**

그가 여자에게 건넨 위스키는 아주 멋진 상자에 들어 있어서인지, 여자는 마음에 들어 하는 눈치였다.

"좋아요. 이걸로 하죠." 여자가 말했다.

"혹시 새 친구와 잘 안 되면 제가 기꺼이 그 자리를 대신하죠."

여자는 얼굴을 찡그리며 말했다. "당신은 유부남이잖아요." 그러고는 그의 손을 내려다봤다.

"반지를 끼고 있다고 해서 유부남이라는 뜻은 아닙니다." 리처드가 말했다.

"대개는 유부남이라는 뜻이죠." 여자는 그렇게 말하고 계산대 쪽으로 걸어갔다.

리처드는 "개쌍년."이라고 중얼거리고는 여자가 그 말을 들었을지 궁금했다. 여자의 등이 움찔한 것 같기도 했다.

밑에서 두 번째 선반에서 자기가 마실 J&B를 한 병 고른 다음, 몇 분간 기다리면서 여자가 가격만 비싼 술을 계산하고 사악한 늑대에게서 달아날 기회를 주었다. 자기가 계산할 차례가 되자 리처드는 직원에게—담배 때문에 콧수염이 누렇게 물든 늙은이—자기가 앞 손님에게 100달러짜리 술을 사라고 설득했으니 수수료를 받아야 한다고 말하려다가 그만두었다.

다시 차로 돌아와 조수석 수납함에 위스키를 넣었다. 술은 안 마시기로 했지만, 저 안에 위스키가 들어 있다는 사실만으로도 기분이 좋았다.

리처드는 주류 판매점을 나와 미들햄을 가로질러 다시 웨스트 다트퍼드로 향했다. 경찰이 이미 와 있을까 두려워서 집 쪽으로 차를 돌리기가 싫었지만, 운에 맡기기로 했다. 수상한 차량이 보이면 다른 집 진입로로 들어갔다가 방향을 돌려서 떠날 것이다. 만약 아직 경찰이 오지 않았다면 진작 했어야 할 일을 끝낼 수 있다. 리처드는 블랙베리 레인으로 들어섰다. 한 집만 빼고—기둥이 떠받치고 있는 무시무시하게 큰 저택—나머지는 전부 2차 세계대전이 끝나고 10년이 지나기 전에 지어졌는데 보통의 미국인 가족을 담기 위한 멋없는 상자 같은 집이었다. 블랙베리 레인은 막다른 길로 끝났고, 리처드의 어릴 적 집을 포함해 네 집이 막다른 곳을 둘러싸고 있었다. 이제는 그의 집이었다. 엄밀히 말하면 세금을 내주는 형의 소유였지만. 반은 벽돌, 반은 흰색 패널로 된 집은 소나무 군락 뒤에 물러나 있었다. 앞마당에는 갈색 솔 바늘이 한 겹 깔려 있었고, 아스팔트 진입로의 깨진 부분에는 잡초가 빽빽이 나 있었다. 저택은 적어도 겉으로 보기에는 아직 멀쩡했다. 흰색 플라스틱 패널이 암녹색으로 변해가기는 했지만. 멍하고 바보 같은 집이라고 리처드는 생각했다. 그런 생각이 든 적이 처음이 아니었다. 그는 반원 형태의 막다른 길을 따라 차를 돌린 다음, 차 앞부분이 서드베리

가를 향하도록 주차했다. 차에서 내리기 전에 스카치를 한 모금 마셨다.

현관으로 들어가면서 늘 그랬듯이 큰 소리로 외쳤다. "엄마, 아빠, 저 왔어요." 웃음이 터져 나왔다. 이러다가 언젠가 대답이 들릴까 늘 약간 두렵기는 했지만. 하지만 대답은 들린 적이 없었고, 이 집에 오는 것도 오늘이 마지막이다. 리처드는 계단을 올라갔다. 2층에 올라오자 공기가 달라졌다. 정체된 공기에서는 곰팡내가 풍겼지만 그 밑에는 틀림없이 사체의 달착지근하고 역겨운 악취가 있었다. 아마 어디 벽 속에 죽은 다람쥐가 있을 것이다. 2층에 오래 머물고 싶지 않았지만―여기 있으면 구역질이 났는데 단지 집이 부패해서만이 아니었다―부모님이 쓰시던 침실에서 아버지의 캐리어를 가져가야 했다. 리처드는 발로 침실 방문을 밀쳤다. 방 안은 어둠침침했고, 커튼이 쳐져 있었다. 침실로 들어가자 무언가가 마룻바닥 위에서 재빨리 달아났다. 리처드는 못 본 척하고 휴대전화를 꺼내 플래시를 켠 다음, 이미 문이 열린 벽장으로 걸어갔다. 벽장 뒤쪽에 대형 체크무늬 캐리어가 있었다. 리처드는 캐리어의 가죽 손잡이를 잡아 벽장에서 끌어냈다. 다행히 캐리어는 비어 있었다. 캐리어를 침대 위에 내려놓자 먼지가 피어올랐다. 목구멍에서 쓴맛이 날 정도였다. 이 방에는 그가 원하는 물건이 두 개 있었다. 하나는 사진틀에 들어 있는 외조부모의 사진―가장자리에 깃털이 달린 펠트 모자를 쓴 키가 작고 시무룩한 남자와 홈드레스를 입고 슬픈 미소를 지은 여자―이었고, 또 하나는 아버지의 낡은 지갑이었다. 리처드는 지갑이 어디에 있는지 알고 있었다. 서랍장 맨 위 서랍이었다. 지갑 안에는 2달러 지폐와 아버지의 운전면허증, AAA*카드, 명함 서너 장, 잡지에서 오려내 접어둔, 해변에서 찍은 보 데릭**의 사진이 있었다.

리처드는 사진과 지갑을 둘 다 캐리어에 넣은 뒤 지퍼를 채우고 마지막으로 방을 둘러본 다음 밖으로 나갔다. 죽은 어머니를 발견한 곳도 바로 이 방이었다. 셔닐로 만든 침대보를 머리 위까지 덮어쓴 어머니의 윤곽을 보자마자 리처드는 어머니가 죽었다는 걸 알았다. 어머니는 자기가 죽어가는 걸 알고 숨어버린 짐승처럼 몸을 꼭 웅크리고 있었다. 그래도 리처드는 침대보를 젖히고 오랫동안 어머니를 바라보았다. 노란 가운은 허리 주위에 말려 있고, 머리 근처에 마른 토사물이 있었다. 한 손으로 보드카 병―그의 기억이 맞다면 스미노프였다―을 들고 있었는데 머리맡 테이블에는 빈 약병이 있었다. 다른 손은 얼굴을 가리고 있었다. 자세히 들여다보니 어머니가 죽을 때 엄지를 빨고 있었다는 걸 알 수 있었다.

리처드는 다시 아래층에 내려와 캐리어에 서너 가지 물건을 더 담았다. 대단한 건 아니고 대부분 사진이 들어 있는 사진틀

---

* 미국 자동차 협회
** 미국의 여배우

이었다. 거기다 아버지가 할아버지에게 물려받은 가족 성경, 어머니가 텔레비전 홈쇼핑에서 주문한 긴수 칼, 식료품 저장실의 느슨한 마룻바닥 널 밑에 숨겨져 있던 유리병도 넣었다. 리처드는 몇 년 전에 그 유리병을 발견했는데 현찰로 1천 달러 정도가 들어 있었다.

캐리어가 가득 차자 이번에도 휴대전화 플래시를 켜고 지하실로 내려갔다. 그러고는 그가 기억하는 한 늘 거기 있었던 1갤런짜리 휘발유 두 통을 가지고 나왔다. 첫 번째 통을 열어 커튼과 2층으로 올라가는 계단에 깔린 카펫에 부었다. 휘발유는 예상보다 금방 떨어졌다. 그래서 두 번째 통은 좀 더 신중하게 쓰기로 하고 아래층 여기저기에 조금씩 뿌렸다. 나머지는 전부 아버지의 리클라이너에 부을 작정이었다. 일단 리클라이너를 벽쪽으로 밀어서 창문에 드리워진 묵직한 벨벳 커튼에 닿게 했다. 리클라이너는 천이 찢어져서 안에 든 노란색 스티로폼이 드러나 있었는데 리처드는 그 위로 남은 휘발유를 듬뿍 뿌렸다. 기름 냄새가 코를 찔렀고, 목구멍이 칼칼했으며, 눈에 눈물이 고였다.

아울스 헤드에서 가져온 성냥을 주머니에서 꺼내 불을 붙인 다음, 흠뻑 젖은 리클라이너에 떨어뜨렸다. 불꽃은 잠시 약하게 펄럭이며 제자리에 있더니 이내 훅 하는 큰 소리와 함께 활활 타올랐다. 리처드는 캐리어 손잡이를 잡고 현관으로 나가 보통 걸음으로 차를 향해 걸어갔다. 옆집 창문에서 누군가 움직이는 게 보였다. 아마 맥도널드 부인이 그의 일거수일투족을 감시하고 있을 것이다. 운이 좋으면 옆집까지 불이 번질 수도 있다.

10분 동안 운전한 리처드는 자신이 운전대를 꽉 쥐고 있는 걸 깨닫고 스스로에게 긴장을 풀라고 말했다. 이미 일은 시작됐으니 그저 계획대로 진행되도록 두면 된다.

리처드는 시커모어 가로 접어들었다. 헨리에타 머주어의 차가 집 앞에 주차되어 있는지 궁금했다. 차는 없었고, 그래서 계속 운전했다. 차창을 아주 조금 열어둔 채 멀리서 사이렌 소리가 들리기를 기다렸지만 아마 너무 멀리 와버렸을 것이다. 집은 타지 않았을 수도 있다. 불꽃이 번지기 전에 꺼졌을 수도 있다. 하지만 리처드는 그렇게 생각하지 않았다. 순환 도로를 따라 시추에이트 강 근처로 갔더니 멀리서 정말로 사이렌 비슷한 소리가 들렸다. 물론 원인은 여러 가지일 수 있지만 그의 집이 잿더미가 돼서일 수도 있다. 리처드는 차창을 다 내렸다. 탄내와 함께 굴뚝에서 나는 연기의 기분 좋은 과일 향도 났다. 상쾌한 초가을에 흔히 나는 냄새였다.

리처드는 근처의 블랙 브릭 스튜디오로 차를 몰았다. 헨리에타가 주로 주차해두는 곳을 알고 있었는데 지하로 내려가는 출입구 근처였다. 리처드는 스튜디오에서 한 블록 떨어진 골목 옆에 차를 세워두고 언덕을 내려가서 블랙 브릭 스튜디오 주차장으로 걸어갔다. 회색 폭스바겐이 거기 있었다. 연푸른색 프리우스와 함께. 건물 뒤쪽 주차장 한쪽에는 높이 솟은 방둑이 있고,

반대쪽에는 강으로 이어지는 경사진 방둑이 있었다. 노란색으로 물들기 시작한 거대한 버드나무가 차가운 미풍에 바스락거렸다. 리처드는 버드나무와 블랙 브릭 스튜디오의 닫힌 뒷문 중간 지점에 태연하게 서 있었다. 곧 둘 중 하나의 상황이 벌어질 것이다. 헨리에타가 저 뒷문으로 나오거나 프리우스의 주인이 나오거나. 전자의 경우에는 곧바로 다가가면 되고, 후자의 경우에는―리처드는 후자이길 바랐다―당당하게 뒷문을 향해 걸어가 문이 열린 틈에 안으로 들어갈 것이다.

서 있은 지 30분이 지났고, 하늘에 구름이 쌓이더니 마침내 금속 문의 손잡이가 돌아갔다. 리처드는 손에 휴대전화를 든 채 재빨리 문으로 걸어갔다. 짧은 회색 머리 여자가 문을 열고 나왔다.

"안녕하세요. 문 좀 잡아주시겠어요?" 리처드가 여자에게 다가가며 말했다.

여자는 의심스런 눈으로 리처드를 바라보았지만 그래도 부탁대로 문을 잡고 있었다. "헨을 만나러 왔습니다." 리처드는 그렇게 말하며 전화를 들어 올렸다. "여기 지하에서도 전화가 되나요?"

"아뇨." 여자가 말했다.

리처드는 고맙다고 말하며 여자를 지나쳤고, 그의 뒤로 문이 닫혔다. 그는 어두운 복도에 잠시 서서 코로 숨을 깊이 들이마셨다. 페인트와 테레빈유, 방금 그를 들여 보내준 여자가 남기고 간 파촐리 냄새가 났다. 여자는 조금 전의 일을 언제까지 기억할까? 아마 죽을 때까지 잊지 못할 것이다.

리처드는 헨리에타의 작업실을 향해 걸어갔다. 굳이 발소리를 내지 않으려고 조심하지도 않았다. 그가 여기 왔다는 걸 헨리에타가 알든 모르든 상관없었다. 여기에는 그들 둘뿐이었고, 헨리에타는 아무것도 할 수 없었다. 모퉁이를 돌았더니 그녀의 작업실 문 밑으로 빛이 새어 나왔다. 그때 작업실 문이 열리고, 헨리에타가 예쁜 머리를 내밀며 그를 바라보았다. 리처드는 계속 걸어갔다.

"안녕, 매슈." 헨리에타가 약간 확신이 없는 목소리로 말했다.

"난 매슈가 아니야." 리처드가 말했다.

38

헨은 도망가려다가 멈칫했다. **도망가면 죽어.** 머릿속에서 그렇게 말하는 목소리가 들렸기 때문이다. 그래서 대신 복도로 나가 방금 자기는 매슈가 아니라고 한 남자와 마주했다.

하지만 매슈가 맞았다. 약간 다르기는 했다. 눈빛이 좀 달랐고, 걸음걸이와 머리 모양도 약간 달랐다.

"당신 누구죠?" 헨이 물었다.

"난 리처드야. 우린 정식으로 만난 적이 없지."

"네, 그러네요." 헨은 온몸이 차가워졌지만 머리는 차분하게 돌아가면서 상황을 파악하려 했다. "매슈는 어디 있죠?"

"매슈? 알 게 뭐야. 어디에 있든지 말든지."

리처드가 한 발짝 다가오자 천장에 달린 등의 불빛을 받아 그의 얼굴이 훤히 보였다. **리처드는 매슈와 쌍둥이인지도 몰라.**

헨은 그렇게 생각했다. 하지만 그때 리처드의 입 아래쪽에 흉터가 보였다. 해리슨 포드와 약간 닮아 보이게 만드는 흉터였다. 그걸 본 헨은 리처드라는 동생은 없다는 걸 깨달았다. 그냥 매슈만 있었고, 매슈는 그녀가 생각한 것보다 훨씬 미쳐 있었다. 이번에도 헨은 달아날까 생각했지만 거의 처음으로 매슈가 얼마나 덩치가 큰지 의식하게 되었다. 어깨도 넓고, 손도 컸다. 작업실 반대편, 1층으로 올라가는 금속 계단 쪽으로 쏜살같이 뛰어갈 수도 있지만 매슈는 겨우 두 발짝 떨어져 있었다.

"작업실을 구경하고 싶군. 그 지저분한 그림들을 만들어내는 공간이 보고 싶어."

매슈는 그렇게 말하더니 손으로 머리카락을 쓸어넘겼다. 머리카락은 마치 며칠 동안 안 감은 듯이 그대로 떠 있었다. 이제는 그의 입에서 나는 알코올 냄새를 맡을 수 있을 정도로 가까워졌다.

"사실 난 가봐야 해요." 헨은 그렇게 말했다. 어쩌면 매슈는 그녀를 순순히 보내줄지도 모른다. 그녀가 재빨리 무심하게 나간다면. 하지만 헨이 나가려고 하자마자 매슈가 손을 앞으로 내밀더니 그녀의 멱살을 잡아 엄지와 검지로 목을 세게 졸랐다. 헨은 발길질하며 그의 사타구니를 차려고 했지만 대신 정강이를 찼다. 그의 얼굴이 일그러지고 입술은 벌어졌지만 그는 이를 악물고 있었으며 여전히 헨의 목을 잡은 채 그녀를 작업실 안으로 밀쳤다. 그러고는 다시 그녀를 어찌나 세게 밀었는지 헨은 뒤로 날아갔다가 카펫이 깔린 바닥에 떨어져 주르륵 미끄러졌다. 척추를 타고 강렬한 통증이 찌르르 올라왔다.

헨은 몸을 일으켜 뒤로 물러나 의자에 몸을 기댔다. 작업실을 둘러보는 매슈의 눈이 획획 돌아갔다.

"어서 둘러보세요." 헨이 말했다.

"먼저 나랑 섹스하고 싶지 않아?" 매슈가 활짝 웃으며 말했다. 눈동자가 이리저리 움직였다.

"우린 방금 만났어요, 리처드. 왜 내가 당신과 섹스를 할 거라고 생각하죠?" 헨은 아무 생각 없이 말했다. 그의 눈동자가 그녀에게 멈췄다. 매슈는 재미있다는 표정이었고, 헨은 자신이 제대로 말했다는 걸 깨달았다. 헨이 그를 리처드로 대해준다면, 그의 관심을 끈다면 시간을 벌 수 있을 것이다. 그리고 시간을 벌면 도망칠 수도 있을 것이다.

"당신은 매슈랑 섹스하고 싶잖아, 안 그래?" 그가 말했다.

"사실 그렇지 않아요. 매슈와 난 그런 관계가 아니에요. 그리고 우린 둘 다 결혼했고요."

"원한다면 의자에 앉아. 그렇게 바닥에 앉아 있으니 불쌍해 보여."

헨은 긴 의자의 안쪽으로 들어가 앉았다. 이 의자에 느긋하게 앉아 뭘 그릴지 생각하며 차를 마셨던 적이 얼마나 많았던가. 이번이 이 의자에 마지막으로 앉는 것일 수도 있었다.

"로이드와 미라랑." 느닷없이 매슈가 그렇게 말했고, 헨은 당황했다. 그러다가 그게 매슈와 그녀는 둘 다 결혼했다는 말의 대답임을 깨달았다.

"맞아요. 로이드와 미라랑 결혼했죠."

매슈는 손바닥이 바깥쪽으로 향하게 양손을 들더니 헨을 보며 씩 웃었다. "그게 참……."

"왜요?"

"로이드는 참 별로더군."

"하지만 리처드는 로이드를 본 적이 없어요." 헨은 그렇게 말했다가 곧바로 자신이 잘못 말했다는 걸 깨달았다. 매슈는 얼굴을 찡그렸고, 눈을 한 번 깜박이더니 즐거워하던 눈빛이 화를 참는 눈빛으로 변했다. 따지지 마. 헨은 생각했다. 매슈의 논리에 이의를 제기하지 마. 그냥 맞춰줘. 하고 싶은 말은 뭐든 하게 내버려 둬. 그렇게 막 떠들다 보면…….

"형이 다 말해줬어. 형은 지금도 내게 다 말해. 날 별로 믿지도 않으면서."

"매슈가 로이드에 대해 뭐라고 했나요?"

"이젠 당신도 이미 다 아는 것들이야. 로이드는 고추를 함부로 놀렸지. 요즘에는 그러기가 참 쉬워. 예전에는 보지 맛을 보려면 사창가에 갔어야 했는데 이젠 어디서나 가능해." 매슈는 헨을 뚫어지게 바라봤다. 아마 그녀가 자신의 말에 충격을 받았는지 보려고 그럴 것이다.

"당신은 어디로 가나요?"

"내가 어디로 가냐니?"

"당신은 보지 맛을 보려고 어디를 가죠, 리처드?" 헨이 매슈를 똑바로 바라보며 물었다. 매슈는 약간 움찔했다. "당신도 사창가를 가나요?"

"우리 아버지는 사창가를 갔지. 늘 창녀들 얘기를 해줬어. 하지만 아까도 말했듯이 이젠 길거리에 있는 모든 여자가 언제든 할 준비가 됐어."

매슈가 긴장한 것 같다고 헨은 생각했고, 이런 대화로 그를 계속 밀어붙일지 말지 고민했다. 그녀가 도발하면 매슈는 긴장을 풀었지만, 그게 좋은 일인지 아닌지 알 수 없었다. 도를 넘지는 않되 매슈의 흥미를 끄는 주제를 던져 그가 계속 말하게 하고 싶었다. 그녀가 정말로 원하는 것은―위험하다는 건 알지만―진짜 매슈에게 닿아 그를 끌어내는 것이다. 그렇게 되면 안전할 것이다. 적어도 일시적으로는. 매슈는 자기가 동생 리처드인 척하는 걸까? 아니면 정말로 다중인격일까? 리처드를 매슈로 바꿔놓을 수 있다면 그가 계획한 일이 무엇인지는 몰라도 못하도록 설득할 수 있다. 만약 매슈가 돌아온다면, 달려가서 문을 쾅 닫아버리고 매슈를 작업실 안에 가둘 수 있다. 지하에 있는 작업실 문은 모두 바깥쪽이나 안쪽에서 열려면 열쇠가 필요한 데드볼트 장치로 되어 있다. 그리고 하나뿐인 헨의 작업실 열쇠는 그녀의 재킷 주머니 속에 들어 있다.

"당신은 매슈와 뭐가 그렇게 다르죠? 난 매슈를 잘 알게 됐는데 그 사람은 신사인 것 같던데요."

매슈가 활짝 웃었다. 잇몸이 보일 정도로. "형은 사람을 죽여."

"알아요. 매슈에게 들었어요. 하지만 여자는 절대 죽이지 않고, 오로지 여자를 해치는 남자들만 죽인다고 했어요. 그래서 매슈가 신사라는 거예요."

"형은 마마보이야." 매슈는 그렇게 말하더니 회상하듯 눈을 들어 작업실 천장을 올려다보았다.

헨은 문으로 달려갈까 했지만 매슈는 얼른 시선을 내려 다시 그녀를 바라봤다. 매슈에게 무기가 있을까? 사실 무기가 있든 말든 상관없었다. 그녀의 목을 조르던 손아귀 힘과 그저 조르기만 했는데도 목이 부러질 것 같았던 순간이 아직도 생생했다.

"당신은 아니고요?"

"어머니는 동네 남자와 다 자고 다니는 창녀였어. 심지어 교회 목사랑 잤다는 얘기도 들었지. 어머니와 아버지의 결혼을 주례했던 바로 그 목사 말이야."

"그게 사실이라면 왜 매슈는 마마보이가 된 거죠? 매슈도 그걸 알았을 거 아니에요."

매슈는 고개를 흔들더니 두 인쇄기 중에서 더 큰 쪽을 힐끗 바라보고는 그쪽으로 한 걸음 다가가 인쇄기에 몸을 기댔다. 덕분에 헨에게는 도망가겠다고 마음만 먹으면 문까지 갈 수 있는 가능성이 살짝 더 커졌다. "형도 다 알아. 하지만 형은 어머니가 아버지 때문에 그렇게 됐다고 했어. 아버지가 어머니를 창녀라고 부르고, 창녀 취급을 했기 때문에 어머니는 자신이 그렇게 행동해야 한다고 생각했다는 거야."

"아버지가 어머니를 창녀라고 불렀나요?"

"아버지는 어머니의 실체를 알았어. 모든 여자는 다 창녀라는 걸 알았지."

"아버지가 여자들을 죽이고 다녔어요?" 헨이 물었다.

매슈는 잠시 생각하는 듯했다. "이제 우리 아버지 얘기는 그만하고 싶어."

"좋아요. 그냥 궁금해서 물어봤어요." 헨이 대답했다.

"넌 그냥 날 계속 떠들게 하려는 거야. 그동안에 네가 나보다 빨리 뛸 수 있을지 아닐지 계산하려고."

헨은 억지로 미소를 지으며 말했다. "그런 면도 없진 않죠. 난 당신이 무서워요, 리처드. 당신도 알 거예요. 하지만 궁금하기도 해요. 당신은 형과 천양지판이고, 난 그 이유가 알고 싶어요. 둘 다 같은 집, 같은 부모 밑에서 자랐잖아요."

"우린 그렇게 다르지 않아. 형은 고상하고 선량한 척하지만 마음 깊은 곳에서는 아버지와 똑같아. 못된 생각을 하고 있지. 당신에게도 그런 생각을 품었을 거야."

"하지만 매슈는 그 생각을 실행하지 않아요."

매슈는 눈을 깜빡이고 입을 굳게 다물었다. "그래, 여자들에게는 그렇지. 여자들에게는 그 생각을 실행하지 않아. 하지만 그래도 사람을 죽여. 그리고 그걸 즐기지. 당신한테는 아니라고 말할 거야. 피를 보는 게 싫고, 그냥 나쁜 사람들을 없애버리고 싶을 뿐이라고. 아버지처럼 타인을 해치는 사람들만 말이야. 하지만 그건 사실이 아냐. 형은 아버지를 죽였을 때 살인의 맛을 알았고 그래서 계속 죽이는 거야."

"당신은요? 당신은 그 생각을 실행하지 않았나요?"

"응, 그랬어. 아주 아수 오랫동안 실행하지 않았지. 형은 온갖 재미를 다 보고 다니는데 난 그냥 가끔씩 상상만 했어. 심지어 형은 그게 얼마나 재미있는지도 말해주지 않았다고. 살인 이야기는 전혀 하지 않고 혼자 성인군자인 척했어. 하지만 난 형이 무슨 짓을 하고 다녔는지 알아. 형은 실수로 내게 동료 교사 미셸에 대해 말했지. 자기가 그 여자에게 조언을 해주고, 그 여자가 자기를 짝사랑한다고 했어. 미셸에게 재수 없는 남자 친구가 있다는 사실을 알자마자 난 깨달았지. 형이 다시 살인을 준비한다는 걸. 그래서 형이 스콧 도일을 죽인 후에 난 미셸을 찾아갔어. 미셸은 날 보더니 아주 반가워하더군. 당신처럼 날 형으로 착각한 거야. 하지만 미셸은 날 좋아하지 않았어. 싫어했지."

"여자를 해친 게 미셸이 처음인가요?" 헨이 물었다.

"그런 셈이지." 매슈는 헨에게 미소 지었지만 헨은 그 미소가 가짜라고 생각했다. 미소만 지었을 뿐 그의 얼굴은 어둡고 확신이 없어 보였다.

"당신도 그 일이 마음에 안 드는 것 같네요." 헨은 그렇게 말하고 마음의 준비를 했다. 이제 필요하다면 문까지 뛰어갈 수 있을 듯했다. 다만 매슈가 저 큰 손으로 그녀를 붙잡기 전에 문을 열고 나갈 수 있을지 의문이었다.

"그럴 리가. 마음에 쏙 드는데."

"그 말 안 믿어요, 리처드. 당신도 마음 한구석으로는 자신이 한 짓에 화가 났어요."

"아버지도 피를 사랑하셨어." 매슈가 말했다.

"하지만 매슈는 피를 싫어해요." 헨이 말했다.

"형이 피를 싫어하는 건 아버지 때문에 어머니가 피를 흘렸고, 그 일을 잊지 못해서야. 어머니는 코피가 줄줄 흐르는데도 우두커니 앉아서 피가 흐르게 내버려뒀어. 식탁에 냅킨이 있었는데도 그걸 집어 들어 코를 막지 않았다고. 당신이라면 자식 앞에서 그렇게 할 수 있겠어? 자식에게 그런 모습을 보일 수 있겠냐고."

"하지만 어머니가 피를 흘린 건 아버지 때문이잖아요."

"어머니가 자초한 거야."

"미셸은요? 미셸도 자초했나요?"

매슈는 손가락으로 머리를 쓸어내렸다. "미셸은 유부남에게 전화해서 자기 집에 와달라고 했어. 부인이 출장 간 걸 알고서 말이야. 그런 여자가 어디 있어?"

"그냥 이야기할 상대가 필요했는지도 모르죠."

"그런 건 없어. 미셸은 매슈와 단둘이 있고 싶어 했어. 형의 물건을 빨아주려고 말이야."

"난 그렇게 생각하지 않아요. 나와 매슈도 친구 사이지만 우리는 섹스와 아무 상관없어요."

"개소리. 형은 당신에게 흑심을 품고 있어. 당신도 틀림없이 그럴걸."

"난 아니에요, 리처드. 난 그런 생각은 한 번도 한 적 없어요. 거짓말이 아니에요. 완벽하게 신실만 말하는 거예요. 미셸도 그랬을지 몰라요. 그냥 친구가 필요했을 수 있다고요."

매슈는 고개를 저었다.

"매슈는 어떻게 생각하죠?" 헨이 물었다.

"뭘?"

"매슈는 미셸을 어떻게 생각하냐고요. 매슈도 미셸이 죽어 마땅하다고 생각하나요?" 의자에 앉아 있던 헨은 두 발을 몸 쪽으로 좀 더 잡아당겨서 발바닥을 바닥에 붙였다.

"형도 미셸의 실체를 알아."

"하지만 난 매슈의 생각을 알고 싶어요. 형의 생각을 내게 말해줄 수 있어요, 리처드? 매슈와 잠깐만 얘기할 수 있을까요?" 헨은 발바닥으로 바닥을 더 세게 눌렀다.

"안 돼."

"왜요? 오래 이야기하지 않아도 돼요. 잠깐만 얘기할게요. 매슈에게 할 말이 있어요."

408

"할 말이 뭔데?" 매슈가 물었다.

"마지막으로 매슈와 얘기했을 때, 우리 집 베란다에서 말이에요. 그때 매슈가 살인을 멈추고 싶다고, 이젠 끝났다고 했어요. 그 말이 진심인지 알고 싶어요. 내게 사실을 말한 건지 알고 싶다고요."

"사실이 아니야."

"하지만 매슈의 입으로 직접 듣고 싶어요. 당신을 통해서 듣고 싶지 않아요."

"형은 여기 없어." 매슈는 그렇게 말하고, 턱을 가슴으로 끌어내리며 침을 꿀꺽 삼켰다. 마치 토하지 않으려고 참는 사람 같았다.

"아뇨, 형은 여기 어딘가에 있어요. 잠깐이라도 좋으니까 형과 이야기하게 해줘요. 다른 건 바라지도 않아요." 헨이 말했다.

"네가 무슨 꿍꿍이인지 알아." 매슈가 말했다.

"내가 무슨 꿍꿍이인데요?"

"형과 이야기하게 되면 형을 잘 설득해서 여길 빠져나갈 수 있을 거라고 생각하는 거지. 형이라면 널 순순히 보내줄 거라고 말이야. 그럼 넌 밖으로 나가서 경찰에게 다 말하겠지."

헨은 잠시 뜸을 들이며 뭐라고 대답하는 게 제일 좋을지 고민했다. *계속 솔직하게 말해. 그게 효과적이야. 계속 솔직하게.*

"경찰에게 다 말할 거예요. 당신 말이 맞아요. 그리고 여기서 나가고 싶은 것도 사실이고요. 난 죽고 싶지 않아요. 아직은.

하지만 당신이나 매슈를 해치지도 않을 거예요. 난 그냥 당신들 둘 다 마음 깊은 곳에서는 살인을 멈추고 싶어 한다고 생각해요. 당신들은 그게 잘못된 일이라는 걸 알고 있어요. 다 끝났다는 것도요."

"매슈는 겁쟁이야. 아마 당신을 보내줄 거야."

"매슈는 강한 사람이니까요. 당신도 강해요. 오랫동안 당신 아버지처럼 나쁜 짓을 하고 싶었지만 하지 않았잖아요."

"이젠 아니야. 다 바뀌었어."

"그렇다고 해서 되돌릴 수 없는 건 아니에요. 아직 늦지 않았어요."

"난 감옥에 가게 될 거야."

"감옥이나 병원에 가게 되겠죠. 어느 쪽이든 도움을 받게 될 거예요."

"도움이 필요한 사람은 형이지 내가 아냐."

헨은 아무 생각 없이 최대한 크게 소리를 질렀다. "매슈와 이야기하게 해줘. 지금 당장!"

매슈는 눈을 마구 깜빡이더니 다시 턱을 끌어당겨 가슴에 댔다. 그의 눈에 눈물이 글썽거렸다. "안녕, 헨." 잠시 후에 그가 나직이 말했다.

"매슈?"

"네."

"방금 당신 동생을 만났어요. 당신과 다르던데요."

"그 애 탓만은 아니에요. 가정환경 때문이죠. 리처드는 아버지를 우상처럼 여겼고, 그 때문에 비뚤어진 것 같아요."

"우리가 한 얘기 다 들었어요?" 헨이 물었다.

"아뇨. 리처드가 당신을 해치려고 했나요?"

"그랬던 것 같아요, 네. 무서웠어요."

"나도 리처드가 무섭습니다. 이젠 갔어요."

헨은 약간 긴장을 풀었고, 그러자마자 몸이 두려움에 반응해 호흡이 가빠지고, 팔다리가 납덩이처럼 느껴졌다. "그럼 여기서 나가요. 당신이 원하면 함께 경찰서에 가요." 이제 헨의 목소리가 떨렸다.

"어쩌려고 했습니까? 리처드에게서 어떻게 도망치려고 했죠?" 매슈가 물었다.

"문으로 뛰쳐나간 다음에 문을 닫아버리려고 했어요."

"리처드를 여기에 가두려고 했나요?"

"네. 이 문은 안에서도 열려면 열쇠가 필요하거든요."

"날 여기 가두세요." 매슈가 말했다.

"네?"

"날 여기 가둬달라고요. 자수하고 싶습니다."

"정말이에요?"

"제발 그렇게 하세요. 내 마음이 바뀌기 전에."

헨은 의자에서 일어났다. 이제는 다리도 떨렸다. "알았어요."

"날 너무 오래 가둬두진 마세요. 곧 사람을 보낼 거죠?" 매슈가 물었다.

"네. 곧바로 보낼게요."

헨은 걸어가서 문을 열었다. 그러고는 매슈를 돌아보았다. 그는 이제 바닥에 앉아 인쇄기의 한쪽 다리를 꼭 잡고 있었다.

"로이드 일은 미안해요. 로이드가 우리 집에 무단 침입했어요." 매슈가 말했다.

"네?"

"오늘 오후에 집에 놀아와 보니까 로이드가 우리 집 2층에 숨어 있었어요. 내가 범인이라는 증거를 찾으려고 했던 것 같아요. 그 펜싱 트로피를 찾으려고 했나 봅니다."

"로이드가 죽었나요, 매슈?"

매슈는 코로 숨을 내쉬었다. "미안해요. 하지만 로이드가 우리 집에 무단 침입했어요."

헨은 문밖으로 나간 다음, 문을 닫았다. 그러고는 출구 쪽으로 달려갔다.

39

매슈는 그 후 45분 동안 헨의 작품을 살펴봤다. 이런 식으로 헨의 공간을 침범하는 것이 미안했지만 그녀의 그림이 정말로 마음에 들었다.

작업실 한쪽 구석에 서랍 세 개짜리 낡은 금속 캐비닛이 있었다. 캐비닛 위에는 목이 구부러지는 긴 책상 스탠드가 있었고, 서랍마다 헨이 작업한 그림들이 수북이 쌓여 있었다. 매슈는 스탠드를 켜고 그림을 한 장씩 살펴봤다. 딱히 특정한 방식으로 분류되지는 않았지만 맨 아래 서랍에 든 그림들이 더 오래된 것 같기는 했다. 그 그림들은 더 징그러웠고, 확실히 동화책에 들어갈 그림은 아니었다. 하지만 전부 설명이 붙어 있었는데 알쏭달쏭한 것도 있고, 웃긴 것도 있었다. 매슈가 가장 오래 보고 있었던 그림은 덫에 걸린 여우 그림이었다. 고통으로 얼굴을 찡그린 여우는 추레한 양복을 입었고, 넥타이는 비뚤어졌다. 여우 주변으로 더 사람처럼 생긴 여우들이 각양각색의 옷—드레스, 양복, 아동복, 정육점 주인의 옷—을 입고 둥그렇게 서 있었다. 그들은 겁에 질린 눈을 휘둥그렇게 뜬 채 덫에 걸린 여우를 그저 바라볼 뿐이었다. 그림에는 이런 설명이 붙어 있었다. '마을의 다른 여우들은 칙령에 따라 바라만 보았다.'

매슈는 검지로 그림 속 여우들의 얼굴을 하나씩 짚으며 말했다. "여우 상, 여우 상, 여우 상, 여우 상, 여우 상, 여우 상." 그러고는 웃음을 터뜨렸다. 헨의 작업실에서 혼자 보내는 이 몇 분이 그의 삶에서 누구에게도 감시당하지 않는 마지막 순간이 될까? 모두 끝났다고 생각하니 슬픔이 밀려왔다. 하지만 안심이 되기도 했다. 리처드가 미셸에게 한 짓, 그리고 헨에게 하려고 했던 짓을 결코 잊지 못할 것이다. 경찰이 그를 잡으러 왔을 때—매슈는 그들이 돼지 상이라고 생각했고, 하마터면 웃을 뻔했다—매슈는 리처드도 잊지 않고 데려갔다. 어쨌거나 둘은 형제다. 늘 그랬듯이 이 일도 함께 겪어야 한다.

40

헨은 911에 전화해 매슈의 집 주소를 알려주면서 자신의 남편이 그 집에 있고, 다친 것 같다고 말했다. 그러고는 차에 타서 마르티네스 형사에게 전화했다.

"지금 어딥니까?" 마르티네스 형사가 전화를 받더니 물었다.

"작업실에요. 왜요? 형사님은 어디 계세요?"

"부인 집 앞에 와 있습니다."

헨은 차 시동을 걸었다. "지금 당장 매슈 돌라모어의 집에 가보세요. 로이드가 거기 있어요. 아마 다쳤을 거예요."

"이미 경찰이 들어갔습니다."

"무슨 말이죠?"

"매슈의 집에 일이 생겼습니다. 지금 가서 확인해보죠. 바로 전화―."

"끊지 마세요. 지금 매슈 돌라모어가 제 작업실에 있어요."

"네?"

헨은 통화를 스피커 모드로 돌리고, 차를 후진해 주차장에서 빠져나왔다. "매슈가 절 만나러 작업실에 왔어요. 모든 걸 자백하고 싶다고 했고, 제가 거기 가둬뒀어요. 지금 거기 있어요." 헨은 매슈의 다중인격에 대해서는 말하지 않기로 했다. 어쨌든 지금은 때가 아니었다. "로이드가 자기 집을 뒤지고 다녔고, 둘이 싸웠다고 했어요."

"지금 오는 길인가요?"

"네."

"그럼 여기서 기다리겠습니다." 형사는 그렇게 말하고 전화를 끊었다.

블랙 브릭 스튜디오에서 시커모어 가까지는 신호등이나 정지 신호가 없었고, 헨은 형사와 통화가 끝난 지 불과 1분 정도만에 시커모어 가로 들어섰다. 반원 형태로 서 있는 경찰차와 경광등이 돌아가는 구급차를 봤을 때 헨은 로이드에게 나쁜 일이 생겼다는 걸 알 수 있었다. 배에서 공허한 통증이 느껴졌다.

헨은 집 진입로로 들어가 잠시 차에 앉아 있었다. 길어야 5초였을 텐데 더 길게 느껴졌다. 차 문을 열고 밖으로 나와 무더기로 모여 있는 경관들 쪽으로 걸어갔다. 제복을 입은 사람도 있고, 안 입은 사람도 있었다. 마르티네스 형사가 헨을 돌아보더니 무리에서 빠져나와 매슈의 집 정원 중간 지점에서 그녀를 맞이했다. 멀리서 개 짖는 소리가 들렸는데 이상하게 그 소리가 헨의 귀를 찌르는 듯했다. 주변 사물은 모두 칙칙했고, 하늘에는 먹구름이 몰려 있었는데도 형사가 다가오자 헨은 실눈을 떴다.

"유감입니다." 형사가 말했다.

"로이드가 죽었나요?"

"그래요, 헨. 정말 유감이에요."

형사의 어깨 너머로 인기척이 느껴져서 바라보았더니 여자 경관이 미라 돌라모어를 이끌고 현관 계단을 내려오고 있었다. 미라는 멍한 표정이었고, 두리번거리며 주변을 살피다가 헨에게 시선이 멈췄다. 둘의 눈이 마주쳤고, 미라는 무슨 말인가를 하려는 듯 입을 벌렸지만―어차피 멀어서 헨은 미라의 말을 들을 수 없었을 것이다―아무 말도 하지 않고 고개를 숙였다.

헨은 형사의 손이 자신의 양팔을 잡는 것을 느꼈다. 왜 형사가 자신을 잡을까 의아해하다가 이내 자신이 쓰러지고 있다는 걸 깨달았다.

41

경찰은 헨의 작업실에서 매슈를 데리고 나온 뒤에 다트퍼드 경찰서 취조실로 데려갔다. 매슈는 변호인을 선임할 권리를 포기했다.

그리고 샤힌 형사에게 스콧 도일의 죽음과 관련된 일을 전부 털어놓았다. 다만 그의 아내 미라는 그를 위해 거짓말한 것이 아니라 정말로 밤새 그가 옆에서 잔 줄 알았다는 점을 분명히 했다. 입 밖으로 소리 내어 말하고, 형사의 차분한 얼굴을 바라보고, 그의 이야기를 듣고 있을 다른 형사와 경관의 존재가 느껴지고, 자신의 말과 행동이 녹화된다고 생각하니 안도감이 밀려왔다. 근육의 긴장이 풀어지고 맥박이 느려졌다.

"그러니까 미셸 브라인을 위해서 그런 겁니까?" 형사가 물었다.

"스콧 도일을 죽였냐고요?"

"네."

"그렇기도 하고 아니기도 합니다. 형편없는 남자 친구를 둔 미셸이 불쌍했지만 단지 미셸만을 위해서는 아니었습니다. 스콧 도일이 살면서 더럽히게 될 다른 모든 여자를 위해서였습니다. 스콧은 유독 물질이나 마찬가지니까요."

"알겠습니다." 형사는 그렇게 말했다. 그녀의 두 손은 둘 사이에 있는 테이블에 놓여 있었고, 매슈는 그녀가 가끔씩 엄지로 결혼반지를 돌리는 걸 지켜봤다. 최근에 살이 빠진 것인지, 아직 반지 치수를 조절하지 않은 것인지 궁금했다. "그래도 당신과 미셸의 관계를 좀 더 알고 싶어요. 미셸이 남자 친구 얘기를 했을 정도면 둘이 꽤 가까웠겠군요."

"그렇게 가깝지는 않았습니다. 그냥 직장 동료였죠. 함께 일했습니다."

"과거 시제를 쓰시네요."

"네. 이젠 죽었으니까요."

"그건 어떻게 알죠, 매슈?"

"죽은 미셸을 봤습니다. 미셸의 아파트에 가서 그녀를 봤죠."

"당신이 죽였을 때 말인가요?" 형사가 물었다.

매슈는 고개를 저으며 말했다. "아뇨. 그럴 리가요. 당연히 전 미셸을 죽이지 않았습니다. 전 절대 여자를 해치지 않아요.

절대요."

"누가 죽였는지 아시나요?"

"동생 리처드의 짓입니다." 매슈가 말했다.

"당신 동생이 미셸 브라인을 죽였다고요?"

"네."

"그걸 어떻게 알죠?"

"리처드가 제게 말했습니다. 미셸을 죽인 뒤에 우리 집으로 와서 미셸의 아파트 열쇠를 두고 갔죠. 제게 자기가 한 짓을 알린 겁니다. 저를 비웃은 거죠. 전 그 열쇠로 미셸의 아파트에 들어갔습니다. 동생이 무슨 짓을 했는지 확인해야 했어요."

매슈는 손으로 입을 가렸다. 벽에 있던 핏자국과 침대 위에 흥건하던 피, 침침한 불빛 속에 보이던 미셸의 잿빛 피부가 다시 떠올랐다. 미셸은 리처드를 그라고 생각했을 것이다. 그가 자신을 위로해주러 왔다고. 어쩌면 사랑을 나누러 왔다고. 그런데 그만……

"괜찮나요, 매슈?"

"미안합니다, 네, 괜찮아요. 그냥 화가 납니다. 미셸은 죽어야 할 사람이 아니에요. 아무 잘못도 없습니다."

"미셸은 아무 잘못도 없는데 왜 동생은 미셸을 죽였을까요?"

"리처드는 그런 식으로 생각하지 않습니다. 나와 생각이 달라요. 그 애는 우리 아버지와 똑같습니다. 리처드는…… 리처드는 늘 여자를 죽이는 게 어떤 기분인지 알고 싶어 했던 것 같습니다. 왜냐하면 마음 깊은 곳에서 모든 여자를 증오하니까요. 예전에는 배짱이 없어서 한 번도 못 했죠. 생각은 했을 겁니다…… 많이요. 내가 스콧과 미셸 이야기를 하지 말았어야 했는데 그 녀석이 내가 한 짓을 알아낸 겁니다. 그리고 리처드는…… 리처드는 알았던 것 같습니다. 미셸이…… 미셸이 날 원한다는 걸요."

"미셸이 당신을 원했다고요?"

"미셸이 죽기 전에 절 집으로 불렀습니다. 그래서 리처드가 미셸의 아파트에 들어갈 수 있었던 겁니다. 리처드를 저라고 착각한 거죠."

"왜 미셸이 당신을 집으로 불렀죠?"

"우린 전화로 통화 중이었는데 미셸이 당분간 학교를 그만두고 고향 집으로 돌아가 부모님과 지낼 거라고 하더군요. 더는 교사 일을 감당할 수가 없다면서요. 그러더니 잠깐 자기 집에 와줄 수 있냐고 했습니다. 떠나기 전에 마지막으로 얼굴을 보자면서요. 미셸은 미라가 출장 중이라는 걸 알고 있었죠."

"그래서 갔나요?"

"고민하긴 했습니다. 사실 차를 몰고 미셸의 집까지 가기도 했고요. 하지만 적절하지 못한 일이라는 걸 깨달았습니다. 전 유부남이고, 미셸은 우리 사이가 특별하다고 생각하는 것 같았습니다. 그래서 차를 돌려 집으로 갔죠."

"하지만 리처드는 갔군요." 이제 형사는 양손을 테이블에서 내리더니 몸을 앞으로 살짝 내밀었다.

"네, 리처드는 갔습니다."

"매슈, 지금 리처드가 어디 있죠?"

매슈는 머뭇거렸다. 취조실에 끌려온 후 처음으로 다시 몸이 긴장되었다. 그는 철저히 솔직해지기로, 지금은 그래야 할 때라고 마음먹은 터였다. 더는 거짓말도 하지 않고, 가식적인 행동도 하지 않을 것이다. 형사에게 리처드가 어디 있는지 모른다고 말하고 싶었지만 그건 사실이 아니다.

"리처드는 자고 있습니다." 마침내 매슈가 말했다.

"자고 있다고요?"

"네."

"어디서 자고 있죠, 매슈?"

매슈는 자기도 모르게 인상을 썼다. **사실대로 말해.** 매슈는 자신을 타일렀다. "음, 정확히 뭐라고 해야 할지 모르겠네요. 리처드는 자고 있다고밖에는 말할 수 없습니다."

취조실 문이 열리고, 매슈의 집을 찾아와 더스틴 밀러에 대해 물었던 형사가 들어왔다. 그는 허리를 숙여 샤힌 형사의 귀에 매슈가 들을 수 없는 말을 속삭였다. 그러더니 다시 허리를 펴고 진지한 눈으로 매슈를 바라보았다. 매슈는 그의 이름이 기억났다. 마르티네스. 케임브리지 경찰청 소속이었다.

샤힌 형사가 자리에서 일어나 말했다. "금방 돌아올게요. 마실 것 좀 가져다줄까요? 물? 커피?"

"물이 좋겠네요."

그들은 나갔고 매슈 혼자 남았다. 비록 정사각형 형태인 취조실 한쪽 구석에서 카메라가 그를 계속 지켜보고 있었지만. 매슈는 그들이 무슨 이야기를 할지 알고 있었다. 저들은 모든 걸 그의 탓으로 돌리고 싶어 했다. 미셸의 살인까지 포함해서. 하지만 미셸을 죽인 사람은 그가 아니라 리처드였다. 그 점을 이해해야 한다. 매슈는 배가 아팠고, 배를 누르면 통증이 줄어들리라는 걸 알았지만 저들이 지켜보는 앞에서 그러고 싶지 않았다.

얼마 후에 샤힌 형사와 마르티네스 형사가 취조실로 돌아왔다. 마르티네스 형사는 생수 한 병을 들고 있었다. 두 사람이 자리에 앉는 동안 마르티네스 형사가 테이블에 생수병을 내려놓더니 매슈에게 밀면서 말했다.

"안녕하세요. 나 기억합니까?"

"물론이죠. 마르티네스 형사님, 맞죠?" 매슈는 생수병의 뚜껑을 돌려서 연 다음에 오랫동안 물을 들이켰다. 물은 미지근했다.

"맞아요. 변호사를 선임할 권리를 포기했다고 들었습니다."

"네. 지금 당장은 변호사가 필요 없습니다. 그냥 사실을 말하고 싶군요."

"알겠습니다." 마르티네스 형사는 키가 크고 팔다리가 길어서 앉아 있는 플라스틱 의자가 작아 보일 지경이었다. "당신에게 들어야 할 이야기가 많아요, 매슈. 하지만 지금은 당신과 로이드 하딩에게 오늘 무슨 일이 있었는지 듣고 싶군요."

"로이드가 우리 집에 무단 침입해서 날 공격했습니다. 난 방어했고요."

"로이드가 왜 당신 집에 무단으로 침입했을까요?"

"틀림없이 헨에게 전부 다 들었을 겁니다. 이 모든 게 우리 집에 저녁을 먹으러 오면서 시작됐죠."

"뭐가 말입니까?"

매슈는 다시 오랫동안 물을 마셨다. "헨과 로이드가 우리 집에 저녁을 먹으러 왔습니다. 이웃 간의 친목을 위해서요. 아시다시피 헨이 내가 서재에 놓아둔 더스틴 밀러의 펜싱 트로피를 발견했고, 그 때문에 절 의심하게 됐죠. 그래서 당신에게 전화했고요. 트로피를 거기 두는 게 아니었습니다. 교만한 짓이었죠. 하지만 아마도 헨 같은 사람이 와서 트로피를 봐주기를 바라는 마음이 아주 조금은 있었을 겁니다. 누군가가 알아주기를 바라는 마음이요."

"매슈, 말을 끊어서 미안해요. 나도 더스틴 밀러에 대한 이야기가 듣고 싶기는 하지만 지금은 로이드 이야기를 더 듣고 싶군요."

"죽일 생각은 없었습니다. 로이드가 죽어 마땅하다는 생각을 안 한 건 아닙니다만, 절대 의도적으로 죽인 건 아니에요. 로이드가 날 공격했고, 난 방어했을 뿐입니다."

매슈는 곤봉으로 로이드의 머리를 쳤을 때 났던 소리, 그리고 로이드가 마치 힘줄이 끊어진 듯 다리에서 힘이 풀리며 바닥에 쓰러지던 모습을 떠올렸다.

"로이드가 왜 당신 집에 있었죠?" 마르티네스 형사가 물었다.

"아마 헨의 마음을 돌리고 싶어서 내게 불리한 물건을 찾으려고 했을 겁니다. 날 공격할 생각은 아니었을 거예요. 왜냐하면 숨어 있었으니까요. 위층에서 소리가 났기 때문에 내가 로이드를 찾아냈죠. 로이드는 빈방 벽장에서 튀어나와 날 공격했습니다. 난 로이드의 어깨를 쳤고, 그걸로 끝났다고 생각했지만 로이드는 계속 다시 날 공격했습니다. 그래서 머리를 때린 겁니다."

"왜 접착테이프로 그렇게 둘둘 감아놓았죠?"

매슈는 말없이 천장을 바라보았다.

"내 말 이해했나요, 매슈?"

"이해했습니다. 로이드의 머리에서 피가 많이 흘렀습니다. 내가 때린 자리에서요. 그래서 접착테이프를 썼죠. 처음에는 얼굴만 감았는데 그냥 전신을 다 감자는 생각이 들었습니다. 그게 나아 보였어요."

"그래서 전신을 다 감은 다음에 곧장 헨리에타 머주어의 작업실로 가서 그녀를 협박했나요?"

"그건 내가 아닙니다. 리처드가 한 짓이에요."

"당신 동생 리처드요?"

"네."

"내가 오늘 왜 여기 다트퍼드까지 왔는지 알아요, 매슈? 헨이 내게 전화로 말해준 것 중에는 당신 동생 리처드 이야기도 있었습니다. 당신이 동생 이야기를 꺼냈고, 동생을 걱정한다고 그러더군요. 헨은 무서웠나 봅니다. 그래서 내가 조사해봤죠. 당신 부모님의 죽음과 관련된 경찰 조서가 있는데 두 군데 다 당신 이름만 있었어요, 매슈. 어디에도 당신 동생은 적혀 있지 않더군요. 당신에게는 형제자매가 전혀 없어요. 당신 아버지의 죽음을 조사했던 형사에게도 전화를 해봤습니다. 지금은 은퇴했지만 그 사건을 기억하고 있더군요. 당신이 아버지의 죽음과 연관이 있다고 생각했기 때문이라고 했습니다. 그걸 결코 증명할 수는 없었지만요. 그분께 당신이 외아들이냐고 물었더니 그렇다고 하더군요. 리처드라는 동생이 있기는 했지만 어릴 때 죽었다고 했습니다. 유아 돌연사라고요. 당신이 말하는 리처드가 그 아이인가요, 매슈?"

"리처드는 죽지 않았습니다." 매슈가 턱을 가슴으로 끌어당기며 말했다.

"어릴 때 안 죽었다고요?"

매슈는 머뭇거렸다.

샤힌 형사가 매슈에게 말했다. "아까 나한테 리처드에 대해서 했던 말을 마르티네스 형사에게도 해주세요. 리처드가 미셸 브라인을 죽였다는 얘기요."

매슈는 한숨을 쉬었다. "리처드가 미셸을 죽였고, 리처드가 헨의 작업실에 간 겁니다. 헨도 죽이고 싶어 했으니까요. 리처드에 대해서 할 수 있는 말은 그뿐입니다. 난 거기 없었어요."

"헷갈리네요, 매슈." 마르티네스 형사가 말했다. "헨의 작업실에 간 게 리처드라면 어떻게 당신이 거기 있었던 거죠?"

"내가 어떻게 거기 갔는지는 기억나지 않습니다. 모두 리처드가 한 짓이니까요. 그런 뒤에 리처드는 잠들어버렸어요. 난 그 애와 얘기도 못 했습니다. 솔직히 말하면 리처드와 얘기하고 싶지도 않고요. 평생 다시는 그 애와 얘기하지 못한다고 해도 행복할 겁니다."

"매슈, 당신과 리처드는 같은 사람인가요?"

"아뇨. 우린 형제예요. 그러니까 같은 부모 밑에서 살아남았고, 따라서 공통점이 있죠. 우린 생존자입니다. 하지만 리처드는 아버지를 닮았습니다. 아버지처럼 생각하고, 어머니가 아버지에게 그런 대우를 받는 건…… 어머니에게도 원인이 있다고 생각하죠. 난 그렇게 생각하지 않습니다. 전혀요."

빠른 노크 소리가 나더니 문이 활짝 열렸다. 두 형사는 고개를 돌렸고, 가는 줄무늬 양복을 입고 나이가 더 많아 보이는 남자가 취조실로 한 발짝 들어왔지만 손으로 문을 붙잡은 채 말했다. "매기, 이기, 잠깐 얘기 좀 할까?"

그들은 취조실에서 나갔고, 매슈는 다시 혼자 남았다. 물을 다 마신 터라 빈 페트병을 손으로 쭈그러뜨렸더니 빠지직 소리가 났다. 갑자기 심한 피로가 밀려왔다. 말하고 설명하는 게 너무 피곤했다. 이제 수많은 사람이 그와 이야기하고 싶어 할 터였다. 불가피한 일이었다. 이제는 불가피한 일이 너무 많다. 형사, 정신과 의사, 변호사. 재판은 열리지 않을 것이다. 절대 재판이 열리지 않도록 모든 걸 자백할 것이다. 하지만 그렇다고 해서 신문에 기사가 실리는 것까지 막을 수는 없다. 그는 신문을 도배하게 될 것이다. '사립학교의 인기 있는 역사 교사가 연쇄 살인으로 유죄 판결.' 아니, 그보다 더 심할 것이다. '사립학교 교사, 알고 보니 정신병자.' 그 점이 제일 걸렸다. 그가 정말로 리처드를 통제할 수 없다는 사실을 아무도 이해하지 못하리라는 점이. 사람들은 그가 연기한다고 생각할 것이다. 혹은 리처드가 하는 짓을 그도 알고 있다고, 리처드를 막을 수 있었는데 막지 않은 거라고 생각할 것이다. 매슈는 결코 그들을 이해시키지 못할 것이다.

그때 헨의 작업실에 있었던 이후 처음으로 리처드가 입을 열었다. 그럼 내가 사람들에게 설명할게. 그들이 원하는 걸 줄게.

매슈는 아무 말도 하지 않았다. 지금은 리처드와 이야기하고 싶지 않았다.

형은 좀 쉬어. 지친 거 알아. 잠깐 낮잠을 자고 나면 훨씬 좋을 거야, 안 그래?

"더는 너와 이야기하고 싶지 않아." 매슈는 그렇게 말했다가 자신이 그 말을 입 밖으로 냈다는 걸 깨닫고 테이블 위로 토했다.

그날 저녁 경찰은 더는 매슈를 신문하지 않았다. 샤힌 형사는 그를 공식으로 기소하면서 변호사를 구하라고 다시 한번 말했다. 매슈는 경찰의 감시를 받으며 경찰서 샤워실에서 샤워했다. 그들은 매슈의 옷을 모두 가져가고 표백제 냄새가 나는 초록색 죄수복과 깨끗한 양말 한 켤레, 신발 끈이 없는 낡은 운동화 한 켤레를 주었다. 경찰서 지하에 있는 유치장으로 저녁을 가져다주었는데 전자레인지에 돌린 냉동 햄버거와 여러 가지 채소였다. 매슈는 배가 고프지 않았지만 질긴 햄버거를 한 입 먹은 뒤로 나머지를 게걸스럽게 먹어치웠다. 개가 정신없이 먹어치우듯이. 그랬더니 속이 울렁거려서 얇은 매트리스가 깔린 간이침대에 누웠다. 발을 차서 운동화를 벗어버리고, 자신에게 이야기를 들려줄 필요도 없이 그대로 잠들어버렸다.

이튿날 아침을 먹고 났더니 제복을 입은 경관이 그를 만나러 온 사람이 있다고 했다. 미라의 발소리가 들렸다. 그녀의 예쁜 신발이 또각거리는 소리. 그러더니 미라가 경관을 따라 리놀륨이 깔린 짧은 복도를 걸어왔고, 몸을 돌려 매슈를 바라보았다. 울어서 눈이 부어 있었다. 경관은 뒤로 두 발짝 물러났지만 복도에 계속 서 있었다.

"아, 곰 아저씨." 쇠창살로 다가가며 미라가 말했다.

그러자 매슈는 곰 아저씨가 되었고, 눈물을 흘렸다.

42

헨은 부모님 댁에서 2주를 보내고 다시 보스턴으로 돌아와 사흘 동안 정신없이 로이드의 장례식을 치렀다. 그런 다음 단짝 샬럿의 집이 있는 버몬트 주 벌링턴에서 또 2주간 지낸 후에야 웨스트 다트퍼드로 돌아왔다. 로이드가 매슈 돌라모어에게 살해된 후로 처음이었다.

11월 말이었고, 이제는 5시가 되기도 전에 날이 어두워졌다. 가을의 화창한 색은 모두 그저 뭉뚱그려서 '녹'이라고 할 수 있는 색조로 변해버렸다. 칙칙하게 죽은 나뭇잎이 사방에 흩어졌거나 쌓여 있었고, 아직 나무에 붙어 있는 얼마 안 되는 이파리들도 다 죽어버렸다. 그저 차가운 돌풍이 불어 나무로부터 해방되기만을 기다리고 있었다. 헨은 목요일 정오에 폭스바겐을 몰고 집 진입로로 들어섰다. 그녀의 집과 돌라모어 부부의 집 앞마당에는 주황색이 섞인 갈색 솔잎이 두툼하게 깔려 있었다. 돌라모어 부부의 집 앞에 세워진 '팝니다' 푯말을 보고 헨은 깜짝 놀랐다. 미라가 집을 팔 거라고 예상은 했지만 너무 빨랐다. 어쩌면 돈이 급히 필요한지도 모른다.

헨은 차에서 내려 고양이 이동장을 들고 현관으로 걸어갔다. 이동장 안에서 비니거가 힘없이 야옹거렸고, 어디선가 굴뚝에서 피어오르는 연기 냄새가 났다. 현관 계단에는 아무것도 새기지 않은 할로윈 호박이 썩어 문드러진 채 놓여 있었다. 헨은 호박을 저기에 놓아둔 기억이 나지 않았지만—로이드가 사다놓았을까?—매슈와 알고 지낸 그 비현실적인 기간 이후로 자신의 기억을 믿을 수가 없었다. 현관문의 잠금장치를 풀고, 문을 안으로 밀었다. 현관 안쪽에 쌓인 우편물 때문에 문이 잠시 막혔다가 이내 열렸다. 헨은 고양이 이동장을 바닥에 내려놓고 뚜껑을 열었다. 비니거가 밖으로 튀어나와 지하로 내려가는 고양이 문 쪽으로 달려갔다. 집 안은 썰렁했고, 헨은 즉시 온도 조절장치로 가서 파이프에서 물이 내려가는 소리가 들릴 때까지 온도를 높였다. 달리 뭘 해야 할지 몰라서 우편물—대부분이 광고 카탈로그와 신용카드 가입 광고지—을 모두 모아 부엌으로 가져갔다. 조리대에 놓인 그릇에 한 달 동안 손대지 않은 사과가 여러 개 담겨 있었다. 아직 다홍색이었고, 헨은 하나를 집어들었다. 과육이 꽤 단단했다. **시간이 전혀 흐르지 않은 것 같아.** 헨은 그렇게 생각하며 잠깐 눈물을 흘렸다. 그러고는 집을 계속 둘러봤다.

그날 밤에 로이드와 함께 썼던 침대로 기어들어 가 등을 대고 누웠다. 그의 죽음과 부재의 무게가 헨을 짓눌렀다. 로이드가 살아 있었다면 그들의 관계가 회복되었을지는 알 수 없었지만 그 일이 더는 중요하게 느껴지지 않았다. 이제 그의 불륜은 아주 옛날에 일어난 중요치 않은 일 같았다. 로이드와 다시는 이야기할 수 없다는 사실, 그들이 함께 겪었던 일을 다시는 겪을 수 없다는 사실이 너무 괴로웠다. 로이드는 떠났고, 그 사실이 실감 나자 온몸이 아팠다. 우울한 건 사실이었지만—우울은 그녀가 쉽게 알아차릴 수 있는 감정이다—그 우울은 슬픔과 트라우마의 결과였으며, 뇌는 아무 이상 없다는 생각이 들었다. 상담사가 필요했지만 최근 일로 인해 우울증에 빠지거나 자살 충동을 느낄까 걱정되지는 않았다. 정신은 온전했다.

헨은 밤새 예상보다 훨씬 깊게 잠들었고, 침실 창문으로 햇볕이 쏟아지자 매슈가 나오는 복잡한 꿈에서 스스로를 끌어냈다. 요즘에는 로이드가 나오는 꿈은 한 번도 꾸지 않았고, 매슈가 나오는 꿈만 계속 꿨다. 꿈에서 매슈는 늘 그녀를 찾아오고, 헨은 늘 그에게 병원에서 퇴원시켜주더냐고 물었다. **아뇨, 병원에 있는 건 내 동생입니다. 당신이 우리 둘을 혼동한 거예요.** 매슈는 그렇게 말했다.

꿈 때문인지, 이 집에 돌아왔기 때문인지 몰라도 헨은 마르티네스 형사에게 전화해 새로운 소식이 있는지 물었다.

"아무것도 달라지지 않을 겁니다. 매슈 돌라모어는 아주 오랫동안 병원에 있을 거고, 재판은 열리지 않을 거예요. 당신은 증언할 필요 없어요." 형사가 말했다.

"그게 좋은 일인가요? 난 증언이 하고 싶기도 해요." 헨이 말했다.

"그럴 필요 없어요, 헨. 매슈 돌라모어는 지금 있어야 할 곳에 있습니다."

"알아요"

"지금 어딘가요?" 형사가 물었다.

"집이에요. 시커모어 가의 집에 돌아왔어요. 어젯밤에 처음으로 여기서 잤고요."

"어땠나요?"

"괜찮았어요. 악몽을 꾸기는 했지만, 그거야 어디서 자든 그러니까요."

"그럼 계속 그 집에서 지낼 겁니까?"

"네. 오늘 작업실에 가서 어떤지 보려고요. 어쨌거나 여기서 지내고 싶어요, 이기."

"잘됐군요." 형사가 말했다.

헨은 아침으로 사과 하나를 먹은 뒤에 베란다로 나가서 날씨가 어떤지 살폈다. 기온은 7도였고, 하늘에는 조각보처럼 얇은 구름이 여기저기 덧대어져 있었다. 다시 집으로 들어가 두꺼운 모직 터틀넥 스웨터를 입은 다음, 칼라가 해진 낡은 청재킷을 입었다. 마지막으로 작업실에 갔을 때 입었던 재킷이었다. 스케치북을 집어 들자 지하에서 비니거가 올라왔다. 헨은 비니거를 끌어 올려 잠시 안고 있었다. 비니거는 싫다는 뜻으로 야옹거렸지만 헨은 이제 둘뿐이라고, 하지만 집에 돌아왔다고 말했다.

평일이라서 시커모어 가는 고요했고, 집마다 진입로에는 차가 없었다. 하지만 작업실로 걸어가는 동안 헨은 자신을 바라보는 사람들의 시선이 느껴졌다. 이웃 사람들이 커튼 너머로 그녀를 바라보며 이제 유명해진 사이코패스에게 남편이 살해된 가여운 여자가 저 사람이 맞는지 궁금해할 것이다. 사람들이 실제로 자신을 보든지 안 보든지 간에 헨은 여전히 사람들의 시선이 느껴졌다. 이 동네로 돌아오려고 했을 때 가장 걱정했던 일이 바로 그것이었지만 이 관심이 영원히 계속되지는 않으리라. 영원히 계속되는 건 없다.

작업실 건물에서 두 블록 떨어진 스타벅스에서 커피를 산 뒤에 헨은 작업실로 되돌아가 지하로 내려갔다. 불이 켜졌으니 다른 사람이 있다는 뜻이었고, 비록 사람들과 어울리고 싶은 생각은 없어도 누군가 있다는 사실이 위로가 되었다. 작업실 문손잡이를 돌려보았지만 잠겨 있었다. 경찰에게 돌려받은 열쇠를 꺼내 문을 열고 안으로 들어가 불을 켰다. 얼른 내부를 훑어보며 이상한 점이 있는지 살폈지만 마지막에 왔던 때와 똑같아 보였다. 헨은 매슈이자 리처드가 여기 왔을 때 이제 죽겠구나 생각하며 앉았던 의자를 만져보았다. 그러고는 천이 나달나달한 의자에 스케치북을 내려놓았다. 이미 오늘 한나절은 작업실을 정리하고 쓰레기를 버려야겠다고 마음먹은 터였다. 어떤 면에서는 상징적이었지만, 그림을 그리기 전에 몸 쓰는 일을 하면서 좀 움직이고 싶었다. CD플레이어 옆에 쌓인 CD 더미를 뒤적이다가 마침내 '이그자일 인 가이빌(Exile in Guyville)'을 듣기로 했다. 음량을 낮게 줄인 뒤 작업실 뒤쪽으로 갔다. 그곳에는 지난 여름 이 작업실로 이사 올 때부터 쌓아둔 상자들이 있었다. 몇몇 상자는 대학 때부터 보관했는데 오늘 다 뒤져서 버릴 수 있는 것은 버리고, 남기고 싶은 것은 예전 작품들을 보관하기 위해 새로 구입한 플라스틱 함에 넣어둘 작정이었다.

헨은 맨 위에 있는 상자를 집어 들어 바닥에 내려놓고 그 옆에 앉아 상자를 뒤졌다. 대부분이 실패한 그림들로 너무 어둡거나 너무 밝게 인쇄되었고, 아니면 그냥 별로였다. 몇 년 전 케임브리지에 살았을 때 작업한 그림들도 있었다. 몇몇은 보관할 가치가 있었지만 대부분이 1층에 있는 대형 재활용 쓰레기통에 버릴 물건들로 분류되었다.

상자 밑바닥에는 스케치북에서 떼어낸 종이 한 장이 있었다. 종이를 뒤집었더니 그녀가 그린 더스틴 밀러 초상화가 있었다. 더스틴이 매슈 돌라모어에게 살해되기 몇 달 전에 그린 그림이었다. 그림 속 더스틴은 그의 집에 있는 침대 가장자리에 앉아 턱을 치켜들었고, 눈은 웃음기가 없이 거만했다. 헨이 그의 집에 딱 한 번 갔을 때 그런 것이다. 로이드가 고등학교 동창 둘과 레드삭스 전지훈련 경기를 보러 포트 마이어스로 일주일간 떠났던 때였다. 당시 헨은 이틀간 빌리지 인에 가서 스케치북을 들고 칸막이 좌석에 앉아 위스키 사워를 홀짝이며 바에 앉은 사람들을 그렸다.

첫째 날 밤에 더스틴이 그녀에게 다가오더니 그림을 봐도 되냐고 물었다. 더스틴은 헨보다 어렸고, 너무 잘생겨서 딱히 매력적으로 느껴지지 않았다. 하지만 헨은 그림 몇 장을 보여주었고, 그가 사주는 칵테일을 마셨다. 돌이켜보면 당시 그녀는 이미 조증이었고, 더스틴이 그녀에게 접근했다는 사실에 엄청나게 우쭐했다. 더스틴에게서는 초록색 에너지 같은 기운이 뿜어나왔고, 그가 맞은편 자리에 앉았을 때 헨은 그 에너지로 인해 살갗이 따끔거릴 정도였다.

"나한테도 그림 한 장 그려줄 수 있나요?" 두 번째 만났을 때 더스틴이 말했다.

"물론이죠." 헨은 그렇게 말하고 새 종이로 넘겼다.

"아뇨, 여기 말고 우리 집에 가서 그려줘요."

"왜요?" 헨은 그냥 웃어넘기거나 싫다고 말하지 않고 그렇게 물었다.

"그래야 더 특별하니까요. 어서 가요. 내가 사는 집을 보여줄게요. 이상하게 굴지 않겠다고 약속하죠."

"이미 이상하게 굴고 있어요." 헨은 그렇게 말했지만 자신도 이해할 수 없는 무언가에 이끌려 더스틴을 따라나섰다. 결과를 알 수 없는 무언가를 시작한다는 전율이었을 수도 있고, 로이드를 사랑하는 마음이 얼마나 강한지 시험해보고 싶었을 수도 있다. 아니면 그저 훨씬 단순한 무언가였을 수도 있고.

더스틴의 집은 빌리지 인에서 멀지 않았고, 헨의 집에서 아주 가까운 빅토리아 양식의 아파트 2층에 있었다. 더스틴이 먼저 집 안으로 들어가 재빨리 물건을 치운 다음, 맥주 두 캔을 들고 나왔다.

"어디에 앉을까요?" 더스틴이 물었다.

"어디든 상관없어요."

"내가 침대 가장자리에 앉고, 당신이 여기 앉으면 어떨까요." 더스틴은 그녀를 침실로 데리고 가며 그렇게 말하더니 등받이가 T자로 된 나무 의자에 걸려 있던 옷을 치웠다. 헨은 그 의자에 앉아 20분간 그림을 그린 다음, 스케치북에서 종이를 뜯어내 더스틴에게 주었다. 대상을 잘 담아낸 그림이라고 헨은 생각했다. 더스틴의 자신만만한 젊음, 얼굴선, 자세, 친밀한 배경.

"마음에 드네요." 더스틴은 그렇게 말하더니 헨에게 키스하려고 몸을 어색하게 내밀었다. 헨은 웃었지만 그와 키스했다. 봄처럼 파릇한 에너지와 가까워지면 어떤 기분일지 알고 싶었다. 누군가가 자신을, 자신의 육체를 정말로 원하는 것이 어떤 기분일지 한 번 더 알고 싶었다. 더스틴은 그녀를 훌쩍 들어 올리더니 능숙하게 침대에 눕혔다. 그의 큼직한 손은 이미 헨의 상의 속으로 슬그머니 들어와 있었다.

"더스틴." 헨이 말했다.

"왜요?"

"난 결혼했어요."

"말했어요. 상관없어요. 더 흥분되죠."

"잠깐만요. 나 화장실 좀 써야겠어요." 사실은 화장실에 갈 필요가 없었지만 헨은 생각할 시간이 필요했다. 정말로 이렇게 치명적인 실수를 저지를 생각인 걸까? 이게 정말로 그녀가 원하는 일일까?

"알았어요." 더스틴은 그렇게 말하더니 헨이 욕실로 다가가자 말했다. "마음 바꾸지 마, 씨발."

헨은 반사적으로 몸을 빙글 돌렸다. 그 말을 하는 더스틴의 목소리는 완전히 달라져서 방 안에서 다른 사람이 말하는 듯했다. 하지만 침대 머리맡에 놓인 스탠드 불빛 아래 보이는 더스틴의 얼굴도 달라져서 눈에서는 아무런 감정도 읽을 수 없었다. 더스틴은 한 손을 청바지 속에 넣어 자위하고 있었다.

"금방 나올게요." 헨은 무덤덤하게 말하려고 노력하며 욕실로 들어가서—욕실에서는 향수 냄새와 지린내가 났다—변기에 앉았다. 억지로 오줌을 누면서 겁내지만 말고 계획을 세워보자고 스스로를 다그쳤다. 그녀는 큰 실수를 저질렀다. 더스틴은 그저 섹스에 굶주린 멍청한 남자가 아니었다. 전혀 차원이 다른 사람이었다. 만약 더스틴에게 그냥 가겠다고 말하면 더스틴은 그녀를 강간할 것이다. 불 보듯 뻔했다. 그래도 이 위기를 잘 넘길 수 있다고 헨은 생각했다. 그냥 섹스를 해주고 살아서 여기를 나가자고 마음 먹었지만 그렇게 생각하니 속이 울렁거렸다. 헨은 아직 옷을 입고 있었고, 따라서 원한다면 욕실에서 나가 곧장 현관으로 가서 그에게 잡히기 전에 여기서 빠져나갈 수 있었다. 하지만 스케치북이 침실에 있었고, 그걸 두고 가는 건 생각도 할 수 없었다. 첫째로 스케치북에 집 주소가 적혀 있었고, 또한 개인적인 그림이 가득 있었다. 심지어 로이드 그림까지 있었다. 헨은 변기 물을 내리고 수납장을 열어보았다. 면도날이나 깡통에 든 면도 크림처럼 무기로 쓸 수 있는 물건이 있기를 바랐지만 쓸모없는 물건들뿐이었다.

그때 욕실 문을 두드리는 소리가 나더니 더스틴 목소리가 들렸다. "빨리 나와. 나도 오줌 눠야 돼."

지금이 기회야. 헨은 생각했다.

헨이 욕실에서 나가자 웃통을 벗은 더스틴이 욕실 문을 열어둔 채 그녀를 지나 변기로 갔다. 오줌 줄기가 변기 옆 바닥에 떨어졌다가 이내 변기 속으로 떨어지는 소리가 들렸다. 헨은 최대한 빠르게 침실로 가서 의자에 놓인 스케치북과 이제는 바닥에 떨어진 더스틴의 초상화를 집어 들고 재빨리 거실을 가로질러 현관으로 갔다.

"어디 가는 거야?" 헨이 문손잡이를 돌리자 더스틴이 다시 위협적인 목소리로 말했다. 그녀는 잠시 머뭇거렸다. 자신의 행동이 예의 바르지 못하다는 터무니없는 두려움 때문에 하마터면 그만 간다고 말할 뻔하다가 그냥 문을 열고 나갔다.

계단을 빠르게 내려갔지만 결국 1층에서 더스틴에게 붙잡혔다. 그는 헨의 팔 위쪽의 부드러운 살을 움켜잡았다.

"소리 지를 거야. 사람들이 다 들을 수 있게 소리 지를 거라고." 헨이 말했다.

더스틴이 옆쪽에 있는 문을 힐끗 바라보았다. 1층에 있는 집의 현관문인 것 같았다. 문 너머로 텔레비전 소리가 들리는 듯했다. "농담 아냐." 헨이 그렇게 말하자 더스틴은 그녀의 팔을 놓더니 아무런 감정도 없는 눈으로 그녀를 똑바로 바라보았다.

"다음을 기약하지." 더스틴의 목소리는 차분했다. 그러더니 소리 없이 입으로만 '이 쌍년아'라고 말했다. 헨은 공동 현관문을 열고 축축한 밤공기 속으로 나갔다.

다음에 더스틴을 봤을 때 그는 시신 운반용 자루에 들어가 집에서 나오고 있었다.

헨은 로이드에게 그 일을 절대 말하지 않았고, 경찰에게도 알리지 않았다. 경찰에게 알리지 않았다는 사실에 더 죄책감이 들었는데 그 사건이 더스틴의 죽음과 연관이 있을 수도 있기 때문이다. 만약 더스틴이 그녀를 강간하려고 했다면—틀림없이 그랬다—전에 다른 여자도 강간했을 것이고, 그렇다면 그게 살인 동기가 될 수 있다. 하지만 헨은 경찰서에 가지 않았다. 도저히 갈 수 없었고, 마침내 그때 있었던 일은 자신의 상상이라고 믿게 되었다. 그 일은 그저 잊어야 하는 어리석고 무서운 사건이었다. 하지만 헨은 그 일을 잊을 수 없었고, 더스틴을 죽인 범인이 누군지 알아내는 데 모든 죄책감과 후회를 쏟아부었다.

나중에 병원에 입원하고, 전기 경련 치료를 받고, 약까지 바꾼 뒤에 헨은 가끔씩 빌리지 인에서 만난 그 연하남과 비현실적이고 무서운 밤을 보낸 기억이 모두 자신의 상상일까 의아했다. 이제는 그때의 기억이 현실이라기보다 꿈처럼 느껴졌다. 그리고 가끔씩 자신이 그를 죽인 건 아닌지, 그 기억이 완전히 지워진 건 아닌지 의아했다.

이제 헨은 그 스케치를 바라보았다 '젊은 강간범의 초상화'라고 제목을 달면 되겠다고 생각하며 하마터면 미소까지 지을 뻔했다. 이 그림을 가지고 있었다는 사실을 거의 잊고 있었다. 그녀는 그날 밤 무사히 집에 돌아와 충격으로 몸을 떨며 운 좋게 탈출한 기분에 젖은 뒤에 이 그림을 상자 밑바닥에 밀어 넣었다. 왜 이 그림을 버리지 않았을까? 아마도 몇 년이 지난 지금, 이 그림을 발견하고 그 일이 정말로 일어났다는 사실을 깨닫기 위해서였을 것이다. 헨은 종이 속 연필로 그린 선을 손으로 쓸어보았다. 더스틴 밀러의 얼굴은 아주 세세하게 그린 반면 주위는 대충 그려졌다. 그저 공간의 깊이와 잡동사니를 보여주기 위한 선 몇 개가 전부였다. 서랍장 위에 물건들이 놓여 있었는데 대부분 술병이었지만 그중 하나가 어렴풋이 펜싱 트로피처럼 보였다. 칼을 들고 앞으로 공격하는 펜싱 선수 상 같았다.

이 그림을 그린 지 얼마 지나지 않아 매슈는 더스틴을 사냥해서 죽였고, 바로 저 트로피를 가져갔다.

돌이켜보면 매슈를 알기 전부터, 그들이 이웃이 되기 전부터 매슈는 이미 그녀의 삶에서 큰 부분을 차지했다. 그녀와 매슈가 마침내 만났다는 사실이 이제는 타당하게 느껴졌다. 비록 사실은 그렇지 않다는 걸 알지만.

헨은 재활용 쓰레기통에 버릴 그림 더미 위에 초상화를 올려놓았다가 생각이 바뀌어서 초상화를 제도대로 들고 간 다음, 잉크 롤러를 가져와서 그림 위로 검은 잉크를 칠했다. 그러고는 종이를 구겨서 버렸다.

마지막 상자까지 정리하고 났을 때 자신이 모르핀의 '인 스파이트 오브 미(In Spite of Me)'를 듣고 있다는 걸 깨달았다. 지난번에 매슈이자 리처드가 그녀의 작업실에 왔을 때 흘러나왔던 곡이었다. 헨은 동작을 멈추고 음반을 바꿀까 생각하다가 그냥 듣기로 하고 다시 물건을 정리했다. 그냥 잡음일 뿐이라고 생각했고, 곧 음악은 그녀의 귀에 들리지 않았다.🐈

감
사
의
말

대니얼 바틀렛, 로버트 블로크, 앵거스 카길, 캐스피언 데니스, 체스터 어스킨, 케이틀린 해리, 사라 헨리, 데이비드 하이필, 누널리 존슨, 존 D. 맥도널드, 클로이 모펫, 크리스틴 피니, 소피 포터스, 냇 소벨, 버지니아 스탠리, 샌디 비올렛, 주디스 웨버, 톰 위커셤, 에이디아 라이트 그리고 샬린 소이어.

옮긴이 **노진선**

숙명여대 영어영문학과를 졸업했고 잡지사 기자 생활을 거쳐 전문번역가로 활동하며
감칠맛 나고 생생한 언어로 다양한 작품들을 번역해왔다. 옮긴 책으로 《죽어 마땅한
사람들》《유 미 에브리싱》《거북이는 언제나 거기에 있다》《스노우맨》《데빌스 스타》
《네메시스》《먹고 기도하고 사랑하라》《먹을 때마다 나는 우울해진다》《작지만 위대
한 일들》등이 있다.

그녀는 증인의 얼굴을 하고 있었다

첫판 1쇄 펴낸날 2020년 5월 25일
　　2쇄 펴낸날 2020년 7월 7일

지은이 피터 스완슨　**옮긴이** 노진선
발행인 김혜경
편집인 김수진
책임편집 유예림
편집기획 이은정 김교석 조한나 이지은 김수연 유승연 임지원
디자인 한승연 한은혜
경영지원국 안정숙
마케팅 문창운 정재연
회계 임옥희 양여진 김주연

펴낸곳 (주)도서출판 푸른숲
출판등록 2003년 12월 17일 제406-2003-000032호
주소 경기도 파주시 회동길 57-9, 우편번호 10881
전화 031)955-1400(마케팅부), 031)955-1410(편집부)
팩스 031)955-1406(마케팅부), 031)955-1424(편집부)
홈페이지 www.prunsoop.co.kr
페이스북 www.facebook.com/prunsoop　**인스타그램** @prunsoop

ⓒ푸른숲, 2020
ISBN 979-11-5675-822-8 (03840)

이 도서의 국립중앙도서관 출판시도서목록(CIP)은 e-CIP 홈페이지(http://www.nl.go.kr/ecip)와
국가자료공동목록시스템(http://www.nl.go.kr/kolisnet)에서 이용하실 수 있습니다. (CIP2020014393)